深町秋生

死は望むところ

実業之日本社

実業之日本社文庫

【主要登場人物】

〈警視庁〉

日室紗由梨《ひむろさゆり》　組織犯罪対策部特別捜査隊隊員
井出邦利《いでくにとし》　組織犯罪対策部特別捜査隊係長
拝島典明《はいじまのりあき》　組織犯罪対策部特別捜査隊隊長
野木真輔《のぎしんすけ》　組織犯罪対策部特別捜査隊隊員
明石三千夫《あかしみちお》　組織犯罪対策部特別捜査隊副隊長

〈神奈川県警〉

橘《たちばな》 真紀《まき》　組織犯罪対策本部薬物銃器対策課刑事
松崎《まつざき》　準《じゅん》　組織犯罪対策本部薬物銃器対策課刑事
城石春臣《しろいしはるおみ》　加賀町警察署刑事課刑事

〈栄グループ〉

井之上朝子《いのうえあさこ》　相模東光開発取締役
鷹森太志《たかもりたいじ》　暗殺チーム実行部隊
趙《ヂャオ》　香莉《シャンリー》　暗殺チーム実行部隊
伊方方正《いがたほうせい》　暗殺チーム情報担当
破樹誠人《やぶきまさと》　暗殺チームリーダー
高良栄一《たからえいいち》　栄グループ会長、元東龍会幹部

用賀条治《ようがじょうじ》　自動車整備工場長、井出の協力者
佐竹浩二郎《さたけこうじろう》　元近江一乗会、城石の協力者
藪《やぶ》　一成《かずなり》　近江一乗会会長
関代《せきしろ》　巌《いわお》　元東龍会幹部

プロローグ

橘《たちばな》真紀《まき》は遠くからシャッターを切った。

腕時計に目を落とした。夜十一時を回っている。深夜の闇にまぎれるようにして、工場に一台のミニバンがひっそりと訪れた。

真紀はミニバンにピントを合わせ、シャッターボタンを押し続けた。ミニバンの全体を写真に収める。

レンズをズームさせ、ナンバープレートを捉えた。窓ガラスにはスモークが貼られ、人数や車内の様子まではわからない。

「……ガセじゃなかったようですね」

隣の松崎準《まつざきじゅん》が、夜間双眼鏡で様子をうかがいながら、興奮した調子で呟《つぶや》いた。彼女はうなずく。

神奈川県警薬物銃器対策課のふたりが監視しているのは、南足柄《みなみあしがら》市の山奥にある小さな漬物工場だ。にんにくやトウガラシを用いた大根の醤油《しょうゆ》漬け、それに白菜の浅漬けなどが製造されていた。昨年までは。

ふたりは、工場から約二百メートル離れた地点にいた。林道に警察車両のワゴンを停《と》め、車内から赤外線カメラとナイトビジョンを駆使して見張っている。

ミニバンの来訪と同時に、工場の玄関に灯《あか》りがともった。人が姿を現す。工場とは言っても、一軒家を大きくした程度の建築物だ。すべての窓は金属製のシャッターで覆われ、ミニバンがやって来るまでは、ひっそりと静まり返っていた。

監視を開始して四時間。ろくに食事もしないで工場を睨《にら》み続けたが、なかに人がいるのかさえ判別できなかった。

真紀はカメラを抱え直し、ファインダーを覗《のぞ》いた。工場から出てきたのは、作業服を着た工員でもなければ、スーツを着た経営者や営業マンでもない。ダブついたジャージの上下と金のネックレスを着用した坊主頭の男だった。とてもカタギとは言いかねる人種だ。真紀は坊主頭の男を撮影する。

漬物工場は、すでに操業を止《や》めている。昨年の春、市内の特別養護老人ホームに提供していた浅漬けが、O－157食中毒事件を引き起こした。三名の老人が命を落とし、工場を運営していた食品会社は倒産に追いこまれている。工場の横には経営者家族が暮らす二世帯住宅があったが、一家そろって夜逃げした。

坊主頭の男は、車庫のシャッターを開け、ミニバンをなかへと導いた。

ミニバンから三人の男が降り立った。口ヒゲやホスト風の長髪、ダークスーツに大量のアクセサリー。全員が崩れた雰囲気をかもしていた。見知った顔はなかったが、坊主頭の男と同じく、真紀らがふだん相手にしているタイプに見えた。男たちは玄関を潜《くぐ》り、工場内へと姿を消した。ライトが消え、再び工場は闇に包まれる。

真紀はカメラの再生ボタンを押した。撮影した画像を液晶画面で確認する。白黒ではあるが、ミニバンのナンバープレートから男たちの顔まで、はっきりと映し出す。

「これが突破口になればいいんだけど」

真紀は、後輩の相棒にカメラを渡した。暗闇に包まれた車内。カメラの画面の光が、松崎の顔を青白く照らした。彼の目は興奮で潤んでいる。

「こいつは……本部長賞ものですね」

真紀はひっそりと笑った。

「警察庁長官《ちょうかん》賞よ。だけど、貰《もら》えるかどうかは、これからの腕にかかってる」

「まさか、こんなところで」

松崎は画面を食い入るように見つめた。

真紀は夜間双眼鏡を手に取った。車窓越しにあたりを見渡す。

工場の周囲には何軒かの民家が点在していた。山の斜面にへばりつくようにして建っている。若い人間は住んでいないため、深夜の時間帯である今は、灯りをつけている家はひとつもない。三分の一は空き家となっており、建物の屋根が枯葉や枯れ枝で埋め尽くされていた。商店やアパートの類は見当たらない。

地元の警察署を通じて、周りの住人に協力を要請する必要がありそうだった。工場を二十四時間体制で監視できる拠点を設けるために。空き部屋でもあれば申し分ないが、納屋でも家畜小屋でもかまわない。

真紀は窓を半分ほど開けた。

外の空気を鼻から吸った。乾いた木々の匂いがする。彼らの職場がある横浜《よこはま》市中《なか》区に比べれば、ずっと澄んでいるといえた。とくに気になる臭いはしない。

覚せい剤は、製造の過程で強烈な悪臭が発生する。発覚のリスクが高いため、これまで密売組織は海外からの輸入に頼ってきた。しかし、そのセオリーは崩壊しつつある。新たな方程式を築いたのは、やはりやつらだった。

目の前の工場はごく小さなものだったが、建物からは太いダクトやパイプがいたるところに伸びている。漬物の発酵臭やにんにくの臭いをカットするための大きな脱臭装置が、工場の脇にあった。過疎化が著しく進んだ限界集落と、新型の脱臭装置が完備された工場。国内生産に踏み出せる条件は整っている。

昨年の冬から、首都圏を中心に出所不明の覚せい剤が爆発的に出回り始めた。その特徴は純度が高く、価格が相場よりも安い点にある。

当局は、海外からの流入と踏んで、港湾や海上における取締りを強化したが、依然として覚せい剤は供給され続け、着々と販売網が形成されていった。消費者は一般人だけでなく、十代の少年少女をも虜《とりこ》にしつつあった。

平塚《ひらつか》市内の公立中学校では、生徒三人の覚せい剤所持が発覚。その後の調査によって、生徒たちが属するクラスの約半分が、炙《あぶ》りなどで使用していた事実が判明し、教育関係者やＰＴＡを慄然《りつぜん》とさせた。

警視庁と神奈川県警は、それぞれ東京湾岸警察署や横浜水上警察署の人員を増やすなどして、海と港への監視を強めたが、思うような結果は出なかった。薬物は海外から流入するものだという思いこみが、隙を生んだのだった。

真紀ら薬物銃器対策課の捜査員は、この新たな販売ルートの撲滅こそが急務として、横浜や川崎《かわさき》の繁華街をうろつく売人を逮捕したが、ルートの解明にはいたらなかった。ある売人は、送り主の顔を知らぬまま、宅配便で送られてくるブツを売りさばいていた。またある売人は、連中の暴力を怖《おそ》れて完全黙秘を貫いた。

連中は凶暴なだけではなく、柔軟な悪知恵が働く。流通に莫大《ばくだい》なコストがかかり、なおかつ確実性に欠ける密輸入よりも、限界集落の建物で製造する方法を選んだ。

悪臭と人の目さえクリアできれば、覚せい剤の製造はそれほど難しくはない。覚せい剤の原料自体は、市販の風邪薬《かぜぐすり》にも使われているため、合法的に入手できる。

真紀は双眼鏡で工場を改めて見た。敷地内は枯葉が積もり、来訪者用の駐車スペースのアスファルトはひび割れ、雑草があちこちから生えている。

金属製の門扉は、太いチェーンと南京錠で固定されていた。門柱と玄関ドアには、廃業の旨を記した張り紙がある。野ざらしになったままの廃工場だ。とはいえ、ここが覚せい剤の生産現場だとは、まだ断定できない。

密告情報を頼りにやって来たところ、物騒な面構えの男たちを目撃した。まだ、これだけだ。アバウトな状況証拠を摑《つか》んだだけに過ぎない。

松崎が苦笑する。

「あのじいさん、本当のことを言うときもあるんですね」

「ごくたまに」

工場について教えてくれたのは、関東の広域暴力団である東龍会《とうりゅうかい》の元幹部だ。右翼の政治団体を抱え、数々の企業を震え上がらせた老ヤクザだった。真紀が、駆け出しの刑事だったころからつきあいがある。

東龍会は、六本木《ろっぽんぎ》を本拠地とした老舗《しにせ》の博徒系暴力団だ。薬物の密輸や人身売買に関与しているとして、アメリカ政府より国際犯罪組織に指定される巨大組織だったが、暴対法と暴排条例によって弱体化が進み、二年前にトップである八代目会長が、詐欺容疑で警視庁に逮捕されたのを機に解散を表明した。

警察組織は、組織犯罪撲滅への大きな一歩と成果を誇った。しかし、解散は新たな犯罪組織の誕生を意味していた。東龍会の代紋はこの世から消えたが、代わりにやっら――栄《さかえ》グループが産声を上げた。

老ヤクザの関代巌《せきしろいわお》を思い出す。彼は病院のベッドで点滴を受けながら、真紀の手を取って懇願した。その声は、厚顔な経営者たちを恫喝《どうかつ》した現役時代の迫力はなく、やつれた頬を涙で濡《ぬ》らした。

――頼む。あいつらの息の根を止めてくれ。おれたちは悪党だ。仁義や人情なんてもんは、ハナから持ち合わせちゃいねえ。だが、あいつらは分別さえもありはしねえんだ。意味がわかるか？　てめえの身体《からだ》さえ食らいつくした飢えた鬼だ。この世を地獄に変えるつもりでいやがる。

関代の言葉は誇張ではなかった。東龍会の一派だった栄グループは、覚せい剤や人身売買などを手がける一方、自分たちに協力しない市民を平気でマトにかける。つきあいを断とうとした会社経営者や暴力団員が何人も失踪している。

栄グループの特徴は、ガードの堅い秘匿性だけでなく、異様なまでの戦闘性にあった。警察との対決姿勢を打ち出し、〝つきあわない〟〝語らない〟〝取引しない〟の三ない主義を貫いている。その掟《おきて》を破った者に対しては容赦のない制裁を加えるが、ときには警察組織に対しても牙を剝《む》く。山梨県警や千葉県警では、栄グループを追っていた捜査官が自宅前の路上で、何者かに刃物で襲われている。どちらもメッタ刺しにされて死亡した。容疑者はどちらとも、未《いま》だに捕まっていない。

関代も義理の息子と、かわいがっていた子分二人を、栄グループに殺害された。生きたままガスバーナーで手足を切断され、ハンマーのような鈍器で歯と顎を砕かれた状態で、羽田《はねだ》の海で発見されている。

——真紀よ、おれたちゃあんたらは、とんでもない化物を生み出しちまったんだ。今ならまだ間に合う。やつらがでかくなる前に殺せ。殺してくれ。さもないと次に食われるのは……まちがいなくお前らだ。

関代は、落ち窪《くぼ》んだ眼を輝かせ、真紀の手を強く握った。その手には、小さく折り畳まれたメモ用紙があり、そこには漬物工場の位置が記されてあった。

松崎はデジカメのスイッチを切った。

「真紀さん、警察庁長官賞……すでに貰ってますよね」

「初めてじゃないのは確かかね」

松崎は力なく首を振った。

「うちの課には、真紀さんみたいに情報《ネタ》を引っ張ってこれる若手が少ない。おれも含めてですけど。これからうまくやっていけるでしょうか」

「そりゃ一朝一夕にはいかないでしょう。今の時代、極道の口を開けさせるのは容易じゃない。カップラーメンみたいに、手軽にはいかない。ましてや相手がやつらとなれば、まともな情報《ネタ》を得られただけで、奇跡と思ったほうがいい」

真紀は双眼鏡から目を離し、薬物銃器対策課にやって来た新人を見つめた。

「やつらの凶暴性が、やがて仇《あだ》になるときが来る。じいさんみたいに、命を賭けて連中と闘う気になった人が、もっとたくさん出てくるはずだから。そういう人から信頼を得るのが私たちの仕事」

「はい」

松崎は深々とうなずいた。

彼は、オーセンティックバーの店員みたいに、びしっと頭髪を後ろになでつけている。超長時間労働が当たり前の職場にあって、きちんとした身だしなみを欠かさない生まじめな青年だった。学生時代は駅伝の選手だっただけに、交番勤務時代は多くの自転車窃盗犯や引ったくりを捕えて名を上げた。高齢化が進む刑事社会のなかでは、期待のホープといえた。もっとも、三十半ばの真紀にしても、薬物銃器対策課を含む組織犯罪対策本部のなかでは若手の部類に入る。

真紀は尋ねた。

「誰から聞いたの？」

「え？」

「私が辞めるって話」

松崎は視線をさまよわせ、やがて観念したように口を開く。

「正直に言えば寂しいですし、まだまだ教わりたいことも山ほどあります。ですが……おめでたいことですから」

真紀は鼻で笑った。

「勝手に辞めさせないでよ。変な噂《うわさ》を流されて困ってる。私を追い出したがってる人がたくさんいるみたいね」

「でも……」

彼は意外そうに目を見開いた。

「ここで辞めるはずないでしょう。あのじいさんが、命賭けて教えてくれたのに。結婚相手は同業者なんだから、そのあたりの事情はよくわかってる。むしろこんなところで放り出したら、それこそ婚約を解消しちゃうはず」

真紀の婚約が決まって半年が経《た》つ。相手の城石春臣《しろいしはるおみ》は、同じ神奈川県警の刑事で、横浜市にある加賀町《かがちょう》警察署の刑事課に所属している。県警本部の薬物銃器対策課に異動するまで、真紀もそこに属し、城石とチームを組んでいた。大規模な自動車窃盗団や偽ブランドの販売グループの摘発など、ふたりでいくつもの手柄を挙げた。

お互いに三十半ばで、仕事一本槍《いっぽんやり》の生活を送っていたため、交際していた人間はとくにいなかった。性格や哲学なら、仕事を通じてよくわかっている。欠点も長所も。

真紀の本部への栄転を祝って、ふたりで川崎駅前のチェーン居酒屋で乾杯したさい、城石のほうから結婚の話を切りだしてきた。承諾はしたものの、刑事の職を辞める気はまだない。

真紀も城石も激務が続いているために、会える時間はひどく限られている。そうなる事態を予測したうえでの婚約ではあった。しかし、二人の結婚話が広まるにつれて、勝手な噂がひとり歩きをしている。

「そうでしたか」

松崎は肩から力を抜いた。

「噂を吹きこんだ人には、そう答えておいて。クビにされちゃかなわない。辞めたおまわりさんなんて、潰しが効かないんだから」

「任せといてください」

松崎は胸を叩《たた》いた。

栄グループ捜査班は、組織犯罪対策本部における花形ではあった。敵は残虐性をむき出しにする反社会的集団だ。義憤に燃えている警察官は多い。

だが、同じ警察官が狙われていると知り、だいぶ県警内部が浮き足立っているのも確かだ。子供やローンを抱えた中高年を中心に、連中の悪行を憎む一方、内心では直接やりあうのを避けたがる者も少なくはない。

真紀ほどの輝かしい戦績を誇る刑事ですら、連中との対決を避けたがっているのではないか、結婚にかこつけて——。

組織犯罪対策本部の間に漂う疑心暗鬼が、事実とは異なる噂を育んでいた。栄グループが警察内部にガセネタを流し、刑事たちを攪乱《かくらん》しようと企《たくら》んでいるのではないかとさえ思う。連中はそれぐらいの工作を朝飯前でこなす。

松崎はため息をついた。

「だいたい……嫌な空気が流れっ放しですよ。どいつもこいつも口を開けば、連中を過大評価するやつばかりで。そうでなければ、誰かが異動願いを出すんじゃないかとか。ひどいのになれば、仲間の誰かが連中に飼われてるんじゃないかと、本気で疑っているやつもいるほどです。うちがこんなにもろいもんだとは知りませんでしたよ」

「たとえ先輩や上司でも、そんなお喋《しゃべ》りには手加減する必要はないわ。ケツのひとつでも蹴っ飛ばしてやればいい」

真紀は工場を顎で指し示した。「今夜で流れを変えてやりましょう」

「ですね。これがきっかけで、臆病風も止むはず——」

真紀はとっさに腕を伸ばした。後輩の口を閉じさせ、双眼鏡を持ち上げる。

工場で動きがあった……ように見えた。松崎も続いてカメラを掲げる。

スコープ越しに、平屋建ての工場が見えた。真紀は双眼鏡を玄関に向ける。だが、そこには誰もいない。松崎が囁《ささや》く。

「なにも見当たりませんが……」

玄関から敷地へ。敷地から再び工場へ。真紀は息を呑《の》んだ。屋根になにかが――。屋根が強く光った。轟音《ごうおん》が響き渡ると同時に、目の前の窓ガラスが砕ける。松崎が後ろに弾《はじ》け飛ぶ。

真紀の背筋が凍りついた。松崎を見やる。仰向《あおむ》けに倒れた彼の胸が、赤く染まっていた。着ていたジャンパーには穴が開いている。穴から血液が大量にあふれる。

頭が痺《しび》れ、身体が動かせない。なにをすべきか、わからなくなる。

一瞬、遅れてから理解した。ライフルによる狙撃だ。真紀はとっさに身を伏せた。

再び轟音が鳴り響き、銃弾が彼女の首の後ろを通過した。鋭い熱風を後頭部に感じる。

「松崎、松崎」

真紀はシートに伏せて声をかけた。

彼の顔面も赤く濡れそぼっている。口から大量の血が漏れる。両目にまで血が流れこむが、瞼《まぶた》を閉じようとはしない。瞳孔を開かせたまま、空を力なく睨んでいる。

「松崎！」

真紀はジャンパーを脱いだ。生地を押し当て、胸の出血を押し止めようとする。だが、いくらジャンパーを押しつけても、流れ出る血液は止まらない。彼女の手が生温かさに包まれた。車内が血の臭いでいっぱいになる。

「ダメよ。お願いだから」

松崎は呼吸をしていなかった。もう命の火は消え失《う》せている。

「ダメ」

本能が伝えた――動かなければ、お前もこうなる。彼女は奥歯を噛《か》みしめ、松崎の瞼をなでて目を閉じてやる。

腰のホルスターのボタンを外した。

双眼鏡のストラップを腕に絡ませた。工場の方角とは正反対のスライドドアを開ける。警察車両のワゴンを遮蔽物《しゃへい》にし、ライフルの射線から逃れようとする。

車から飛び出すのと同時に、三度目の銃声が起きた。ワゴンのドアが鈍い音を発し、貫通した銃弾がシートのウレタンを弾き飛ばした。そこはちょうど真紀が伏せていたところだ。真紀の身体が意志に反して震え上がる。

血で染まった手で、拳銃のグリップを握った。乾いた血液が掌《てのひら》に貼りつき、手がゴワゴワとする。私服警官用のシグP230のスライドを引き、薬室に弾を送る。

栄グループ捜査班は、つねに拳銃を持ち歩く。やつらの凶暴性を充分に把握したうえでの所持だ。だが、それでも甘かったと言わざるを得ない。

車内には戻れない。松崎の身体は痙攣《けいれん》すら起こしていなかった。真紀は浅い呼吸を繰り返した。頰を伝う涙が、唇にまで流れこんだ。薄い塩味がする。

彼女はポケットを探った。携帯電話を取り出す。アンテナはしっかり立っている。しかし応援を呼ぼうにも指が震え、うまくボタンが押せない。あまりの情けなさに顔面から力が抜けていく。

なにかのまちがいではないのか。夢ではないのか。現実と思いたくない——吹きつける山の冷風と血の臭いが、逃避を許してくれない。

通話ボタンを押しかけたが、真紀はその手を止めた。発砲が止んでいる。

真紀は携帯電話をポケットに突っ込んだ。会話をする時間を与えてくれそうにない。連中に声を聞きつけられそうな気がした。代わりに双眼鏡を摑む。

銃声が止んだからといって、連中が逃がしてくれるはずもない。むしろ確実に仕留めるために、こちらにやって来るはずだ。真紀は深呼吸を繰り返し、耳と目に神経を集中させた。冬の山中。虫の声ひとつ聞こえない。

真紀はワゴンの前輪へと移動し、陰から双眼鏡で工場を見やった。工場の屋根を確かめる。狙撃者がいた場所だ。もはやそこには誰もいない。

顔の肌がぴりぴりとした。肌が粟立《あわだ》っている。姿も気配もないというのに、得体の知れない視線だけは感じた。

真紀はワゴンの車内を振り返った。開いたドアから、血に濡れたシートが覗いた。血液の滴が地面に落ちている。

彼女は口のなかで唱えた。ごめんなさい、ごめんなさい。

双眼鏡を首から提げ、両手で拳銃を握った。腰をかがめてワゴンから飛び出した。車道を駆ける。

狙撃者の腕について考える。視界の利かない真夜中の山奥で、遠く離れた車のなかにいる刑事を撃ち抜いた。栄グループに、そんな冷酷な射手《しゃしゅ》がいるとは。この手で殺してやりたかったが、すでに勝負にはならない。

真紀は走った。足がもつれそうになったが、地面に手をついて倒れるのをこらえた。車道を下り続ける。道路脇には大きな杉の木が何本も並び、連中の工場が木々で見えなくなる。

真紀は一軒の家を目指した。コケと雑草に覆われた母屋と納屋があった。外れた雨どいがブラブラと垂れ下がっており、敷地内にはタイヤのない古ぼけたセダンのボディが捨てられてある。なかに入って応援を呼び、籠城戦に持ちこめば、生存の可能性は高まる。

朽ちかけた冠木門《かぶきもん》には門扉がなかった。ただし侵入防止のためか、錆《さ》びたドラム缶が二つ置かれてあった。

ドラム缶の上部には淀《よど》んだ雨水が溜《た》まっていたが、かまわずに手をついて飛び越えた。ぬるぬるとした水が服や顔に飛ぶ。雑草だらけの地面を転がり、息が切れるのもかまわずに足を動かす。

　母屋を目指した。複数の部屋があり、身を隠す場所に困らなそうだ。窓は雨戸で閉め切られてあったが、玄関の引き戸自体はガラス製だ。銃の台尻で叩き割れる――。

　発砲音が轟《とどろ》いた。鼓膜がビリビリと震え、右の太腿《ふともも》に熱い痛みが走る。視界が傾く。

　意志に反して、身体が横に倒れていった。玄関までの距離はまだあるというのに、真紀は荒れた敷地を転がる。穿《は》いていたスラックスが、さらに大量の血で濡れる。

　かまわずに立ち上がろうした。右脚に力が入らない。彼女はうめく。突き刺さるような激痛に、意識を失いかける。

　掌をあてると、赤い液体がべっとりとついた。貼りついていた松崎の乾いた血のうえに、真紀の温かな血液が重なる。

　スラックスの生地が破け、銃弾が太腿を貫いていた。筋肉だけでなく、骨まで砕かれたらしい。顎が震え、涙があふれる。

　身体がふいに重くなった。肘を使って、地面を這《は》いずる。

　身を隠せるだけの場所に移動し、応援を呼ばなければならない。壊される前に。殺される前に。それ以外になにも考えられない。考えたくはない。

　すぐ近くで足音がした。真紀はシグの銃口を向けた。拳銃の重みに負け、腕を上げられない。目は暗闇に慣れていたはずだった。急に暗さが増したような気がする。足音の正体が見極められない。

真紀の前に立つのは、大きな男だった。わかったのは、それだけだ。手にはライフルらしき長い筒を持っている。

真紀はシグのトリガーを引こうとした。大男のブーツが先に動いた。

右手に衝撃が走り、手にしていたシグが離れていった。弾丸をぎっしりつめた拳銃が、ラグビーボールみたいに飛んでいく。大男の蹴りが、かなりの威力を有しているのは明らかだった。しかし、真紀は痛みを感じなかった。

拳銃は回転しながら玄関のガラス戸を突き破った。持ち主を置き去りにして、拳銃だけが目的地に到達するとは。ガラス戸の大穴を見やり、真紀は咳《せ》きこみながら笑った。おかしなことになってしまった。すっかり、おかしなことに。

「死ぬわけには――」

耳元でさらに轟音がした。頭に熱い衝撃を受け、深い闇へと呑まれていった。

1

日室紗由梨《ひむろさゆり》はハンドルを握りながら、冷房の送風口をいじった。冷風が顔に当たるように向きを変える。

ただでさえ暑がりだったが、スーツのなかに防弾ベストを着用しているため、肌がぬるぬると汗ですべって不快だった。脇腹から腰にかけて、汗疹《あせも》が帯状にできた。皮膚が猛烈な痒《かゆ》みとチクチクとした痛みを訴える。

東京都内は、連日三十五度を超える猛暑日が続いていた。だが、外出するさいは、ケブラー繊維の分厚いベストの着用が義務づけられている。

おまけに紗由梨たちは、警棒や拳銃などの装備品も抱え、それを隠すためにスーツも着ている。毎日が真夏のガマン大会だ。

空梅雨《からつゆ》だった先月六月から、太陽が街を炙り続けている。おかげで体重が一か月で三キロも落ちた。思いがけぬダイエット効果に目を見張ったが、これでスタミナまでなくなってしまっては、意味がない。

彼女が運転するミニバンには、彼女以外にも三人の刑事たちが乗っていた。どれもが柔剣道の猛者《もさ》ぞろいで、業務用金庫みたいな頑丈な身体の持ち主ばかりだったが、紗由梨以上にウエイトを落とした者もいれば、夏風邪から復帰したばかりの者もいる。車内を倦怠《けんたい》と疲労の空気が重たく支配していた。もっとも、暑さだけが理由ではない。

後部座席から声がした。

「冷房がきつすぎる。もっと弱めて」

原因の人物が苛立《いらだ》たしげに言う。

紗由梨は思わず助手席の井出邦利《いでくにとし》を見やる。係長の彼の額には、汗がうっすらと滲《にじ》んでいた。顔全体が脂でテカっている。井出の禿《は》げ上がった前頭部には、いくつもの血管が浮き上がっており、こめかみのあたりが脈打っている。ただでさえ井出は、ヤクザと間違われるほどのコワモテだ。前方を睨むその目は、苛立ちで鋭い光を孕《はら》んでいる。

少し間を置いてから、紗由梨はエアコンのボタンを押して、温度を調整した。送風口の風が生ぬるくなる。

「これくらいで大丈夫ですか？」

紗由梨が努めて冷静に訊《き》いた。貴重な情報提供者の機嫌を、これ以上損なわせるわけにはいかない。

紗由梨はバックミラーに目をやった。井之上朝子《いのうえあさこ》の不機嫌そうな顔が映る。

彼女は、刑事たちとは異なり、花柄のワンピースを着ていた。コサージュがついたつば広のハットをかぶっている。

朝子は五十を過ぎ、紗由梨にとっては母親ほどの年齢差はあるが、週に何度もワークアウトを行っているらしく、余分な肉がまるでついていなかった。大柄な男たちに挟まれているだけに、その細い身体がきわだって見える。ワンピースの裾から覗く脚は長く、充分に色気を感じさせた。

だが、その朝子も、今は顔にやつれが見られた。目が落ち窪んでいる。十二時間近くに亘《わた》り、ほとんど休みなく事情聴取に応じたため、すっかり疲労しきっている。

朝子が尋ねた。

「それでホテルは？」

「昨日と同じでエクセレント・イースタン東京です。部屋は希望どおり、禁煙のレディースルームにしました」

朝子は腕時計を見た。

「この夜中じゃ、プールもフィットネスクラブも、開いてなさそうね。エステはやってる？」

紗由梨は首を振った。時間はすでに十時五十分を回っている。

車は警視庁富坂《とみさか》庁舎を出たばかりだ。水道橋《すいどうばし》駅東口の高架橋を通過して南下している。有楽町《ゆうらくちょう》にあるホテルの部屋に到着するころには、十一時を回るだろう。

「やっていたとしても、お勧めはできません。警備上の問題があります。部屋の外を出歩くのは控えてください。ルームサービスなら、まだやっていると思いますが」

朝子は舌打ちした。

「食欲なんてないし、酒が欲しい気分でもない」

助手席の井出が振り向いた。

「こんな時間にまでなったのは、あんたがダンマリを決めこんでるからだ。きちんとこっちを信用してくれりゃ、スイートルームでもエステでも、なんでも好きに用意させる。だが、このままじゃ、明日はもっと長時間になるだろうよ」

朝子のため息が聞こえた。覚えの悪い生徒に、教え諭すようにゆっくりと言う。

「何度も言ってるでしょう。協力的になるのは、そちらのほうだって。こんな調子だから、誰も口を開きたがらないし、あなたたちはなんの手も打てないのよ」

「なにがエクセレント・イースタンだ。今から木賃宿《きちんやど》に変えたってかまわないんだぞ。それとも湾岸署に行ってみるか？　あそこには女専門のブタ箱がある。ごく近いうちに、そっちにぶち込まれるかもしれないんだ」

朝子に運転席のシートを突かれた。

「日室さん、悪いけれど、このまま自宅まで送ってくれない？　こんな茶番にはつきあってられない。善意の協力者を犯罪者扱いするなんて。屈辱もいいところよ」

「井出さん」

紗由梨は隣の上司を諌《いさ》め、それから朝子をなだめた。

「取引条件でしたら、上層部に伝えてあります。現場の裁量では決められないので」

「それはもう聞き飽きたわ」

目の前の信号が赤に変わった。紗由梨は後ろを振り返り、朝子の目を見すえる。

「私たちはもちろん、上も本気です。連中を早急に潰さないかぎり、我が国の治安は一気に崩壊に向かうと、深く憂慮していますから。あなたの決意を決して無駄にはしません。ただもう少しだけ、時間をください」

朝子は組んだ脚を揺すった。やつれた顔を隠すためか、バッグから大きなサングラスを取り出してかける。口をへの字に曲げ、井出を顎で指し示す。

「だったら、そのハゲを近づけないで。これは現場の裁量でも決められるでしょ」

「ほざいてろ」

井出は鼻を鳴らして前を向いた。

彼の無礼な態度はむろん演技に過ぎない。彼が〝悪い刑事〟をやり、紗由梨が〝いい刑事〟を演じる。聴取の相手が女性であった場合は、同性が味方の仮面をかぶることにしている。

とはいえ、もはや井出はほとんど素で語りかけているといってよかった。マル暴畑を歩み続け、煮ても焼いても食えないヤクザと対峙《たいじ》してきた男だが、二日に亘ってゴネまくる彼女に苦慮していた。あくまで任意の事情聴取に過ぎず、朝子は容疑者でもないため、手荒な真似《まね》はできない。

朝子の身辺を手っ取り早く洗えば、なんらかの犯罪は出てくるだろう。彼女は喧嘩《けんか》っ早いところもあり、半年前には銀座のフランス料理店で、ホスト上がりの若いツバメの顔面に、熱いクリームスープをぶっかけた。

これを理由に傷害罪で引っ張れるが、朝子が逮捕されたと知れば、やつらが黙っているはずがなかった。

やつら――栄グループは、組織に不利益をもたらす人物は、相手が警官だろうが極道だろうが容赦はしない。裏切り者となればなおさらだ。釈放されたと同時に、彼女はまずこの世から消されるだろう。彼女もそれを恐れている。

警視庁組織犯罪対策部に、朝子がまず情報提供の打診をしてきた。そこで、紗由梨ら特別捜査隊が事情聴取にあたった。組対部特捜隊内には、栄グループの実態解明と壊滅を目的にした新設のチームがある。

朝子への事情聴取は、のっけから暗礁に乗り上げていた。情報提供の見返りと配慮を求めたのだ。

栄グループから身をかわすため、新たな戸籍や家を用意するFBI式の証人保護プログラム。シンガポールかカナダへの移住。その後の職業の斡旋《あっせん》から生活保障まで、多岐に亘っていた。

栄グループの凶暴さは、ブラジルのスラム街を牛耳るギャングやメキシコ麻薬カルテルを凌《しの》ぐものがあった。

老舗の広域暴力団だった東龍会が解散し、当時の筆頭若衆だった高良栄一《たからえいいち》の手によって再編成された犯罪組織だ。旧来の暴力団のように、代紋や正式な名称はなかったが、トップである高良栄一の名前を取って、裏社会では栄グループと呼ばれている。高良は東龍会時代から、〝最後の天才極道〟と呼ばれ、裏社会では名が知られていた。著しく高齢化が進む東龍会に、二十代にして直系若衆として加わると、ケチな寸借詐欺で捕まる兄弟分や、上納金の支払いに苦しむ叔父貴《おじき》分を尻目に、ビジネスを拡大させた。

著しい成長を遂げる東南アジアやインドで次々に事業を展開した。建設機械の輸出や人材派遣といった合法的なビジネスを手がける一方、富裕層向けの裏カジノや高級売春組織を作り上げ、莫大な富を築くに到った。序列こそ東龍会のナンバー4に位置していたが、次期の九代目会長の座には高良が就くものと思われた。

八代目会長の逮捕によって、東龍会は解散を表明したが、それも現在では高良の策略ではないかと言われている。明治から続いた老舗団体とはいえ、極道の看板を掲げていれば、警察や市民から狙い打ちにされる。

解散を喜ぶ警察組織の目を欺き、上納金を吸い取る邪魔な親を刑務所に送ると、地下に潜り、ナンバー2の幹事長とその家族をこの世から消し去った。幹事長と内縁の妻、ふたりの子供の行方は今もわかっていない。

高良は盃《さかずき》を交わした親兄弟を葬り去り、独自の王国を構築していった。幹事長の家族以外にも、彼と敵対する旧東龍会幹部が謎の失踪や変死を遂げている。

半年前には、高良の元叔父貴分で、八代目会長の元舎弟だった関代巌が、横浜市にある入院先の病院で不審死を遂げた。神奈川県警によれば、死因はインシュリンの過剰摂取とのことだった。看護師以外の何者かに静脈注射されたという。関代もまた、高良と対立していたヤクザのひとりだった。

栄グループが狙うのは極道だけではない。意に沿わないカタギの市民やジャーナリスト、警官もターゲットに入っている。

神奈川県警には、関代とパイプを持つ優秀な女性刑事がいたが、やはり半年前に栄グループの内偵中に襲撃され、組んでいた後輩刑事とともに二階級特進となった。警察史に残る最悪の事件として、社会を慄然とさせたが、現在まで容疑者逮捕には到らず、神奈川県警本部長と組織犯罪対策本部長が更迭されている。

栄グループの暴力は、窓ガラスやドアに銃弾を撃ちこむチンピラのカチコミとは異なる。銃器や毒劇物の扱いに慣れた殺しのプロがいるのは確かだ。

また既存の広域暴力団も、栄グループに倣うかのように、爆発物や銃火器を用いた殺傷事件を起こしている。犯行を命じた暴力団幹部はもとより、実行犯をも特定できず、捜査力の低下が露呈した。

朝子は鼻を鳴らした。

「時間をかけて粘れば、私が譲歩すると思ったら大間違いだから。上層部とやらに、よく言って聞かせておいて。私は一切、妥協しない」

「わかっています。あなたの命がかかってる」

「私の要求なんて、これでも少ないくらいよ。この程度で手間取っていたら、あんたたちは永遠に勝てない。やつらの撲滅のために設立されたらしいけれど、撲滅されるのはそちらのほうよ」

紗由梨は運転中にかかわらず、再び助手席に目を走らせた。井出が再び怒りをぶつけるのではないかと身構えたが、彼は静かに前方の夜景を見つめるだけだった。言い返すのが面倒になったというより、ただじっと耐えているようだ。

栄グループの実力や凶暴性なら、最前線に立つ紗由梨や井出たちが嫌というほど知っている。ともにアウトローの習性を知り尽くしたという自負があった。そうでなければ、特捜隊のこのチームには選ばれない。

ただし、やつらと正面から対峙しているだけに、つねにある種の歯痒さがつきまとってもいた。おとり捜査は限定的に許されているのみで、海外の捜査機関のような証人保護プログラムもない。朝子の要求に、完全な形で応えるのは不可能だ。

栄グループを潰すには、もはや従来のやり方は通用しない。現場の紗由梨らはそう考えていた。朝子には口当たりのいい答えを返したものの、上層部の栄グループに対する認識は、まだまだ甘いと言わざるを得なかった。

暴対法と暴排条例により、ヤクザ社会の縮小化が進んだものの、栄グループは一般社会に溶けこみ、血の気の荒い九州ヤクザを上回る非情さで、一般市民やアウトローを縛《いまし》めていた。

これまでも東龍会の元構成員や、栄グループが卸す覚せい剤の密売人を締め上げてきた。あるいは取引を持ちかけた。アメやムチを駆使しても、彼らからはなにも引き出せなかった。

――お前らに口を開くってことは、自分の死刑執行書にサインをするようなものだぜ。いくら脅したって無駄だ。なんなら、この場で殺してみるか。おれのオフクロや妹を犯して埋めるか。できやしねえだろ。でも、あいつらは平気でやるんだよ。

麻布《あざぶ》の住宅街で、覚せい剤のデリバリーをしていた売人は言い放った。特捜隊が情報提供者に仕立て上げようとしたが、完全に足元を見られていた。

朝子の隣で、スマートフォンの画面を睨んでいた野木真輔《のぎしんすけ》が、間に入った。

「エステやフィットネスはやってませんが、マッサージならまだ呼べます」

紗由梨が合わせる。

「よかった。だいぶ肩が凝っている様子ですし、予約の手配をしておきましょうか?」

「それは、あなたがたのオゴリ？」

「もちろんです」

紗由梨はバックミラーに向かって微笑《ほほえ》んだ。井出は異論を挟もうとはしない。紗由梨は続けた。

「ふだんからデスクワークで肩が凝っていると仰《おっしゃ》ってましたし、二日連続での事情聴取ですから。けっして居心地《いごこち》のいい場所ではないですので、身体もかなり強張《こわば》ってるんじゃないかと思います。明日もありますから」

気前よく応じたが、果たして領収書が通るかはわからなかった。栄グループ対策チームにはある程度の予算が割かれているが、朝子のために用意した宿泊所が、都内有数の高級ホテルと知って、組対部の庶務担当が嫌な顔をした。

サングラス姿の朝子は、眉間に皺《しわ》を寄せて空を睨んだ。

「じゃあ、寝る前の一時に。予約だけお願いするわ。料金は私が払う」

「このさい、遠慮する必要はないですよ。あなたがそんなことで譲歩しないのは承知していますから」

「なんにしろ……きっちりやるべきことを、やってほしいって意味よ。ごまかされるわけにはいかないの」

「わかりました」

野木がホテルに電話をかける。

だが、紗由梨は予感していた。おそらく井出もだ。明日とは言わなくとも、いずれ朝子は喋るだろうと。確証こそないが、経験と勘が告げていた。

井之上朝子は、横浜市に本社を置く不動産グループ〝相模東光開発《さがみとうこう》〟の経理部門の取締役だ。横浜を中心にビルやマンションの賃貸や販売を手がけ、神奈川、埼玉、東京などで住居から業務用倉庫までを扱っている。

また、自社が所有する物件を使い、回転寿司《ずし》店やカラオケボックス、居酒屋といった外食産業を手がけ、ホテル経営にも進出している多角化企業だ。

相模東光開発は、以前から栄グループとのつながりが疑われていた。今年の五月、警視庁生活安全部と万世橋署《まんせいばし》が、東欧系女性を扱った派遣型売春グループを摘発。店長と経営者は、ともに東龍会系の元組員で、女性らを寝泊まりさせていたマンションは、相模東光開発の子会社の所有物だった。

クロに近い企業の幹部である朝子が、警視庁特捜隊に情報提供の打診をしてきたのは二週間前だ。思いがけぬ情報提供者の登場に特捜隊は色めきだった。

朝子は、相模東光開発の生え抜きの社員であり、経理一筋で働いてきた。バブル崩壊に伴う放漫経営などで、経営陣の顔ぶれが何度も変わるなか、朝子は順調に出世を重ね、ついに経営陣のひとりに加わった。

栄グループの米櫃《こめびつ》を知るキーマンと捉え、特捜隊は慎重に彼女との接触を図った。彼女は毎年、夏季休暇を清里高原《きよさと》にあるリゾートマンションで過ごす。その時期が訪れるのを待ち、じっさいに朝子が清里高原に移動したところで、深夜に特捜隊が迎えにいった。重要な情報の獲得が期待されたが、交渉の段階で暗礁に乗り上げた。

なぜ彼女が警察に情報を売る気になったのか。それさえもわからず仕舞いだ。そのため紗由梨らはひそかに戦略を変えていた。長いつきあいになりそうだと。

マル暴にしろ、公安にしろ、情報戦でもっとも大切なのは、拙速《せっそく》に情報を得ることではない。情報提供者との信頼関係の構築、そして生命の保護が最優先される。そのためなら情報の取得さえも潔く断念しなければならない。情報提供者を危険に追いやってまで、実績を上げようとする捜査官もいる。だが、それは最低な悪手として、刑事たちの間では嫌われていた。

とりわけ、栄グループを追う特捜隊は、慎重にならざるを得なかった。

彼らの凶暴性はつとに有名だ。連中の恐怖による口封じは裏表に限らず、社会全体に浸透しつつある。情報提供者の生命が脅かされ、警察は彼らを守れないとなれば、いよいよ栄グループを告発する者はこの世からいなくなる。

ミニバンは有楽町の高層ビルに近づいた。紗由梨は地下駐車場に車を停めた。井出ら刑事たち全員が、朝子を取り囲むようにして、二十階にあるフロントまでエレベーターで向かう。

エクセレント・イースタン東京は、二年前に建てられた外資系の高級ホテルだ。客室のある二十階より上のフロアは、宿泊者専用のエレベーターを使う。

野木らふたりの刑事をロビーで待たせ、井出と紗由梨が部屋の前まで同行した。朝子は昨日も同じホテルに宿泊していたが、そこは喫煙可のシングルルームだった。とても耐えられないとゴネられ、見晴らしのいい角部屋のレディースルームに部屋を変えてもらった。

一流ブランドのベッドと高級家具、東京の夜景を見渡せる大型の窓が設置されている。また広めのバスルームに加えて、豊富なアメニティが用意されてもいた。デートや休暇で訪れる分には、申し分のなさそうな内容だったが、ひとりで過ごすにはその豪勢さが、かえって孤独を際立たせそうな造りだ。取調室では何度もホテルに戻りたがった朝子だが、客室に入る背中は寂しげだった。

紗由梨はドアの前で告げた。

「明日は八時にまいります。今日も長時間にわたるご協力、大変感謝しております」

そして上司である井出の腰を軽く小突いた。彼は反抗期の少年みたいに、ふて腐れた表情を作って頭を下げる。

「すまない。こちらも言い過ぎた。ひとつ気を取り直して、明日もよろしく頼む」

「それとも迎えの時間、もう少し後にしたほうがよろしいですか？　だいぶお疲れのようですから」

照明のスイッチを押す朝子に、紗由梨は問いかけた。ライトに照らされた朝子の顔は、庁舎を後にしたときよりもくたびれて見える。

朝子は紗由梨を見上げた。

「もう少しだけつきあって」

紗由梨は思わず目を見開いた。井出も意外そうに眉を上げる。朝子は苦笑する。

「雑談がしたいだけよ。ひとりで部屋に閉じこもってても退屈だから」

紗由梨は井出と顔を見合わせた。上司に目で尋ねる。彼は軽くうなずく。

「部屋は女性専用だから、あんたは帰って」

井出は肩をすくめた
「つきあってやれ。先に戻ってる」

紗由梨の背中を叩くと、部屋の前から立ち去った。

「早く入って」

朝子の後に続いて、部屋のなかへと入った。ドアの内鍵とドアガードをかける。

室内は熱気がこもっていた。朝子が壁のエアコンのパネルをいじるが、設定は二十八度とやはり高めだ。しかし、汗疹の痒みが不思議と治まった。

暑さでへばりかけた身体が、彼女の招きによって復活しようとしている。今ごろ、地下駐車場に戻った井出や野木らも喜んでいるに違いない。

紗由梨は感情を押し殺し、クローゼットとバスルームのドアを開け、人気《ひとけ》の有無を確認した。誰もいないのを確かめ、肩の力を抜く。

朝子は膝をかがめて、冷蔵庫を開けた。ビールの缶をふたつ取り出し、ひとつを紗由梨に手渡す。

「飲めるでしょ？」

「マッサージは」

「気が変わったわ。飲んでないとやってられそうにない」

朝子はプルトップを引き、喉を鳴らしてビールを飲んだ。デスクの引き出しから、ルームサービス用のメニューを取り出した。ビールをあおりながら、アルコールの項目を吟味し始める。

紗由梨もビールを勢いつけて胃に流しこんだ。食道を冷たい液体が滑り落ちていく。夏の暑さで渇いた喉が潤され、美味《うま》さに仕事を忘れてしまいそうになる。

紗由梨がひと口飲んでいる間に、朝子はビールを早くも飲み干そうとしていた。空いた缶を軽く握りつぶし、客室用電話機の受話器を握って、ルームサービスを頼んだ。深夜の時間帯となったため、注文できるメニューは限られている。

朝子は、チーズやパスタ、それにビール数本とワインを、矢継ぎ早に注文した。事情聴取のときに、酒好きだという話は耳にしていたが、どうやらかなりの酒豪らしい。

朝子は、紗由梨が手にした缶を見やる。

「あなたも、だいぶ飲《や》るって聞いたわ」

「どうでしょう」

紗由梨は小首を傾《かし》げてから、缶の中身を空けた。朝子同様に缶を握りつぶす。誰から聞いたのかは不明だが、たしかに弱くはなかった。朝子は満足そうにうなずく。

紗由梨はふだん、ビールをあまり飲まない。アルコール度数が低いからだ。なかなか酔えた気になれず、大量の液体が胃に溜まる感覚が好きではなかった。

特捜隊の仕事は多忙だ。ゆっくり腰を落ち着けて飲んではいられない。肉体労働者のように、てっとり早く酔うため、度数の高いチューハイや焼酎のロックを愛飲するようになった。

特捜隊の警官は、それほど酒を嗜《たしな》まない。上司の井出などは、いかにも飲みそうなツラ構えをしているものの、一滴も飲めない下戸だ。もともと仕事中毒《ワーカホリック》や運動好きが多く、酒よりもジョギングやマラソンなどで、ハイになるのを好む。

紗由梨が〝いい刑事〟を演じたのは、朝子と同性という事情もあるが、酒好きの彼女につきあえそうな数少ない人間だったからだった。

部屋のチャイムが鳴った。リラックスしつつあった朝子の表情が強張る。

紗由梨はドアへと向かった。ドアスコープを覗いた。白い制服に身を包んだベルボーイが見える。清潔そうに髪を短くカットした若い男性だ。

ベルボーイの横には、ルームサービス用と思《おぼ》しきカートがあり、サーバーで冷やされた酒や、クロッシュがかぶさった料理などが積まれてある。

紗由梨はドアを開けた。ドアガードはしたままだ。

「ルームサービスでございます」

丁寧に一礼するベルボーイを、紗由梨は笑顔を作って出迎えた。いったんドアを閉め、ドアガードを外して開ける。

ホテルには身元を伏せてある。適当な名前と住所で部屋を予約した。文書偽造の罪にあたるが、警察であるのを匂わす痕跡を残せば、どこから情報が漏れるか、わかったものではない。

ベルボーイは、とくに不審がる様子もなく、すました顔でテーブルに前菜と酒を並べて引き上げた。頼んだメニューの数が多いため、時間のかかる料理は、改めて運ぶという。

ベルボーイが部屋から消えると、朝子はほっとしたように肩から力を抜いた。紗由梨は再び椅子に腰かけた。

朝子は氷のつまったサーバーから、白ワインのボトルを引き抜くと、ふたつのグラスに液体を注《つ》いだ。グラスを軽くぶつけ、改めて乾杯をする。

ひと息で飲み干す朝子を見て、紗由梨も同じくグラスを空けた。豊かな香りを含んだ液体が喉を滑り降りる。自分を味覚音痴だと思っているが、それでも、紗由梨がたまに口にするものよりも、格段に上等なものだとわかった。

朝子が酒を注ぎながら訊いた。

「あなた、結婚は？」

紗由梨は、突然の質問に軽い戸惑いを覚えながらも、首を振って答えた。

「まだ、してません」

「男は？」

「とくに今は」

「いないの？」

朝子は不思議そうに、紗由梨の顔をまじまじと見つめる。

「なんだか意外ね。そんなにかわいい顔してるのに。職場だけでも、男はより取り見取りでしょう。警察官なんて、小金を貯《た》めこんでるやつばかりでしょうし。毎日のようにプロポーズされてるんだと思ってた」

「プロポーズだなんて」

紗由梨は軽く吹き出した。

朝子の指摘が完全に的外れだというわけではない。制服警官だった時代は、たしかに数多くの男性警官に言い寄られたりもした。

ただし、あまりいい思い出はない。紗由梨はグラスの液体に目を落とした。

紗由梨がかつて勤務していた多摩《たま》地区の所轄署では、合コンや飲み会がひんぱんに行われていた。先輩らの誘いを断るわけにはいかず、いざ顔を出せば、男性たちの視線が自分に集まり、女性警官たちから反感を買ったこともある。

また、上下関係を利用して、パワハラめいた迫りかたをした愚か者もいた。交番勤務だったころの係長がそうだ。地域課内の飲み会で、二次会のカラオケボックスで手を握られた。そこには他の署員がいたが、みんな係長の手下ばかりだった。

出入口を固められ、逃げ場を塞がれたところで、酒臭い息を吐きかけられながら口説かれた。

警察には、前時代的な思考に凝り固まった男がゴロゴロしている。強固な縦社会がそれを後押ししているといえた。なかには、女性警官をホステスと勘違いする不届き者もいた。強引に飲み会へと引っ張り出されたかと思えば、二次会のカラオケでは、店に常備されているコスチュームを着てコスプレをしろと命じられた。断ると長時間に亘って説教をされ、いつの間にか説教は口説きに変わった。

最低なやつらだったが、連中のおかげで刑事の道が開けたのも事実だ。紗由梨は空手と合気道で腕を磨いてきた。高校と大学時代に、空手道場が主催する全国大会にも出場し、忍耐というものを熟知していたつもりだった。

しかし紗由梨は、係長の顔に正拳突きと肘打ちを見舞っていた。そんな反応を予想だにしていなかったらしく、上司は無防備のまま顔面に拳と肘を連続で食らい、鼻の骨をやすやすと砕かれた。着ていたスーツとシャツを大量の鼻血で汚し、係長はソファから転げ落ちた。

上司を床に這いつくばらせたが、紗由梨も無事では済まなかった。子飼いの署員たちに組み伏せられ、さんざん蹴とばされた。店員の通報で駆けつけたのは、同じ地域課の署員たちだった。

男性警官らが女性警官ひとりにパワハラを働いた挙句、よってたかって暴行したとなれば、粛清の嵐が吹き荒れるのは間違いなく、メディアの格好のエサとなりかねない。署の幹部たちは、己の地位や立場を守るため、もみ消しに奔走した。紗由梨に顔面を痛めつけられた上司は、健康上という理由で内勤へと配属転換となった。

紗由梨は脚や背中に全治二週間の打撲傷を負った。だが、それは文字通りケガの功名というものだ。女子寮で寝込む彼女のもとに、地域課課長や副署長がやって来ては、彼女の暴力行為を激しく責め立てる一方、不問に付すつもりでいると語り、自分たちの寛大さを強くアピールした。監察係がある人事一課に駆けこまれないための説得工作だった。

紗由梨は黙って聞いたのちに取り引きを持ちかけた。不祥事を外部に漏らされたくなければ、捜査専科講習の署長推薦をよこすようにと。幹部たちは目を白黒させた。自分を刑事にさせろと訴えたのだ。

カラオケボックスでの暴力沙汰は、下手《へた》をすれば自分が警察社会から追い出されかねない。クビを賭けた大きな博打《ばくち》でもあった。幹部たちはしばらく唸《うな》っていたものの、けっきょく渋々うなずいた。承諾させることに成功したのだった。推薦を得てからも、選抜試験や研修が待っている。仕事以外の時間は、もっぱら試験勉強に費やした。刑事になってからは、それこそ激務の毎日だ。恋愛や結婚を考える暇はない。

朝子は言った。

「よっぽど仕事熱心なのね」

「必死でやっているうちに、いつの間にか月日が経ってしまったっていうか……」

朝子に質問されたのをきっかけに、つい過去を思い出していた。まさか、そんな裏事情まで披露するわけにはいかない。

「あなた、歳《とし》は？」

「先日、三十になりました」

朝子は目を丸くした。

「本当？　全然見えない。二十代半ばくらいだと思ってた。貫禄《かんろく》がないのと違うわよ。とても若く見える」

「ありがとうございます」

「お世辞なんかじゃない。ずっと一緒にいるのにわからなかった。そうだったの」

今度は紗由梨が、ワインのボトルを手に取り、朝子の空いたグラスに注いだ。

「井之上さんのほうこそ、実年齢よりもずっと若く見えます。それこそ、たくさんの男性に迫られたんじゃないですか？」

「まさか刑事さんにそんなことを言われるなんて」

朝子は口に手を当て、声をあげて笑った。「あなたと同じよ。仕事にのめりこんでいるうちに、いつの間にか、この歳になっちゃったってだけ。浮いた話もなくはないけれどね」

紗由梨はツマミのチーズを齧《かじ》り、なにげない素振りを装いながら、質問を続けた。

「結婚を考えたときもありましたか？」

「そうね……そんなときもあったかな」

朝子は中空を見つめ、ふいに昔を懐かしむような表情を見せた。

今夜は栄グループに関して触れるつもりはなかった。触れたとしても、めぼしい反応を得られるとは思っていない。彼女の要求に対して、充分に応えられないでいる今は、せめてコミュニケーションは密にしておきたかった。彼女との信頼関係を築くには、この井之上朝子という人物そのものを知る必要がある。

彼女は、栄グループの舎弟企業《フロント》と思しき企業の重役だ。そして警察に情報提供の申し出を行った。そこに到るまでの胸の内を知りたかった。

朝子はワイングラスを回した。

「機会はあったけど、できなかった。借金があったから」

「実家ですか」

「不景気になってからは、商売がうまくいかなくなってね。おまけに食中毒が起きて、それでトドメを刺されてしまった」

朝子は話した。彼女の父親は、老舗の日本料理店を営んでいた。何代にも亘る歴史ある店だったため、父親は経営を維持しようと、ノンバンクから金を借りたあげく、親戚や友人にも頭を下げた。だが、その足掻《あが》きが裏目に出た。店舗や家を失い、億単位の借金だけが残った。

「あなたにも返済義務が？」

「私も連帯保証人になっていたから。こんな事情を打ち明けると、どんなに愛に燃えていた男も、すごすごと尻尾《しっぽ》巻いて引き上げて行ったわ」

「そうでしたか」

紗由梨は興味深げにうなずいた。

井之上朝子が情報提供を申し出たときから、特捜隊は彼女の身辺調査を始めた。

彼女の勤務先である相模東光開発から得ている報酬。毎年の納税額。家族や親類関係。神奈川県鎌倉《かまくら》市にある彼女の実家が、百年もの歴史を誇る日本料理店を経営していたのは事実だった。バブル景気が弾けて不景気となり、社用族などの利用がなくなったのと、海鮮料理に付着していた大腸菌によって、商売が立ち行かなくなった。経営者だった朝子の父親は、廃業を余儀なくされている。

抱えた負債は総額十億円を超えた。そのうえ、父親は廃業直後に脳卒中を患い、長い病院生活へと入り、その後息を引き取っている。娘の朝子が、連帯保証人となっていたのは初耳だった。

朝子は続けた。

「結婚したほうがいいなんて、ちっとも思わない。私の周りで、結婚して幸せそうにしている人はいないから。たいていは後悔してばかりいるわ。子供も好きじゃないから。だけど、たまに思う。あの借金がなかったら、どんな人生を歩んでいただろうって。月日が経つのはあっという間だから」

紗由梨は彼女の言葉に耳を傾けながら考えた。

相模東光開発は、バブル崩壊後に何度か経営者が変わっている。その変化にともない、栄グループの前身である東龍会に侵食されていったと思われる。一介の女性社員でしかなかった朝子が、急激に出世街道を歩み始めたのも、そのころからだった。

「完済したのですか？」

「そのへんはノーコメント」

朝子は悪戯《いたずら》っぽく笑った。

紗由梨はうなずき、ひとまず手を引いた。父親が残した億単位の借金。ただのＯＬがふつうに働いて返せるはずもない。現在の羽振りの良さは、マフィア化した企業の財務担当として励んだ成果だろう。その先は秘密だとはいえ、借金の話は栄グループとつながるきっかけを、教えてくれたようなものだ。

朝子が訊いた。

「あなたはどうして刑事に？」

「え？」

「刑事になるのって大変だと、どこかで聞いたことがある。よりにもよって、あの組織を相手にする部署だなんて。命だって狙われるかもしれないのよ。ふつうのおまわりさんじゃ満足できなかったの？」

今度は紗由梨が考えこむ番だった。部屋の天井を見上げてから答えた。

「もしかすると……朝子さんと理由が少し似ているかもしれません。実家の事情が絡んでいます」

「へえ」

朝子の瞳が興味の色を帯びる。

「父は小さな建設会社を経営してました」

紗由梨は話した。嘘《うそ》や誇張はない。朝子に打ち明けることで、紗由梨の詳しい個人情報が栄グループに知れ渡るかもしれない。だが、ここで黙ってしまえば、永遠に朝子は心を開いてはくれない気がした。

愛知県出身の紗由梨は、名古屋近郊の衛星都市で育った。父親が営んでいた日室建設は、宅地開発と公共工事などを手がける土建会社だ。戦後の高度成長期に祖父が起こし、父が二代目となって、経営を受け継いだ。

紗由梨が物心ついたときには、すでに世の中は不景気で、家業は下り坂に入っていた。最盛期は百人近い作業員を雇用し、貧しい小作農の家に生まれた祖父は、地元の名士に成り上がった。町会議員を二期務め、自家用車に黒塗りのリンカーンを所有するなど、名古屋の成金を体現した人物だった。

実家の邸宅は今でも立派だ。大きな石灯籠《いしどうろう》と、色彩豊かな錦鯉《にしきごい》が飼われた池。広大な日本庭園と城のような家屋。紗由梨は三人兄妹の末っ子だったが、家で兄らとかくれんぼをしようものなら、隠れる場所が無数にあったため、ときに遊びが成立しないこともあった。

祖父と父、それに会社も消えた現在は、家だけが当時の繁栄を物語っている。

当時の土建業は、多かれ少なかれヤクザと関係を持っていたものだが、日室建設も例外ではなく、祖父の背中には、鯉の柄の刺青《いれずみ》が彫られていた。加齢によって肌にはシワが寄っていたが、尻まで色が入った関西彫りは迫力があった。

画の入った男たちは、祖父だけではなかった。作業員のなかには元ヤクザは少なく、鍾馗《しょうき》さまや弁財天《べんざいてん》や虎など、会社内の風景は縁日のように賑《にぎ》やかだった。

紗由梨は言った。

「祖父が生きていたころ、よく歌手のコンサートやプロレスを見に、連れていってもらいました。祖父は地元の興行師と義兄弟の仲にあったらしくて」

暴対法が施行され、業界に清潔さが求められるようになると、日室建設は祖父から父へと委譲されたのを機に、クリーンな会社に生まれ変わるため、まっ先に暴力団との関係を断とうと画策した。それは父の長年の主導で行われた。

父の日室卓《すぐる》は、闇社会に片足を突っこんだ祖父と異なり、現代的な経営感覚の持ち主だった。建設業にまつわる泥臭さを排除し、合理化を推し進めていった。

九〇年代後半のころだ。暴力団との交際を続けていれば、公共工事の入札にも加われなくなる。業界が縮小するなかで生き残るために必要な手順だと考えていた。また、会社の売上は右肩下がりが続いており、闇社会との交際費――みかじめ料や口利き料が、経営を圧迫していたという事情もあった。

祖父が密接なつながりを維持していた分、その関係を断ち切るのは至難の業だった。約二十年前にもなるが、今でもはっきりと覚えている。祖父と仲良く酒を酌み交わしていたヤクザたちが、一転して牙を剝いたのだった。

彼らの手口は執拗《しつよう》で陰湿で、会社や自宅には、無言電話がひっきりなしにかかり、誹謗《ひぼう》中傷で埋め尽くされたビラを近所に大量にばら撒《ま》かれた。会社に街宣車がやって来てはスピーカーでがなり立てた。

狙われたのは父や会社幹部だけではない。小学生だった紗由梨が登下校するさい、通学路のあちこちでは、品のないスーツやジャージを着た男が立っており、紗由梨に意味ありげに笑いかけていた。やがて、父や母に車で送迎してもらうようになった。

紗由梨が空手を習い始めたのはそのころからだ。日室建設の社員が、夜道で何者かにバットで殴打されたのがきっかけだった。

ヤクザの暴力は激しさを増し、会社玄関と自宅の窓に銃弾まで撃ちこまれた。父と日室建設はダメージを蓄積していったが、治安を預かる愛知県警の動きは不思議なほど鈍く、一連の暴力事件の犯人は捕まらなかった。

のちに当時の捜査四課《マルボウ》の刑事たちが、のきなみヤクザに飼われていたのだと知った。取られた対策といえば、警官が申し訳程度に、家の前や会社をパトロールするぐらいだった。度重なる嫌がらせによって、すでに体調を崩していた父は、所轄署の刑事から、ヤクザとのつきあいを再開するのが安全を取り戻す早道だとさえ言われている。

紗由梨が話をする間、朝子の顔から笑みが徐々に消えていった。赤く染まっていた頬も、もとの青白い色に戻っている。

「それで、実家の会社はどうなったの？」

紗由梨は首を振った。

「けっきょくは……」

会社玄関に銃弾を撃ちこまれた四か月後、父は帰宅途中に顔をはつられた。ふたりのチンピラに、短刀で頬と眉間を切りつけられたのだ。父は総合病院から帰ったところを狙われ、再び病院へと戻ることとなった。

そのころの父は、胃潰瘍と不眠症を患っていた。顔の裂傷は、命に別状こそなかったものの、経営者としては限界を迎えていた。一か月の入院生活を余儀なくされた。

父への襲撃は、メディアでも報道され、それをきっかけにヤクザの暴虐が知られた。実行犯のチンピラが逮捕され、露骨な嫌がらせや暴力はナリを潜めたものの、体調の悪化で父は経営から退かざるを得なくなった。

襲撃事件の直後、父は社長の座を義弟に譲り、自宅療養生活に入ったが、その二年後に胃ガンを発症。胃を全摘した一年後に、肺ガンでこの世を去っている。晩年はほとんどを病院のベッドで過ごした。娘の目から見れば、壮絶な戦死といえた。

暴力団の影響が色濃く残る地元の建設業界では、日室建設はひとつだけ突き出た杭《くい》のような存在だった。公共工事の入札では、談合が慣例となっており、それを一手に取りまとめる人物が存在した。経営コンサルタントを営む県庁OBで、業界の長老として君臨していたが、彼から仁義を知らない会社として睨まれ、村八分の扱いを受けていたのだ。

紗由梨が警視庁に入庁したのと同時期に、日室建設の廃業が決まった。

「父のやったことは失敗なのでしょう。嫌がらせを受けていたときは、たびたび故郷を離れて、母の実家に身を寄せていた時期もありました。家庭もボロボロ。両親はよくケンカをしていたし、私も父をずいぶんと恨んだものです。どうして自分たちが、こんな目に遭わなきゃならないのかって。社員の人たちも、父から去っていきました。当然だと思います。経営者として未熟だったのかもしれません」

朝子はワイングラスを持っていたが、紗由梨が話している間は口をつけようとしなかった。

「でも、あなたは警官なんかになった」

「ええ」

大学時代に警官になるつもりでいると家族に打ち明けた。予想通りに激しい反対に遭った。

なぜわざわざ、暴力と向き合う生き方を選ぶのか。ヤクザたちに痛めつけられた苦い過去を持つ母らには、理解できない選択だっただろう。警察にもいい感情を持っていない。

紗由梨自身も迷ったうえでの選択だった。自分は果たしてなにをするつもりなのかと。同業者だけでなく、家族や社員からも疎まれ、ひとりで戦わざるを得なかった父の姿が、脳裏に焼きついたまま離れずにいた。

紗由梨は手を軽く上げ、彼女に酒を勧めた。

「そんな畏《かしこ》まらないでください。重苦しい話になっちゃいましたね」

「今の仕事は……つらくないの？」

「つらいときもあります。ただ、父のような人を出したくないですから。今度は力になれたらと思っているんです」

紗由梨は軽い口調を心がけた。傷を負った父の顔が何度か頭をよぎったからだ。涙がこぼれそうになる。

朝子はテーブルにワイングラスを置いた。

「私――」

彼女がなにかを言いかけたとき、また部屋のチャイムが鳴った。紗由梨は立ち上がってドアへと歩む。

ドアスコープを覗くと、先ほどと同じベルボーイが立っていた。彼の横にはやはりカートがあり、オーダーしたものと思しき料理がトレイごと載っている。

「どなた？」

紗由梨はあえて尋ねた。

「ルームサービスでございます」

ドアガードを外し、ドアノブに手をかけた。

紗由梨は動きを止め、再びドアスコープを覗いた。ベルボーイは顔をうつむかせている。帽子に隠れて表情がうかがえない。

紗由梨は目を細めた。最初にやって来た人物と同じなのはまちがいなかった。ただし、顔色が紙のように白い。かすかに身体を震わせている。

朝子がおそるおそる訊いてくる。

「どうしたの？」

紗由梨は答えるかわりに、ホルスターのボタンを外し、自動拳銃シグＰ２３０のグリップを握った。その様子を見た朝子が、血相を変えて椅子から立ち上がった。身体がテーブルにぶつかり、カーペットのうえにボトルが落ちる。

紗由梨は朝子に指で指示した。人さし指をベッドに向ける。ベッドの陰に隠れるように無言で命じながら、ドアの向こう側にいるベルボーイに言う。

「ごめんなさい。料理は、トレイごとドアの前にでも置いておいてもらえるかしら。ちょっとシャワーを浴びたところなの」

ベルボーイが顔をあげた。ドアスコープを見上げる。その目には怯《おび》えの光が宿っていた。紗由梨には、彼が必死になにかを訴えているように映る。

「承知しました」

ベルボーイが料理のトレイを摑んだ。そのときだった。後ろにいる朝子が、だしぬけに声をかけてきた。

「川崎市のツインヒル・パーキング」

「え?」

思わず振り返った。朝子は立ったままでいた。張りつめた表情で紗由梨を見つめるだけだ。

それはなにを意味するのか。問いただしたかったが、今はそれどころではない。ジエスチャーで隠れるように伝えつつ、ドアスコープに目をやる。

紗由梨は息を呑んだ。ベルボーイが床に倒れていた。ドアスコープの隅に、深緑色の戦闘服らしき衣服が映る。

とっさに紗由梨はシグを右手で抜き、左手で携帯端末を取り出した。

腹を揺さぶるほどの轟音が鳴り響いた。反射的に身体がすくんだ。ドアの蝶番《ちょうつがい》が次々に弾け飛ぶ。ドア自体が急に迫り、紗由梨の身体を弾き飛ばす。

固い衝撃を肩と頭に受け、紗由梨はバランスを崩し、たたらを踏んだ。目の前でドアが倒れる。

埃《ほこり》と硝煙のなかから、ふたりの人間が侵入してくる。やはり兵隊のような戦闘服を着用していた。顔はともに、すっぽりと黒い目出し帽で覆われている。

ひとりはショットガンを抱え、もうひとりは大型のハンマーを両手で握っていた。ドアブリーチングだ。それら武器で一瞬にして、ドアを破壊したのだとわかる。

紗由梨はシグを構えた。ゾクゾクとした悪寒が走る。目の前の現実を受け入れがたい。紙のマト以外に撃ったことはない。

シグの引き金に指をかける。しかし、それよりも早く、ハンマーが振り下ろされた。

手の甲に電流が走り、シグが弾き飛んでいく。ハンマーの持ち主は、上半身が異様に発達した大男だ。重量のあるハンマーを金属バットのように振っている。

紗由梨の右脚が動いていた。大男の股間を蹴り上げる。スニーカーを通じて、睾丸《こうがん》の柔らかな感触が足の甲に伝わった。女の蹴りといえど、空手三段の紗由梨のキックは、まともに浴びれば、男の空手選手をも失神させる。まともに急所を打たれ、大男は身体をぐらつかせた。

紗由梨は斜め前方に手を伸ばした。ショットガンが至近距離で、彼女のわき腹を狙っている。

銃身を摑んだ瞬間、ショットガンが火を噴いた。銃口から炎が飛び出し、紗由梨の横を散弾が通過した。

銃身は焼けた金属棒と化していた。左の掌に猛烈な痛みが走る。耳鳴りでなにも聞こえない。一方で自分の肉が焼ける臭いが鼻に届く。

皮膚がはがれ、体液で銃身を握る手が滑る。ショットガンの持ち主が視界に入る。

腰のくびれと大きな尻が目に映る。女だ。

女は銃身を振った。紗由梨よりも背が低く、身体つきも細かった。だが、腕力はかなりのものだ。紗由梨は熱い銃身を握り直した。火傷《やけど》による激痛が涙をあふれさせる。

「逃げて！」

紗由梨は叫んだ。

逃げ道を確保しようとしたが、そこまでだった。紗由梨の腹に衝撃が走り、身体がくの字に折れ曲がる。

ハンマーの男が、その柄で紗由梨を突いていた。その場で膝をついた。視界が飴細《あめざい》工《く》のようにぐにゃりと曲がる。

ショットガンを頭に突きつけられた。

「逃げて……」

朝子はベッドに隠れてはいなかった。彼女はシグを拾い上げていた。必死の形相で、それを襲撃者たちに向ける。引き金が指にかかっている。

「ダメ」

だが、先に発砲したのはショットガンのほうだった。

散弾は朝子を弾いた。彼女の身体が宙を舞う。血煙があがる。朝子の背中が窓ガラスに叩きつけられ、ずるずると床に崩れ落ちる。ガラスとカーテンが大量の血液で赤く染まる。

紗由梨の視界がひどく揺れた。目の前にあるのは幻覚じみた世界。それでも朝子が致命傷を負ったのはわかった。大きな散弾が彼女の腹部を破っていた。床に内臓がこぼれ落ちている。

「クソ女が」

ショットガンの女が口を開いた。

紗由梨はわめいた。両ひざをついたまま、ショットガンの女を掴もうとする。しかし、ブーツで払われた。硬いつま先が彼女の鳩尾《みぞおち》に当たる。

ハンマーの男が訊いた。

「ブツは？」

紗由梨は呼吸ができずに、その場でうずくまった。質問の意味がわからない。全身を冷たい汗が包みこむ。大きな疑問に頭を支配される。

襲撃者は栄グループが放った刺客だろう。だが、どうしてこの場所を知っているのか。なぜここにいるのか。

ハンマーの男に再び訊かれる。

「ブツは？」

紗由梨の顔が涙で濡れる。

また、屈しなければならないというのか。寝る間も惜しんで努力して、刑事にまでなったのも、ただ悪党たちに嬲《なぶ》られるためだけにあったというのか。

皮膚が剝けた左手を握った。火傷で赤く爛《ただ》れた掌は、血と体液で汚れている。

紗由梨は叫んだ。周囲の部屋に聞こえるように。

「警察です！　一一〇番を――」

彼女の腹に再びブーツのつま先が喰いこんだ。声は最後まで続かない。

ショットガンの女が言う。

「こいつをさらおう。時間がない」

紗由梨の頭皮が痛み、首の筋肉が引っ張られた。

ハンマーの男が彼女の頭髪を無造作に摑んだ。有無を言わさぬ力がこめられていた。プロレスラーのような分厚い大胸筋と太い二の腕のせいで、戦闘服が今にもはち切れそうに膨れ上がっている。彼女は無理やり立たされた。頭皮をむしり取られそうだ。男たちは部屋から引き上げようとした。紗由梨を連れて、通路に出た。

これほどの騒ぎになっているというのに、廊下はひっそりと静まり返っている。どの部屋のドアも閉まったままだった。これほどの騒ぎだからこそ、嵐が過ぎ去るのをじっと待っているのだろう。もはや訴える力は残されていない。巻き添えの被害者を作るわけにはいかない。

ベルボーイは床に倒れたままだった。紗由梨は思わず顔をそむけた。腹のあたりに血だまりができている。刺されたのか、撃たれたのかはわからない。

紗由梨は奥歯を嚙みしめた。せめてひとりだけでも。口のなかで呟く。道連れにしなければ、死んでも死に切れない。女のショットガンを奪い取ろうと身構える。

女が足を止めた。気づかれたか。しかし、今さら止めるわけにはいかない。飛びかかろうとしたときだ。女はショットガンを抱え直したが、狙う相手は紗由梨ではない。

彼女は顔をあげた。ショットガンを向けた先には、紺色のブルゾンを着た男が立っていた。口には大きなマスクをつけ、ベースボールキャップをかぶっている。高級ホテルの宿泊客には見えないが——。

「逃げて」

マスクの男に叫んだ。

だが、マスクの男は直立したままだ。紗由梨は目を見開いた。マスクの男の手には、大きなリボルバーが握られている。銃身がやけに長い。

彼は引き金を引いた。

銃声が鳴り響くと同時に、ショットガンの女が弾き飛ばされた。廊下の茶色いカーペットに、仰向けになって倒れた。戦闘服の胸のあたりが黒く焦げている。ショットガンが床に落ちる。

すかさずハンマーの大男が応戦した。重みのある鈍器を、マスクの男めがけて振り下ろす。

紗由梨は身体ごと大男にぶつかった。ハンマーが空を切った。

マスクの男が大男を撃った。ハンマーが床に落ち、大男は身体を泳がせてから、仰向けに倒れる。

紗由梨は訊いた。

「誰……」

マスクの男は答えなかった。

人相はわからない。ただ、ひどく暗い目をしていた。漆黒の瞳は乾いており、周囲の光を呑みこみそうな闇をたたえている。痩せた長身の男で、手足がやけに長い。襲撃者たちの仲間ではなさそうだ。

「誰なの」

耳鳴りのせいで、自分の声がくぐもって聞こえる。

マスクの男が突進してきた。紗由梨の腰に組みつき、床に押し倒した。下半身がふらついていたため、彼女は床にしたたかに叩きつけられた。銃声が後に続き、紗由梨とマスクの男の頭上を、銃弾が通り過ぎていく。

ショットガンの女が、腰のホルスターから拳銃を抜き、床に寝そべった姿勢で撃っていた。紗由梨と同様に、連中は防弾ベストを着用していたらしい。

ハンマーの大男が、やはり撃たれたにもかかわらず、のっそりと立ち上がった。ショットガンの女の襟首を摑んで引き起こした。

やつは相棒を肩に担ぐと、背を向けて廊下を走り出した。最初に現れたときと同様に、俊敏な動作だった。大口径の拳銃で撃たれた直後だというのに、ひとりの女を抱えて立ち去る姿は、人間というより、ある種の獣のように思えた。襲撃者たちが向かう方向には、非常用の金属製のドアがある。

紗由梨は耳をふさいだ。マスクの男は身を起こすと、リボルバーを構えていた。シリンダーが回り、撃鉄が降りる。拳銃とは思えない野太い発砲音が鳴り響く。それが三度続いた。

銃弾が当たったかどうかはわからない。ハンマーの大男の動きは止まらず、やつは非常ドアを開け放っていた。マスクの男が立ち上がる。

「待って」

マスクの男は後を追った。相手は、化け物じみた武装集団だというのに、ためらう様子はない。中腰になって駆ける。弾の切れたリボルバーのシリンダーを横に振りだし、空薬莢《やっきょう》をポケットに突っ込むと、新たな弾薬を装塡した。シリンダーを嵌《は》め直したころには、マスクの男も非常口から外へと出て行った。

紗由梨は浅い呼吸を繰り返した。悪い夢でも見ているのではないか。

彼女は顔をしかめた。アドレナリンが消え去り、激痛で身体が動かなくなった。焼けた左手を抱えてうずくまった。ダメージを負った内臓が悲鳴をあげ、吐き気に襲われる。逆流する胃液に、夢などではないと教えられる。

脚に力が入らなかった。紗由梨は床を這う。襲撃者が言っていた〝ブッ〟とはなんなのか。マスクの男は何者なのか。朝子が口にした言葉とは。数えきれないほどの疑問が浮かんだ。ただし、考える余裕はない。

部屋へと戻り、彼女は朝子を見やった。思わず目をそらしてしまいそうになる。

朝子は壁にもたれたままだった。自分の血にまみれている。後ろの窓や壁には赤い筋ができていた。香水や化粧水の芳香をかき消し、血と排泄物《はいせつぶつ》の臭いに包まれている。

「朝子さん……」

紗由梨はおそるおそる声をかけた。反応はなかった。あるはずがない。朝子は絶命していた。彼女は命を賭してやって来てくれたのだ。それなのに。

朝子の近くには、紗由梨のシグが転がっていた。彼女は拾い上げた。

グリップを握り、自分の頭に銃口を押し当てる。歯がガチガチと鳴った。

引き金に指をかけたところで、血だまりのなかに、なにかが落ちているのが見えた。シグを置き、それに手を伸ばす。車のキーだった。涙でぼやけた視界のなか、国産の自動車メーカーのロゴが見えた。

紗由梨は袖で涙をぬぐう。朝子が所有しているのは外国車ばかりのはずだった。ジャガーとベンツだ。だとすれば、この車のキーはなんなのか。

まだ死ぬわけにはいかない。部屋の入口が騒がしくなる。紗由梨は車のキーを握りしめた。

2

紗由梨は左手の染みに目を落とした。

ボクサーのバンデージみたいに、包帯が幾重にも巻かれていた。掌に塗った薬液が染み、白い包帯に黄色や茶色の染みができていた。紗由梨の体液や血も混じっている。千代田《ちよだ》区の大学病院に運ばれたとき、掌の皮膚は熟れた果実の皮みたいに剝け、リンパ液などで濡れそぼっていた。夢中で摑んだショットガンの銃身は、彼女の手に火傷をもたらした。

また、有楽町のホテルから救急車で搬送される途中、紗由梨は口から血を吐いた。大男が持っていたハンマーの柄で、したたかに腹を突かれている。腹腔内出血や内臓破裂が疑われたものの、レントゲンとCTスキャンの結果、腹直筋の打撲傷と判明した。口から漏れた血は、格闘のさいに口内と唇を深々と切ったさいに流れたものだった。

捜査の間を見計らって、空手や柔道のトレーニングを定期的に行っていたのが幸いした。鍛え上げられた腹筋のおかげで、内臓を潰されずに済んだのだと医師に教えられた。裸になって確かめてみると、突かれた肌は、くっきりと痣《あざ》になっていた。

ケガをしたのは左手や腹部だけではない。襲撃者たちが去ってから、入れ替わるようにして、全身に痛みが襲いかかっていた。搬送中に左足が流血しているのに気づき、傷口を確かめると、三つの散弾がふくらはぎに食いこんでいた。また、鼓膜も破れてはいなかったものの、至近距離での発砲が続いたため、事件から数時間が経過しても、ひどい耳鳴りが続いた。

しかし、肉体の傷も聴覚の異常も苦痛ではあったが、今の紗由梨にとっては、どれも大したことではなかった。井之上朝子が負ったダメージに比べれば、傷のうちには入らない。

肉体よりも苦痛なのは、たった今過ごしている時間そのものだった。彼女が寝ている横では、特別捜査隊の同僚たちが顔を揃《そろ》えていた。

係長の井出や若手の野木。それに特別捜査隊の隊長である拝島典明《はいじまのりあき》が立っている。拝島はクルーカットに切りそろえた短髪に、引き締まった褐色の肉体が特徴的な、四十代後半の男だった。見た目は捜査官というより軍人に近い。

拝島は若いころを警備部で過ごしている。第六機動隊の銃器対策部隊に所属。並外れた体力と胆力を買われ、組織犯罪対策部第四課に異動となった。マル暴刑事となってからは、東京進出を果たした関西系暴力団の裏カジノを摘発するなど、いくつもの手柄を獲得している。

栄グループ撲滅のために特別捜査隊内にチームが新設された。裏社会の間では栄グループの隆盛は、そう長く続かないだろうと思われた。

一見すると無秩序に見える裏社会にも、一般社会同様にルールというものが存在している。とくに抗争を嫌がる関東では、お上のメンツに泥を塗るような暴力沙汰は、厳しく戒められている。

栄グループはその掟を平然と無視した。警察官の命をも奪う最悪の厄ネタとして、同業のヤクザたちからも眉をひそめられている。暴力団の親分衆や右翼団体の幹部らを情報提供者《エス》に持つ拝島のもとには、栄グループに関する密告がひっきりなしに押し寄せるはず。飛ぶ鳥を落とす勢いをなくし、出過ぎた杭は打たれるのみ。警視庁内部には、そうした楽観論が存在した。

神奈川県警では二名の警察官が、栄グループによって命を奪われている。しかし、お隣の神奈川と違って、悪党たちに引っかけられるような事態にはならない。首都を守る警視庁こそ、非道なマフィアに引導を渡すのにふさわしい。組織犯罪対策部長は宴席の場で、特別捜査隊に対して、そう熱弁を振るったものだ。

けっきょくは正反対の結果が待っていた。一般人をも巻き込むという最悪の形になった。栄グループの動向を把握するどころか、逆に特別捜査隊の情報がやつらに知られていたのだ。

精悍《せいかん》な顔つきの持ち主でもある拝島だったが、病室に姿を現したときは、別人のようにやつれ果てていた。同じ特捜隊の井出や野木も同様だ。若手の野木は、ベッドに横たわる紗由梨を見るなり、声をあげて泣き出した。

紗由梨自身は生き残ったものの、病室はまるで通夜のような重たい沈黙に包まれた。本来なら、同僚たちになにが起きたのかをすみやかに伝えるべきだったが、その前に機動捜査隊からの事情聴取を受け、そこでドクターストップがかけられている。拝島たち上司らは、紗由梨の健闘を称《たた》え、労《いたわ》りの言葉をかけてくれた。だが、それで苦痛が和らぐことはなかった。

病院のベッドに横たわっていると、暴力団との戦いに敗れた父を思い出した。栄グループに打ち負かされた自分とダブって見える。

父の手を離れた日室建設はこの世から姿を消し、長いこと地元の名士と持ち上げられていた日室家は、財産のほとんどを失っている。

なまじ上流階級としての暮らしを知っていたがゆえに、その後の母や兄たちの苦労は並大抵のものではなかった。そんななかで紗由梨も、奨学金制度を利用し、アルバイトを掛け持ちするなどして、どうにか大学の卒業にこぎつけた。そのくせ、警察官という危険が伴う職業を選択し、母たちを絶句させている。

盆と正月、それに父の命日などには、日帰りを含めて実家に帰ってはいるが、紗由梨は自分の職業について、あまり家族には多く語ってはいない。私服警官になったのを知っているが、本庁のマル暴刑事に抜擢《ばってき》されているとは言えるはずもなかった。

これだけの大事件となり、大ケガを負ったとなれば、母や兄たちに知られるのは時間の問題だ。彼らは果たしてどんな顔をするだろうか。考えるだけで憂鬱だった。

また家族同様に心配だったのは、栄グループ担当班の同僚たちだった。紗由梨の容体を見舞っている担当班全員が、厳しい事情聴取を受けている最中だという。初動捜査を担当する機動捜査隊、それに警務部人事一課の監察官からも事情を訊かれている。捜査が適正だったかを確かめるための内務調査だ。厳しい調査が入ったらしく、全員が疲れ果て、そして打ちひしがれていた。

紗由梨も治療を受けたあと、機動捜査隊の尋問に応じている。秋葉原《あきはばら》や新橋《しんばし》あたりの繁華街をパトカーで流していた彼らは、襲撃事件の一報を耳にすると、全員が防弾ベストや拳銃など、できるかぎりの装備をして現場へ急行したという。

機動捜査隊とのやりとりはスムーズには行かなかった。紗由梨の意識ははっきりしていたが、耳鳴りがあまりにひどく、会話が成立しなかったのだ。若手の捜査員が持っていたタブレット型コンピューターに文章を打って質問に答えた。

第一機動捜査隊の隊長補佐である村武《むらたけ》は、医師の再三にわたる注意を無視して、病室のベッドに寝ている紗由梨の傍らに立ち続け、遠慮なく事件に関する質問を投げかけた。その口調は淡々としており、ときに冷淡ですらあった。変な同情や慰めがなかったのが救いだった。彼は、とくに彼女に対して配慮することもなく、襲撃現場の惨状を教えてくれた。

朝子がショットガンによる銃撃で即死したことを。彼女だけではない。深夜当番として勤務していたフロント係が一名、それにルームサービス担当のベルボーイが殺害された。あの襲撃で三名が命を失ったという。その事実を聞かされたとき、紗由梨はやはり自分の頭を撃ち抜きたくなった。自分だけがおめおめと生き残ったのだ。

村武は、あからさまにケガ人をムチで打つような真似はしなかった。嫁いびりに長《た》けた老獪《ろうかい》な姑《しゅうとめ》みたいに、紗由梨の心を鋭い針で突き回した。陰険ではあるものの、それでもかなり思いやりに満ちた態度といえた。

特捜隊が犯したミスはそれほどまでに大きい。貴重な協力者を失っただけでなく、無関係であるホテルマンら一般人にまで死者が出てしまった。特捜隊が隠れ家として選ばなければ、命を落とさずに済んだ人たちだ。

ベルボーイのまっ白な顔が、脳裏を幾度もよぎった。身体を震わせながら、ドアの向こう側から紗由梨に危機を知らせようとした。彼女はなにもしてやれなかった。けっきょく特捜隊は、彼にとって疫病神でしかなかったのだ。

警視庁も、神奈川県警と同じく責任問題にまで発展することだろう。威信を揺るがす失態だった。

村武は彼女の知らない事実まで教えてくれた。教えたというより、傷口に塩をなすりつける気だったのかもしれない。

紗由梨に救いを求めたベルボーイは、心臓をナイフらしき刃物でひと突きされている。紗由梨らを襲った二人組のどちらかが、部屋のドアを破壊する直前に、彼を刺殺したらしかった。致命傷となった刃物の一撃は、下方から急角度で突きあげるようにして、心臓を正確に貫いていたらしい。

分厚い筋肉の鎧《よろい》に覆われた大男と、ショットガンを携えた女。村武からの情報から判断すると、おそらくベルボーイを殺害したのは女のほうと思われた。大男にしろ、女にしろ、どちらも暴力の世界で生きてきた筋金入りのプロと思われた。

成人男性をあっという間に絶命させている。また一瞬にして、客室の扉を破壊してみせたドアブリーチングの技術。特殊な訓練を受けた軍人か警察関係者、もしくはテロリストか。そんな人間でもないかぎり、あの分厚い扉を簡単に壊せたりはしない。

警察庁は、栄グループを広域暴力団に指定するかを検討している最中だという。連中に対する警察の意識は、まだヤクザの亜種としか見ていない。

だが、やつらと対峙していた紗由梨にしても、それほど差があったわけではない。すでに多数の死者や殉職者まで出ている。特捜隊に油断はなく、つねに緊張感を維持し続けていた。しかし、それでも栄グループに対する認識はまちがっていたのだ。先鋭化した極道。それが誤りのもとだった。残忍なマフィアグループにして、図抜けた戦闘力を持った軍団だ。

——たったの五名？

病室での事情聴取のさい、紗由梨は思わず問い返した。襲撃者の人数だった。

村武はうなずいた。

——今のところ、わかっているのは。

鑑識課が、ホテルから回収した防犯カメラの映像の分析を行っている。まだ始まったばかりだが、目撃者の証言も含めると、五人の襲撃者が確認されているという。

村武が、タブレット型コンピューターのディスプレイを通じて、犯行時のカメラ映像を見せてくれた。映像には、襲撃者たちの犯行の一部始終が記録されていた。

井出ら特捜隊が、ホテルの地下駐車場から去って約十分。代わって地下駐車場に、一台の黒色のヴァンが侵入してきた。習志野《ならしの》ナンバーのプレートがついていたが、照合した結果、すでに偽造されたものと判明している。

ヴァンが、エレベーターホールの入口に横づけされると、なかから四人の襲撃者が飛び出した。全員が同じ格好——深緑色の戦闘服に黒い目出し帽だ。紗由梨は鼻先までディスプレイを近づけ、あとは瞬《まばた》きを忘れて映像を見つめた。

四人は、衣服こそ統一されていたものの、手にした武器はそれぞれ異なっている。紗由梨とぶつかった二人組は、大型ハンマーとショットガンを抱えている。

つまり、襲撃はきわめて周到に計画されたものだといえた。朝子が客室にいるのを知ったうえで襲いかかってきたのだ。ベルボーイにドアを開けさせる予定だったのだろうが、紗由梨らに籠城される事態まで想定していた。

紗由梨は映像を停め、四人の襲撃者を睨んだ。朝子を射殺した人物を改めて確かめた。やはり女であることを確信する。顔こそ目出し帽で隠されているが、女性的な腰のくびれや丸い尻が戦闘服のうえから確認できた。

残るふたりは、長身の男と中肉中背の男だった。ともにハンマーの大男ほどではないにしろ、がっしりとした体格の持ち主だ。服のうえからでも鍛えられているのがわかる。長身のほうは自動拳銃を、中肉中背はサブマシンガンを所持している。

四人はエレベーターに乗りこんだ。エレベーターにも防犯カメラが設置されていたが、まっ先に乗りこんだ大男が、防犯カメラのレンズをハンマーで破壊した。

たしかに襲撃者チームは五人か、それ以上の人数で構成されているようだった。四人がホテルに侵入してからも、ヴァンは動き続け、出口の方角へと向き直る。襲撃者四人とは別に、運転手がいたらしい。

襲撃グループはまっすぐにフロントへ向かった。紗由梨は息をのむ。鮮明度の高いカラー画像だ。

長身の男が、フロントにいたホテル従業員に拳銃を向けると、無造作にトリガーを引いた。パソコンの画面を睨んでいたホテル従業員は頭に銃弾を受け、首をのけ反らせると、背中から倒れた。カウンターに隠れて姿が見えなくなる。

長身の男が撃った自動拳銃は、やけに銃身が長かった。村武が補足説明をする。

——サイレンサーだ。今どきはサプレッサーというのが正確らしい。見たことは？

質問を投げかけられたが、すぐには答えられなかった。画面に目を奪われて反応できなかった。

だいぶ遅れてから首を振った。あるわけがなかった。映画ぐらいでしか見たことがない。彼は続けた。

——フロントに客がいなかったのが、不幸中の幸いだった。

村武の言葉には素直にうなずけなかった。この悲劇に幸いなど、ありはしない。映像を見るだけで、背筋に悪寒が走った。

長身の男がフロントのカウンターを乗り越えた。奥のスタッフルームに拳銃を突きつけ、左手を振って、他の仲間たちに指示を出した。彼が襲撃グループのリーダーのようだ。

指示をきっかけに、襲撃グループは二手に分かれた。リーダーらしき長身の男と中肉中背がフロントを占領。紗由梨たちがルームサービスを頼んだ事実を知ったらしく、彼女たちに襲いかかってきた二人組は、同階のレストランへと突進していった。

厨房や従業員用エレベーターには、防犯カメラは設置されていなかった。次に二人組が姿を現したのは、紗由梨らがいるフロアの廊下だ。二人組は、ルームサービスの料理を運ぶベルボーイに、ショットガンを突きつけ、彼女らがいる部屋の前へとやって来た。

あとのやり取りは、紗由梨もよく知っている。ショットガンの女が刃物でベルボーイの心臓をひと突きにし、ドアブリーチングを開始した……。

突然の吐き気に襲われた紗由梨は、身をくねらせて、膝やシーツに胃液を吐き出した。あやうくコンピューターを壊すところだった。

怒った医師が割って入り、その場で事情聴取は中止となった。事件の映像のせいか、彼女の血圧は急激に上昇。体温は三十九度近くまで上がっていた。

村武ら機動捜査隊の捜査員たち以上に、紗由梨自身が事情聴取の再開を望んでもいた。医師たちに食い下がったが、聞き入れられなかった。

――じゃあ、あの男は？　あいつは一体、何者なんですか？

病室から追い出される村武に尋ねた。朝子が撃たれた直後にやって来たマスク姿の男のことだ。結果的に紗由梨の命を救った人物だ。

「あのダーティハリーか。こっちが聞きたいよ」

紺色のブルゾンにベースボールキャップ。鼻まで覆う大きなマスクで顔を隠す一方で、殺意を声高に主張するかのような大型のリボルバーを引っ提げ、襲撃者たちに次々と銃撃を加えた。むろん偶然であるはずがない。

栄グループとなんらかの形で、関係を持った人物に違いなかった。タイミングのよさを考慮すると、栄グループ内部の人間かもしれない。襲撃者が紗由梨たちの行動を把握していたのと同じで、マスクの男は栄グループの動きを正確に摑んでいた。

防犯カメラの映像によれば、マスクの男は襲撃グループを追いかけるようにしてホテルに侵入したという。一階のエレベーターから、オフィスが入っている十九階のフロアまで昇ると、非常階段用のドアの鍵を銃弾で破壊した。階段で紗由梨たちがいる客室のフロアまで駆けあがっている。

マスクの男が、紗由梨らのもとを探し当てるのは難しくなかったはずだ。そのころは、ショットガンの銃声が鳴り響いていた。紗由梨が大男に髪を摑まれ、身柄をさらわれそうになったところで現れている。大きな拳銃と同じく、暗い目がずっと紗由梨の脳裏から離れずにいた。

マスクの男は、非常出口から逃げる二人組を追っている。しかし、暗殺を果たした襲撃グループの撤収は早かった。逃げた二人組が階段で下り、フロントで他のふたりと合流すると、四人はまっすぐに地下駐車場へと向かっている。

マスクの男も、直後に姿を消していた。単身にもかかわらず、フロントまで二人組を追走した。だが、襲撃グループに逃げられたとわかると、彼も一階までエレベーターで下り、白のスポーツセダンで現場を離れている。

マスクの男が乗ったスポーツセダンも、ホテルが入ったビルの防犯カメラが捉えていた。こちらもナンバーの照合が行われたが、足がつかないように偽造ナンバープレートがつけられていたという。

大型拳銃を持ったマスクの男。相手は複数で、しかも、それぞれ銃器を携えた屈強なプロだ。彼のおかげで紗由梨は救われたものの、それでも暗い目で見すえながら、リボルバーで攻撃を加えるやつの姿を思い出すたびに、肌が粟立った。ホテル従業員を射殺した長身の男と同じ臭いがした。

「専門家のあんたらが知らんのに、おれたちがわかるわけがないだろう。目ん玉ひんむいて現場を調べ尽くしている最中だが、おれたちだけじゃどうにもならん。今回の件は捜査一課《ソウイチ》や、あんたら組対《ソタイ》に引き継がれる。そうなりゃ今日なんかとは比べものにならんくらいに、たんと事情を訊かれることになるだろう。それまできっちり、身体を治しておくんだな」

村武の嫌味とも激励ともつかない言葉が胸にしみた。機動捜査隊の面々が病室から消え、看護師に鎮痛剤入りの点滴を打ってもらったあと、声を押し殺して泣いた。

栄グループの実態については、特捜隊がもっとも詳しく把握していなければならない。その一員である紗由梨が、不意打ちを食らってもなお、なんにもわからずにいるのだ。どこまで愚かなのかと、自分を呪いたくなる。

拝島たちも同じ心境のようだった。栄グループが情報収集能力に長けているのは百も承知だ。銃器の扱いに慣れた殺し屋がいることも。

神奈川県警の刑事ふたりが、半年前に栄グループのヒットマンに射殺されている。ただの紗由梨の直感でしかないが、刑事ふたりを二階級特進に追いこんだのも、昨夜の襲撃グループの誰かではないか。

銃器の扱いだけではない。ドアブリーチングや撤退の手際の良さを考えると、襲撃者たちは警察や軍隊の特殊部隊ほどの実力を持っている。そして殺しにも慣れていた。ゴミを集積所に放り捨てるような感覚。やつらの手際のよさと冷酷さから、そんな気配を感じ取った。

紗由梨らがいる大学病院には、重装備の機動隊員が警備に当たっているという。病室のドアの前にも、拳銃を所持した制服警官ふたりが、見張りとして目を光らせている。しかし、なにか物音がするたびに、紗由梨の身体は反射的に弾んだ。

紗由梨は、見舞ってくれた上司たちに謝った。

「必ず回復してみせます。申し訳ありません。明日、いや今夜にでも……とにかく、すぐにでも、詳しくご報告いたします」

点滴などのおかげで、不快感や吐き気は治まったものの、強力な鎮静剤が効いているのか、頭のなかに綿でもつめこまれたかのように、頭脳の働きが悪かった。

「まずは休め」

拝島は微笑を浮かべた。目は哀《かな》しみの色に包まれたままだ。他の隊員も同じだった。

「お前は充分やってくれた。自分を責めるな」

特捜隊の男たちは労《ねぎら》いの言葉をかけて、ごく短時間で病室から引き上げて行った。彼らも機動捜査隊と同様に、医師たちから追い出しを食らっていた。

拝島らの慰めや優しさに嘘はない。紗由梨の生存を心から喜んでいる。それでも、もう昔のチームには戻れないと、紗由梨を含めた全員が理解しているようだった。

重要な情報提供者だけでなく、無関係なホテルマンも殺害された。巻きこんだのは特捜隊だ。この失態の責任は、警視庁上層部にまで及ぶだろう。

隊の責任者である拝島は、おそらく特捜隊から外される。最悪の場合、辞職に追いこまれるかもしれない。

紗由梨も例外ではない。大ケガを負ったとはいえ、作戦失敗に終わったチームの一員であり、盾となって守るべき警護対象者を死に至らせたのだ。特捜隊のメンバーが総入れ替えとなっても不思議ではない。なにしろ、極秘情報が漏れていたのだから。凶悪なマフィアと対峙する命知らずの勇者たち。隊員たちは互いを信頼し、尊敬しあうことで力を発揮してきた。仲間を疑ったままでは、やつらとまともに向き合うことすらできないだろう。栄グループは情報提供者を殺害すると同時に、現在の特捜隊に回復不可能なダメージを与えた。

紗由梨自身が、すでにやつらの術中に嵌まっている。朝子が遺《のこ》してくれた情報を、隊内の誰にも伝えられなかった。考えたくはない。特捜隊の誰かが、栄グループに情報を売ったなんて……。

朝子の声がふいに蘇《よみがえ》る。あの襲撃を思い出すたびに、彼女の最後の訴えが頭のなかで繰り返された——川崎市のツインヒル・パーキング。

それと血だまりのなかで発見した車のキー。紗由梨をこの世につなぎ止めたもの。あれが視界に入っていなければ、彼女は自分の頭を拳銃で撃ち抜いていただろう。

朝子は栄グループについて、ほとんどなにも語らなかった。警戒を容易に解かなかった。今にして思えば、警察に内通者がいるのを警戒していたのかもしれない。最後の最後になって、朝子は紗由梨に心を開こうとしていた。そして、手がかりらしきものを残してくれたのだ。本来なら村武や拝島に伝え、車のキーも渡すべきだった。襲撃事件が起こる前の紗由梨なら、まちがいなくそうしていただろう。

ふと我に返って首をめぐらせた、カーテンが閉められた窓に目をやった。カーテンの隙間から赤い夕闇がうかがえた。天井の蛍光灯の冷たい光が目に飛びこんでくる。

考えごとをしているうちに、いつの間にか深い眠りについていたらしい。昨夜遅くに大学病院に担ぎこまれ、朝方に機動捜査隊の事情聴取を受けた。午前中に特捜隊の仲間らが見舞いにやって来た。たったの数分、物思いにふけっただけだとばかり思っていた。しかし、あれから六時間以上も経っていた。

夕食の時間が近づいているのか、かすかに食べ物の匂いが鼻に届いた。本庁や所轄署の食堂とは違って、味気なさそうな心細い香りだ。

心にせつない痛みが走る。すべてが夢であってくれたなら。ただの妄想であってくれたなら。左手に巻かれた包帯の汚れが、彼女をすぐに現実へと引き戻した。

病室の前の廊下で、男たちの会話が耳に届いた。スライドドアの磨《す》りガラスの向こう側。警察官の制服の水色が映っている。紗由梨が目を覚ましたのも、彼らの話し声によるものだった。やけに声の音量が大きい。なにやら押し問答を繰り広げている様子だったが、食事で揉《も》めているのではなさそうだった。

紗由梨は思わず身構えた。しかし、打撲傷を抱えた腹の筋肉が、激しい痛みを訴える。病室のドアがノックされたが、ろくに返事もできない。

スライドドアがゆっくりと開けられる。紗由梨はベッドの周囲を右手で探した。

私物などは病室の隅に置かれてある。サイドテーブルの置時計を摑んだ。投げつけようと振りかぶった。

「待て。おれだ。おれだよ」

入室してきたのは井出だった。彼は両手の掌を向ける。

彼の様子は、午前中に会ったときとたいして変わっていない。顔色はひどく青白く、げっそりとやつれている。前頭部の毛髪はきれいに消失しているが、その他の体毛はかなり濃いタイプだ。ふだんは身だしなみに気を使うほうだ。長期の張り込みなどでも、一日二回の髭剃《ひげそ》りを欠かさず行っている。

その定期的な身繕いさえもできずにいる状況にあるのか、顎周りが黒々と変色している。午前中のときも、事件前とは別人のようだったが、さらにその傾向が進んでいる。同じ釜のメシを食べた上司だとわかるまで、少しばかり時間がかかった。

紗由梨は、右手に持っていた置時計をあわてて元に戻した。

「す、すみません」

「いいんだ。驚かせてすまない」

井出は微笑を見せた。だが、それは拝島以上にぎこちない。

井出は廊下のほうを見やった。扉の向こう側にいる警護役の警察官を顎で指し示す。

「知った顔だったんでな。無理をして入れてもらった。ただ、もし面会できるような体調じゃないのなら、率直に言ってくれ。このまま帰る」

「わかりました。大丈夫です」

「無理はするなよ」

彼の目や気配から、怯えのようなものも感じていた。自責の念に駆られているとわかる。情報提供者だけでなく、部下をもあやうく死に追いやるところだった。紗由梨以上に責任の重さを感じているのかもしれない。

「井出さんらしくもない」

彼女は答えた。腫れ物に触るような心づかいが苦しくもある。

彼は紗由梨を刑事として鍛えてくれた師匠でもあった。体力とガッツだけを拠《よ》り所《どころ》として警官人生を歩んできた紗由梨に、扱いの難しい闇社会の住人とのネゴシエーションの仕方や、犯罪との向き合い方を厳しく叩きこんでくれた。

拝島の見た目が軍人風なら、井出は根っからの刑事といえた。靴底のすり減ったローファーに、年輪のようにシワが刻まれた顔。機動捜査隊と組織犯罪対策部を歩んできた筋金入りだ。体育大の柔道部出身で、将棋のアマ有段者でもある。なにかと鼻息の荒かった紗由梨の鼻を、知と武の両方からへし折ってくれた。

交番勤務時代に受けた上司のセクハラを、腕ずくでカタをつけるなど、なにかと肩肘張って生きてきた彼女に、チームプレイや情報提供者の使い方など、刑事として必要な柔軟さや、清濁併せ呑む捜査手法を教えてくれた。大物を捕えるためなら、売人やヤクザを辛抱強く泳がす。ときには犯罪を見逃し、取引を経て悪党を情報提供者に仕立て上げる。

そうしてターゲットの外濠《そとぼり》を、相手に気取られないように埋める一方、証拠固めに道筋をつけたときは迅速に動いてターゲットを捕え、取調べの段階では、反論の芽を完全に摘み取り、逃げ道を完全にふさぐ。将棋で言うなら〝詰み〟へと持っていく。ガムシャラに突進するしか能のない猪武者《いのししむしゃ》だった紗由梨に、ロジックや戦術を叩きこんでくれたのだ。

その上司の頬は削《そ》げ、目は落ち窪んでいる。長期の張り込みでくたびれているところは何度となく見ているが、ここまでやつれ果てた姿を見るのは初めてだった。

井出は肩をすくめた。

「お前のことだ。一番の薬は情報じゃないかと思ってな」

「ありがとうございます」

紗由梨は、病室内に置かれた折りたたみ椅子を勧めたが、彼は手を振って断った。

「長くはいられん。数分だけだ。うるさいお医者さまが来たら、面倒なことになる」

「いいニュースのほうから聞かせてもらえますか」

井出は顔をうつむかせた。場を和ませるつもりだったが、逆効果のようだった。

「残念だが……」

「わかってます。悪いニュースばかりなのは。それでも、なにも知らないより、ずっとマシですから」

「まずひとつ目だ。拝島さんは明日にも更迭される」

紗由梨は目をつむった。予想済みではあったが、聞かされると心が冷え、事態の重さが身体全体にのしかかる。

「後任は」

「わからん。しばらくは、副隊長の明石《あかし》さんが代理を務めることになるだろう」

井出は言葉を濁した。

現在の組対部特捜隊隊長は、重責がのしかかるリスクの高い役職だ。神奈川以外にも、千葉や山梨などの県警では、栄グループによる攻撃によって殉職者を出している。凶悪な暴力組織と直接対決しなければならないセクションの責任者だ。命を狙われる可能性はもちろん、さまざまなトラップも仕かけられる。

栄グループは超武闘派集団でもあったが、狡猾《こうかつ》な寝技も得意としていた。神奈川県警の組織犯罪対策本部では、刑事ふたりが殺害され、その責任を取って本部長が更迭された。その後に副本部長が新しい本部長に昇格。彼は就任の挨拶で、殉職した刑事二名の仇《かたき》を取ると約束。涙を浮かべながら、メディアや警官たちに力強くアピールしてみせた。

だが、その三か月後に新本部長もまた更迭された。横浜石川町《いしかわちょう》にあるラブホテルに、金髪の白人女性と腕を組みながら入っていく姿をとらえた写真が、海外のサイトにアップされたのだ。写真だけではなく、客室のベッドでその女性と性行為に励んでいる動画もあった。すぐに身元の特定がなされ、雑誌メディアも飛びついた。

写真がアップされてから三日後、錦糸町《きんしちょう》のロシアンパブで働くルーマニア人女性と判明した。彼女はテレビ番組のインタビューに応じて、一年前までホテトル嬢として働き、写真にあるラブホテルでビジネスをしたと証言した。

スキャンダルから数週間後、神奈川県警はルーマニア人女性をあてがった売春クラブ経営者の中年男を逮捕した。経営者は、栄グループの前身である東龍会系の元ヤクザで、売春あっせんの事実を認めたが、栄グループの関与を否定し、ラブホテルでの盗撮や、写真のアップロードには、一切関わっていないと答えた。

いずれにしろ、栄グループが新本部長を以前から標的にしていたのは明らかだった。彼の築いた実績や名誉を粉砕し、警察人生を強制的に終了させたのだ。

警察官にとって、神奈川県警のスキャンダルは、殉職よりも恐ろしい悪夢であり、他の警察組織に恐怖心を植えつけた。警官もまた人間だ。多かれ少なかれ、脛《すね》に傷を抱えている。全国の警察官が栄グループの非道なやり口に激怒したが、できれば直接対決は避けたいと、弱気になった者も少なくはない。警視庁も同じだ。関東の各県警で殉職者が続出したさいは、特捜隊を志願する者が急増した。しかし、神奈川県警のスキャンダル後、志願者数は減少に転じている。

多くの警官は勤勉で勇敢だ。だが、それはサクラの代紋という威光があってこそだ。どんな危険な暴力組織でも、対決の意志さえ持たせない、圧倒的な武力や権力、人数を保有しているからこそ、憂いなく職務に励めるのだが、そのシステムそのものを、栄グループは切り崩そうとしている。

神奈川県警のスキャンダルに続き、今回の襲撃事件は、さらに警察の体面を大きく損なわせた。警視庁の極秘情報がやつらに漏れているとは。情報がそこまで知れ渡っているとなれば、一般人からも協力を得られなくなる。栄グループとの戦いを望む者は、さらに減るだろう。

紗由梨は拝島を思った。彼が特捜隊の隊長に抜擢されたのは一年前だ。その人選もかなり難航したらしい。拝島が選ばれるまでに、何人かに白羽の矢が立ったものの、隊長の地位を拒む幹部が続出したという。その噂を耳にしたとき、紗由梨は意気地なしの臆病者だと、ひどく憤ったのを覚えている。

だが、今は違う。栄グループは警官の命や名誉だけでなく、当然のように警官の家族をも狙う。

妻や子が、それに自分の親たちが、冷酷な悪党に命を狙われたとしたら。臆病者とそしられようと、安全な道を選ぼうとしても、文句を言う気にはなれない。そんな資格はすでにない。

拝島が隊長に選ばれたのは、栄グループと渡り合えるほどの実力者だったからだが、独身で身軽だったのも理由のひとつといえた。家庭を築こうという気はなく、縛られるのは警察官の規則だけで間に合っていると、本人は語っていた。

拝島に限らず、特捜隊の独身率は高い。直属の上司である井出も、今はひとりでマンション暮らしをしているが、最近まで独身寮のヌシと呼ばれていた。夜の街を好む拝島とは対照的に、一本気な井出は仕事にのめりこんでいるうちに、気がつくと四十を過ぎ、婚期を逃してしまったという。井出も紗由梨も、仕事ひとすじの刑事だった。

紗由梨は口を開きかけた。だが、言葉がなかなか出てくれない。ニュースの続きを耳にするのがこわかった。

井出が先に言った。

「むろん、更迭は隊長だけじゃない。おれも飛ばされる」

「どこへ……」

「はっきりしているのは、組対じゃないどこかってことぐらいだ。降格もやむを得ない。どこか田舎《いなか》の交番勤務って噂だ。おれには仕事しかないのを、上はよく知っているからな。懲罰の意味をこめて、離島の駐在所に送ることも検討しているらしい」

紗由梨は目を見開いた。

「そんな――」

「声がでかい。お医者さまがやって来る」

井出は人差し指を立てた。

「それほど意外でもないだろう。温情にあふれた人事だとすら思っているよ。じっさい、クビになってもおかしくなかった。責任はすべておれにある。島送りになる前に、井之上朝子の遺族はもちろん、死亡したホテル従業員の家族にも、お詫《わ》びをしなければならない。会ってくれるかどうかはわからんが」

紗由梨は身を起こした。腹直筋に激痛が走り、紗由梨は顔をしかめた。涙で視界が歪《ゆが》む。それでも、じっとしてはいられなかった。

「……私も行きます。準備します」

井出は深いため息をついた。

「そう言うと思っていたよ。お前のことだからな。しかし、ここははっきり言っておく。足手まといだ。おとなしく眠ってろ」

紗由梨の頬を涙が伝った。病院に運ばれてから、何度泣いたかわからない。瞼の皮膚がひりひりと痛んだ。腹筋に注意を払いながら、再び枕に頭をつける。

井出はつけたした。

「ただし、これも言っておくぞ。お前を誇りに思っている。本当によく戦ってくれたとな。おれはお前にも謝らなければならない。お前まで失っていたら、おれはどうなっていたか」

「井出さん……」

井出はポケットティッシュを紗由梨に手渡した。彼女は鼻をかむ。

「お前は残れ」

「え?」

「今、上に掛け合っている。おれと隊長は去るが、お前は隊に残るんだ」

「でも」

井出は声のトーンを落とした。紗由梨の耳に顔を寄せた。

「おれと隊長が必死に説き伏せている。部長たちは、お前の性格を知らない。こんな目に遭った以上、特捜隊では働けないと見なしている。そうじゃないんだとな。特捜隊はお前を必要としているし、お前も隊に残りたがっていると。それを伝えるのが、おれたちにできる最後の仕事だ」

紗由梨はうつむいた。ティッシュペーパーで鼻を覆ったまま、顔を上げられずにいた。井出が尋ねる。

「それとも、恐ろしくなったか?」

紗由梨は首を振った。そんなはずはない。

やつらの襲撃で取り乱した彼女は、自分の頭を拳銃で撃ち抜こうとした。止めてくれたのは死んだ朝子だ。

あの場で彼女は誓っている。朝子の魂を鎮めるために、やつらを必ず捕えると。

3

鷹森太志《たかもりたいじ》は、それとなくスーツのボタンを外した。

スーツジャケットの内側に隠した拳銃を、いつでも抜き出せるようにしておくためだった。左脇にはショルダーホルスターに入れたグロックがある。三田大《みたまさる》が部屋にやって来てから、室内の空気がいっそう悪くなった。

ボタンを外してから、再び両手を組んだ。無表情を心がけながらドアの前に立ち続ける。三田の部下が、鷹森の行動に気づいたのか、警戒するような鋭い視線を向けてきた。なに食わぬ顔でそれを受け止める。

三田はふたりの護衛を引き連れていた。どちらも濃紺のスーツと白のワイシャツを身に着け、地味なネクタイを締めている。まっとうな格好をしていたが、左脇には不自然な膨らみがあった。鷹森と同じく持っているらしい。三田らには、鷹森たちに手出しできるほどの度胸も技術もない。しかし、念には念を入れておかなければならない。先日のホテルへの襲撃で、それを思い知らされた。

部屋中に衝撃音が響き渡った。ボスである三田が、応接セットのテーブルを叩いたからだ。テーブルに置かれたコーヒーが、カップからソーサーへとあふれる。

「本当にわかってるのか。この状況を」

三田は革椅子から身を乗り出し、会談の相手を睨みつけた。ふだんは、相模東光開発の常務取締役として、カタギの皮をきちんとかぶっている。

短くカットした頭髪と真新しい高級スーツ。隙のない着こなしで、ニュース番組の若手キャスターのような、清潔なイメージを振り撒いていた。血も涙もない病理集団と呼ばれる組織の一員には見えない。だが、ここへ来て、本来の獰猛《どうもう》な性格が露呈しつつあった。テーブルを派手に叩くと、歯を剝きだして相手を威嚇する。

その三田は、不良時代を思わせる形相で、鷹森らの指揮官である破樹誠人《やぶきまさと》を睨みつけていた。

激怒する三田とは対照的に、破樹は長い脚を組み、涼しい顔でコーヒーをすすった。

「ああ」

破樹がそっけなく答えた。三田は続きの言葉を待ったが、破樹は再びコーヒーに口をつけるだけだった。

破樹もまた、見かけだけはまっとうな紳士に見えた。グレーの高級スーツに身を包み、灰色の豊かな頭髪を七三に分けている。映画俳優のように整った顔をしてはいるが、顎や頬には細かな傷痕がいくつもあった。それらをファンデーションで隠している。何度か任務中に、大きな切り傷や火傷を顔に負っていたが、そのたびに整形手術で消している。

ギラギラとした視線を放つ三田とは対照的に、破樹の瞳にはつかみどころのない漆黒の闇があった。コーヒーに口をつけると、灰皿に置いた吸いかけのシガーを手に取り、火力の強いガスライターで吸い口を炙る。

三田の眉間にシワが寄る。

「『ああ』って、それだけか」

破樹はシガーを口にくわえ、盛大に煙を吐いた。

「それ以上、なにを言ってほしい」

「てめえ……自分の立場をわかってねえだろう。あんだけのミスをやらかしておいて、詫びのひとつもねえってのは、どういうことなんだと訊いてんだ！」

三田はヤカラのごとく吠《ほ》えた。

もともと三田は、暴走族ＯＢで構成される半グレ集団に所属していた。アメリカの大学の学位を金で買ったが、本当は高校もロクに出てはいない。今でこそ、彼の口にはぴかぴかの白い歯が並んでいたが、数百万もの金を注ぎこんで作った義歯だった。三度のバイク事故と数十回のケンカ、有機溶剤の吸引で、十代のうちに大半の歯を失《な》くしている。

　三田が睨みつける。

　趙《ヂャオ》・香莉《シャンリー》が噴き出した。窓辺に立っていた彼女は、おかしそうに腹を抱えて笑った。

「なにがおかしい、ねえちゃん」

「おかしいわ。もともとの原因は、あんたの脇が甘かったからでしょう。常務さん」

「ああ!?」

　三田は椅子から立ち上がって、クリスタルの灰皿を摑んだ。吸い殻やシガーの灰があたりに散らばり、三田のスラックスやテーブルを汚した。

　鷹森は反射的に拳銃を握った。三田のボディガードも気色ばみ、ジャケットの内側へと手を伸ばす。グリップが汗でぬめる。室内の空気が張りつめる。

　しかし、当の破樹や香莉の様子は変わらなかった。破樹は椅子にもたれたままシガーをくゆらせ、香莉はニヤニヤと小馬鹿にしたような笑みを浮かべている。艶やかな長い黒髪が特徴的な美女だったが、荒《すさ》んだ目つきと歪んだ唇が、非情な性格の持ち主であることを物語っている。

くびれのある腰と大きな尻。重心の軽そうな女だったが、その一方で、重いショットガンを巧みに操り、人民解放軍で身につけた格闘術と拳法で、自分の倍の体重はありそうな男を、何人も蹴り倒している。いくつもの戦場を渡り歩いた破樹が、北アフリカのナイジェリアでスカウトしてきた女兵士だった。当時の彼女は武器販売を手掛ける中国系企業で、戦場を行き来する幹部たちのボディガードをしていた。

彼女の実力は、先日のホテル襲撃でもいかんなく発揮された。指揮官である破樹と鷹森がフロントを制圧している間、香莉はもっとも危険な任務であるターゲットの暗殺を実行している。小さなトラブルはあったものの、標的である井之上朝子の口封じに成功した。今後の課題は、そのトラブルをどう解消していくかにあった。

香莉は黒髪を掻きあげた。

「そもそも今回の原因は、あなたの情報管理がひどかったからじゃない。おかげでこっちは、あなたのクソだらけのケツを拭う羽目になった。きれいにお掃除してあげた人間に向かって、ずいぶんな口を叩くのね」

香莉の日本語は流暢《りゅうちょう》だった。まだ来日して三年程度しか経っていないというのに。

灰皿を手にした三田の顔が、みるみる紅潮していく。

「このアマ……」

鷹森は香莉に目配《めくば》せをした。よせよ。しかし、彼女はまるで意に介さない。侮蔑しきった笑みを浮かべ続ける。

破樹や香莉は、歩く人間兵器だ。鷹森にしても、ひどいシゴキで知られる荒くれ者だらけの大学柔道部を経て、千葉県警の機動隊に所属していた元警官だ。腕にはそれなりに自信がある。暴走族上りの三田とは、腕も経験もまるで異なる。

彼女は言い放った。

「あの女に警察へ駆けこまれて、ボスにあわてて泣きついてきたのは、どこの誰よ」

三田が義歯を剝いて、クリスタル製の灰皿を振り上げた。同時に破樹が左手をまっすぐ掲げる。彼の長い手が、ふたりの間に割って入る。

「そのへんにしておけ」

破樹は後ろを振り向いた。くわえていたシガーを右手の指で弾く。彼の手からシガーが消え、次の瞬間には香莉の頬にぶつかっていた。火のついたシガーが床を転がる。香莉の頬には灰がついた。彼女は拭おうとせず、神妙に頭を下げた。彼女は恐《こわ》いもの知らずの戦士だが、破樹の命令には忠実だ。彼女が指す〝ボス〟とは、栄グループのトップである高良栄一ではなく、破樹のことを指す。

破樹は三田に語りかける。

「怒りを鎮めてくれないか」

三田は、しばらく灰皿を摑んだまま立ち尽くしていた。振り上げた拳の矛先を見失っている。破樹はさらに言う。

「話を前に進めよう」

破樹は、三田の護衛らに向かってうなずいてみせた。

ジャケットの内側に手をやっていた護衛らが、拳銃からゆっくりと手を離した。ふたりは安堵《あんど》したように肩から力を抜いた。急速に表情が緩んでいく。かりにドンパチともなれば、無事じゃ済まないのは自分たちだと、よく知っているからだ。

三田らが相手にしているのは、栄グループが誇る暗殺チームのリーダーと、その隊員たちだった。トップの高良栄一が抱える直轄部隊であり、栄グループを脅かす敵が現れたとき、すみやかにせん滅を実行するのが仕事だった。

ふて腐れた顔の三田だったが、灰皿をテーブルに置き、深いため息をついて革椅子に座り直した。護衛のひとりに内線電話をかけさせる。

ほどなくして、モップや布巾を手にした女性事務員が部屋に入り、散らばった灰や床に落ちた葉巻を片づけた。こうした荒っぽい掛け合いがしょっちゅうあるためか、制服を着た女性事務員らは顔色ひとつ変えずに掃除を済ませ、一礼して部屋から出て行った。

鷹森らがいるのは、吾妻橋《あづまばし》にある高層ビルの最上階だった。高良に飼われた弁護士事務所があり、最上階のフロアを丸ごと借りきっている。

栄グループが抱える企業は、飲食業や娯楽サービス、医療や清掃業といった表向きのものから、人身売買や賭博、ドラッグ製造と多岐にわたる。非合法な重要事案を話し合う場は、この弁護士事務所の会議室など、かなり限定されている。ここで雇われている事務員も、入念な身辺調査がなされ、高額な口止め料も支払われている。

　事務員たちが出て行くのを見計らってから、三田はゆっくりと口を開いた。間ができて多少は落ち着きを取り戻したのか、静かな口調だった。

「……あんたらの腕を疑っちゃいない。警視庁の組織犯罪対策部特捜隊《ソトク》に匿《かくま》われちまったときは、さすがのあんたらでも手におえないと思っていたんだ。あの女を消してくれたのには感謝している」

　破樹は肩をすくめた。

「高良会長のおかげだ。我々は、会長が用意してくれた絵図のとおりに動いただけにすぎん」

「今回は、その絵図も完璧じゃなかったということか」

「会長も神ではないよ。こうした仕事を二十五年以上こなしているが、工場でモノを作るようにはいかない。なにかしらトラブルがつきものだ。いくら知恵を絞っても、我々の予想を裏切る事態は起きる」

　三田がなにかを言いかけ、前のめりな姿勢になった。破樹は大きな手を広げてさえぎる。「三田常務、あんたの好きなゴルフに例えよう。どんな一流プレーヤーでも、つねにフェアウェイやグリーンにボールを打てるわけじゃない。池やバンカーにはまるときもある。しかも、我々が勝負しているのは、かなり管理の悪いゴルフ場だ。紳士のゲームとは程遠い。いいポジションにボールが転がっても、ふいに池に投げこんでしまうような不届き者も大勢いる。その不条理を嘆いていても前には進まん。不届き者をすみやかに捕まえ、アイアンで叩きのめし、粛々とプレーを続けるだけだ」

破樹チームは憲兵隊としての役割も担い、グループ内にいる裏切り者やスパイの排除を行っている。なにしろ、栄グループには星の数ほどの敵がいる。警察組織だけではなく、勢力を急拡大させる栄グループを警戒する暴力団も多い。

とくに栄グループを生んだ東龍会には、高良に尻尾を振らなかった親分衆が大勢いる。近親憎悪というやつで、近しい関係にあればあるほど、戦いは激しさを帯びていくものだ。東龍会は解散したものの、親分衆の全員がおとなしくカタギになったわけでもない。反目に回った旧東龍会の幹部たちを、すみやかに黙らせたのも破樹だった。

東龍会のナンバー2の地位にあった理事長は、高良を排除しようと動いたが、一家全員がこつ然と姿を消した。破樹チームが、御宿《おんじゅく》の別荘に身を隠していた理事長一家を襲い、妻子ごと房総《ぼうそう》の海へと沈めた——鷹森も、そのせん滅作戦に加わっている。

三田はうなった。

「その不届き者を捕えて、息の根を止めるのがあんたらの仕事だろう。どこの誰だ」

「調査中だ」

「くそっ」

三田は拳を握った。

「人に説教している場合か。あんたらが邪魔に入ったマスク野郎を消さねえかぎり、落ち着いてゴルフなんてできるわけがねえだろう」

鷹森はそっと息を吐いた。話が堂々巡りに陥ろうとしていた。

栄グループが、他の暴力組織よりも抜きんでているのは、戦闘力だけではない。急成長の鍵は、警察の極秘事項さえも知り得るほどの優れた情報収集能力にあった。おかげで東龍会の解散から現在にいたるまで、栄グループはつねに先手を打てた。かりに隙を突かれたとしても、ダメージを最小限に食い止めている。

しかし、常勝でいるのに慣れきってしまったのか、幹部のなかには三田のように、後手に回らざるを得ないときにうろたえる者もいる。危機感がだいぶ薄れてきた証拠だ。だからこそ、部下に警察へと駆けこまれるというミスが起きる。

先日は三田の尻ぬぐいのために、危険な暗殺ミッションに打って出た。相模東光開発における経理部門の取締役で、三田の部下だった井之上朝子が、警視庁組対部の事情聴取に応じたのが始まりだった。

同会社は不動産開発を中心に、外食産業や介護サービスにも進出している多角化企業だ。大半の社員やスタッフは、経営陣が冷酷なマフィアのメンバーであるのを知らぬまま、労働に励んでいる。警視庁に情報を売ろうとした朝子は、使い勝手のいい会計担当取締役として重宝がられていた。栄グループが乗っ取る以前から、腐ったトップからの命令で、経費の水増しや所得隠しに手を貸していたのだ。

栄グループが株を買い占めて乗っ取ってから、彼女の存在はさらに重要度を増した。同会社が所有する倉庫や船舶などは人身売買の中継地点や運搬に用いられ、ビルやマンションは売春グループのアジトになっている。朝子はそうした裏ビジネスで得た収益の管理を任されていた。

三田によれば、彼女は眉ひとつ動かさず、汚れ仕事を引き受けていたという。長期にわたって不正経理に関わり、会社独自のルールに従っていた。堅実な仕事ぶりと口の堅さが認められ、常務の三田と同様に高い報酬が支払われていた。近年は取締役にまで昇進を果たしている。

朝子は毎年、夏季休暇を清里高原のリゾートマンションで過ごしていた。今年も例年通り、そこでくつろぐという。三田を含めて疑う者はいなかった。

しかし、その彼女が非合法ビジネスにまつわるデータや、裏帳簿を持って警察に走った。その情報が警察内部の協力者から、高良の耳にもたらされた。高良は警察内部の奥深くまで腐らせている。警察経由で朝子の裏切りが判明した。

さらなる情報収集によって、朝子が匿われているホテルを把握し、破樹たちは襲撃を敢行した。

鷹森と破樹が、フロントのフロアを占拠した。そのさい破樹は、ホテルマンをひとり射殺している。香莉たちはベルボーイを連行して、客室へと乗りこんでいる。彼女たちは、護衛の女刑事に手こずったものの、朝子を永遠に黙らせた。

問題はその後だ。マスクとキャップで顔を隠した謎の男が、戦闘に乱入している。その男が、ホテルの宿泊客などではないのは明らかだった。拳銃を所持し、任務遂行中の香莉たちに、容赦なく銃弾を浴びせている。防弾レベル・ⅢAのベストを着用していたため、弾丸に貫かれずに済んだが、その場からの撤退を余儀なくされている。

三田が訊いた。

「そいつは本当に刑事《デカ》じゃねえのか。わかってることだけでも教えろ」

「組織犯罪対策部特捜隊《トツク》の人間ではないのは確かだ」

「なんで言い切れる」

破樹は横に置いていたバッグに手を入れた。

取り出したのは透明の小さな袋だった。破樹はそれをテーブルに置いた。

小袋のなかには、鉛色をした金属の塊が入っていた。先端が潰れた銃弾だ。口径がやけに大きい。三田が怪訝《けげん》そうに眉をひそめて銃弾を見つめる。

「これは？」

「マスクマンが撃った銃弾だよ。四十四口径のホローポイント弾。やつが持っていたのはスミス＆ウェッソンのM29だ。どこの部署の警官も、こんな重い拳銃を持ち歩いたりはしない。もともと、グリズリーから身を守るために作られたような銃だ」

「ボディガードのおまわりでもない野郎が、でっかい拳銃ぶらさげて、あのタイミングであんたらの邪魔をしたってのか。そいつは――」

「警察の情報がこちらに筒抜けだったのと同じく、こちらの手の内が、マスクマンに知られていたということだ」

　三田は目を見開いた。

「どうやって」

「知りたいかね」

「当たり前だ！」

　三田は再び声を荒らげた。

　破樹は鷹森を見やった。鷹森はうなずいて、スーツのポケットに手を伸ばした。三田のボディガードらが、警戒の視線を向けてくる。携帯電話をゆっくり取り出し、液晶画面をタッチして、電話をかけた。

〈はい〉

ファビオ・ヨナミネがワンコールで出た。鷹森が訊く。

「準備は」

〈できている。とっくに〉

「ボスがお呼びだ。例のものを持ってきてくれ」

ヨナミネはブラジル人だ。日本人の血を引いているが、日本語は香莉よりうまくない。もともと極端に口数の少ない男だ。短い会話で電話を終えた。

画面をタッチして電話を切り、携帯電話をポケットにしまうと、応接室のドアがノックされた。そばにいた鷹森がドアを開ける。そのヨナミネが、ぬっと姿を現した。彼は隣の会議室で待機していたのだ。

巨大な岩を思わせる大男が入ってきた。鷹森の鼻に、なまなましい血の臭いが届く。

ヨナミネは白いワイシャツを着用していた。肘まで袖をまくり、棍棒《こんぼう》みたいなごつい前腕を露《あらわ》にしていた。浅黒い肌に彫られたタトゥーが見える。筋肉の鎧に合わせたオーダーメイドのシャツは、ところどころが赤く汚れている。

彼は肩でひとりの男を担いでいた。

「おい、そいつは――」

三田は腰を浮かせた。よほど驚いたのか、テーブルに脛をしたたかにぶつけた。ボディガードたちも血相を変える。

ヨナミネに担がれた男は全裸だ。鼻や手足から出血しているため、床にポタポタと血がしたたり落ちた。肉体のいたるところに、擦過傷や打撲による痣があった。顔と太腿を集中的に殴打され、太腿は青黒く変色している。顔は乱打戦で負けたボクサーみたいに腫れあがっていた。両目がほとんどふさがっている。

ヨナミネは応接セットのそばの床に、担いでいた男を無造作に放った。男は失神しているように見えたが、床に背中をぶつけたのを機に、苦しげに咳をした。口から小さな白い塊がいくつもこぼれ出る。砕けた歯のカケラだ。

三田が男のもとへ駆け寄った。

「堤本《つつもと》……」

三田は床に跪《ひざまず》いて、男のそばに近づいた。ケガのひどさに顔をしかめる。

驚愕《きょうがく》する三田たちとは正反対に、破樹は他人事のようにコーヒーに口をつけた。

暴行を受けた男は堤本拓也《たくや》という。相模東光開発の幹部であり、企画開発室の室長なる肩書を持っている。三田が信頼を置く部下のひとりだ。彼と同じく暴走族ＯＢの半グレ集団に在籍。カタギのフリをして細身のスーツを愛用しているが、上半身のいたるところに刺青を入れている。相模東光開発における非合法ビジネスの実務を仕切っていた。

堤本がうめいた。三田に救いを求めるかのように、手をノロノロと伸ばす。

「ま、大さん。た、た、助けて……」

三田は堤本の右手を握った。堤本が苦痛の悲鳴をあげる。右手の指の骨が折れ、奇妙な形にねじれていた。三田はあわてて手を離す。

破樹が、コーヒーカップをソーサーに置いた。

「我々の腕を疑ってはいない。三田常務、あなたはさっきそう言ったな」

「説明してくれるか……どういうことなのかを」

三田の歯がカチカチと鳴った。声も震えている。

ヨナミネはローファーの先で、堤本の青黒くなった太腿を蹴とばした。

「説明しろ。おれに話したときのように」

さほど力をこめた様子はないが、堤本はかん高い声をあげて転がった。大腿骨が折れているのだろう。

「やめねえか！　人の部下を断りもなく、ぶっ壊しやがって！　てめえが説明しろ」

三田が手を振り、ヨナミネを睨みつけた。目から火が出そうな視線だったが、彼は黙って受け止めた。

ヨナミネの尋問はつねに単純明快だ。ブラジルで警官をしていた時代もあったらしいが、演技や説得といった方法を選んだりはしない。暴力あるのみだ。

度を越した量のプロテインとステロイド、それにプロレスラー顔負けのハードトレーニングで作った過剰な筋肉。それを駆使して、棍棒やスラッパーを使い、顔や太腿を休みなくぶっ叩き続ける。どれほど口の堅い人間でも、なにかのマシーンのごとく、永遠に叩き続けるヨナミネに恐れをなす。

ヨナミネは破樹を見やり、確認を取ろうとした。彼も香莉と同じく、栄グループそのものに忠誠を誓っているわけではない。彼らにとって、ボスとは破樹を指す。

破樹は顎を動かした。仁王立ちのヨナミネは、スラックスのポケットから白い塊を取り出した。堤本を放り捨てたときと同じく、それをぶっきらぼうに床へ放った。三《みつ》叉《また》の電源ソケットだった。

「見覚えは？」

三田はひったくるようにして拾い上げた。角度を変えて眺めまわしたが、あきらめたように首を振る。

「ない。こいつはなんだ」

ヨナミネが答えた。

「バグ。リスニング・デバイス。日本語だったら、こいつをなんて言えばいい」

鷹森が助け舟を出した。

「盗聴器だ。ただの電源ソケットに見えるが、なかに集音マイクが入ってる」

ヨナミネは堤本を顎で指した。

「あんたの会社の部屋にあった。仕かけたのはこいつだ」

「なに――」

三田は急に無表情になった。堤本は、血の混じった唾を撒き散らしてわめく。

「違う。違うんだよ。おれは――」

破樹が声を張り上げた。

「マスクマンと遭遇した直後から、我々はやつの正体を割り出すために動いている。高良会長を通じて、警察側の協力者にも問い合わせをしている最中だ」

堤本のわめき声が、会話の邪魔をした。三田はハンカチを取り出し、わめき声をあげる堤本の口をふさいだ。声を出せなくなった堤本は手足をバタつかせる。

三田は部下の口を抑えて訊いた。さんざん声を荒らげていたが、打って変わって静かになる。

「続けてくれ」

「警察側からの答えはノーだった。あちらもマスクマンが何者かを把握していない。もっとも、あんな拳銃を警官が持つとは思えないが、念のために確認したところ、井之上朝子の護衛でもなければ、よその部署の警官でもないとの返事だった」

三田はうなった。

「だとすりゃ……火元であるうちが、一番あやしいだろうよ」

「ホテルから戻った我々は、相模東光開発を洗い直した。三田常務、あなたの執務室から盗聴器が出てきたのを機に、役員室すべてに、小型の防犯カメラを設置させてもらった。会社を仕切っているのはあなただが、情報がどこから漏れているのか、わかっていない以上、そのことを知らせるわけにはいかなかった」

破樹が、裸の堤本を見下ろした。

「防犯カメラが、ネズミをとらえたのは二日前だ。仕かけた盗聴器を回収しようと、この男があなたの部屋に忍びこんだ」

ヨナミネが、リモコンを摑んで壁の大型モニターのスイッチを入れた。三田がこの応接室に来る前から、準備していた映像だった。破樹チームの全員がすでに視聴を済ませている。モニターが間を置かずに映像を流す。

モノクロの画像ではあったが、三田の執務室の前に設置した赤外線カメラは、誰もいない暗闇の廊下を歩む堤本の姿をはっきりととらえていた。

三田の執務室は施錠されていたはずだったが、堤本はカードキーを使って、なんなく上司の部屋へと侵入していった。画像の隅には日付と時刻が表示されてある。夜中の三時過ぎの出来事だった。

映像は、三田の執務室のなかに切り替わる。堤本の足取りには迷いがなかった。やつは一目散にデスクの下へと潜りこんだ。パソコンやプリンターなどのコード類が密集している。五秒ほどの間、デスクの下にいた彼は、電源ソケットを手にしていた。それで用が済んだのか、三田の部屋を後にした。

　当の三田は黙ってモニターを凝視した。堤本の口をふさいだまま。破樹が言った。

「興味深い映像が出てきたからには、こちらも動かないわけにはいかない。この男を拘束し、尋問をさせてもらった。自宅もだ」

　堤本が、三田の右手首を握りしめた。口の封印を解いて、必死に抗弁する。

「大さん、兄貴、聞いてくれ。ワケがあったんだ。後で兄貴にも話す気でいた――」

　三田が、再び口をハンカチで押さえつけた。さきほどよりも、強い力をくわえられたらしく、指が堤本の頬に食いこんでいる。堤本の目頭から涙が伝う。

　三田がヨナミネに尋ねた。

「吐かせたのか。売った理由を」

「あらかた。要するに……女と賭場です」

　三田が落胆の息を吐いた。

　尋問を担当したヨナミネによれば、堤本は典型的な裏社会の張った罠《わな》に嵌まったのだという。

　堤本は、相模東光開発の裏ビジネス部門の現場責任者だ。人身売買と売春で、莫大なブラックマネーを稼ぎ出している。それだけに常務の三田、経理担当の井之上朝子と同じく、得ていた報酬も少なくはない。獲得したブラックマネーと一緒に、自分たちの給料を、マカオのカジノや、ベルギーの投資ファンドを使って洗浄させている。

それほど巨額な給料を得ていたにもかかわらず、堤本の銀行口座の金は、右から左へと通り過ぎて行った。芸能人も集まる会員制クラブで飲み、そこでバイトをしている現役グラビアアイドルを買って夜を過ごした。また、ラスベガスやマカオでは、でかい金を張るハイローラーとして知られていた。

カジノや会員制クラブなどで築いた人脈が効を奏し、モデルの卵や食えないグラビアアイドルを使った高級売春クラブの設立にも一役買っている。

その堤本はここ数か月、ある女にのめりこんでいた。京都祇園《ぎおん》のクラブで働いている夜の蝶だ。何度も店に通って金を落とし、苦労した甲斐《かい》もあって、アフターの誘いにも応じてもらえるようになった。堤本はさらに深い関係になるのを望み、出張だのと名目をつけて京都へと足繁《あししげ》く通っている。

三か月前、女は地元の裏カジノに堤本を誘った。彼は迷った。栄グループも東京都内を中心に、関東一帯にカジノやゲーム賭博場を持っている。また、理由なくよその賭場に出向くことを固く禁じていた。

栄グループは、出身母体である東龍会の兄弟分を始めとして、多くの暴力団を敵に回している。他団体の裏カジノに出入りをするというのは、カモがネギを背負って、敵のアジトにのこのこと出向くようなものだ。そして、その危惧は見事に的中した。

　堤本は女の誘いに応じ、京都市内の裏カジノへと出向いた。女への想いに加えて、地方に出てきた解放感が油断を招いた。女とともに偽名を使ってカジノで遊んだが、その日はツキにめぐまれて大勝した。それをきっかけに、京都で女と会うたびに、裏カジノへと通うようになった。

　支配人とも徐々に親しくなり、オーナーが京都の宗教団体の幹部とわかり、初めこそ警戒していた堤本も、すっかり裏カジノの常連となっていた。そこには関西の財界人や芸能人、顔役などもときおり姿を見せていたため、ビジネスのための人脈作りもできるのではないかとさえ考えていた。

　一か月前、出張で京都にやって来た堤本は、女とともに裏カジノでの遊びを楽しんだ。スコッチの水割りを飲みながら。酒に大量の睡眠薬が混じっているのも知らず。

　眠りに落ちた堤本は、京都市郊外の山中で目を覚ました。人ひとり分が入れるほどの穴が掘られ、彼の身体はそのなかにすっぽり嵌まっていた。穴の周りには裏カジノの支配人と店員たち。物腰柔らかで人当りのいいはずの男たちだった。

　裏カジノのときとはまったく異なるおそろしい形相で、穴のなかにいる堤本を見下ろしていた。支配人たちは、パニック状態に陥った彼のうえに、シャベルで土をかけ始めた。

——気分はどうでっか。堤本はん。

穴のそばには、痩身の中年男がいた。京都に本部を置く宗教法人の幹部らしく、頭をツルツルに剃り、藍染めの作務衣《さむえ》を着用していた。裏カジノのオーナーとして、常連客である堤本とはすでに面識があった。近いうちにゴルフをやろうと約束したばかりだった。禿頭のオーナーは、彼を本名で呼びかけた。裏カジノに出入りするさい、ずっと偽名を使っていた堤本だったが、とっくに正体はバレていたのだ。

——こ、こりゃどういうつもりだ！　なにしやがる！

穴のなかで怒鳴る堤本に、支配人らはシャベルで土をかぶせてきた。どさどさと大量の土の塊が顔面をふさぎ、堤本は息をつまらせながら怒声をあげた。

——なんの真似だ。ど、どうなるか、わかってんだろうな。おれのことを知ってて、やってんのか。とんでもねえことになるぞ！

——ちゃんと知ってますがな。堤本拓也はん。あんただけやないで。

堤本に土をかけるたびに、禿頭のオーナーは彼の家族の名前を大声で読み上げた。祖父や祖母から始まり、父母の名前と実家の住所、兄の勤務先である有楽町のレストラン、別れた妻が暮らすマンションの住所までそらんじてみせ、二歳になる娘の名まで口にしかけたところで堤本は悲鳴をあげた。

——止めてくれ、もう止めてくれ。彩矢《さや》はどうした、どこにやった。

彩矢は、堤本を裏カジノに誘った京都の女だ。裏カジノには一緒に行ったものの、目が覚めてからは姿が見えなかった。

オーナーは答えずに、おもむろに自動拳銃を抜き出すと、慣れた手つきでスライドさせ、薬室に弾を送った。

——あんさん次第や。

オーナーは堤本の脳天に銃口を押しつけた。

——あんた……誰だ。

——返事、聞かせてもらおか。

堤本は承諾した。自分の命だけでなく、ぞっこんの女まで人質に取られ、なすすべもなかったという。おとなしく従わなければ、彩矢はもちろん、親類縁者も皆殺しにすると脅された。

裏カジノのオーナーたちは、堤本の栄グループにおける立場や、それに彼が手がけているビジネスをよく知っていた。堤本にスパイになれと迫り、相模東光開発のトップたちや、栄グループの内部情報を流せと命じた……。やつらの操り人形となった堤本は、三田の執務室に入って盗聴器を取りつけ、内部情報は支配人に伝えていた。

ヨナミネは、彼がスパイと化すまでの全容を詳しく聞き出していた。

三田は静かに尋ねた。裏切り者の部下を見つめながら。

「あらかた喋らせたと言ったな」

「ああ」

ヨナミネが答えると、三田は堤本の顔から手を離した。強い力で頰を握りしめられていた堤本は、激しく咳きこみながら、ひいひいとあえぎ深呼吸をした。

「ま、大さん……待って」

三田は憐《あわ》れむように目を潤ませた。せつなそうな表情になって、堤本の首に手をかけた。両手の親指が喉に食いこむ。堤本は短くうめいた。拷問で体力が尽きかけている堤本には、抗《あらが》う力は残されていない。

「この大バカ野郎……」

三田は低くうなりながら堤本の首を絞めた。破樹や香莉、ヨナミネたちは止めなかった。破樹はシガーケースを取り出した。カッターでシガーの先端を切り落とし、三田による処刑を黙って見つめていた。彼の護衛たちも当惑してはいるが、ボスの怒りの行動を諫めようとはしない。堤本は三田の手の甲を引っ掻いたが、ボコボコに腫れた顔をさらにまっ赤にさせると、やがて白目をむき、ガクリと首をのけぞらせた。

血の臭いが漂う応接室。さらに排泄物のそれが混じる。堤本が大便を漏らし、尻を盛大に汚した。鷹森はリモコンをいじって、エアコンの空気清浄機能を働かせる。

「お前ら、もう帰ってろ」

三田は、部下を自らの手で絞め殺すと、背後の護衛ふたりに声をかけた。護衛たちは、お互いの顔を見合わせ、困惑した表情を見せる。

「ですが」

「とっとと消えろ！」

三田は手を振った。彼の両手は、死んだ堤本の血と唾液で汚れていた。体液が護衛らに振りかかる。彼らはあわてて部屋を出て行った。

三田は床のうえに座り直した。部下の死体を前に、背筋を伸ばして正座する。彼の着用している高級スーツは、血と排泄物の飛沫《ひまつ》で台無しだった。破樹に問いかける。

「おれも、なんだろう」

破樹はシガーの煙を吹かすだけだった。三田はかまわずに続ける。

「裏切り者《もん》をふたり……ふたりも作っちまった。自分の間抜けさに、吐気すら覚える。高良会長にも合わせる顔がねえ。さっさと殺《や》ってくれ」

「腹はくくっているようだな」

破樹が左手をあげた。香莉が腰からベレッタを抜いた。銃口を三田のほうに向け、無造作に引き金を引いた。銃声が鳴り響く。三田は身体を震わせる。

死体と化した堤本がうごめいた。銃弾は死体に命中した。胸やわき腹に弾丸がめり込み、頭に当たった一発が、頭皮と頭蓋骨を破壊し、血と脳漿《のうしょう》を撒き散らした。

三田は目をそろそろと開けた。身体をなで回して、自分が生きているのを確かめる。

「……どうしてだ」

「たしかに今回の失態は死に値する。その一方で、高良会長は君の実務能力を高く評価している。生きて汚名を返上しろ。高良会長からの伝言だ」

三田の目から涙があふれた。ハンカチで鼻をかんだ。

「すまねえ……」

「感謝の言葉は、会長にお会いしたときにでも言うんだな。我々は命じられたままに動いている」

「いや、あんたにも言わせてくれ。すまなかった。おれのミスのせいで、どれだけの苦労を……できることはさせてもらう。命をかけてでも」

鷹森はインターフォンで事務員に連絡を取った――いつもの清掃業者を呼べ。

再び女性事務員らがやって来て、おしぼりやタオルを持参し、血で汚れた三田やヨナミネに手渡した。硝煙と排泄物の臭いがこもり、無残な死体が転がっているというのに、女性事務員らは今度もこれといった反応を示さなかった。いつもの清掃業者が来るまでの間、応急処置として、死体にブルーシートをかけた。

三田は、おしぼりで顔や手を拭うと椅子に座り直した。肌についた血は消えたが、応接室に姿を現したときとは、すっかり別人に変わっていた。

覚悟をしたとはいえ、よほど恐ろしかったのだろう。健康的な外見を自慢としていたが、目は落ち窪み、顔色は病人みたいに青白かった。ヘアワックスでピンと立てていた頭髪は、バケツの水でもかぶったかのように、ぐっしょりと濡れている。

三田は訊いた。

「嵌めた野郎も、すでにわかってるんだろう」

破樹はシガーを吹かす。

「うちの伊方《いがた》を京都へ行かせている。堤本を裏カジノに誘い出した女はクラブを退職済みだった。京都からも姿を消している。採用時の履歴書をチェックしてみたが、住所も経歴もすべてデタラメだったそうだ。最初から堤本を誘い出すのが目的だったのだろう。だが、裏カジノのほうは判明した。支配人は元ヤクザ。オーナーも宗教団体とは関係がない」

「どこのやつらだ」

「旧東龍会がらみと見ていいだろう。オーナーは近江一乗会《おうみいちじょう》の藪《やぶ》という。京都ヤクザの長老だ。関代巌の外兄弟で、府中《ふちゅう》刑務所では長いこと、ともに過ごしていたらしい。組織は異なるが、じつの兄弟のように仲がよかった」

三田は眉をひそめた。

「しつこい爺《じじい》だ。くたばったというのに、またおれたちに刃向うつもりか」

関代は、反・栄グループの急先鋒だった老極道だ。重い糖尿病を患って入院していたにもかかわらず、栄グループの台頭を嫌う勢力を結集させるために策を弄した。

あの老いぼれのおかげで、南足柄市の山奥で動かしていたドラッグ製造工場を始めとして、いくつかの事業を潰された。当時の栄グループにとって、もっともやっかいな敵のひとりだった。

その関代の息の根を止めたのは鷹森と香莉だ。看護服を着用し、ＩＤカードをぶらさげて、病院関係者のフリをして、関代がいる病室へと侵入した。

部屋にはボディガードがつめていたが、ふたりは看護師になりきり、痩せ細った腕に睡眠導入剤と致死量のインシュリンを打った。

反・栄グループの旗頭だった関代巌がくたばり、旧東龍会の残党もかなり静かになった。関代との戦いで栄グループも損害を負ったが、破樹チームは数倍のダメージを与えている。関代から情報を得ていた刑事を射殺したうえ、神奈川県警は犯人を逮捕できず、トップの本部長と組対本部長が更迭されている。副本部長が代わってトップに昇格し、殉職した刑事の仇を取ると世間にアピールしたが、彼の下半身ネタを摑んでいた栄グループは、外国人売春婦と寝ている新本部長の姿を撮った写真をネットで派手にばらまき、新本部長は市民やメディアから袋叩きに遭った。

神奈川県警を打ちのめし、反・栄グループも黙らせた。その戦闘力が栄グループ内に油断を招いたのだ。

関代とつながりのある人物は、極道も刑事も地獄に突き落とした。だが、殺戮《さつりく》を行った以上、根絶やしにでもしないかぎり、栄グループに恨みを持つ人間は消えない。

破樹は淡々と告げた。

「堤本はこの薮という男に情報を流していた。おそらくこの薮を通じて、マスクマンへと伝わったものと思われる。むろん、早急に突き止めなければならない。このマスクマンは、我々の戦力を知りながら、単独で邪魔に入ったのだ。自分の命をまったく勘定に入れていない。こういう捨て身な人間が、もっともやっかいだ」

「資金が必要なときはいつでも言ってくれ。金庫をカラにしてでも、そっちに回す。兵隊もだ」

三田は椅子から立ち上がった。すっかり憔悴《しょうすい》し、足をよろけさせ、テーブルに手をつく。

「足が震えちまったらしい。死ぬ覚悟はできていたんだが、やっぱりビビっちまってた。情けねえ」

破樹はシガーを置いた。

「ビビった……恐怖を覚えたのかね」

「肝が冷えたよ。おれまで、クソを漏らしちまうところだった」

三田は両手で頰をぴしゃぴしゃ叩いた。

「まず相模東光開発の株は全部売却だ。こうなった以上、あの会社で非合法事業は続けられねえ。新しく寄生できる企業を見つける」

「ふむ」

「誓うよ。こんなバカげた失敗は、もう二度とやらねえ」

「二度目などないよ」

「あ?」

三田は不思議そうな顔を浮かべた。彼の背後に、ヨナミネが忍び寄っていた。巨大なしめ縄を思わせる極太の腕が、三田の首に後ろから巻きついた。裸締めにする。

三田の顔色がたちまちブドウ色に変わった。

「お、おい……ど、どういうつもりだ」

破樹は膝のうえに両手を組んだ。

「二度目はないと言ったんだ。会長はとっくの昔に、君に愛想を尽かしている。腹を立てているというほうが正しいか」

「だ、騙《だま》し……やがったな」

「己の愚かさをよく理解させてから、地獄に落とせと仰せつかった」

香莉が、もだえ苦しむ三田に向かって、笑いかけながら手を振っていた。

ヨナミネの腕の筋肉がさらに膨らんだ。いくつもの血管が浮き上がる。三田の首が傾いていき、獣じみたうめき声をあげる。

頸椎《けいつい》がへし折れる音がし、首がくの字に折れ曲がった。三田の身体から、だらりと力が抜ける。ヨナミネは三田を抱えたまま歩き、堤本を覆うブルーシートのうえでホールドを解いた。男の死体がふたつ折り重なる。

破樹は携帯電話をかけた。

「終わりました」

電話の相手は高良だろう。今日の目的は、三田の粛清にあった。破樹が手短に報告する。

鷹森はふたつの死体を見下ろした。ついさっきまで感情豊かに動いていた三田が、首を奇妙な角度に曲げたまま、ブルーシートのうえで横たわっている。その瞳孔の開いた目は、鷹森のほうを見上げていた。

清掃用のユニフォームを着た清掃業者がどやどやと入ってくる。彼らは予定通りに死体袋をふたつ手にしていた。三田と堤本の死体を袋のなかに納める。

破樹はゆっくりと立ち上がった。部下たちを見渡す。

「諸君、さっそく次の仕事が入った」

「藪ですか……」

ヨナミネが呟くと、破樹がうなずいた。

「井之上朝子が持ち出したブツについては？」

香莉が尋ねた。

「警視庁のイヌに詳しく調べさせるそうだ」

破樹は、忙しく働く清掃員たちの間をすり抜け、応接室の出入口へと向かう。

「ひとまず、我々の目的はマスクマンだ。やつを狩る」

ヨナミネと香莉の目が冷たくなった。あのホテル襲撃で、彼らはやつに銃撃されている。

鷹森は思った。マスクマンも己の愚かさをすぐに理解するだろう。破樹チームの前に立ちはだかったからには、高い代償を払わせる必要があった。

4

紗由梨は川崎駅を降りた。

職場である富坂庁舎に顔を出すと、その足でタクシーに乗り、品川《しながわ》から京浜《けいひん》急行に乗って川崎市へと向かった。朝子との約束を守るためだ。尾行の有無を確かめ、顔を花粉用マスクで覆った。あのマスクの男のように。

紗由梨は三日で退院した。強引に出てきたというべきか。担当医師の反対を振り切り、退院の意志を告げて出た。いつまでも病院で寝ている場合ではないからと。

負傷したとはいえ、傷は内臓や骨にまで達したわけではない。襲撃事件では井之上朝子を始めとして、無関係なホテルマン数人が命を落としている。刑事の自分だけが生き残り、そのうえベッドで眠っているのに抵抗を覚えた。

二日の自宅療養を経て、事件から六日目で復帰した。腹を中心とした痛みは、多めの鎮痛剤でごまかした。どうにか歩けるまでに回復してみせた。

紗由梨が戻ったのを、同僚たちは喜んだ。見舞いのときに泣いた後輩の野木は、職場に戻った彼女を目にして涙を溜めていた。

とはいえ、職場の雰囲気は最悪だった。同じく病室を訪れてくれた隊長の拝島は、すでに更迭されていた。事件から数日が経過してはいたが、特捜隊は大きなダメージを受け、機能不全に陥っている状態にあった。

――よく戻ってきてくれた。もういいのか。

上司の井出が、労いの言葉をかけてくれた。紗由梨は包帯に巻かれた手を掲げた。

――問題ありません、と言いたいところですが。

――無茶しやがって。

しかし、その井出も捜査から外され、練馬《ねりま》署への異動が決まっている。井出のデスクはガランとしており、私物などを入れたダンボールが置かれてあった。紗由梨が無理を押して出勤したのも、井出が特捜隊を去る前に会っておきたかったからだった。ちなみにダンボールは、井出のデスクだけにかぎった話ではなかった。特捜隊の部屋のいたるところに山積みになっていた。

紗由梨が治療を受けている間に、人事一課監察係から特別監察が入ったという。栄グループに対する捜査に不備がなかったか、捜査情報がどこから漏れたのか。それらを突き止めるため、資料を徹底的に漁《あさ》っていった。約五十名になる特捜隊員の全員が、監察係から事情聴取を受けている。

紗由梨も例外ではない。入院している間に話を聞かれた。機動捜査隊から捜査一課、人事一課監察係、それに自分が所属する特捜隊と、休む暇なく事情聴取が行われた。

人事一課が持ち帰って調べた書類が戻され、それらが部屋に置きっぱなしのままとなっていた。もともと、きれいな部屋とは言いがたかったが、栄グループ壊滅のために燃えていたころとは、なにかが違っていた。隊長の更迭と井出への懲罰人事と相まって、ダンボールだらけの部屋は、業績悪化で閉鎖を余儀なくされた民間企業の事務所を思わせた。紗由梨は特捜隊の現状について聞いている。

人事は難航しているという。当面は、拝島の右腕的存在だった副隊長の明石が、指揮を務めるという。井出の代わりには、刑事部や公安部から、ベテランを引っ張ってくるとの噂だった。

　夕方になるころ、井出の別れの挨拶が行われた。隊長の拝島と同じく、係長として陣頭指揮を行っていた以上、責任を取らなければならない。隊員たちは、彼の挨拶を重苦しい表情で聞いた。

　栄グループはきわめて正確に、特捜隊が用意したホテルを襲撃した。意図的かどうかは不明だが、何者かが情報を漏らしたとしか考えられなかった。その特定には到っていない。紗由梨は出勤して思わずため息をついたものだった。同僚たちは疑心暗鬼に陥り、奇妙なよそよそしさが横溢《おういつ》していた。襲撃事件前にはなかった光景だった。

　敵に寝返っている人間がいるのかもしれない。隊員たちは口にこそ出さなかったが、態度や表情に表れていた。しかし、それは紗由梨も同じだった。同僚たちに対して、以前のように無警戒で接するのは不可能だ。

　久々に出勤した彼女は、書類仕事をこなしただけだった。だが、無理をしてでも職場に顔を出してよかったと思った。特捜隊は戦いに敗れた。完膚なきまでに叩きのめされた。敗戦後の様子をこの目で確かめておきたかったのだ。

　その日の夕方、紗由梨は井出に声をかけた。ダンボールを抱える彼を廊下で呼び止めた。

――井出さん。

――おう。ありがとうな。本当は安静にしてなきゃまずいんだろう。早めに切り上げて養生しろ。

井出は明るく振る舞った。襲撃事件が起きる前と同じく、こざっぱりとしている。その日はノリの効いたシャツとネクタイを着用していた。調髪も済ませているため、清潔そうな印象を与えていたが、まるで白装束を着て切腹に臨む侍みたいだった。

紗由梨は尋ねた。

――ごはんは、ちゃんと食べてるんですか？

井出は目を白黒させた。

――そんなことを訊くために追っかけてきたのか。母親じゃあるまいし。

――マジメに訊いてるんです。

あの襲撃事件以来、彼は体重を大きく減らしている。身体のサイズが、ひと回り小さくなったようにさえ映った。

井出は皮肉っぽい笑みを浮かべた。

――たんと食ってるとも。これまでがめちゃくちゃな食生活で、ちょうどいいくらいにシェイプした。学生時代の体重に戻れたんだからな。だいたい、そんなことを言えた義理か。お前のほうこそ痩せただろう。ちゃんと食ってたのか。

――私だって食べてますよ。

井出は顎を動かした。

――それならいい。一杯、奢《おご》ってやる。

井出に連れられて、庁舎内の食堂に移動した。昼食時だけ開いている食堂は、ひっそりと静まり返っていた。井出は自動販売機に小銭を入れ、取り出し口に落ちたコーヒーを彼女に渡した。井出もコーヒーを選んだ。ただし、紗由梨はブラックで、井出は加糖のミルクコーヒーだった。お互いに飲むものは、いつも決まっている。

――いただきます。

――堅苦しい顔はよせ。それぐらいなら、いつでも奢ってやる。飲み会は別だがな。

紗由梨は無理に笑顔を作ってみせた。井出の心遣いが痛いくらいに伝わってくる。飲み会というのは定番の冗談だった。

甘党で下戸の井出と、大酒飲みの紗由梨とでは、飲み会の勘定で大きな差が生じる。会計はたいてい割り勘となるが、そうなった場合、井出のように酒を飲まない人間は、紗由梨が大量に飲んだ酒代まで支払わなければならなくなる。その不平等を茶化したジョークに過ぎない。値の張る冷酒を次々に空ける紗由梨の姿を、井出はコーラやオレンジジュースを啜《すす》りながら、いつも嬉《うれ》しそうに眺めていた。すべての勘定を井出が支払ったときも少なくはない。

最後に飲み会をやったのは、果たしていつだっただろうか。紗由梨は考えながら缶を開けた。はるか遠い昔のことのように思えてならない。

井出は声のトーンを落とした。

――見てのとおりだ。特捜隊の状況はきわめて悪い。捜査本部が設けられたが、こっちからの応援はすべて拒否された。あの襲撃事件からは完全に締め出されたわけだ。朝子やホテル従業員に対する殺人事件で、捜査一課と丸の内署《まるのうち》は捜査本部を起《た》ち上げた。丸の内署の地域課からも人員を募るなど、百人以上の体制を組んでいるが、栄グループの専門家である特捜隊は、誰ひとり捜査員に加われなかった。

特捜隊にとっては恥辱以外の何物でもないが、敵に情報が漏れている以上、捜査本部の考えに利があった。

紗由梨はコーヒーを口にした。味がわからない。ただ苦みだけが広がった。それでも口にせずにはいられなかった。

――井出さんは、情報漏れの原因は特捜隊にあると考えていますか？

井出はしばらく答えなかった。ただ甘いミルクコーヒーを、苦そうに飲んでいた。

紗由梨もだが、仲間の誰かが漏らしたとは考えたくはない。ややあってから答えた。

――意図的かわからんが、そう考えるのが自然だ。井之上朝子の居場所を知るのは、特捜隊のメンバーだけだった。隊については、人数の拡充も噂されてはいるが、それも情報漏えいの原因がはっきりしないままでは、実現することはないだろう。しばらくは、つらい戦いになる。

井出はうつむいた。

——おれは今になって……お前にとんでもないことを命じたんじゃないかと思ってる。危険な課題をお前に押しつけたまま、おれ自身は去ろうとしている。

——隊に残ると決めたのは私です。そのために尽力してくださった井出さんや拝島隊長には、感謝しています。

紗由梨は首を横に振った。

あの襲撃で、自分の命はすでに失ったものと考えていた。やつらが撤退してからも、紗由梨は自分の拳銃で頭を撃ちぬこうとした。惨《むご》たらしく射殺された朝子の姿が、彼女の自殺を思いとどまらせた。

井出はあたりを見渡した。誰もいないとわかっているはずだが、その視線はやけに鋭かった。

——防犯カメラの映像を見てみたんだ。

井出は笑みを消した。コーヒー缶に目を落とした。

——とくに、お前と井之上がいたフロアの映像をな。二人組の襲撃者たちは朝子を射殺した後、お前とともに客室から通路へ出てきた。最初は襲撃者たちが、お前を殺すために引きずり出したんだと思っていた。二人組が持っていたのはショットガンと大型ハンマーだ。ドアをぶち破るためとはいえ、客室内で暴れるには長大すぎる。井之上朝子を仕留めたものの、襲撃者たちはお前の格闘術に手を焼き、広い通路へ引っ張り出したのだと。

——じっさい、そうでした。こちらは拳銃を叩き落されて、無我夢中で暴れるしかありませんでしたけれど。

紗由梨は、背筋に冷たい汗が伝うのを感じながら答えた。

——映像を見た人間全員がそう思った。襲撃者やお前が通路を出たところで、例のマスクの男が登場し、襲撃者は撤退を余儀なくされている。ただな……何度も見ているうちに、おれは違う感想を持つようになった。

——どういうことですか。

——気を悪くするなよ。これはおれの勘でしかない。襲撃者たちはお前を殺害するためじゃなく、身柄《ガラ》をさらうために連れ出したんじゃないかとな。

——私にはわかりません。やつらが、私をどうするつもりだったのかは。井之上朝子が撃たれて、私自身も命の危険を感じたので、とにかく必死でした。もしかすると、井出さんの仰るとおりかもしれません。

——だとすると、連中の目的はなにか。ずっと考えていた。

紗由梨は押し黙った。井出は続けた。

——お前が必死だったのは言うまでもない。だが、客室から出てきたお前はすでに抵抗する力を失っているようにも見えた。やつらが襲ってくるまでの間に、井之上朝子からなにかを訊きだしたんじゃないのか？

井出がじっと見つめてくる。紗由梨はその視線を受け止めた。コーヒーで喉を潤す。

——それについては……事情聴取で答えたとおりです。私はなにも聞いてはいません。彼女とは、たわいもない雑談をしていただけで。

井出は一瞬、寂しげな顔を浮かべたが、すぐに納得したように大きくうなずいた。

——そうだったな。

——ただ……もう少しだけ時間をください。

——どういうことだ。

——なにか思い出せるかもしれません。

——お前……。

井出は目を見開いた。コーヒーの缶を握り潰す。スチール製の缶がメキメキと音をたてる。

——おれたちはうぬぼれていた。お隣の県警とは違うのだとな。情報を売るような愚か者はいないと信じ切っていた。どこから情報が漏れているのかがわからん以上、思い出すのに時間をかけたほうが正しいかもしれん。

井出は缶コーヒーを一気に飲み干した。

――ただし、いつまでもひとりで抱え続けるな。栄グループの狙いは、おれたちを分断することだ。こいつは信頼できると判断できたら、迷わずに思い出せ。

――そのつもりです。

――死ぬなよ。

井出は真顔で言った。紗由梨はうなずきながら、上司の心遣いに感謝した。

紗由梨は目的地まで、まっすぐには向かわなかった。

京急川崎駅から、タクシーで川崎競馬場まで行った。競馬場に着いたところでタクシーを降り、川崎球場方面まで徒歩で歩いた。再びタクシーを拾い、川崎区役所へと走らせた。迂回《うかい》を繰り返しながら、目的地であるパーキングへと近づく。井之上朝子が最後に言い残した場所だった。

ツインヒル・パーキングは、川崎駅から徒歩で十分ほどの距離にあった。昭和的な匂いが漂うアーケード街の近くにある立体駐車場。川崎市内でその名がついたパーキングはここしかない。

紗由梨は立体駐車場の出入口に立った。排気ガスの臭気が鼻に届いた。出入口に設けられた精算機や、黄色い開閉バーこそ新しかったが、六階建ての建物はかなり年季が入っている。建物の横についた袖看板の文字は煤《すす》けて読みづらく、金属製の外壁や柱は錆で茶色く変色している。内壁や屋根は、数十年分と思しき排気ガスが染みついて、どす黒く汚れていた。フロアに設置された蛍光灯が寒々しく内部を照らす。

やけに通路の狭い駐車場で、うっかりすれば車をガリガリと傷つけてしまいかねない。ドライバーは慎重な運転と技術が求められた。独特の息苦しさを感じさせる。それでも図体のでかいSUVに乗った運転手が、精算機で支払いを済ませて、出入口から走り去っていった。

紗由梨はエレベーターに乗りこんだ。四人も乗れば満杯となりそうな小さなかご箱。屋上のボタンを押した。庁舎を出てから約二時間が経過していた。夜九時を過ぎている。駐車場のなかは人気がない。

エレベーターに乗っている間に、ショルダーバッグのなかから国産車のキーを取り出した。それは朝子が持っていたものだ。キーは彼女の血に染まっていた。きれいに洗い流したつもりだったが、キーのヘッドには、血の小さな塊が付着している。

屋上に降り立った紗由梨は、該当しそうな国産車を探した。上から下へとチェックしていくつもりだった。立体駐車場の屋上や六階には、ほとんど車は停まっていない。スロープ状のフロアを下る。

朝子が残したキーには、トヨタのロゴが記されているだけで、具体的な車種まではわからなかった。

ただし、ドア開閉用のリモコン機能が備わっていた。三階まで下ると、駐車スペースは急に空きがなくなり、大量の車がびっしりと停まっている。

トヨタ製の車を見かけるたびに、リモコンのボタンを押した。なんの反応もない。紗由梨は身体の痛みをこらえて、早足で移動した。あまり長居したくはなかった。排気ガスの臭いがきつい。

三階から二階へ降りようとした。そのときだった。紗由梨は思わず足を止めた。再び三階へと引き返し、日産の大型セダンの陰に隠れた。下のフロアで物音を耳にした……ような気がした。

二十四時間営業の立体駐車場だ。人の出入りがあって当たり前だった。しかし、たいていの利用者ならば、自分の車にまっすぐ戻るか、出入口に進むかのどちらかのはずだ。紗由梨が聞いたのは、ごく小さな靴音だった。

紗由梨は唾を呑んだ。バッグに震える手を突っこんだ。あの襲撃が頭をよぎる。自然と涙がこみ上げてくる。

駐車場の隅に設置されたミラーに目をやった。二階のフロアの一角を映し出している。思わず息を止めた。一瞬だが、ミラーに人影らしきものが見えた。

下の通路から、何者かがゆっくりと通路を上ってくる。靴音はしない。忍び足で三階へと上がってきた。紗由梨はバッグからシグP230を抜く。

現れたのは紺色のブルゾンを着た男だ。手足がやけに長く、痩せた体型をしている。人相はわからない。顔は大きなマスクで隠れていたからだ。黒いベースボールキャップで頭を覆っている。あのマスクの男だ。

マスクの男は、あたりを見回した。独特の暗い目を動かし、彼女のいるフロアを探る。目的は明らかに紗由梨だった。どうして。尾行の有無は確かめたはずなのに。考えている暇はない。

シグのスライドを引いた。金属の嚙みあう音が鳴り響いた。マスクの男が、大型セダンのほうを見た。同時に彼女が立ち上がり、右手でシグの銃口をマスクの男に向けた。人差し指はトリガーにかけている。

紗由梨は命じた。

「動かないで」

マスクの男は両手になにも持ってはいなかった。しかし、油断はできない。あのホテルでは、怪物じみた襲撃者たちを、長大なリボルバーで撃退している。

今夜もやつは拳銃を携行しているようだった。ショルダーホルスターに、大型リボルバーをしまっているのか、左脇には不自然なふくらみがあった。サイズが大きめのブルゾン。そのチャックは、拳銃を抜き出せるように、ヘソのあたりまで下ろされていた。マスクの男に動揺は見られない。シグを構える紗由梨を、ただ冷たく見すえている。

あのホテルでは、この男のおかげで命拾いをした。しかし、だからといって味方とは言いかねる。

栄グループの襲撃者たちと同じく、闇の臭いをきつく漂わせている。

紗由梨はシグを突きつけたまま尋ねた。

「私を尾《つ》けていたんでしょう。何者なの」

マスクの男は答えなかった。グリップを握る彼女の手が、汗でべっとりと濡れた。

「ここで答えたくないのなら、手錠をかけてでも、話を聞かせてもらう。銃刀法違反に殺人未遂。あなたには、訊きたいことがありすぎる」

マスクの男は沈黙していた。銃口を向けられているというのに、まったく臆する様子はない。

「動かないで」

紗由梨はシグを構え直した。マスクの男のほうが勝手に歩き始めた。紗由梨へと近づく。「撃ち殺されたいの。私は本気よ」

彼女の警告など、まるで耳に入っていないかのようだった。やつが距離を縮めてきた。手を差し出しながら、ぶっきらぼうに声をかけてくる。

「井之上からなにを聞きだした」

「自分の立場がわかってるの？　訊いているのはこっちのほうよ」

彼女のシグは、やつの顔面を狙っていた。お互いの距離が三メートルを切る。外しようがない。

「おれが誰だろうと関係ない。こんなところを単独でうろついてるんだ。井之上から聞いた情報を、後生大事にひとりで抱えているんだろう。上司も仲間も信用できずに」

紗由梨は後ずさった。

マスクの男は、やはり栄グループについて知っていた。また、井出に見抜かれたとおり、紗由梨が朝子から遺言を託されたことまで知っていた。

マスクの男は意に介さずに近づいてくる。

「お前が情報をひとりで抱えていても仕方がない。いずれ連中に身柄をさらわれ、口を割るまで痛めつけられる。拳銃も情報も、みんな宝の持ち腐れだ」

「カタギじゃないわね。栄グループと対立している組織の人間でしょう」

紗由梨は後退を続けた。履いていたパンプスの踵《かかと》が、車止めのタイヤブロックにぶつかった。身体のバランスを崩す。

マスクの男がその隙に距離を一気につめた。シグが彼の身体に触れた。

「撃て」

マスクの男が命じた。

銃口は彼の心臓をとらえていた。にもかかわらず、彼は微動だにしない。むしろ胸を張る。

彼の懐が目に入る。ブルゾンの裏地とともに、ホルスターと大型拳銃のグリップが見える。しかし撃てない。紗由梨の脳裏を、あの襲撃事件がよぎった。

マスクの男は、容赦なく襲撃者たちに銃弾を浴びせた。その一方で、紗由梨を床に押し倒し、銃撃されそうになった彼女を助けてくれた。やり方はきわめて荒っぽかったが、命を助けてくれたのは事実だ。

彼は初めて顔色を変えた。マスクで表情はわからないが、それでも眉間にシワを寄せ、瞳に怒りの炎を宿らせた。

やつの左手が動いた。次の瞬間、シグのスライドを摑まれる。紗由梨の目でも追いきれない。あまりにすばやい動作だった。

シグを摑み取られると同時に、紗由梨の顔に衝撃が走った。頰に熱い痛みが走る。強烈な平手打ちだ。激しい耳鳴りに襲われ、コンクリートの地面に片膝をついた。

「反吐《へど》が出る。そんな生ぬるい根性で、やつらと向き合う気だったのか」

マスクの男は、紗由梨からシグを奪い取ると、マガジンを抜き取った。スライドを引いて、薬室の弾薬も取り去る。銃の扱いに慣れた者の動きだった。シグとマガジンを地面に捨てる。

紗由梨は浅い呼吸を繰り返し、身体を丸めて頬と腹の痛みに耐えた。

「あなたはやつらとは違う。誰なのか知らないけれど、あなたがいなければ――」

「命の恩人とでも言いたいのか。そいつはお門違いだ」

マスクの男は懐に手を伸ばし、自分の拳銃を抜いた。

鋼色をしたスミス&ウェッソンのM29だった。44マグナム弾が撃てることで有名なリボルバーだ。

マスクの男は撃鉄を起こした。ガチリという固い音とともに、シリンダーが回る。

「井之上から、なにかを聞き出しただろう。お前が連中に持って行かれたんじゃ困る。お前自体の命など、どうでもいい。さっさと吐け。なんのために、こんな駐車場までやってきた」

紗由梨は黙って睨みつけた。やつが続けた。

「おれはお前と違って、ためらったりはしない。ダンマリを決めこむのなら、こいつでお前の口を割らせる。まずはケガをした左手から吹き飛ばすか」

マスクの男は静かに告げた。リボルバーを紗由梨の左腕へと向けた。全身の肌が粟立つ。彼は嘘をつかない。脅しではないのを、あのホテルの通路で目撃している。

紗由梨は、右手の甲で顔をぬぐった。恐怖や怒りのせいか、涙や汗で顔がぐしゃぐしゃに濡れていた。

「たしかに撃てない。だけど――」

包帯が巻かれた左手には、親指サイズの小さな缶があった。防犯用の催涙スプレーだ。左手といっしょに包帯で巻きつけておいた。拳銃一丁では心もとないと、用心のために握っていたのだ。

彼女はスプレーのスイッチを押した。噴射口から、オレンジ色の液体が矢のように飛ぶ。

マスクの男がうめいた。液体は、やつの顔を直撃した。マスクの鼻のあたりをオレンジ色に染め、両目から視覚を奪い取った。やつは苦しげに目をつむり、身体をぐらつかせる。

「抵抗しないとは言ってない」

紗由梨は奥歯を嚙みしめた。身体中を走る激痛に耐え、マスクの男に立ち向かう。気合の声とともに、手刀をやつの右手首めがけて叩きこんだ。空手の試し割りでは、ブロック塀を破壊するほどの威力を持つ。栄グループの奇襲。失意のうちに命を失った朝子。隊を去らざるを得なくなった上司たち。なにもできないまま、おめおめと生き残った自分――溜めこんだ怒りを右手にこめる。

と下がる。

手刀は、親指のつけ根を激しく打った。骨の固い感触が伝わる。彼の右手がだらりと下がる。


「こんなもの！」

リボルバーのシリンダーを摑むと、奪い取って放り捨てた。暴発の恐れがあったが、リボルバーはコンクリートのうえを滑るだけだった。目を奪われたマスクの男は、小さくうめいて顔面を両腕でガードする。

紗由梨は、がら空きになったやつの腹に、全力の正拳突きを見舞った。胃袋のあたりを打つ。素人《しろうと》が喰《く》らえば、胸骨や内臓を潰しかねない破壊力を持つ。交番勤務時代、逃げるひったくり犯や暴れる万引き犯を、何度か突いたことがある。手加減をしたつもりだったが、犯人はそれこそ鉛玉でも喰らったかのようにのたうち回り、過剰な暴力行為だとして訴えられそうになった。紗由梨の拳にはそれだけの破壊力がある。

やつの腹は異様に固かった。痩せた身体つきをしているが、ぜい肉が一切ついていないだけで、引き締まった筋肉の鎧に覆われている。自動車のタイヤに似た、固いゴムを叩いたような感触だった。マスクの男は苦しげに身体を丸める。効いてはいるようだったが、無力化させるほどのダメージまでは与えていない。

手が届く距離になって気づいた。やつの両耳は餃子《ギョーザ》みたいに潰れている。柔道などの格闘技経験者によくいるカリフラワーイヤーというやつだ。寝技の練習をしているうちに、床に耳がこすれて毛細血管が破裂し、それを繰り返すうちに耳が変形する。

紗由梨はやつのマスクに手をかけた。耳にかけられたゴムが伸びる。

やつの顔が露になった。鼻が高く、彫りが深い。精悍な顔立ちをしていた。まるで軍用犬を思わせる。きちんと剃られた顎には、傷を縫合した痕があった。

マスクの男は、赤くした目をうっすら開いた。涙で濡れた瞳は、怒りで燃えている。やつは懸命に目を開けようとした。額に血管が浮かび上がる。

紗由梨は右手を振り払われた。ムチで打たれたように腕が痺れ、同時にスーツの袖を摑まれた。紗由梨は足を踏ん張らせたが、腹の打撲傷のせいで、下半身に力が入らない。柔道技の大腰《おおごし》をかけられる。

コンクリートの地面に背中をしたたかに打ちつけた。手をついて受け身を取ったが、固い地面に背中を叩きつけられ、電流を流されたかのように痛む。彼女は激痛に息をつまらせる。

マスクの男に左腕を摑まれた。催涙スプレーを手から奪い取られる。

「上等だ。そんなにくたばりたいか」

紗由梨は咳きこんだ。悪態をつきたくとも、声を出すのにすら時間がかかる。

「……殺せばいい。いくら投げ飛ばされようと殴られようと、あなたに教えることなんてなにもない」

「いいだろう。望み通りにしてやる」

マスクの男は、地面に落ちたリボルバーへと近づく。右手で拾い上げようとしたが、それを取り落とした。紗由梨の手刀で、右手を痛めたらしい。忌々しそうに右手を振り、リボルバーを左手で摑む。

「くそっ」

マスクの男は、やはり目を満足に開けられない。それでも左手でリボルバーを構えようとする。

だが、エレベーターのほうを見やると、彼は拳銃をホルスターにしまった。ブルゾンのチャックを引き上げ、下のフロアへと逃げていく。彼の姿が見えなくなると同時に、エレベーターのドアが開く。

サラリーマンとOLらしき男女が、エレベーターから降りてきた。弾んだ調子で会話をしていたが、通路に倒れている紗由梨に気づく。

「え、ちょっと。ど、どうしましたか」

紗由梨はあわてて地面を這った。シグやマガジンを拾い上げ、バッグのなかに放りこむ。たったそれだけの作業だったが、叫び声をあげたくなるほどの痛みに襲われる。

「あの……大丈夫ですか？」

女性のほうが恐々と尋ねてきた。ふたりとも、学校を出たばかりのような若者だ。

紗由梨は笑顔を浮かべてみせた。組織に属している以上、作り笑いは慣れているが、これほど労力のいる笑顔はひさしぶりだ。

「ありがとう。つまずいて転んじゃった。恥ずかしい」

男のほうも訊いてくる。手に携帯電話があった。

「なんか痛そうですけど、きゅ、救急車、呼んだほうがよくないですか」

「大丈夫！」

紗由梨は思わず語気を強めた。男女がひるんだ。彼女は咳払いをして、柔らかく言い直す。

「心配してくれてありがとう」

気合を入れて立ち上がった。鼻をすった。ガクガクと揺れる足に命じる。倒れている場合ではないと。

怯えと呆《あき》れが混じった顔の男女を置いて、紗由梨は下のフロアへと歩いた。

スロープ状の通路を曲がり、ふたりが見えない位置まで来たところで、バッグからシグを再び取り出し、マガジンを装塡し直した。いつでも撃てるように右手で持ち、包帯が巻かれた左手で、車のキーを持つ。

二階に降りてからは、シグとキーの両方を構えながら、リモコンを押した。マスクの男はまともに催涙スプレーを浴びた。あれを喰らっても、なお紗由梨に組みついてきた。

彼は栄グループと同じく、法律や倫理の及ばぬ世界に足を突っこんでいる。それは、あの襲撃事件のときからよくわかっているつもりだった。銃撃も殺人もためらわない非情な男なのだと。今夜のやり取りで理解した。冷酷というよりも……不気味な執念や狂気を感じさせた。

催涙スプレーを浴びたにもかかわらず、彼の柔道技のキレは鋭かった。かなりの実力者に違いない。彼自身はなにも語らずとも、肉体や行動は雄弁だった。

彼はもしかして。ある考えがよぎったが、今は思考にふけっている場合ではない。紗由梨は慎重な足取りで、二階の通路を進んだ。早く立ち去りたいという欲求に耐えながら。

催涙スプレーを浴びたからには、いくら目を水で洗い流しても、しばらくは激痛から逃れられないはずだった。しかし、栄グループと同じく、常識を持ち出すのは厳禁だ。相手にしている連中は、自分の物差しでは計れない人間たちだ。

トヨタの車がリモコンに反応した。銀のコンパクトカーが、ランプを点灯させる。その車は、数日にわたって放置されていたらしく、埃で茶色く汚れていた。

あたりを見渡した。床に身を伏せて、車の下を覗きこんだ。人影がないのを確かめても、心臓の鼓動は速まっていた。

覚悟を決めると、できるだけすばやくドアを開け、コンパクトカーに乗りこんだ。車内にゴミなどは見当たらず、新品のようにクリーンだった。ただし、何日も停めっ放しになっていたためか、車内は立体駐車場と同じ臭いがした。排気ガスを濃縮させたような臭いがする。

キーを挿しこんで回すと、エンジンはあっさりとかかった。メーターに目をやる。ガソリンはほぼ満タンだ。サンバイザーを下ろすと、ポケットに立体駐車場の定期券が挟まっていた。

ハンドルを握って車を移動させる。小回りの利くコンパクトカーのおかげで、狭い通路を下ることができた。

車に問題はなさそうだったが、紗由梨自身はトラブルだらけだ。汗と涙が止まらず、視界を確保するために何度もハンカチでぬぐった。催涙スプレーの液体が、包帯に付着していたらしく、それが目鼻を刺激していた。マスクの男がどこかで待ち構えているのでは――緊張がさらに汗を流させる。

着ていたシャツが、背中にべっとりと貼りつく。かといって、冷房を効かせる気にもなれない。助手席と運転席の窓を開け、ゆっくりと立体駐車場を下りながら耳をすまし、周囲に注意しながら出入口までたどりついた。

5

紗由梨はふたつの鎮痛剤を嚙み砕くと、シートにゆっくりと背を預けた。

彼女がいるのは、東名《とうめい》高速道の海老名《えびな》サービスエリアだ。広大な駐車場には、夜遅くにもかかわらず、多くの車やトラックが停まっていた。

錠剤の苦みが口いっぱいに広がった。水がほしい。口内も喉もカラカラに渇いている。唾液だけでは呑みこめず、いつまでも鎮痛剤のカケラが、我が物顔で口のなかに居座り続けた。ミネラルウォーターなら、車から百メートルほど離れた大型施設の自動販売機で、いくらでも売っている。とはいえ、車から離れる気にはならなかった。

紗由梨はコンパクトカーを、人気のない高速道路側のスペースに停めた。施設からもっとも離れた位置だ。

どこをどう走ったのかは、彼女自身もわかっていない。監視を警戒して、交差点でUターンをし、知らない路地を何度も曲がった。

だが、どれだけ逃げても、マスクの男にずっとつきまとわれているような感覚は消えなかった。大型リボルバーの銃声が鳴り響き、自分の身体が砕かれるという妄想が頭をよぎった。車のなかに身を潜めていても、彼の拳銃ならば、コンパクトカーのドアなど、やすやすと貫いてきそうだった。

警戒すべきはマスクの男だけではない。ホテルのドアを破って襲ってきた栄グループの殺し屋たち。目出し帽と戦闘服の集団も頭をよぎる。

「こんな車が……一体、なんだっていうのよ」

井之上朝子が残してくれたのは平凡な大衆車だ。走行距離は千キロにも満たない。

紗由梨はサービスエリアで車を確かめている。トランクからグローブボックス……あらゆる収納や座席を調べたが、手がかりになりそうなものを見つけられずにいた。

車には最低限の書類はあった。車検証ケースには、自賠責保険の領収書や車庫証明などがあったものの、車の所有者は朝子自身だった。登録されている住所は朝子の自宅だ。書類に怪しい点は見当たらない。

車から降りて、車体の下に潜りこむと、バッグから小型のマグライトを取り出した。アスファルトに膝をつき、地面を這いずった。紗由梨のストッキングはいくつも伝線していた。あの駐車場で地面を這ったせいで、スーツもすでに汚れている。

車体の下部を照らした。マグライトをタイヤの裏やマフラー、バンパーに向ける。

「なんなの……」

必死に目をこらす。

頭のいかれたマスクの男と対決させられ、大型拳銃を突きつけられたうえに、柔道技で投げ飛ばされた。またも死ぬ目に遭いそうになったというのに、朝子の真意にたどり着けずにいる。もどかしさで頭がおかしくなりそうだった。

スーツの汚れ、ストッキングの破れ、化粧の崩れ。すべてを無視して、再びマグライトでコンパクトカーの下部を照らした。目を皿にして探す。なにもない。

再び車内に目を向け、フロアマットを剝がし、シートの下を照らした。あらゆる収納を確かめる。しかし、車は忌々しいくらいにクリーンだった。夜中になったとはいえ、ぬるま湯に浸かっているような、べったりとした熱気と湿気が身体にからみついてきた。蚊に刺されたらしく、腕と脚が猛烈な痒みを訴えてくる。

「あっ……」

紗由梨は、マグライトのスイッチを切った。自分の間抜けぶりを呪う。

運転席に乗りこんでエンジンをかけた。ドアをロックする。ダッシュボードの計器類がオレンジ色に輝いた。運転席の斜め前方には、カーナビゲーションがついている。

紗由梨は勘違いをしていた。朝子が遺したコンパクトカーには、なにか形ある物が隠されているものと思いこんでいた。おまけに、川崎の駐車場から逃げ回るのに必死だった。データの宝庫が目の前にあるのに気づかないまま、ハンドルを握り続けていたのだ。

エンジンの駆動とともに、カーナビが起動する。このコンピューターのなかには、ドライバーが登録した場所の位置、訪れた土地の履歴などのデータが残されているはずだった。カーナビの画面に、メーカーのロゴが表示される。タッチパネル式らしく、画面に指でタッチしてみる。

しかし、カーナビは紗由梨の指には反応しなかった。彼女は息をつまらせた。画面はパスワードを求めてきた。カーナビには盗難防止用のロックがかけられている。

〝あ〟から〝ん〟までのひらがなが、ずらっと表示される。画面の下部には〝カナ〟や〝英数字〟と、切り替えを示す文字が並ぶ。つまり、ひらがなからアルファベットまで、無限に近い組み合わせで設定できるのを意味していた。

「そんな……」

彼女は指をさまよわせた。ようやく光が見えたかと思えば、彼女の行く手を阻むような邪魔が入る。

カーナビのパスワード設定自体は珍しくはない。むしろ警察庁をはじめとして、全国の警察や損害保険協会は、カーナビ盗難抑止のために、パスワードでロックをかけるといったセキュリティ機能の搭載や活用を、ドライバーに推奨しているくらいだった。数ある自動車部品のなかで、もっともターゲットとして狙われるのはカーナビだ。

また、自動車メーカーも簡単には取り外せないように、特殊な工具が必要とされるボルトで、カーナビやオーディオを車両に取りつけている。用心深い朝子なら、むしろ、カーナビにロックぐらいかけるのは当たり前かもしれない。

ただし、と紗由梨は思った。朝子が遺してくれたのはこれだったのだ。確信めいたものを感じながらも戸惑いを覚えた。ひとまず朝子の誕生日を入力してみる。彼女は十二月生まれだった。

十二で始まる四ケタの数字を打ちこむ。パスワードが異なると、即座にはねつけられた。朝子に関する情報はいろいろと把握してある。両親の名前から、自宅や別荘の住所。電話番号はもちろん、メインバンクの銀行口座や本人名義で所有している外車のナンバー、メールアドレスやSNSのハンドルネームまで。

バッグからメモ帳を取り出した。朝子にまつわる言葉やアルファベットを思いつくかぎり打ちこんでみた。だが、カーナビの門は一向に開かない。

パスワードを打ちこみながら、何度もあたりを確かめた。汗が目に入って、文字を誤入力してしまう。マスクの男や栄グループの暗殺隊が今にも迫ってくるような息苦しさを覚える。

考えうる言葉や暗号を入力したが、カーナビはあくまで拒み続けた。紗由梨は爪を噛む。

もちろん庁舎に持ち帰って鑑識や科捜研なり、しかるべきセクションに持っていけば、ロックを外す手段を講じてくれるだろう。そこまでせずとも、特捜隊を通じてカーナビの製造メーカーに問い合わせればいいだけの話だ。しかし、それができれば苦労はしない。

彼女はエンジンを止めた。カーナビの画面もまっ暗に変わる。あたりを見渡しながら、ケータイで電話をかけた。しばらく呼び出し音がしてから相手が出る。

〈……もしもし〉

井出が緊迫した声で応じた。

「日室です。よろしいですか?」

ケータイのスピーカーからは、ファックスの作動音や他人の話し声が聞こえた。井出は、新しい職場である練馬署刑事課にいるようだった。

紗由梨は告げた。

「お話ししたいことがあります」

〈ああ、そうだったんですか。勤務中なんだけどな……わかりました。じゃあ、ちょっと待っていてくださいね。すぐに折り返し、お電話しますから〉

井出は、プライベートな用件の電話であるかのように装っていた。周囲に事態の深刻さを悟られまいとする配慮だろう。一旦、電話が切られる。

紗由梨は電話を待ちながら、特捜隊を去るさいに井出が残した言葉を思い出した。

――ただし、いつまでもひとりで抱え続けるな。栄グループの狙いは、おれたちを分断することだ。こいつは信頼できると判断できたら、迷わずに思い出せ。

裏社会で勢力を急拡大させる栄グループ、それにクレイジーなマスクの男、特捜隊内部の情報漏えい。紗由梨はまさに四面楚歌《しめんそか》の状態にある。もはや、ひとりではどうにもならない。栄グループを叩き潰すどころか、朝子を殺した犯人にすら一矢報いることなく消されてしまうだろう。

考えたくはなかったが、井出も容疑者のひとりとして考えていた。朝子のいたホテルを知る人物は、特捜隊のなかでも限られていたからだ。彼だけではない。誰ひとり信用できなかったからこそ、こうして単独で動き続けたのだ。

井出への疑いは晴れていない。しかし、彼はマスクの男と同じく、紗由梨が朝子から情報を得たことに気づいていた。自分が信頼されていないと知りながら、黙って所轄署へと異動していったのだ。

――死ぬなよ。

紗由梨の苦しい立場を、もっともよく理解してくれていたのも、この元上司だった。

彼に電話をしてから数分後、今度は彼女のケータイが震えた。通話ボタンを押した。

「井出さん」

〈なにがあった。無事か〉

井出が元の緊迫した声で訊いてきた。人気のない場所に急いで移動したらしく、息がかなり荒かった。

紗由梨はすぐに答えられなかった。いざ連絡を取ったものの、どこから話をしていいのか迷ってしまう。

そんな彼女の様子を悟ったのか、彼自身も息をゆっくりと整えてから言った。

〈無事だったらいい。ゆっくり落ち着いてから話せ〉

「……マスクの男に会いました」

井出の息がぴたりと止まった。絶句しているのがわかった。紗由梨のただならぬ様子を察したものの、予想以上の答えに驚きを隠せないようだ。

〈何者だ。やつは〉

「まだわかりません……友好的な話し合いとは、いきませんでしたから」

紗由梨はこれまでの経緯を短時間で打ち明けた。

井出は黙って耳を傾けていた。しかし、最後まで聞き終えたところでうめいた。

〈バカ野郎……なんて危ないことを〉

「申し訳ありません。井出さんにも話せずにいました」

紗由梨は思わず頭を深々と下げていた。要するに、信用できずにいたと告白するのと同じだ。

彼は鼻をすすった。声が震えている。

〈気にしなくていいんだ。お前の気持ちはよくわかる。かりに、おれがお前の立場に置かれたら、きっと同じことをやった。尋ねたいことは山ほどあるが、続きはじかに会ってからにしよう〉

「かまわないのですか」

〈当たり前だ〉

　井出は語気を強めた。

〈いや……当たり前なんかじゃないな。おれもお前も。だからといってこのまま、お前ひとりで動いていても、事態を打開できる可能性はゼロだ。おれとしても、あのまじゃ終われない。なんとしてでもカタをつけたい。手伝わせてくれ〉

「ありがとうございます」

　視界が涙で潤んだ。広大な砂漠のなかを迷ったあげく、ようやく人に出会えたような気がした。

〈喜ぶのはまだ早い。都内に戻ったら、もう一度電話をくれ。そのときに落ち合う場所を決めよう。高速道を降りて一般道を使え。国道も避けろ。いくら時間がかかってもかまわない。遠回りして多摩川を越えるんだ。おれはそれまでに準備をしておく〉

「準備」

　紗由梨は思わずオウム返しに尋ねた。

〈問題はそのカーナビだろう。なんとかする。お前はまず自分の身の安全だけを考えろ。話を訊くかぎり、マスク野郎も相当に鼻が利くやつだ。都内に戻るのを待ち構えているかもしれん〉

「そうでしょうね」

紗由梨の脳裏に、マスクの男の暗い瞳がよぎった。まっすぐ見つめるのをためらいたくなるような妖しい煌《きら》めきが宿っていた。

〈野郎がまたお前の前に現れたら、そのときは催涙スプレーじゃなく、公道だろうが市街地だろうが、ためらわずにシグをぶっ放せ。お前も特捜隊にいられなくなるだろうが、マグナム弾で吹き飛ばされるよりはずっとマシだ〉

「はい」

〈生きてくれ〉

そう言い残して、井出は電話を切った。

彼女は携帯電話をポケットにしまった。紗由梨は右手で頬を叩いた。疲れと痛みでぐったりしていた身体に、再び気合を入れ直した。活力が戻ってくる。

紗由梨はハンドルを握った。単なる一時的な興奮でしかないとわかってはいるが、この機会を逃せば永遠に戻れなくなりそうな気がした。

深呼吸をひとつしてから、彼女はサービスエリアを離れた。

6

紗由梨の車が多摩川を越えたとき、すでに日付が変わっていた。午前一時を過ぎたところだった。

高速道を海老名インターチェンジで降りると、ＪＲ相模線に沿うようにして北上し、相模原市へといたった。横浜や川崎からは離れ、田園風景が残る京王《けいおう》相模原線沿いなどを走り、多摩市や稲城《いなぎ》市を通った。

夜中とあって交通量は少なかったが、忍耐と度胸が試されるドライブでもあった。無数の赤信号に行く手を阻まれ、停車せざるを得なくなるたびに、汗で濡れた右手でシグを握り、つねに襲撃や銃撃に警戒した。

サービスエリアでも水を買わずにいた。ずっと水分を取らずにいる一方で、汗がじわじわとにじみ出ていた。空手の猛稽古で掻く汗とは違って、粘つくような感じがした。エアコンを効かせていたが、汗は止まらなかった。

京王閣競輪場近くの多摩川原橋《たまがわらばし》を渡ったところで電話をかけた。即座に井出が出る。

〈どこにいる。無事か〉

「京王閣の近くです。調布《ちょうふ》市に着きました」

〈三鷹《みたか》駅まで走ってきてくれ。そこで待ってる〉

「了解」

お互いに無駄口は叩かなかった。道交法違反になるが、できれば運転中もずっと井出と会話をしていたかった。こらえてきた感情があふれそうになる。ハンドルを握り直し、隣の三鷹市へと向かう。

一日の運行を終えた三鷹駅は暗かった。ダンボールを敷いたホームレスなどが駅の軒下で眠り、酔っ払いの学生たちが発泡酒の缶を片手に群れて固まっている。アコースティックギターを持った若者が、地べたに胡坐《あぐら》をかいて歌っていた。平凡な深夜の駅前の風景が広がっている。数台のタクシーが停車していたが、運転手たちは路上で缶コーヒーを飲みながら、不景気そうな顔をして会話をしていた。

この時間ともなると、サラリーマン風の人間はほとんど見当たらない。おかげで、すぐに井出の姿がわかった。

淀んだ雰囲気の深夜の駅前で、ひとり緊迫した気配を漂わせている。ギラギラとした眼光。顔こそやつれてはいるが、特捜隊に在籍していたころの鋭さがあった。手にはコンビニのレジ袋をぶら下げている。

ハンドルを握る紗由梨と目が合った。彼女はコンパクトカーをロータリーに停めた。彼はすぐには近づいてはこなかった。遠くに目をやり、尾行の有無を確かめ、駅前にいる人間たちを精査する。陽気に喋っていた若者グループが歩いていたが、彼のただならぬ佇《たたず》まいに慄《おのの》いたのか、グループはふたつに大きく分かれた。彼を避けて通り過ぎる。

井出は小走りでコンパクトカーに近づいた。紗由梨は窓を下ろす。

「井出さん」

思わず目頭が熱くなる。だが、再会の感動に浸っている暇はないと言わんばかりに、彼は運転席のドアノブに手をかけた。

「開けてくれ。運転を替わろう」

「はい」

紗由梨は従った。鎮痛剤のおかげで痛みは和らいだものの、極度の緊張がもたらした疲労は限界に達していた。目の奥がひりひりと痛む。

ロックを外すと同時に、井出がドアを開けた。警戒態勢にあった彼だが、ドアのポケットに入ったシグや、彼女の汚れたスーツ姿にたじろいだ。

井出は慎重な手つきでシグを取り出し、安全装置がかかっているのを確かめてから彼女に手渡した。彼女はスーツの内側にシグを隠して助手席に回る。

彼は、運転席のシートを調整しながら、カーナビを顎で指さした。

「これか」

彼女はうなずいた。

カーナビは、パスワードの入力画面を映したままでいた。井出は空っぽになったペットボトルを後部座席に放った。代わりにレジ袋を渡した。ひんやりと冷たい。なかを見るとスポーツ飲料のペットボトルやゼリー飲料、サンドウィッチや栄養ドリンクなどがぎっしりと入っている。

「なにも食ってなかっただろう」

「ありがとうございます」

彼女は遠慮せずに受け取った。

身体は水分を欲していた。ペットボトルに口をつけた。唇の横から液体がこぼれるのもかまわずに飲む。半分ほど空けると、次にゼリー飲料のフタを開けた。ゼリーを吸いこむ。

その様子を見て、井出はわずかに笑みを浮かべた。

「いつでも奢ってやるとは言ったが、まさかこんなに早く機会が来るとは」

「申し訳ありませんでした」

身体の隅々に水分が行き渡ると、今度は猛烈な食欲に襲われた。サンドウィッチを口に押しこむ。

「感謝するのはこっちのほうだ。無茶やりやがって……しかし、よく頑張った。打ち明けてくれて嬉しかった」

涙があふれた。サンドウィッチに余計な塩味が加わる。

「あのとき、せめて井出さんが特捜隊を去るときに話をしていれば……」

井出はアクセルを踏んだ。三鷹駅から離れる。目の前の信号は赤だったが、交通量が少ないとわかると、当たり前のように信号を無視して進む。

「メソメソするには早い。メシを胃に入れたら、拳銃持って見張っててくれ」

「そうでした」

紗由梨はハンカチで目をぬぐった。右手でシグを握り、車の周囲の警戒にあたった。

「〝たられば〟のことを、今さら言ってもしょうがない。お前のダンマリに寂しさを感じたのは確かだが、あのホテルでの襲撃を考えれば、自分の親兄弟だって信頼できなくなる」

彼女は答えられなかった。彼は続けた。

「結果的にはベターだったのかもな。おれと二人でのこのこと駐車場に行っていたら、あのマスク野郎は容赦なくマグナム弾をバカスカと撃ってきたかもしれない。ひとりで向かったからこそ、やつも催涙スプレーという最後っ屁を喰らったんだと思う。これもただの〝たられば〟の話でしかないが、とにかくお前は、井之上朝子の遺産を持ち帰ってきたんだ。今はそれでよしとするしかない」

「あの男……ただ者じゃありません」

「電話じゃ詳しく訊けなかったが、その汚れっぷりを見たかぎりじゃ、スプレー撒いて逃げてきたわけじゃないだろう」

「スプレーを浴びて、がら空きになったあの男の腹に、突きを見舞いました」

「全力でか？」

「はい」

井出は運転を続けながら、顔を痛々しそうに歪めた。彼女の空手の実力をよく知っているからだ。

「ふつうじゃないのは、武器《エモノ》や肝っ玉だけじゃないってことか」

「まるでタイヤみたいな……鍛え上げられた肉体でした。プロの格闘家のような」

井出は眉間にシワを寄せた。

「スプレーを浴びせられたうえ、お前に思いきりぶん殴られても、投げ技を仕かけてきた。そんな芸当ができるやつが、何人もいるとは思えない。しかし、おれがもっと気になるのは、尾行や監視に注意を払っていたはずのお前に、駐車場までついてきたという事実だ。警戒している現職の刑事相手に、ぴったりと張りついてくる。集団のチームなら可能かもしれんが、やつもおそらく単独で動いているんだろう。お前の後を追うのは、正拳突きに耐えるよりも難しい」

「あの男……同業者かもしれません」

「おれもそう思う」

マスクの男がまとっていたどす黒いオーラを思い出す。警官というよりも、栄グループの襲撃犯と同じような殺し屋の臭いを漂わせていた。

井出は、彼女の持つシグをちらりと見やった。

「おれたちだって、すでに仲間を信じられずに、大事な証拠品をこうしてふたりで乗り回しているくらいだ。よその県警にも、おれたちと同じで一匹狼と化したやつがいてもおかしくはない。栄グループに警察人生を狂わされた者はたくさんいる」

紗由梨は後ろを振り返り、不審車がないかを確かめた。後方にタクシーが見えたものの、井出が出すスピードによって距離が離されていく。井出は続けた。

「お前を尾《つ》けられたのも、土地勘があるからじゃないかと思う。そうでなきゃ、ひとりで追いかけ回すのは不可能だ」

「神奈川ですか」

彼女は息を呑んだ。

あの男が神奈川県警所属だろうと、そうでなかろうと、かりに警官だとしたら……警察組織の威信に傷をつける大問題だ。警官という職務を忘れ、あるいは立場を利用して情報を得て、栄グループのメンバーにマグナム弾を叩きこもうとしている。いくら相手が悪党といえど、警官による私刑などあってはならない。

マスクの男が憎悪しているのは、栄グループだけではない。朝子の遺産をめぐり、邪魔立てした紗由梨を憎んでいる。立ちはだかる者は皆殺しにする気でいる――狂気の世界に足を踏み入れているように見える。

「一瞬ですが、やつの顔を見ました」

「イケメンだったか」

微笑を作ってみせた。

「まあまあです。顎に傷がありましたが。三センチほどの切り傷の痕を見ました」

「そのあたりも洗ってみる必要があるな」

シグのグリップを握る手に力がこもった。どんな形であれ、彼とは早急に会う必要がありそうだった。

彼の正体はもちろん、なぜ栄グループの襲撃犯と同じく、朝子や紗由梨らがいるホテルに入りこめたのか。どこから情報を得たのか。なぜ大型リボルバーをぶら下げて、孤独な戦いをしているのか。素直に情報をくれるタマではないが、紗由梨たちよりも栄グループに関する情報を握っているかもしれなかった。

井出がハンドルを切った。コンパクトカーは、都道229号線を西に走り続けていたが、府中市に入ったところで何度か交差点を曲がった。ボートレース場や競馬場などがあり、独特の雰囲気を醸し出している。

「このあたり、覚えてるか？」

「もちろんです」

紗由梨は答えた。

わかっていたからこそ、敢《あ》えて行き先は尋ねなかったのだ。公道沿いにある四角い建物へと近づく。〝カーショップ・Z《ゼット》モービル〟という、中古車販売を兼ねた自動車整備工場だ。

ロードサイドのショップらしく、黄色を基調とした巨大な看板を道路脇に立てていた。建物自体は潰れた新古書店をそのまま利用している。外壁はオイルや排気ガスで黒ずんでいる。

広めの駐車場には、商品である中古車や、ボディの歪んだ修理待ちの車がぎっしり並んでいた。品揃えはおもにカーマニアの男性向けで、古くさい大型セダンや燃費の悪そうなＳＵＶ、甲虫《かぶとむし》の姿に似た黒いクーペが陳列されている。

井出はコンパクトカーを敷地に入れた。建物内の灯りはすべて消えており、ひっそりと静まり返っていた。真っ暗の敷地内を、ヘッドライトを頼りに進む。すると、待っていたかのようにシャッターがガラガラと音を立てて開いた。

ブルドッグみたいな顔の用賀条治《ようがじょうじ》が姿を現した。ここの工場長である彼が手招きをする。久しぶりに見る彼は口ヒゲを生やしたようで、ツナギとブーツを身に着けたその姿は、右翼団体の構成員みたいに見えた。

建物のなかには、ぐしゃぐしゃに潰れたセダンや、自動車の部品の山がある。井出はかまわずに潰れたセダンの横に車を停めた。車を降りる。

「急な連絡で悪かった」

「かまわねえよ。ひさしぶりで驚いたけどな……ずいぶん痩せたんじゃねえか?」

用賀は困惑した表情を見せた。

「ちょっとしたダイエットだ」

「まさか、コレじゃねえよな」

用賀は、腕に注射を打つ仕草をした。井出は苦笑した。

彼は井出の情報提供者だ。かつては自動車窃盗団の一員として闇社会の深みにどっぷり浸かっていた。もともとは、江東区《こうとう》で自動車整備工場を営んでいたが、高校の同級生だったヤクザから渡された覚せい剤にハマり、クスリ代欲しさに窃盗グループの手伝いを引き受けた。

用賀の整備工場は、チンピラや中国人が持ちこんだ盗難車の中継地点として利用された。ナンバー偽造、塗装や解体などを手がけたのを皮切りに、事故車同士を組み合わせたニコイチの販売、不正車検にも関わった。

かつて本庁の組織犯罪第三課に属していた井出は、自動車窃盗グループが出入りする用賀の工場の存在を摑み、また彼が覚せい剤という弱みをヤクザに握られていると知った。

彼に近づいて説得を重ね、協力者として悪党たちの情報を提供するように呼びかけた。危ない裏仕事に関わりながらも、それで得た利益はすべて覚せい剤に消えていた。犯罪に手を染めてから二年。二人の子供と妻は、彼のもとから離れ、自暴自棄の状態に陥っていたという。

井出は彼から得た情報をもとに、日中混成の自動車窃盗グループと、利益をかすめ取っていたヤクザを一斉に捕えた。同時に彼を薬物依存症治療を手がける病院に入れ、覚せい剤からきれいに手を切らせた。この整備工場に就職の世話をしたのも井出だ。

紗由梨も車から降りた。

「お久しぶりです」

「よお、お嬢さん――」

用賀の顔が強張った。紗由梨のスーツの汚れや、包帯に包まれた左手を見やる。

「……新聞で読んではいたよ。栄の兵隊があんたらを襲って、参考人を殺したって。まさかとは思っていたが」

「おれの不手際だ。もう本庁から署に飛ばされている」

「どうりで、それだけ激ヤセするわけだ。あの事件じゃ、女性警官も負傷したと書いてあった。もしかしてあんたか」

紗由梨はうなずいた。用賀は息を吐いた。

「なにをすればいい」

井出はカーナビを指した。

「あれだ」

用賀はエンジンをかけて、カーナビを作動させた。パスワードの入力画面に変わる。彼は目を細めて画面を見つめた。

「多少、時間をもらうがかまわないか？　最近は車もコンピューターが幅を利かせてる。いくら勉強しても追いつきゃしねえ。その手の分野に詳しいガキに診てもらう必要がある」

井出は紗由梨に尋ねた。

「お前の貴重な戦利品だが、彼に預けることになる。かまわないか？」

「はい」

今さら、あれこれと意見を言う気はなかった。井出に連絡を取ってからは、熟練の捜査官である彼を信頼するしかなかった。

「最優先でやらせる」

用賀はエンジンを切った。カーナビの映像が消える。

彼はあれこれ尋ねようとはしなかった。栄グループ絡みのブツと知ったうえで、二つ返事で引き受けてくれた。その簡潔なやり取りに、男たちの絆《きずな》を感じ取った。

7

鷹森は運転席から双眼鏡を覗いた。

約五百メートル先には、広大な庭のついた洋風建築の豪邸があった。

三角状のブラウンの屋根と純白の外壁。周りにはブナの木の葉が鮮やかに茂っている。まるでヨーロッパの避暑地のような風景だ。

もともとは、カップルや女性向けのペンションだった。しかし、宿泊客の減少によって経営不振に陥り、現在の持ち主に安く買いたたかれた。

建築に携わった施工業者によれば、一階のバルコニーにはジャグジー風呂が設けられ、地下室には数百本ものワインが置けるワインセラーがあるという。本格的な暖炉も設置されているらしく、屋根にはレンガ造りの煙突があった。サンタクロースも入れそうなくらいに立派なものだ。

ただし、鷹森から見えるのは、豪邸のほんの一部に過ぎなかった。敷地はぐるりと木製のフェンスで囲まれている。フェンスの上部には、槍のような忍び返しがついており、人を寄せつけない閉鎖的な空気をかもしだしていた。邸宅も、ほぼすべての窓が、カーテンかブラインドで覆われている。玄関の正門は、トラックさえも弾き返しそうな分厚い鉄扉で閉じられていた。

彼がいるのは八ヶ岳《やつがたけ》の高原だ。早朝五時とあって、邸宅のなかに灯りはなく、ひっそりと静まり返っている。日の出の時間は迎えているが、厚い雲に覆われており、あたりはまだ夜のように薄暗いままだった。

「どうだ」

助手席の破樹が尋ねた。

彼はシガーを吸いながら、ぼんやりと豪邸を見つめていた。セダンの助手席の窓をわずかに開けているため、夏といえども、ひんやりとした冷気が入ってくる。

「たまに、うろついてます」

豪邸のフェンスの周囲を、ときおり屈強な男たちが見回っていた。邸宅や森林がかもす瀟洒《しょうしゃ》な雰囲気とは違い、歌舞伎町《かぶきちょう》あたりが似合いそうな、品のないジャージやダークスーツを着用していた。緊張した様子で歩き回っている。

豪邸の持ち主は、京都の暴力団である近江一乗会の藪一成《かずなり》だ。

一本独鈷《いっぽんどっこ》の老舗組織で舎弟頭を務めている京都ヤクザの長老だ。栄グループの手を煩わせた関代巌の外兄弟でもある。

京都の猛暑を避けるためと称し、夏はこの高原の別荘で過ごすときが多い。ヤクザとしては、ほぼ引退したも同然だったが、そのわりには抗争時のように物々しい警備がついていた。邸宅のなかには、銃火器の類も隠し持っているかもしれない。

やつは、栄グループ系列の会社である相模東光開発の幹部を脅し上げ、スパイに仕立て上げた人物でもある。井之上朝子暗殺の邪魔をした謎のマスク野郎に情報を流していたらしい。

鷹森は伝えた。

「最低でも六人、あるいはそれ以上かも」

「とくに何人いようとかまわんが……」

破樹はシガーを灰皿に置いた。腕時計を見やる。彼はトランシーバーを持って香莉に伝えた。

「時間だ。始めよう。作戦どおりに行えば、すみやかに完了するだろう」

〈了解〉

香莉らが応答する。彼女の声は弾んでいた。破樹チームの両輪を担当するヨナミネと香莉は、鷹森のすぐ後ろにあるミニバンに控えている。

あのふたりは、殺しをするために、この世に生まれてきたような連中だ。一刻も早く、マスク野郎の首を狩りたくて、うずうずしている。

破樹はトランシーバーで呼びかけた。

「伊方」

〈こちらも準備完了です〉

破樹は鷹森にうなずいてみせた。

鷹森はスイッチをひねった。セダンの天井から赤色灯が現れ、森や邸宅を赤く照らし始める。後ろで待機していた香莉たちのミニバンも、天井の赤色灯を回転させた。さらに後ろには、伊方方正《ほうせい》が用意した偽パトカーが近づいてくる。ボディには山梨県警と大書されてある。

鷹森はアクセルを踏み、制帽をかぶり直した。彼は警察官の制服に身を包んでいる。突然の警察車両の登場に、藪の護衛は泡を喰ったように慌てふためいた。

「板についてるな」

「は？」

「お前の制服姿だ」

「それはまあ」

鷹森は苦笑した。

彼と伊方は元警察官だ。鷹森は千葉県警の機動隊に、伊方は警視庁の公安にいた。

しかし、偽物とはいえ、再び袖を通すとは思わなかった。栄グループが用意した制服は、本物と見分けがつかないほどだ。携帯無線機や特殊警棒、拳銃といった装備品までそっくりだ。

鷹森らが乗るセダンは、別荘の鉄門の前で急停止した。慌てふためいていたジャージの護衛は、思い出したようにポケットから携帯電話を取り出す。

破樹がアタッシェケースを携えて助手席から降りる。

「そのまま、そのまま」

「なんや。お前ら」

ジャージの護衛は身構えた。破樹はアタッシェケースを置くと、有無を言わさず、やつの胸倉を掴んだ。強烈な大外刈りを放ち、護衛を地面に叩きつける。

受身を取りそこなった護衛は、後頭部をしたたかに打ちつけ、ぐったりと動かなくなった。地面は土と雑草だったが、かりにコンクリートであれば、護衛は死んでいたはずだ。破樹の投げ技はそれだけのキレと破壊力を有していた。

護衛のポケットを漁り、マッチ箱ほどの小さなリモコンを奪った。彼がスイッチを押すと、電動式の鉄の門扉が開き始める。

鷹森らは敷地内へと車を走らせた。アスファルトで舗装された私道を走り、芝生《しばふ》を踏みしめて建物の近くで停止した。

別荘のなかからは、ぞろぞろと血相を変えたヤクザたちが飛び出してきた。鷹森の予想どおり六人だ。連中はゴルフクラブやバットを手にしていた。戦闘服を着た若者が、二頭のピットブルをつないだチェーンを握っていた。チェーンはピンと張りつめ、猛犬どもは前足を掻いて、狂ったような勢いで吠えたてる。

しかし、化けた甲斐があったというものだ。急襲してきたのが警官とわかり、銃刀法違反を恐れ、銃火器や日本刀の類は所持していない。

運転席を降りた鷹森は、警官時代に戻ったつもりになって、居丈高な態度で怒鳴りちらした。

「クソ犬をどかせ！　この野郎！　パクられてえのか！」

外からは、破樹チームのミニバンや偽パトカーが入ってくる。パンツスーツを着た香莉や、制服を着たヨナミネが降りる。日系ブラジル人のヨナミネは日本語が拙い。しかし、口さえ閉じておけば、バタ臭い顔の日本人に見える。

破樹は、階級の高い捜査責任者を演じた。もともと見かけだけは、まともな紳士に映る。量販店のスーツを着用し、灰色の豊かな頭髪を七三にきっちり分けた姿は、法と規律にうるさい公僕のようだ。彼はアタッシェケースを持ち、ヤクザたちに訊いた。

「藪一成はどこだ」

「警察《ポリ》がなんのようじゃ！」「去《い》なんかい、ボケ！」

猛犬のように怒鳴る手下たちの間から、藪と思しき禿頭の老人が姿を現した。

「こないな朝っぱらに、どちらさんでっか」

藪はガウン姿だった。痩せた身体つきをしているが、いかにも長老然とした貫禄を感じさせる。両手をポケットに突っ込み、破樹たちを見回した。

破樹は親指でパトカーを指した。

「見ればわかるだろう。山梨県警だ。凶器準備集合罪、ならびに銃刀法違反の疑いで、家宅捜索をさせてもらう。あんたが立会人になってくれるか？」

「わてら、バカンスに来てるだけでっせ」

藪は冷ややかに見つめる。

「そのわりには、ずいぶんと殺気立ってるじゃないか」

「……とりあえず、令状《フダ》と警察手帳《バッジ》を見せなはれ」

破樹はスーツの胸ポケットから警察手帳のＩＤを見せると、続いて家宅捜索令状を藪に突きつけた。ＩＤも令状も制服と同じく、精巧に作られた偽物だ。藪は左のポケットから老眼鏡を取り出し、ＩＤと令状に目を近づけた。

警察に化けて、すみやかに手下どもを排除し、藪の身柄をさらう。鷹森が提案したアイディアだ。

藪は、栄グループ傘下の相模東光開発内部に、スパイを作った。ミスを重ねた常務の三田とともにスパイを駆除したが、他にも操っている可能性もある。兄弟分だった関代の仇を討つつもりで仕かけてきた。

八ヶ岳で過ごしているのも、バカンス目的であるはずがない。手下たちの数と顔つきが物語っていた。別荘は栄グループと対決するための橋頭堡《きょうとうほ》と考えるべきだった。ヨナミネと香莉が、手下たちを見回していた。おそろしく暗い目つきで。ヤクザたちのなかに、あのマスクマンがいないのかを確かめている。

藪は令状を睨んだまま言った。

「わしな、今年で極道生活、四十周年になるんや」

「……」

「そんだけ長くやっとれば、目がいくら悪うなっても、見えてくるもんもある」

藪はガウンのポケットから右手を引きぬいた。その手にはリボルバーがあった。

「くだらん小細工しくさりやがって。警察《サツ》のわけあるかい。血の臭いで鼻が曲がりそうや」

藪が撃った。

令状を銃弾が貫き、破樹の胸が弾けた。藪以外の人間全員が目を剝いた。破樹はアタッシェケースを取り落とし、がくりと膝をつく。

藪はリボルバーの銃口を、すかさず鷹森に向けた。あわててセダンの陰に隠れる。

藪が発砲し、セダンのサイドミラーが砕け散る。

藪が手下たちに号令をかけた。

「お前ら、とっとと武器《どうぐ》持ってこんかい！　この殺し屋どもをいわしたれ！」

戦闘服の若者が、手からチェーンを放した。二匹のピットブルが猛然と牙を剥き、鷹森に襲いかかってくる。猛犬たちのきつい獣臭がする。鷹森は顔を両腕で覆った。

噛みつかれる瞬間、銃声が鳴り響いた。二匹の犬たちの顔に穴が開いた。

香莉がショルダーホルスターからベレッタを抜いていた。銃口から白煙が昇る。むっつりとしたツラで私服警官の役を演じていたが、今は白い歯を見せて笑っている。

彼女は続いて犬をリリースした戦闘服の若者を撃った。若者は頭を破裂させた。

バットを持ったヤクザが、香莉の頭めがけて振り下ろした。ヨナミネが横から腕を伸ばし、彼女に当たる直前で、バットの先端を大きな掌で受け止める。彼はヤクザからバットをもぎ取り、すかさずそれを振り回した。元の持ち主をバットのグリップで殴りつける。ヤクザが吹き飛ぶ。

藪がリボルバーを全弾撃つ間に、手下たちは邸宅に戻ろうとする。鷹森も体勢を立て直し、ヒモのついたリボルバーで撃った。尻を撃たれた手下が玄関で転倒する。

「ちくしょう」

警察に化けたのは失敗だった。こうもやすやすと、正体を見抜かれるとは。藪と手下たちが建物内へと戻った。玄関のドアが閉められ、鍵をロックされる。

「ボス！」

鷹森は破樹のもとへ駆け寄った。

破樹は胸を撃たれ、スーツとシャツには穴が開いた。涼しい顔をしたまま、アタッシェケースに手を伸ばした。防弾ベストを着こんでいたとはいえ、至近距離で弾を喰らったが、ダメージを負った様子はない。

なかにはサブマシンガンのウージーが入っている。すでに五十発入りのマガジンが装塡されていた。

「大丈夫ですか」

「問題ない。とっとと終わらせる」

破樹は平然と立ち上がり、玄関の扉へと歩み寄った。ウージーをドアへ向けて連射した。無数の銃弾が木片を飛び散らせ、錠前を破壊する。

破樹は厚みのあるドアを蹴とばした。鍵を破壊されたドアは、内側へと強制的に開け放たれた。

破樹と鷹森はいったん、玄関から離れた。建物の外壁に身を隠す。別荘内へと逃れたダークスーツの手下が、廊下でポンプ式の散弾銃を構えていた。散弾銃がぶっ放される。

無数の散弾が、破樹らの横をかすめて通り過ぎていった。他の破樹チームのメンバーらも、身を伏せるなどして散弾銃を警戒する。その間にも、香莉は地面に転がる藪の手下たちに発砲し、トドメを刺した。

ダークスーツの手下が、散弾銃の先台をスライドさせて排莢を行った。破樹はその間を見逃さなかった。ウージーをフルオートで発射した。十発以上の弾が吐きだされる。散弾銃を持った手下が、胸と腹を蜂の巣にされ、上半身を血で染めながら崩れ落ちる。

破樹は別荘のなかへと駆けていった。鷹森も後に続き、倒れた手下の散弾銃を拾い上げた。破樹はウージーをリビングに向ける。

上のあたりで物音がした。すかさず散弾銃を上方へと構えた。大きな階段がある吹き抜けの場所だ。

二階ではもうひとりの手下が、木製のフェンスから身を乗り出し、自動拳銃で階下の鷹森たちに狙いをつけていた。

鷹森は散弾銃のトリガーを引いた。鼓膜に痛みが走るほどの発砲音。ストックを通じて伝わる衝撃。手下の上半身が砕け、肉片が壁に飛び散った。持っていた自動拳銃が、一階の床へと落下する。散弾銃に装塡されていたのは、大型獣用のバックショットだった。

破樹は階段へと向かった。建物内に戻った手下ふたりを葬り去ったものの、まだ隠れている連中がいるかもしれない。それに殺意を漲らせた薮《みなぎ》がどこかにいるはずだ。にもかかわらず、破樹は階段を一気に駆け上がり、二階へと到達した。鷹森は破樹のバックアップに回る。

二階にはいくつものドアがあった。別荘の構造は把握している。複数の寝室と薮の書斎、トイレがある。破樹は寝室の扉に蹴りを喰らわせた。扉がけたたましい音をたてて開き、彼はすかさず室内にウージーを向ける。

鷹森は散弾銃の先台をスライドさせた。空の薬莢が床を転がる。同じく寝室に狙いを定める。

クイーンサイズのベッドが置かれた寝室。そこに薮はいた。フローリングの床に膝をついている。特徴的な禿頭は汗でぐっしょりと濡れていた。着ていたガウンは乱れ、胸に彫られた桜の刺青が見える。

彼は、空になったリボルバーに弾をつめている最中だった。破樹のウージーは、彼の頭を狙っていた。外しようのない距離で、一瞬でスイカのごとく破壊できる。

「捨てろ」

破樹は言い放った。

鷹森は寝室の出入口に立ち、散弾銃を廊下に向け、襲撃者の攻撃に備えた。

藪は動きを止めようとしなかった。破樹の言葉を無視し、流れ落ちる汗をガウンの袖で拭きながら、リボルバーに弾をひとつひとつこめた。破樹は眉をひそめる。

「終わりだ」

「お前らが決めることやない」

藪は肩を揺らして笑った。装塡し終えると、シリンダーを元に戻す。

「さっきから言うてるやろ。この道選んで、四十周年になるんやと。関代の兄弟とも、長いつきあいになる。お前らみたいな外道相手の言うこと、いちいち聞いとったら、あの世で兄弟に合わせる顔がないわ」

鷹森は破樹に目で尋ねた。彼はウージーを構えたまま、藪の行動を見つめているだけだった。

「お前らはなーんも得られん」

藪は肩で息をした。リボルバーの撃鉄を起こすと、その銃口を自分のこめかみに押しつける。

その瞬間、破樹のウージーが火を噴いた。数発の銃弾が、藪の右手とリボルバーに命中した。リボルバーが弾け飛び、血煙が上がった。藪の右手が砕けた。赤黒い肉片と骨が露出し、いくつもの指が室内に飛び散る。

藪は顔を苦痛で歪ませた。吹き飛ばされた右手を抱えこみ、うめき声を漏らす。

「鷹森」

鷹森は、制服のポケットから包帯を取り出した。本来は自分やチームのメンバーの止血に使うものだ。

すかさず藪に近づくと、口に包帯を喰いこませ、幾重にも巻いた。手の治療は二の次だ。

まずは舌を噛んで、あの世にトンズラするのを防ぐ必要がある。包帯を猿ぐつわとして使い、折り畳みナイフで包帯を切り、後頭部のあたりで固く結んだ。

ベッドには白いシーツ。それを引きはがして、藪の破損した右手に巻きつける。またたく間にシーツはまっ赤に染まった。

破樹は藪を見下ろした。その瞳は、やはりつかみどころのない底なしの闇があった。

「用が済みさえすれば、すぐに兄弟に会わせてやる」

それにしても、破樹の腕には驚かされる。軽量であるがゆえ、ウージーは狙いがブレやすい。連射したうちの一発くらいは、藪の頭部に当たってもおかしくはない。

銃弾を喰らったリボルバーは銃身が潰れ、グリップとシリンダーが破壊されていた。

破樹はスナイパーとしても超一流だが、拳銃や機関銃を扱わせても同じだった。おまけに格闘術も優れている。機動隊で鍛え上げられた鷹森でさえ、破樹には何度挑んでもねじ伏せられる。父親ほどの歳の差があるというのに。天才的な殺しの能力を維持しているがゆえに、香莉やヨナミネのような狂った荒くれ者たちを服従させられるのだ。この男が存在するかぎり、栄グループの勢いは止まりそうにない。

「ぼんやりするな」

破樹が語りかけた。

「え？」

同時に頬に鋭い痛みが走った。

戦意喪失したように見えた藪だったが、左手で鷹森の顔を攻撃した。やつは老眼鏡を握り潰し、レンズの破片で頬を切り裂いてきたのだ。

鷹森の視界が怒りで赤く染まる。お返しに右フックを、藪の頬に叩きこんだ。やつは白目を剝いて、ぐったりと動かなくなった。シワだらけの左手は、割れたレンズでズタズタに切れていた。マムシのようなしつこさに舌を巻く。

鷹森は制服の袖で頬を拭った。傷は思ったよりも深く、裂かれた傷からあふれた血が、顎からしたたり落ちる。怒りよりも恥ずかしさが勝った。顔が熱くなる。

破樹が珍しく笑った。

「いい教訓になったな。中東にはこんなやつがよくいた。手足がダメになれば、歯で手りゅう弾のピンを抜いてくる。ガキも年寄りも関係ない」

「肝に銘じます」

鷹森はシーツで藪の止血作業を終えると、やつを肩で担いで別荘から出た。破樹はトランシーバーで、栄グループの構成員に、医者の手配をするよう命じた。

別荘の外に出た。思わず胸が悪くなった。私道のアスファルトは血と体液にまみれ、鮮やかなグリーンの芝生は血液や脳漿で変色している。

破樹チームの面々は、戦闘後の後処理を淡々とこなしていた。怪力のヨナミネは、銃弾を浴びた藪の手下たちを荷物のように担いでは、別荘のなかへと運びこんでいた。玄関には死体の山が築かれている。

伊方は反対に、別荘からコンピューターのハードディスクを持ち出していた。偽パトカーの後部座席に置く。そこには、藪の手下たちが持っていたケータイや、別荘のなかにあったと思しきラップトップやモバイル機器が山積みになっていた。藪たちの情報を収集するためだ。

香莉はといえば、十八リットル入りのポリタンクを抱えていた。鼻歌混じりにガソリンを別荘にぶっかけている。ミニバンの荷台に積んでいたものだ。

ひとつのポリタンクを空にすると、彼女は荷台からさらにポリタンクを引っ張り出し、死体の山にガソリンをかけ、私道のアスファルトまで垂らした。血と排泄物と、ガソリンの化学的な臭いが混じり合い、ひどい悪臭が漂う。

鷹森はセダンの後部座席に藪を置いた。念を入れて両手首に手錠をかけた。やつは失神したままだった。しばらく目を覚まさないでいてほしかった。手下たちの死体を目撃したら、また暴れ出すに違いない。

「撤収だ」

破樹のひと言でメンバーたちは、それぞれ元の車へと戻っていった。鷹森もセダンの運転席に乗り、エンジンをかける。

破樹は、セダンの助手席側のドアを開けた。灰皿に置いてあったシガーを拾い上げた。バーナーライターで火をつけ、紫煙を吹かす。

ガソリンが撒かれた私道に、火のついたバーナーライターを近づけた。青い炎が灯《とも》り、アスファルトを舐《な》めるように広がっていく。血で汚れた芝生が青く変わる。

炎は別荘にたどり着くと、爆発音とともに勢いを増した。一気に二階部分まで燃え広がった。薮の手下たちの衣服を溶かし、頭髪を焦がした。黒煙に包まれて、なにも見えなくなった。

破樹は、別荘が燃える様子をぼんやりと眺めていた。シガーを吹かしながら、ゆっくりと助手席に乗る。

「ステーキが食いたくなったな」

「は……」

鷹森はハンドルを切って、敷地の出口へと走らせた。破樹はときおり、冗談なのか本気なのか、判別に困る言葉を吐く。後部座席には血の臭いをぷんぷんさせた藪が乗っている。

「マスク野郎の肉ですか」

破樹は煙を吐いた。

「噛み応えがありそうだ」

鷹森たちの車は敷地を出て丘を下った。

プロパンガスにでも引火したのか、再び背後で爆発音がした。バックミラーに映る藪の別荘は、赤い炎と黒煙に包まれ、すでに輪郭さえわからなくなっていた。

8

紗由梨の体調は悪かった。明らかに寝不足だった。

枕元の目覚まし時計が、数十秒もベルを鳴らし続けていたが、止められるだけの力がなかなか湧かなかった。指一本動かすのにも骨が折れた。

時計の針は六時を指している。忌々しいくらいに天気はよく、窓から差しこむ朝日で、室内はすでにうっとうしいほどの熱気に包まれていた。

気合の声とともに身を起こした。午前二時に、府中市の自動車整備工場で、朝子のコンパクトカーを預けた。井出の情報提供者で、工場長の用賀にカーナビの分析を依頼した。

台東区《たいとう》の自宅マンションに戻ってきたときは、すでに午前三時を過ぎていた。急いでシャワーを浴びて化粧を落とし、汚れた左手の包帯を新しく替えた。

できるだけ睡眠時間を確保しようとしたが、とても充分とはいえない。ほんの二時間半というところだろう。ベッドに倒れこんだ瞬間、疲労の波に襲われて眠りについたものの、あっという間に目覚まし時計が無慈悲にベルを鳴らした。

短時間の睡眠には慣れている……はずだった。激務の特捜隊では二、三時間の仮眠しか取れない日々が当たり前のように続いた。しかし、昨夜の激闘と逃亡のおかげで、気力と体力を根こそぎ奪われた。

目を覚ましたときから、背中がずきずきと痛み出した。パジャマを脱ぎ、洗面所の鏡で背中を確かめてみた。アンデスメロンほどの大きさの青あざができている。マスクの男に大腰で投げ飛ばされ、コンクリートの床に叩きつけられてできたものだ。左手に火傷を負い、襲撃犯たちに殴られた腹の打撲傷も癒えていない。新たな傷が加わったことになる。満身創痍《まんしんそうい》といえた。

栄グループの殺し屋たちに、朝子を目の前で殺害され、紗由梨は重傷を負っている。人生最悪の日だったが、昨夜もあの日に負けないほどの辛酸を嘗《な》めさせられた。

牛乳と鎮痛剤を胃に収めてから、出勤の準備に取りかかった。昨日とは別のパンツスーツを着用した。昨夜、彼女の命を助けてくれた催涙スプレーとシグP230を、ショルダーバッグにしまった。血の池に浸った朝子が、彼女に止まるなと命じてくる。外の様子を確かめてから玄関を出て、マンションを後にした。通りがかったタクシーを止め、職場のある富坂庁舎へ向かうように運転手に伝える。

いつもならば、つくばエクスプレス南千住《みなみせんじゅ》駅まで歩き、地下鉄などを経由して職場まで通勤しているが、当分は電車での移動は控えたほうがよさそうだった。朝のラッシュで混雑する地下鉄では身の防ぎようがない。

富坂庁舎の前でタクシーを降りた。平静を装って庁舎のエントランスを潜った。昨夜はなにもありはしなかったと、自分に言い聞かせる。

特捜隊のなかには、栄グループとつながっている人物がいるかもしれない。まだ打ち明けるわけにはいかない。上体をわずかに動かすだけで、背中が痛みを訴えてくるが、それをこらえてエレベーターに乗る。

オフィスのフロアでエレベーターを降りた。とたんに紗由梨の心臓が跳ねあがった。特捜隊の男たちが、険しい顔をして廊下を突進してくる。ある者は髪型をボサボサにしたまま。また、ある者は無精ひげを伸ばしたまま。ネクタイをつけずに、シャツのボタンをろくに留めていない者もいた。

「あ、先輩」

　後輩の野木がペコリと頭を下げた。

　携帯端末を握りしめたまま、特捜隊の男たちとともに、廊下を走り抜けようとする。

　紗由梨は野木の腕を摑んだ。彼は身体のバランスを崩し、あやうく転倒しかける。

「な、なにを……」

　野木の身体を引き起こした。背中と腹にずきずきと痛みが走る。しかし、なに食わぬ顔をして尋ねた。

「なにが起きたの？」

「やつらです。今朝、山梨県警から連絡が。近江一乗会の藪が襲われました」

　彼は早口で答えた。

「えっ」

　紗由梨は絶句した。山梨県警、近江一乗会、藪。固有名詞の連続に戸惑う。

「藪って、藪一成……京都ヤクザの」

「そうです」

　特捜隊の男たちが、早く来いと野木を呼びつける。

　紗由梨は腕を放した。野木はすまなそうに一礼して、男たちとともにエレベーターに乗りこんだ。彼女は唇を嚙んで、野木らを見送った。

本来ならば、紗由梨も最前線に同行するのがスジだった。現在は負傷中であるため、デスクワークに従事するよう命じられている。だが、それほど大きな事件の情報が、自分のところに伝わらなかったのが不満であり、ひどく寂しくもあった。それもまた、朝子をみすみす死なせてしまった罰だと、割り切るしかない。

特捜隊のオフィスも喧騒に包まれていた。副隊長の明石三千夫《みちお》が、デスクトップのPCとタブレット型コンピューターのふたつを睨みながら、ビジネスフォンで誰かと話し合っていた。

もとは、朝子の件で左遷された拝島の右腕的な存在であり、特捜隊の副隊長として活躍していた。栄グループをもっとも熟知している人物であり、優れた実務能力の持ち主ではある。

グレーになった豊かな頭髪を七三分けにし、細いメタルフレームの眼鏡《めがね》をかけた姿は、マル暴の指揮官というより、銀行の支店長のように見える。拝島のようなリーダーシップと体力を持ち合わせているかといえば疑問は残る――それが特捜隊内での評判だ。

重要な情報提供者である朝子を失い、部下である紗由梨が重傷を負ったさいには、他の特捜隊のメンバーと同じく、デスクを叩いて激昂《げきこう》した。

拝島が隊を去ったとき、目に涙を溜めて栄グループ壊滅を激しい口調で訴えたものだが、すでに明石の疲労は蓄積されているようで、紫色の顔色で対応に追われていた。

紗由梨は隊員のひとりから続報を耳にした。栄グループの殺し屋たちが、藪一成の別荘を襲ったという。

隊員の話によれば、栄グループは八ヶ岳にある藪の別荘を襲撃。護衛たちの全員が殺害されている。別荘は焼き払われたうえに、藪自身も連中にさらわれたらしい。

話を聞いている最中、紗由梨は目まいを起こしそうになった。藪たちを襲ったのは、あの覆面の人間たちではないか。深緑色の戦闘服に身を包んだ死神たちだ。大型ハンマーを振りかざす大男と、ショットガンを持った女が脳裏をよぎった。

紗由梨は自分のデスクに座り、溜まっていた書類に判をつき、パソコンのキーを叩きながら考えた。

ホテルのドアを破壊した手際のよさといい、ためらわずに殺人を行うなど、特捜隊は、実行犯たちを軍隊などに従事した経験のある人物と睨んでいる。

情報が入るにつれて、今回の別荘襲撃の詳細が判明しつつあった。あのホテルのときと同じく、ひじょうに手荒なやり方だ。

藪のほうも、栄グループの襲撃を警戒していたらしく、八ヶ岳の別荘は一種の要塞のようなものだった。おまけに、銃火器や刃物で武装していた。

栄グループは超武闘派集団だが、闇雲に暴れ回るような粗暴な組織ではない。狡猾《こうかつ》な寝技なども得意としている。敵のウィークポイントを探し出し、暴力以外のトラップも仕かけてくる。

藪の身柄をさらうにしても、外出して隙ができたところを襲うなど、気の緩んだ瞬間まで待つほうがリスクは低いはずだ。いくら圧倒的な武力を有しているとはいえ、戦闘意欲満々で待ち構えている藪側と正面からぶつかるのは、とてもクレバーなやり方とは言いがたい。

現に、近隣の住民からの通報を受けた山梨県警と地元署は、藪の別荘に大量の武装警官を早急に向かわせている。栄グループの襲撃犯を今一歩のところで逃がしているが、周囲の各県警や警視庁と連携。今も行方を追っている。

警察組織の捜査網に引っかかってしまえば、いくら強力な銃器を所持した私兵集団といえども、機動隊の大部隊や特殊部隊には敵《かな》うはずもない。藪側との戦闘が少しでも長引いてしまえば、やがて警察によって包囲され、連中は袋のネズミと化していただろう。

ホテルを襲撃して朝子の命を奪ったときと同じく、手段を選んでいるほどの余裕はなく、一刻も早く藪の身柄をさらう必要があった。それには、あのマスクの男が関係しているように思えてならない。

パソコンで書類作成に勤《いそ》しみながら、昨夜の井出との会話を思い出す。

紗由梨は、マスクの男を同業者ではないかと指摘した。つまり警察官だ。土地勘のある神奈川の人間だろうとも……。

昨日、紗由梨は川崎の立体駐車場に向かったが、決して警戒を怠らなかった。かりにも刑事だ。栄グループによる襲撃で、みすみす朝子を死なせてしまい、自信はぐらついているが、それゆえに慎重な足取りで、朝子の〝遺品〟まで向かった。

そんな警戒心を抱いた刑事の後をつける。監視のプロでなければできない芸当だ。柔道の実力者でもあり、拳銃の扱いまで慣れていた。ただし、彼が持っていたのは、象をも倒すといわれる大型リボルバーだったが。

書類仕事を朝から午後まで休みなく続けた。藪と栄グループの武力衝突については、警察組織にとって思わしくない情報ばかり入ってきた。藪側に生存者はなく、別荘とともに全員が黒焦げと化したという。さらにプロパンガスに引火したため、遺体や建物の損壊も激しく、多くの証拠品が吹き飛んでしまっている。藪も依然として行方不明。彼だけが、栄グループに拉致された可能性が高いとの話だった。

襲撃犯たちが使ったのは、警察車両に似せたセダンとミニバンだ。藪の別荘から三キロ離れた八ヶ岳の山道で発見された。

セダンは山梨県警のパトカーに似せたものだったが、こちらもガソリンをかけられ、ミニバンとともに焼かれていた。

車からの火は近くの山林にまで燃え広がり、警察と消防隊が消火活動に追われる羽目となった。藪の別荘と山林というふたつの火災で現場は混乱。襲撃犯たちは山道に替えの車両を用意していたらしく、その隙に乗じて逃亡している。

山梨県警は緊急配備を行い、付近の道路を封鎖したが、襲撃犯を捕えることはできずにいる。情報が入るたびに、明石は深いため息をついていた。

紗由梨は、書類仕事が一段落すると、通院を理由に特捜隊のオフィスを早退した。ケガを負った今の紗由梨は、戦力と見なされてはいない。明石は快く認めてくれた。

富坂庁舎からタクシーで、江東区新木場《しんきば》の警視庁術科センターまで向かった。湾岸に設立された巨大施設だ。警察官の格技訓練、射撃訓練の練習場があり、オリンピック級のアスリート警察官が鍛錬に励んでいる。

紗由梨が向かう教養課の柔道指導室も、その術科センターにあった。広大な道場では、黒帯を締めたエリート選手たちが練習に励んでいた。汗や湿布薬の混じった臭いがする。畳が派手に鳴る音と選手たちの気合の声が響き渡っていた。

壁際には、トレーニングウェアを着た五十絡みの男がいた。厳しい顔つきをしながら、仁王立ちで選手たちを睨む。

紗由梨が訪れるのは久しぶりだが、彼は相変わらず怒号を上げていた。汗だくになって乱取り稽古をしている選手たちを叱り飛ばす。

「タラタラやってんじゃねえ！　締め落としちまうぞ、こらあ！」

岩石みたいなごつい身体と、大きな顔がトレードマークの甘木光則《あまぎみつのり》教官だ。

短髪の角刈りと薄い眉毛。茶色い偏光レンズのメガネをかけているため、警官というよりヤクザのように見える。かつてはつねに竹刀《しない》を持ち歩いていたが、世間や柔道界が選手への暴力を問題視していることもあり、今はなにも持たずに腕組みをしつつ、顔をまっ赤にして怒鳴り散らしていた。

「甘木先生」

紗由梨は声をかけた。

「ああ？」

甘木は鬼の形相で振り返った。声の主が紗由梨とわかり、驚いたように口を開けた。

「さ、紗由梨じゃないか」

「ごぶさたしております」

彼女は深々と頭を下げた。

「久しぶりだな、おい」

甘木は、彼女の左手に巻かれた包帯を痛々しそうに見つめた。悲痛な表情に変わる。

「大変な目に遭ったのは聞いている。血圧が高いんでな。事件を知ったときは、ぶっ倒れそうになったぞ」

「ご心配をおかけしました。ここでの稽古のおかげでしょうか。命拾いをしました」

「とにかくよく来た。茶でも飲んでけ」

甘木は、選手たちに稽古を続けるよう厳しく言いつけ、柔道場を離れた。

かつては紗由梨もこの柔道場で、甘木にずいぶんとしごかれたものだった。多摩の所轄署の地域課に勤務していた時代、男性警官にも負けない体力を身につけ、格技の腕を磨くために、この術科センターに何度も足を運んだ。上司からのパワハラに頭を悩ませていたころだ。

柔剣道や逮捕術の練習に励む術科センターの警察官たちは、各警察署で柔道の指導にあたっている。地域課での勤務に倦《う》んでいた紗由梨は、指導をしにやって来た教養課の女性警官に対し、日ごろの鬱憤を晴らすかのようにぶつかっていった。

女性警官はオリンピック出場経験を持つ達人だった。さんざん投げ飛ばされ、寝技や関節技で締め上げられたが、空手で鍛えたスタミナと、がむしゃらなガッツを認められ、術科センターに遊びに来るよう招待してくれた。

紗由梨は誘いに乗った。非番や休みの日となれば、この柔道界のトップアスリートが顔を揃える柔道場では、当然のごとく揉みくちゃにされ、甘木にもさんざん怒鳴られたものだった。しかし、限界を知らない根性と真摯な練習態度のおかげか、甘木や教養課のメンバーにもずいぶんと可愛《かわい》がってもらった。女だてらに本庁の組織犯罪対策部というコワモテなセクションに抜てきされたのも、ここへの出稽古が評価されたからだ。

紗由梨は教官室に招かれ、応接セットの椅子を勧められた。甘木は冷蔵庫からペットボトルの日本茶を取り出し、大きなグラスに注いでテーブルに置いた。

甘木はグラスの茶を一気に飲み干すと、ペットボトルの茶を再び注いだ。

「それで、ケガのほうはどんな具合だ」

「犯人《ホシ》に腹部を殴られて、腹筋を痛めましたが……あれから数日経ちましたから。痛みは治まりつつあります。火傷のほうも軽度で済みましたし」

「背中も痛めてるだろう。ごく最近だ。転倒でもしたのか」

甘木はなにげなく訊いてきた。思わず言葉をつまらせる。彼女は笑みを浮かべた。

「マンションの階段で足をすべらせてしまって。よくわかりましたね」

「何十年も柔道でメシ食ってりゃ、それぐらい簡単にわかる。とくにお前みたいにやたらガッツのあるやつは、重傷を負っても、それを隠して試合に出ようとするだろう。それで余計、悲惨な結果を招いちまう。おれの観察眼もまんざらじゃねえだろう」

「恐れ入りました」

紗由梨はグラスの日本茶に口をつけた。甘木は理学療法や柔道整復の専門家でもある。背中のケガをあっさり見抜かれてひやりとした。階段で転んだとは言ったものの、それが嘘なのも見抜いているだろう。

「それで……まさか練習をしに来たわけじゃないよな」

「こちらの資料室に用がありまして」

「うちの？」

甘木は不思議そうに眉をあげた。

本庁本部や警察学校、各警察署には、それぞれ資料の保管室がある。しかし、柔道に関する資料といえば、術科センターがもっとも数多く揃っている。専門書やＤＶＤ。一般書籍や雑誌、それに全国の柔道団体の会報誌まで。紗由梨はそれらを閲覧するために、この施設を訪れたのだった。

「わかった。好きなだけ見て行け」

「ありがとうございます」

彼もまた警官だ。あえてなにも訊かずに、資料室へと案内してくれた。

「力になれることがあったら、遠慮なく言えよ」

甘木は張りつめた表情で言い、柔道場へと戻っていった。彼女は深々と頭を下げた。

資料室に入ると、いの一番に棚から柔道団体の会報誌を抜き出した。デスクにどさりと載せる。一冊一冊は薄い冊子だが、各団体の二十年分となると、電話帳三冊分ほどの厚さとなった。十年以上前のは、日光でだいぶ焼けて茶色く変色している。

椅子に腰かけると、藁《わら》にもすがるような思いで、一九九〇年代後半の会報誌のページを開いた。

あの男が柔道の凄腕《すごうで》なのは疑いようがなかった。ただし、だからといって資料に載っているとは限らない。

あの男が自分より年下だとは思えない。見た目は三十代後半から四十代前半といったところか。暗い目つきと顎の傷など、顔には人生の年輪を感じさせる跡があった。井出と同じくらいの年齢に思えた。

マスクの男が、アスリートとして柔道大会で活躍していたとすれば、ひと昔前ぐらいだろう。会報誌のページを次々にめくった。

トロフィーを抱きかかえ、首にメダルを誇らしげにぶら下げる柔道着の男たち。闘志をむき出しにして相手の柔道着を摑み、あるいは必死の形相で技をかけている姿をチェックした。神奈川県に関連した選手や、警察官が集う柔道大会の記事を念入りに確かめる。

警察官の柔道選手となれば、警視庁と神奈川県警所属の人間が多かった。ふたつの警察組織はライバル関係にあるが、柔道においても同じだ。同県警は、柔道に力を入れていることでも知られている。

一九九〇年代の会報誌をすべて読み終えたが、あの男は見当たらなかった。古い会報誌は日に焼けているだけでなく、うっすらと積もった埃のせいで、ページをめくる手が黒く汚れた。ウェットティッシュで汚れを拭う。

やはり、自分のやっていることは無駄なのかもしれない。いくつもの冊子に目を通してから考えが揺らぐ。

紗由梨は首を振った。せっかく、嘘までついてオフィスを抜け出したのだ。とことん調べ尽くしてやる。気合を入れ直し、新たな冊子に手を伸ばす。

二〇〇四年春のところで目を止めた。神奈川県柔道連盟の会報誌だった。とっさにスーツの袖で口をふさぐ。目当ての人物と思しき男が、予想以上に大きく掲載されていた。思わず大声を発しそうになる。

入庁してから二年目の若手警察官だ。神奈川県警察柔道剣道大会に出場し、柔道個人戦で三位入賞。それから半年後、全国警察柔道選手権大会の模様を伝える同会報誌にも、同じ警察官の顔が載っていた。神奈川県警は三回戦で敗北したものの、先鋒で出場した若手警察官はオール一本勝ちを収めている。

その警察官の名前は、城石春臣といった。記事によれば、城石は二〇〇三年に神奈川県警に入庁。私大の名門柔道部の主将を務めた経験を持つというホープで、入庁した時点ですでに柔道三段の実力者として注目されていた。

川崎署地域課で交番勤務を務める傍ら、猛者揃いで知られる県警柔道部で頭角を現し、団体戦の先鋒のポジションを獲得した。

期待の新人とあって、会報誌によっては、一ページの半分以上のスペースを使って顔写真が掲載されているものもあった。紗由梨は凝視する。

写真に載っているのは、マスクの男によく似ていた。おそらく、同一人物だろう。現在より十三年も前とあって、川崎の立体駐車場で会ったときよりも、つるっとした顔立ちをしていた。

顔こそよく似ていたが、マスクの男と断定するにはためらいを覚えた。写真に写る城石は、さわやかな笑顔を浮かべた好青年風だ。青雲の志を抱いた若手警官といった陽性な雰囲気を漂わせている。アイドル事務所のタレントにさえ見える。特徴の顎の傷もない。

瞳はポジティブな光に満ち、丸刈りにした頭は高校球児みたいな初々しさを感じさせた。インタビューを受けた城石は、柔道選手としても警察官としても一流を目指したいと、きれいに並んだ白い歯を輝かせつつ、優等生的な答えをしていた。さぞやこのときは、多くの女性警官を虜にしたことだろう。

その十三年後。姿はほぼそのままだったが、魂の形は大きく変わってしまった。そう形容するしかない。

マスクの男の幽鬼じみた気配と、なんの感情も読み取らせない暗い目つきを思い出した。催涙スプレーを浴びせられたときの鬼のような表情や、ためらいもなく大型拳銃のトリガーを引く無慈悲な姿を。

城石春臣とマスクの男。同じ人物に見えるが、果たして……しばらく写真の城石と睨みあいを続けた挙句、彼女は椅子から立ち上がる。

会報誌を手に持って、教官室へと向かった。猛稽古の指導を終えたのか、ウチワで顔を扇《あお》いでいる甘木が、だらしなく椅子に腰かけていた。選手に負けないくらい、大量の汗でずぶ濡れだった。

甘木はウチワの手を止めた。紗由梨のただならぬ気配を感じたらしく、緩んだ表情を引き締める。

「どうした」

甘木は柔道界の生き字引だ。指導者として警察組織だけでなく、強豪で知られる大学柔道部や高校柔道部でも教え、これまで数多くの名選手を育ててきた。

「この方をご存じですか?」

意を決して尋ねた。会報誌に写る城石を指さす。

甘木は怪訝な表情に変わった。デスクに置いていたタオルで、額の汗を拭き取り、老眼鏡をかける。

会報誌を渡すと、彼はまず表紙に目をやった。しげしげと見つめる。

「二〇〇四年……十三年前か。またずいぶん、古い資料を持ち出してきたな。最近は物忘れがひどくて、お役に立てるかどうか。それで、誰だって？」

城石の写真を指すと、甘木はあっさりと答えた。

「なんだ城石じゃないか」

「ご存じですか」

紗由梨はひと呼吸置いて尋ねた。

そうしなければ、思わず彼にしがみつきそうになる。その衝動をぐっとこらえ、できるだけ冷静を装う。

「同じ日専《にっせん》大学出身のかわいい後輩だからな、よくかわいがってやったもんさ。やっこさんが神奈川に行ってからも、何度か稽古をつけてやってる。豪快な大腰が得意技でな。国体にも出たことのある実力者だ」

甘木は、懐かしそうに会報誌を見つめたが、その表情はやがて沈んでいった。「……ついてない男さ。この会報誌が出た一年と少し後のことだ。職務中のケガで選手生命を断たれちまった。あいつに会ったことは？」

「お見かけしたことはあります」

なるべく間を置かずに答えた。

その得意技で投げ飛ばされ、殺されそうになったとは言えない。紗由梨は手を握りしめた。やはりマスクの男が城石だったのか。疑念が確信に変わりつつある。

甘木は一瞬、疑わしげな目を向けてきたが、自分の顎を指さして言った。

「あいつ、このあたりに傷跡があっただろう」

「はい」

甘木は遠い目をした。

「二〇〇五年のクソ暑い夏の日だ。川崎のアーケード街で、シャブ中のチンピラが、匕首《ドス》を持って暴れた通り魔事件があってな。通行人のひとりが刺殺されて、四人が重軽傷を負った。そのうちのひとりは警官だ。あいつが応援に駆けつけてなければ、もっと多くの死人やケガ人が出ていただろう。見事にシャブ中を投げ飛ばして、がっちり取り押さえたが、その過程で顎と右腕を切られちまった。腕のほうは、上腕の骨に達するほどの深手だ。大手柄をあげた代わりに、柔道の第一線から退かざるを得なくなった」

「そんなことが」

「正確には、自ら退いたというべきか。形成外科手術でわりと傷痕も目立たなくなったし、リハビリのおかげで、腱《けん》まで痛めた上腕の筋肉も元通りになった。〝川崎のスカーフェイス〟なんて、一時期はひでえ渾名《あだな》をつけられたもんだがな。おれは本格復帰したらどうだと説得したんだ。北京《ペキン》を目指してみたらどうだと」

「オリンピックの強化選手ですか」

「そんだけの実力を秘めていたし、あいつもまだまだ若かった。警察学校にでも異動させてもらって、柔道に没頭してみたらどうだと。せっかくの全盛期を、交番勤務でフイにしちまうのは、あまりにもったいないと思ったんだ」

「では、それからは……」

「あいつは断ったよ。シャブ中に見事一本勝ちを収めて表彰されたとはいえ、やつにとってはよほど応えたようだ。なにせ死亡者もいたし、大勢のケガ人も出た。アーケード街は一面血の海だったらしい。真夏だったこともあって、しばらくは臭いも取れなかったようだな。あいつは責任を感じたらしい。好きな柔道にのめりこむ資格なんかないと。粘り強いリハビリで、腕のケガから回復したものの、柔道は治安を守るために活《い》かしたいとぬかしやがった。何事も一途《いちず》な野郎だったから、無理に引き留めはしなかった。それからは、お前と似たような警察人生を歩んでる」

紗由梨は眉をひそめた。

「刑事……というですか」

「そうさ。地味な交番勤務に戻って、クスリの売人だの、ひったくりだのを次々に逮《パ》捕《ク》った。刑事《デカ》になるには、顔をたんと幹部連中に売る必要があるが、県警内じゃ充分すぎるほど名は知られていた。柔道の猛者で、匕首《ドス》持ったシャブ中に挑みかかった。

〝川崎のスカーフェイス〟といえば一発だ。体力もあれば、度胸もある。お前と同じく二十代で刑事になったよ。ツラもいいが、根性もあるいい男さ」

人を見る目の厳しい甘木が、それほど太鼓判を押すのは珍しかった。

彼の話を聞くかぎりでは、じっさいに優れた実力者なのは間違いないだろう。ずきずきと痛む背中が、それを証明している。顔面に催涙スプレーを浴びせられながらも、あの男はキレのある大腰を放ってきた。

尾行も嫌らしいくらいに巧みだった。川崎の交番で勤務した経験があるというのなら、やつにとっては、あの土地は庭のようなものだろう。

問題はそれほどの優秀な刑事が、なぜ今は大型拳銃なんかを所持し、私的制裁を行っているのか。城石春臣と思しきマスクの男は、栄グループだけでなく、紗由梨を警察官と知りながら、拳銃の銃口を向けてきた。やつの淡々とした口調を思い出す。

──おれはお前と違って、ためらったりはしない。ダンマリを決めこむのなら、こいつでお前の口を割らせる。まずはケガをした左手から吹き飛ばすか。

あの冷えた声を思い出すたびに、背筋がひやりとする。

甘木によれば、城石は通り魔事件に責任を感じ、オリンピックの夢を断念して、刑事の道を進んだとのことだが、そんな立派な警官が吐くセリフとはとても思えない。

甘木は深くため息をついて、会報誌をデスクに置いた。老眼鏡を外す。

「それにしても、とことんついてない野郎さ。ここしばらく会ってねえけどよ、うまく立ち直ってくれているといいんだが」

「……なんのことですか？」

紗由梨が尋ねると、甘木が首をひねった。反対に問い返される。

「なんのことって……お前、あの栄グループのことで、城石について訊いてきたんじゃないのか」

「待ってください。城石さんと栄グループが、どう関係しているというんですか！」

思わず大声で訊いた。甘木は呆れたような表情になって、椅子の背もたれに身体を預けた。

「やれやれ。いくら仲が険悪だとはいえ、同じ警察組織だってのに、どうしてこうも情報の風通しが悪いのかね。共通の敵である悪党をぶっ潰そうと燃えていた同志のことを、ろくに知らんまま捜査しているのか？」

「ど、どういうことですか」

甘木は、空いた椅子に座るように勧めた。紗由梨は座り、背筋を伸ばす。

彼は真剣な顔つきになった。

「半年前、栄グループに神奈川県警の捜査員ふたりが殺害されたのを知ってるな」

「もちろんです」

紗由梨は即答した。知っているもなにも、警察史に残る最悪の事件として大きく報道されてもいる。

薬物銃器対策課の女性捜査官とその部下が、南足柄市の山奥にある工場を内偵中、ライフルによって射殺された。しかし、捜査官らを殺した犯人は未だに逮捕されていない。

殺害された女性捜査官の橘真紀警部補とは、何度か会議で顔を合わせている。死亡後に二階級特進となったため、橘警視と呼ぶべきだろう。

警視庁と神奈川県警の仲が悪いのは、よく知られた話だが、栄グループ対策の担当者同士はひんぱんに情報共有がなされてきた。栄グループ撲滅を目的とした会議や交流会が開かれていた。

橘は切れ長の目が特徴的な美しい女性だった。上層部に対しても忌憚《きたん》なく意見を述べるなど、カミソリのような鋭さを秘め、県警本部の薬物銃器対策課を引っ張るエースとして知られていた。

年齢は紗由梨より五歳上で、階級の違いもあったが、その実力差に嫉妬と憧憬の両方を抱いたものだった。柔剣道の達人としても知られ、いつか胸を借りたいと頼みこむと、彼女は微笑を浮かべてうなずいてくれた。こんな知性と度胸を兼ね備えた女になりたいと思ったものだ。

橘たちの死は、神奈川県警だけでなく、警視庁をはじめ、全国の警察組織に衝撃を与えた。紗由梨もまた大きなショックを受け、自分たちが相手にしている犯罪グループの恐ろしさを改めて実感したのを覚えている。

紗由梨はため息をついた。

「橘さんとは、栄グループの弱体化に成功した暁には、女子会をやろうと約束していたぐらいで」

「ただし、あいつのプライベートまでは知らなかったわけだな」

「ええ、まあ……」

「もっと早く仲良くなってりゃ、こんな汗臭いところまでやって来る必要もなかっただろうに」

甘木は古い会報誌を指さした。

「城石は橘の婚約者だ。栄グループと決着をつけた後、結婚する気でいたらしい」

9

城石春臣は電話をかけた。相手はすぐに出た。

「どうだ」

〈ダメだ。会長《オヤジ》の行方はわかっちゃいない。近江《おうみ》一乗会の連中も、京都府警のシケ張りで身動きが取れない。こっちにいる人間が総出で探しているが、今のところは……〉

「生存者は」

電話相手の佐竹《さたけ》は息をつまらせた。何度か鼻をすする音がする。

〈会長《オヤジ》以外は、全員が殺られた。銃弾を喰らった後、別荘のなかに放りこまれて、建物ごと焼かれてる。現場には黒焦げになった死体しか残ってなかった〉

佐竹の声は憔悴しきっていた。

無理もなかった。八ヶ岳の別荘にこもる藪一成をガードしていた護衛は、佐竹浩二郎の兄弟分だった。親分が行方不明となり、同じ釜のメシを食ってきた義兄弟たちを失ったのだ。

栄グループと対決すれば無事では済まない。会長の藪を始めとして、近江一乗会のメンバー全員が覚悟してはいただろう。

反・栄グループの頭目である関代巌の兄弟分だった藪は、関代を人員と軍資金の両面で支え続けてきた。それは、単に藪が義俠心《ぎきょうしん》に厚かったからではない。藪には藪なりに計算があった。

老舗団体の近江一乗会が、今日まで一本独鈷《どっこ》でやってこれた背景には、日本最大の暴力団である関西系の華岡組や、やはり老舗団体である関東の東龍会などと、巧みに盃外交を展開してきた点がある。関代に勝利してもらわなければ、近江一乗会は首都東京でのシノギを失ってしまう。

だが頭目の関代は死亡し、旧東龍会は栄グループに吸収された。栄グループに手打ちという言葉はない。反目に回った相手はとことん潰す。たとえ、警察であっても容赦しない。残忍なマフィアであり、テロ組織でもあった。

〈すまない。ちょっと待ってくれ〉

佐竹は断りを入れた。こらえきれなくなったのか、声を殺して泣いた。城石はじっと待つ。

佐竹は、真紀が残してくれた遺産のひとつだ。彼女が持っていたカードは想像以上に多かった。関代は自分の死を予感し、彼女に兄弟分である藪を紹介した。

佐竹は藪の子分だ。五年前に近江一乗会を破門となってカタギとなり、現在は横浜市でバーとクラブを複数経営している実業家……ということになっている。

実業家であるのは間違いないが、破門はあくまで当局の目をごまかすための偽装で、近江一乗会に忠誠を誓う根っからの極道だ。真紀を失って酒浸りになっていたころ、彼のほうから声をかけてきた。栄グループのやつらを殺るためだ。

佐竹は鼻声で言った。

〈よその団体にも声をかけて、会長の行方を追わせている。しかし――〉

「動きが鈍い。そうだろう」

〈……ああ。どいつもこいつも頼りにならない〉

城石は、小会議室の窓から外を見下ろした。中華街の入口と多くの観光客が目に入った。

彼が籍を置く加賀町警察署は、中華街の目と鼻の先にある。中華風のカラフルな電飾看板が視界に飛びこんでくる。どの季節においても、過剰にきらびやかで華やかな印象を与えていたものだが、今の城石にはすべてがくすんで見える。

佐竹がうめいた。

〈今回は……あまりに痛い。まだ、関代の叔父貴が踏ん張ってるときはよかった。高良に恨みを抱いているやつも大勢いた。しかし、叔父貴が殺られて、県警も犠牲者を出して、やつらへの怒りよりも、恐怖のほうが勝ってるんだ。今も威勢のいいことばかり言う野郎だけは大勢いるが、じっさい街に出てみりゃ、ヤクザ者なんかどこにも見当たらない。家に引きこもってるか、どこかに身を隠してるかのどちらかだ〉

県警の犠牲者か。城石は声には出さず、口を動かした。

屋台に毛の生えたような店のベンチ。そこで炒《いた》め物を食っている真紀がいた。城石は携帯電話を耳に押し当てたまま凝視した。すぐに別人だとわかる。ショートにした髪型だけが似ていて、顔はまったく違っていた。

城石は窓から目を離した。佐竹に語りかける。

「お前も、しばらく身柄《ガラ》をかわしたほうがいい」

〈なんだと？〉

「栄グループはおれたちを目の色変えて追ってる。薮の要塞を正面から襲ったのも、それが目的だろう。会長を殺さずにさらったのは、おれたちの正体を暴くためだ」

佐竹は鼻で笑った。

〈かりに正体が知られたとなれば、次に狙われるのはおれか〉

「薮会長は骨のある男だ。しかし、根性のあるなしにかかわらず、連中は口を割らせる方法をいくつも知っている。拷問が通じなければ、薬物を使うだろう。意志や根性の強さは、このさい関係ない」

佐竹の声色が低くなった。元極道らしい獰猛な声だ。

〈あんた、今さらびびって、芋引く気になったんじゃないだろうな〉

すぐに答えなかった。沈黙が続く。

再び窓に目をやった。中華街の門の前に、また真紀に似た女を見かける。この世にいないとわかっているのに。ライフル弾で太腿を貫かれ、後頭部を吹き飛ばされた姿を、この目で目撃したというのに。

「……誰が芋を引くだと？」

氷のような冷たい声が出た。佐竹が息を呑む。

〈悪かった。忘れてくれ。ただし、おれもまだ逃げる気はねえ。身柄《ガラ》なんてかわしてる場合じゃねえんだ。会長《オヤジ》の行方を、探り当てる必要がある。必ず見つけ出してやる。そうなりゃ、あんたの出番だ。弾薬はまだあるな〉

「充分だ」

佐竹の言う弾薬とは、44マグナム弾を指す。

真紀の死で悲嘆に暮れ、停職中にあった城石に、病の床にあった関代巌がよこしたものだった。

象やグリズリーをも倒すといわれる発射薬が多くつまった威力の強い弾薬と、それを発射するための巨大リボルバーのスミス&ウェッソンM29だ。

——あんたの気持ちを理解しているつもりだ。お似合いの武器《どうぐ》を勝手に用意させてもらった。これで好きなだけ、やつらを狩るといい。

病室で渡された城石は、大型拳銃にマグナム弾をその場でこめた。まず、まっ先に銃口を関代に向けたものだった。憤怒に襲われた。

——まずは貴様からだ。この腐れヤクザが。人の悲しみにつけこみやがって。刑事をヒットマンに仕立てる気か。

撃鉄を起こし、トリガーに指をかけた。銃口を眼前に突きつけたが、関代は身じろぎひとつしなかった。糖尿病は悪化する一方で、関代はすでに片足を切断していた。鼻や腕や股間に管をつけていたが、眼光だけはギラギラと光らせていた。

病室のなかには彼の護衛がいたが、リボルバーを向ける城石を止めようとしなかった。関代は死ぬ覚悟が出来ているのを知った。そして、真紀の死を心の底から悔やみ、栄グループの滅亡を願っていることも。

城石はトリガーから指を放した。彼が大型拳銃を受け取った一週間後、関代は看護師に化けた殺し屋に、インシュリンを過剰に投与されて殺害された。

佐竹が案内してくれた箱根の射撃場で、スミス&ウェッソンM29の射撃練習をした。この大型拳銃は、使い勝手のいいものとはいえない。もともと、人を狙い撃つようにはできていない。持ち運ぶのには、あまりに重たく、そして大きすぎる。おまけに発砲時の反動が大きく、狙いどおりに弾丸が飛んではくれない。よほどの腕力の持ち主でなければ、これを自在に操るのは不可能だった。それでも、城石はこのリボルバーを選んだ。

あの殺し屋どもを狩るには、豆鉄砲のような小口径の弾丸など似合わない。肉体や骨に大穴を開けるマグナム弾こそがふさわしい。

自分は正常ではない。そして、近いうちにくたばる。かりにあの世というものが存在したとしても、二度と真紀とは会えはしないはずだ。彼女は天国にいるだろうが、自分は地獄に堕《お》ちる。それでいいと心に決めた。

中華街を眺めながら言った。

「連中を見つけ次第、ひとり残らず狩り殺す」

〈おれも同じだ。こんなところで逃げ出すわけにはいかない。開き直って、ピンチをチャンスと切り替える必要がある。会長《オヤジ》の行方を探れば、連中とも出会えるだろう。あんたはいつでも駆けつけられるように、銃を磨いて待機していてくれ〉

「気をつけろ」

〈互いにな〉

電話が切られた。口をわずかに曲げる。まるで相棒と口を利いているかのようだ。

佐竹は、加賀町警察署の最大の敵だった。彼と通じていると県警本部に知られたら、懲戒処分は免れない。

近江一乗会を破門となり、形のうえではカタギとなったが、佐竹はれっきとした極道だ。横浜市内にバーとクラブをいくつも抱え、派遣型の売春クラブも営んでいる。加賀町警察署管内でも、性感マッサージ店を展開中だ。一時は城石が先頭に立ち、佐竹の闇ビジネスの実態解明を行っていた。それが現在では――。

携帯端末をポケットにしまった。窓越しに見える中華街には、もう真紀らしき女は見当たらなかった。小会議室を出る。

二階にある生活安全課に戻った。窓口周辺は相変わらず混沌《こんとん》としている。そこが休職明けの城石の職場だった。

歓楽街を抱える加賀町警察署は、神奈川県警屈指の激戦地だ。生活安全課の仕事はとくに多岐にわたる。金満家の中国人による高額な麻雀《マージャン》賭博、街に吸い寄せられるガキや家出少女の補導、また、佐竹のような裏社会の人間どもによる違法風俗店や闇金融などの取り締まり。それに加えて、ストーカーや家庭内暴力の相談が急増している。デリヘル店といった射精産業の営業申請のため、アウトロー風の独特の雰囲気を漂わせた男たちが、通路に用意された長椅子に腰かけている。パーテーションで仕切られたカウンターでは、女性警官相手に、虚《うつ》ろな目をした中年女が、中国訛《なま》りの日本語で夫のDVのひどさを訴えている。

課長の浜中《はまなか》は、長く席を離れていた城石をちらりと見やった。しかし、とくになにも言わずに、デスクの書類に目を戻した。太い眉と丸い顔が特徴的な五十男だ。西郷《さいごう》隆盛《たかもり》を思わせる九州男児で、羆《ひぐま》みたいな身体の持ち主だった。彼の机の未決裁を示す箱には、タワーのごとく書類の束がそびえ立っていた。浜中はそれらを速読しつつ、猛然と書類に判をついている。

城石もそのペースに負けじと、書類作成に勤しまなければならない。自分の席につくと、デスクトップのPCと睨みあう。警官の仕事にペーパーワークはつきものだが、なんでも屋と言われる生活安全課が捌《さば》かなければならない書類の量は、他の部署よりも圧倒的に多い。

署内の異動により、現在の城石は生活安全課総務係で、ひたすら書類仕事に従事している。現場に赴く機会はそれほどない。中華街を抱える加賀町警察署では、質屋や古物商の許可を求める業者が多い。それらの許認可を行う。

城石は書類作成ソフトを駆使して、キーを叩き続けた。今の彼は事務屋に徹している。生活環境係が扱うべき銃砲刀剣類の許認可取扱い、生活保安係の風俗営業の許認可取扱い。それらにともなう事務作業を引き受けては、次々にこなしていった。膨大かつ無味乾燥な書類を相手にしているときだけ、真紀の幻影を見なくて済み、ひたすら作業に没頭できた。

城石をデスクワークにつかせたのは、課長の浜中の判断だ。休職中で酒浸りだった城石を拾い上げ、リハビリのために事務屋に就かせた。いずれ婚約者の死の悲しみから回復し、再び最前線で活躍させるために。

浜中の決断には、署の幹部連から多くの反対意見が集まった。真紀が二階級特進したとき、城石は署の幹部たちを困惑させ、激怒させている。

神奈川県警と松田《まつだ》警察署は、真紀らが殺害されたさい、百五十人規模の捜査員を投入し、犯人逮捕と栄グループの実態解明に迫ろうとした。

県警本部は、他の署からも応援要員を募った。刑事課に属していた城石は、当時の上司に、捜査本部に出向させてくれと頼みこんだ。

しかし、上司は首を縦には振らなかった。当然ではあった。被害者は結婚を約束し合った恋人だ。捜査に加わるには、あまりに関係が近すぎる。

おまけに、城石の精神状態はまともではなかった。酒の臭いを漂わせながら直談判《じかだんぱん》した彼は、出向を認めない上司の頬を殴り飛ばした。

半ば無理やり休職扱いとなり、一か月後に生活安全課総務係への異動となった。これまでの城石が築いた実績や、恋人を惨《むご》たらしく殺害されたという事情が考慮され、上司への暴力は不問となった。

一か月の休職を経て、カウンセリングを受けた彼は、復職を果たした。だが、わかっていた。自分の精神は崩壊したままで、元には戻ってはいない。静かにデスクワークに従事しながら、ヤクザと手を組んでは、後戻りのできない道を選んだ。

キーを叩く手を止めて、胃袋のあたりをさすった。腹筋がずきずきと痛みを訴える。朝になって、打たれた箇所を確かめたが、胃袋のあたりに、拳の形をした痣ができた。右手首も同様だった。ワイシャツの袖で隠しているが、赤く腫れ上がっている。骨に異常はないが、冷感湿布を貼って傷を冷やしている。右手で大型リボルバーを操るには、時間がかかりそうだった。

あの女め――。

日室紗由梨に殴打されてできた傷だった。ただの女ではないと踏んではいたが、拳銃を突きつけられても向かってくるとは。催涙スプレーを浴びせかけられ、正拳突きと手刀を繰り出してきた。

それらを喰らって、なぜ若手の女性刑事が特捜隊に組みこまれたのかが理解できた。拳は完全に凶器と化しており、男性の空手家をも凌ぐ威力があった。

城石は、昼間こそペーパーワークを淡々とこなしているが、現在は自宅と市内のジムでゆるんだ身体を鍛え直していた。かつての身体能力を取り戻そうと、肉体をいじめ抜いている。

日ごろの厳しい鍛錬をこなしていなければ、内臓が破裂していたかもしれない。椅子に座るたびに、あるいは立ち上がるたびに、腹筋が悲鳴をあげた。

――殺せばいい。いくら投げ飛ばされようと殴られようと、あなたに教えることなんてなにもない。

あいつは言った。

まるで火のような女だった。城石に、コンクリの床へと投げ飛ばされたというのに、殺意に燃えた目で睨み返してきた。井之上朝子を守りきれなかった悔い、栄グループへの怒りが、紗由梨に力を与えたのか。城石の待ち伏せから逃げ切った。あれほどタフな女を見たのは――。

目頭を押さえた。パソコンと向き合っているときだけは、真紀のことを忘れられたというのに。紗由梨のことを考えると、冷静さを失いそうになる。

紗由梨は川崎の立体駐車場から、車を奪って逃走している。その車そのものが、井之上朝子が彼女に託した遺産だろう。その車になにがあるのかはわからない。

早急に紗由梨と再び会う必要があった。彼女はひとりでのこのこと川崎へとやって来た。仲間をひとりも連れずにだ。身内を疑っているのだろう。

その意図は理解できた。井之上朝子を秘密裏に匿ったというのに、栄グループの殺し屋集団は迷うことなく襲いかかってきた。特捜隊内に裏切り者が潜んでいるのでは。そう考えるのは自然なことだ。

城石もまた、県警内に栄グループの犬がかなり潜んでいると思っている。もはや誰も信じられない。彼女も同じだろう。それゆえ、組織の枠内から外れようとしている。

紗由梨が井之上朝子から、なにを託されたのか。東京有楽町にある高級ホテルの部屋で、彼女は単独で朝子を警護していた。その間に車のキーを受け取り、川崎の立体駐車場の場所を教えられたのだろう。

城石はといえば、紗由梨が尾行や監視に注意しながら、誰ひとり仲間を連れずに、川崎へとやって来るのを知った。佐竹が城石に教えてくれた。

川崎や横浜は城石にとっては庭だ。いかに注意深く動いたとしても、城石の追跡からは逃れられない。朝子から託されたブツを奪い取るつもりだった。追跡している途中で、城石はひどく腹を立てたのを覚えている。

ひとりで川崎の街をうろつく姿は、まるで襲ってくれと訴えているようなものだった。井之上朝子の警護に失敗しただけでなく、朝子の遺産まで、敵に差し出すつもりなのかと。その能天気に見える態度に苛々させられた。

そもそも彼女の行動が理解しがたかった。高級ホテルで殺し屋集団に急襲され、井之上朝子と同じく射殺されるところだった。やつらに殴打され、揉み合いの末に火傷も負っている。

通常ならば、異動願いでも出して安全な部署へと逃げるか、警察官を辞めるかのどちらかだ。ところが、彼女はまるで正反対の道を選択した。自分の所属する特捜隊にすら黙って、単独で捜査をし始めたのだ。まるで今の城石と同じように。それが無性に癇《かん》に障った。

立体駐車場で紗由梨の眼差《まなざ》しを見て思った。彼女もまた栄グループに狂わされた人間だと。

それは死をも覚悟している者の目だった。義理の息子と子分らを殺害された関代巌、また彼の兄弟分だった近江一乗会の藪一成。それに佐竹と同じだ。刺し違えてでも栄グループを潰す。彼女の拳からは、狂気じみた信念が伝わってきた。

とはいえ、ひとりで行動している以上、遅かれ早かれ栄グループに嚙み殺される。それは火を見るよりも明らかだった。やつらに奪われる前に、井之上朝子から託されたものを取り上げる必要がある。激しい抵抗に遭うだろうが、従わないようなら殺しも辞さない。同じ警官であろうと、邪魔立てする者は排除する。そう心に誓った。

画面上の書類を次々にプリントアウトした。ふと窓に目をやった。だいぶ日が傾いている。回覧板に載せて、外出中の係長のデスクに置く。

浜中が感心したようにうなずいた。

「みんな作ったのか」

「先にご覧になりますか」

浜中は顔をしかめて首を振った。未決裁のトレイに積まれた書類の束を叩く。

「こっちが先だ。それに、お前の仕事が早いことも充分わかった。柔道と同じでよ」

城石は愛想笑いを浮かべた。

川崎署の地域課に勤務していたころ、同署の刑事課主任だった浜中は、よく署の柔道部に顔を出しては、城石の胸を借りに来たものだった。

トップレベルの柔道家だった当時の城石は、手加減せずに先輩の浜中に得意の大腰と大外刈りを決めた。高校時代から柔道に打ちこんできた浜中だったが、実力が伴わなかったため、城石が相手では三十秒と持たなかった。

さんざん痛い目に遭ったというのに、懲りずに何度も向かってきては投げ倒された。そのくせ、城石が手を抜こうとすると怒り出す。彼は無類の柔道好きであり、城石の圧倒的な実力に惚《ほ》れこんでいたらしい。

真紀の死により、城石が自暴自棄に陥ると、浜中が一目散に間に入った。揉め事を穏便に済ませたいと願う署の上層部の本音を見抜き、トラブルの張本人である城石を引き取った。城石の心の傷が癒えるまで、デスクワークに従事させる気でいた。

浜中は城石を見上げた。心配そうな表情を見せ、あたりに聞き耳を立てている人間がいないのを確かめた。ひそひそと語りかけてくる。

「ちゃんとメシ食ってるのか」

「はあ」

「なんだか、やつれて見える」

「気のせいですよ」

「今の体重は？」

浜中は訝《いぶか》しげに、じろじろと見回してきた。

「急になんです。故郷《クニ》のおっ母《か》さんみたいに。カウンセリングならきちんと受けていますし、もらった薬のおかげでだいぶ助かってます。なかには、食欲を増進させるものもあるので、むしろ肥満の心配をしてますよ」

城石は、皮肉っぽい笑みを浮かべて上司を見下ろした。浜中は、かつて川崎署で柔道をしていたころより、最低でも体重は二十キロほど増している。

浜中は鼻を鳴らした。

「どうせロクなもん食っちゃいないんだろう。たまにはうちに顔出せ。女房が特製鍋作って待ってる」

「何度もお邪魔するわけには行きません」

「お前のためじゃない。おれのためだ。客人が来てくれりゃ、夕飯が豪華になるからな。いつもは、野菜ばかり食わされて、青虫になったような気になる。酒だって飲ませてもらえるしよ」

浜中は笑いながら判をついた。

彼が城石を気づかっているのが、痛いくらいにわかった。城石は笑みを維持して部屋を出た。

浜中の家には、なるべく近寄りたくはなかった。何度か連れていかれたが、そのたびに彼の妻が腕によりをかけた料理を振る舞ってくれた。

城石はうまそうに平らげてみせた。しかし、真紀の死以来、味覚がおかしくなった。なにを口に入れても味がしない。浜中には二人の子供がいる。平和な家庭を訪れるたびに、居心地の悪さを感じてもいた。

浜中は城石をやつれたと言ったが、それは間違いだった。ロードワークで体重を落とし、余分な肉を削ぎ落した。市内のジムと道場で身体を引き締めた。さらに自宅では、スミス&ウェッソンM29を操れるように腕を鍛えている。

食事は野菜と魚中心の食生活に切り替えた。低カロリー、高タンパク、塩分も少なめの病院食のような内容だ。たぶん不味《まず》いのだろうが、味を感じないまま口に入れた。それに複数のビタミン剤やカルシウム、健康食品で栄養を補っている。栄グループの壊滅を心に誓ってから、アルコールも口にはしていない。

意図的に体重を減らしたのだが、周囲は浜中と同じく、食欲不振によるやつれと誤解した。ショックから立ち直れずにいる男だと。そう思われたほうが好都合だった。

城石の凶行は、近いうちに発覚するだろう。さらに人狩りを実行するのだから。いくら相手が危険な悪党だとしても、警察官が不法に仕入れた拳銃で人狩りに励んだとわかれば、三度《みたび》本部長の首がすっ飛ぶほどの不祥事となる。浜中も無事では済まない。それだけが悔やまれた。

席に戻ってキーボードを叩いた。ひな形の書式に文字と数字を埋めこんでいく。ディスプレイがちらついた。画面は白黒の書式を映し出していたが、あの日の光景が無理やり割って入る。クリーム色の壁と床。松田町にある総合病院の死体安置所だ。

中央には、ふたりの人間が簡易ベッドに乗せられていた。その身体には大きな白いシーツがかぶせられ、線香が焚《た》かれていた。

バリアフリーのまっ平らな床にもかかわらず、死体安置所へ向かうまで、何度も廊下でつまずいては床のうえを転がった。したたかに膝を打ちつけ、スーツズボンがまっ赤になるほど出血した。季節は冬だというのに、汗でずぶ濡れだった。

松田署の警官や機動捜査隊、本部の薬物銃器対策課の面々が、憐れむような目を向けてきた。城石はリノリウムの床を這いずり、あいつが横たわっているベッドへと近づくと、震える手でシーツをめくった。顔を半分も失ったあいつが――。

息苦しさを感じた。無表情を装いながら、ゆっくりと静かに深呼吸をした。

それとなく周りに注意を払う。城石の異変に気づくものはいない。浜中はやはり書類と睨みあっている。

再びキーを叩く。無味乾燥な書類仕事に励んでいるときは、真紀の幻影を見ずに済んだはずだったのに。

真紀を殺した連中が未だにのうのうとこの世にいるかと思うと……同じ空気を吸っているのかと思うと、頭が割れるほど痛んだ。酒浸りの生活からは抜け出せたが、大量の精神安定剤と睡眠薬は欠かせなかった。それにマウスピースと。

真紀が死亡してから、急に激しい歯痛に襲われるようになった。二十代に親不知《おやしらず》の治療を受けたきりで、虫歯や歯槽膿漏《しそうのうろう》とは無縁だったというのに。

歯医者で診てもらったところ、奥歯四本の表面が割れていることがわかった。睡眠中の激しい歯ぎしりによって、歯が壊れているという。カウンセリングだけではなく、定期的に歯医者へも通院しなければならなくなった。今も煎餅や干物といった堅い食物は口に入れられない。眠るさいには、歯ぎしりを食い止めるためのマウスピースが必要だった。

女性職員が窓のブラインドを下ろした。西日の強い光が遮断された。

「城石」

浜中が壁の時計を親指で差した。

黙ってうなずいた。手がけていた書類はまだ作りかけだが、ハードディスクに保存して、文書作成ソフトを閉じた。パソコンの電源を切る。

浜中は机を指で突いた。

「いちいち言わせるなよ」

「すみません」

「今日はこっちか」

彼は自分の歯を指さした。歯医者に通院する日だったかという意味だ。

「いえ。とくになにも。ですので――」

使っていたパソコンに目を走らせた。せめて手がけている書類ぐらいは完成させておきたかった。

「『ですので』じゃねえよ。とっとと帰れ。縄のれんにでも寄って一杯やるか、マッサージにでも行ってこい」

「わかりました」

浜中は追い払うように手を振った。

きちんと定時に帰り、医者に診てもらう。充分に休養を取る。それが浜中との約束だった。他の刑事たちのように、いつまでも部屋に残っていると、叱り声が飛んでくる。入庁以来、勤務時間どおりに帰宅したことなどほとんどなかっただけに、定時で署を去るのは未だに慣れずにいる。

城石は一礼して部屋を去った。同僚たちもなにも言わなかった。まずはトイレに寄って、洗面所で顔を洗った。

鏡を見ると、浜中が訝るのも当然の、ひどい顔をした中年男が映っていた。睡眠不足で目は落ち窪み、赤く充血している。顔色もよくはない。目の下にはこげ茶色の隈《くま》ができている。きれいに髭を剃り、髪型と眉を整えていたが、顔色の悪さまではごまかしきれてはいない。紗由梨に顔面を殴られずに済んだのは、不幸中の幸いだ。

紗由梨が駐車場から乗り去ったのは、国産の地味なコンパクトカーだった。催涙スプレーの液体を水で洗い落とし、視界を確保したときには、彼女はどこかへと行方をくらましていた。川崎市内を探し回ったが見つからなかった。

彼女の自宅はすでに把握している。まだ独身ではあるが、署の待機寮ではなく、東京都台東区のマンションで独身生活をしている。紗由梨に逃走された後、川崎での探索を諦めて、彼女のマンションへと移動して見張った。

深夜二時まで監視を続けたが、紗由梨は帰ってこなかった。車の奪還を諦めて横浜に戻ってきた。大型拳銃を持った男と遭遇しながらも、負けじと応戦してきた女だ。せっかくのお宝を自宅にのこのこと持ち帰るとも思えなかった。

彼女は油断できない。栄グループの暗殺隊に朝子が殺されたとき以来、並みの女ではないと感じてはいた。保護対象者である朝子自身は討ち取られてしまったが、ショットガンやハンマーを持った人間に敢然と立ち向かった。

いくら警官といっても、ただの公務員に過ぎない。拳銃など、訓練時以外にぶっ放すことなく退職を迎える警官がほとんどを占める。ましてや、銃口を向けられる警官など、そうそういるわけがない。震え上がってホールドアップするのが関の山だ。紗由梨はケガまで負っていた。しょせんは手負いの女。川崎の駐車場では、どこかそんな油断や侮りがあったのかもしれない。死ぬ気で襲いかかってきた。

――女を見くびっちゃダメよ。

真紀の声がふいに蘇る。

彼女もそういう人間だった。この激戦区の警察署の刑事課で、ともにタッグを組んでいたときは、むしろ真紀のほうが暴力沙汰に首を突っこんでは、悪党やチンピラに手錠をかけた。粋がって暴れるチンピラや、警官を怖がらない不良外国人の肘や手首の関節を極め、地面に這いつくばらせる。合気道と逮捕術の名手だった。

怜悧《れいり》な目つきと固く結ばれた唇。一見すると、警官には見えないスレンダーな体型。それにもかかわらず、自分よりも倍も体重のある大男を軽々と投げ飛ばし、例の言葉を相手に投げかけた。タッグを組んでいた城石にも。

――結婚？

真紀はビールジョッキ片手に動きを止めた。

冷静沈着な彼女も、さすがに目を見開いた。いきなりの告白だったのだから無理もなかった。

彼女はビールジョッキをテーブルに置き、ツマミのきゅうりの浅漬けを手でつまんで口へと放った。つまらなそうにポリポリと噛んだ。

――ダメか。

城石が訊くと、彼女は声をあげて笑った。

――ダメとは言ってない。でも、こんなシケた居酒屋でプロポーズされるとは思ってなかっただけ。あなたにデリカシーを期待してはいなかったけれど、こんな画期的な酒場で切り出されるとは思わなかった。私も一応女だから、もうちょっとロマンチックなところで言ってほしかった。

——そりゃ……たしかに悪かった。

プロポーズをしたのは、川崎駅前のチェーン居酒屋だった。サワーと発泡酒、安ワインの飲み放題が特徴の。小上がりの席では、酔いつぶれた学生や、始発待ちのバンドマンなどがたむろしていた。夜十二時を過ぎても、ゆっくり食事と酒が摂《と》れる場所といえば、チェーン店ぐらいしかない。

真紀は城石の顔を覗きこんだ。

——今の関係だけじゃ不満？　昼も夜も、こうしてツラをつき合わせているのに。

真紀は掌を城石の手に乗せた。勤務中は加賀町署の警官として、少ないプライベートな時間は恋人として過ごしてきた。

城石は首を横に振った。素面《しらふ》では言えなかった言葉があふれだした。

——これからはそうじゃなくなる。正直にいえば、そいつが不満だ。

彼女の本部への異動が決まった。県警本部の薬物銃器対策課。そのなかの栄グループ対策班だ。神奈川県警の本部や所轄から選び抜かれた捜査官が集められている。

——楽観視する気はさらさらないけれど、いずれにしろ早くにカタがつくと、私自身は思っている。連中は完全にイカレてるわ。ネチョネチョと分をわきまえて生きていくのが、はぐれ者の流儀ってもんでしょ。あまりにやりすぎてる。言ってみれば、燃え尽きる寸前のロウソクの炎みたいなものね。既存の暴力団も敵に回して、そのうえ警察をもカンカンに怒らせている。ヤワな仕事じゃないでしょうけど、やつらの崩壊は時間の問題だと思う。私はその時計の針をなるべく早めてやるつもりよ。

真紀はジョッキに残っていたビールを飲み干した。異動が決まってからの彼女は一段と気迫に満ちていた。

管内で起きるコンビニ強盗やケチな美人局《つつもたせ》、チンピラ同士のつまらない喧嘩沙汰に飽いていたともいう。これから戦うのは、日本の治安を根底から揺るがしかねない一種のテロ集団だ。優秀な刑事である彼女にとっては、申し分のない相手といえた。

彼女は、店員に生ビールをふたつ頼むと、さらりと返事を返してきた。

——やつらを潰したら、籍を入れましょう。

——ほ、本当か。

城石は肩から力を抜いた。

たとえ気心が知れた仲とはいえ、プロポーズともなれば緊張する。条件がつくのはもちろんとして、受け入れてくれたことが嬉しかった。

真紀はテーブルに頰杖《ほおづえ》をつき、意地の悪そうな微笑を浮かべた。取調官と向き合う容疑者のような気分に陥った。

――その代わり、本音を語ってもらいましょうか。

――なにをだ。

――対策班に選ばれたのが私とわかって、あなたはどう思った？　こうやってお祝いの席を設けてくれたけれど。

城石は弱ったように頭を掻いた。真紀がさらに追い打ちをかけてくる。

――もっともらしい建前は勘弁してね、春臣。返答しだいじゃ、プロポーズの返事だって翻すかもしれない。

――おいおい、待ってくれ。

――待たない。さあ早く自白《ゲロ》って。

グラスの冷酒を飲み干した。腹をくくる。

――お前の考えているとおりさ。なんでおれじゃないんだと、まっ先に思ったよ。お前の栄転を嬉しく思ったのは本当だ。誓って言うが嘘じゃない。選ばれるのは当然だ。だけどな、それと同じくらい悔しくもある。実績ならおれだって負けちゃいないんで、おれじゃないんだって、地団太を踏んだよ。お前とコンビが組めなくなる以上に、そっちのほうがショックだった。異動の知らせを耳にしたとき、ちょうど手にしていたケータイを握りつぶすところだった。

店員が生ビールを運んできた。真紀は深々とうなずき、ジョッキを掲げる。

——よし。正直でよろしい。あなたの実力は私がよく知ってる。時の運だと思って、今回はあきらめて、ダーリン。

——そうするよ。本音が言えて、すっきりした。

ジョッキをぶつけあって、何度目かの乾杯をした。そのときのビールの味はよく覚えている。キンキンに冷えてはいたが、やけに苦く感じられた。真紀と酒を酌み交わしたのは、あれが最後だった……。

城石は我に返った。

洗面所の前でしばらく突っ立っていた。鏡の前には、生気のない目で見つめ返す自分の姿が映っている。洗顔したさいの水が鼻筋や横顔を伝い、顎から滴り落ちている。ワイシャツの胸元がずぶ濡れだった。

ハンカチを取り出して顔やワイシャツを拭った。急に昔を思い出しては放心状態に陥るときがある。

腕時計に目を落とした。カップ麺が作れるくらいの時間を、ただ鏡と向き合ったまま、無駄に費やした。その間、誰もトイレにやって来なかったのは幸いだった。

トイレから廊下へと出たとき、ポケットに入れていた携帯電話が震え、メールの着信を知らせた。帰宅する私服姿の女性職員やスーツ姿の事務職員が通り過ぎる。

廊下に人気がなくなったのを確かめてから、携帯電話の液晶画面を睨んだ。メールを読む。

送り主は佐竹だった。今日の午後に電話をしたばかりだというのに。眉をひそめる。

〈さっそく耳寄りな情報が入った。あんたと膝をつめて作戦を練りたい。いつもの場所で。二十時に〉

〈わかった〉

佐竹にメールを返した。

彼の情報網は広い。栄グループにさらわれた藪の行方を、さっそく突き止めたのかもしれなかった。一本独鈷の小組織とはいえ、拉致されたのは古都京都に君臨してきた関西極道界の長老だ。他の組織の協力を得て、佐竹らは血眼になって探したはずだ。

佐竹は形のうえではカタギとなった。しかし、警察は依然として彼を裏社会側の人間と睨んでおり、佐竹自身もそれを心得ている。よほど重要なことでもないかぎり、刑事の城石と直接会おうとはしない。メールや電話で極力済ませている。

城石が手にしている携帯電話にしても、もともとは彼のものではない。佐竹の手下名義のものだ。

加賀町警察署を出た。夕方になったとはいえ、サウナのようだった。道路のアスファルトは熱を持っている。足元から熱風が吹きつけてきた。

中華街のほうから、八角や花椒《かしょう》などのスパイスの香りが漂ってきた。夕飯時とあって、平日にもかかわらず、多くの観光客と仕事帰りのOLやサラリーマンでごった返している。大汗を掻きながら、タピオカ入りのドリンクやペットボトルの水を飲んで、ぶらぶらと通りを散策している。

横浜スタジアムの脇を通過して、根岸《ねぎし》線の高架下を潜り抜けた。根岸線より南側は伊勢佐木《いせざき》警察署の管轄内だ。勤務中の同僚たちに目撃される可能性は大きく減る。扇町《おうぎちょう》に小さなバー『ファビオラ』があった。赤と黒を基調とした外見と分厚い木製のドアが特徴の店だ。

バーはまだ準備中で、入口に設置されたライトは消えたままだったが、構わずに分厚い木製のドアを開ける。

照明を落とした暗い室内で、ワイシャツ姿のマスターがカウンターのスツールに座ってグラスを磨いていた。薄くなった銀髪をオールバックにした老人だ。

カウンターが十席と、テーブル席がふたつあるだけのこぢんまりとした店だが、うまいカクテルと中南米のシガーが楽しめると、酒飲みの間では評判になっている。高さ二メートルはあるバックバーには、ぎっしりと酒瓶が並んでいた。

黙って入ってきた男に鋭い視線を向けたが、その正体が城石だとわかると、マスターは関心を失ったように再びグラスを磨き始めた。城石もずかずかとなかへと入る。

カウンターの内側に入り、奥の貯蔵庫に入った。バックバーに入りきれない酒が置かれ、乾きもののダンボールが積まれている。隅にはスチール製のロッカーがあった。錠前にキーを挿し、ドアを開けた。ネクタイを外し、スーツを脱いだ。スーツをハンガーにかけてなかにしまう。ワイシャツと下着も脱いで半裸になった。腹に目をやると、やはり紗由梨に殴られてできた青痣がある。ロッカーから防弾ベストを取り出し、裸のうえから着用する。

ロッカーには、戦いのための道具がある。ショルダーホルスターを装着しながら尋ねた。

「佐竹からなにか聞いているか」

「いや」

そっけない返事が返ってきた。

『ファビオラ』のオーナーは佐竹だ。カクテルの名人として知られる老マスターも、二十年前は近江一乗会に籍を置いていた元暴力団員だ。佐竹とは今も兄弟分の仲だ。

黙々と着替えを済ませた。マスターは、なにか伝言を預かっていれば口を開く。なにもなければ、あとは質問しても時間の無駄だ。貝のように口が堅い。

キャップを目深にかぶり、ロッカーの棚に置かれたスミス&ウェッソンを手に取る。シリンダーを横に振り出し、弾薬をこめた。指先に金属の冷たい感触が伝わる。薬室の穴に弾を入れるたびに、腹のなかがふつふつと沸いてくる。頭が熱い。迷いや葛藤が消えていった。

10

「あの格好……」

日室紗由梨は思わず呟いた。夜間双眼鏡で覗きながら。

バーから出てきた城石春臣らしき人物を見下ろした。約一時間前、彼が同店に入るのを確認すると、近くの雑居ビルの非常階段に侵入し、最上階の六階から見張った。同店が準備中のときから、ごく当たり前のように訪れる城石を見て、アジトなのではと睨んでいたが……。

今度は裸眼で見やった。日がとっぷり沈んだこともあり、すでに闇に包まれていたが、街灯やビルの灯りが道を照らしている。距離はかなり離れているが、城石らしき男の姿を改めて確認した。

男は黒のベースボールキャップに、紺色のブルゾンを身に着けていた。顔を白いマスクで覆っている。色彩まで同じだった。栄グループの襲撃班に井之上朝子を殺害されたときや、川崎の立体駐車場で乱闘となったときと。

背筋を冷たい汗が伝った。夜間双眼鏡を持つ手が震える。やはり城石春臣だったのだ。加賀町警察署の刑事である彼こそが、マスクの男だった。

再び夜間双眼鏡を覗いた。ブルゾンの左脇が大きくふくらんでいた。拳銃を携行しているのは明らかだ。城石が携えているのは、長い銃身が特徴的な大型拳銃だった。遠目からでもふくらみが視認できる。

彼が大型拳銃を携えていたのは、それしか入手できなかったからだと考えていた。いくら刑事であっても、本物の銃器などそう簡単に手に入らない。装弾数も少なく、コントロールも難しい。巨大な獣がうろつく大自然ならともかく、日本国内では百害あって一利もない銃だからだ。しかし……。

加賀町警察署を出る城石を発見したさい、その考えはまちがいだとすぐに改めた。スーツ姿で署を後にした彼は、超がつくエリート柔道家だっただけに、肩ががっちりとしており、手足がやけに長かった。今はひどく痩せている。大切な恋人を失ったせいで食欲を失くし、体重が落ちてしまった悲劇の男にも見える。

だが、紗由梨は知っていた。悲嘆に暮れるあまり、食事が喉を通らなくなったのではないのを。化物じみた拳銃を巧みに操り、栄グループの暗殺者を追い払った。目にも止まらぬ速度で、紗由梨の拳銃を奪い取り、強烈な平手打ちを喰らわせた。

痩せて見えるのは、ぜい肉を徹底して削ぎ落としたからだ。引き締まった筋肉の鎧に覆われており、紗由梨の渾身《こんしん》の空手技を受け止め、すばやく柔道技を放ってきた。全身に緊張を落ち込んだ男の動きなどではない。試合に挑むボクサーのようだった。
漲らせ、獲物を狙う猛獣に似た気配を漂わせていた。

大型拳銃を使用しているのは、他に優れた武器がなかったからなのではない。彼は敢えてそれを選んだのだ。栄グループの悪党たちの頭や脳みそを、マグナム弾で粉みじんに破壊するために。あるいは胸に風穴を開け、手足を吹き飛ばすために。使い勝手の悪さや、巻き添えを喰らう者など、おそらく端《はな》から計算には入れていない。

充分に距離を取ってから、非常階段を降りた。唾を呑みこむ。ここは彼のホームタウンであり、おまけに背中に目がついているような男だ。加賀町警察署から、バー『ファビオラ』までを尾行した。そこまで無事に尾けられただけでも、一種の番狂わせといえた。

川崎では尾行に気をつけたが、それでも彼は忍者のようにやすやすと、彼女の目的地までついてきた。刑事としての腕は一枚も二枚も上だろう。慎重さが求められた。『ファビオラ』の前を通り過ぎる。まだ開店時間ではないらしく、入口のライトは灯っていなかった。看板も出ていない。名前と住所を携帯端末にメモした。

城石に尾行がすぐにバレるのでは。後をつけながらも、自分の実力を疑わずにはいられなかった。だが、スーツ姿から一転して、ブルゾン姿で現れたのを見て、自分の尾行がひとまず成功しているのだと実感した。

城石にとって、このバーは刑事から私刑執行人へと変身するための重要拠点なのだろう。尾行を察知していれば、ここに立ち寄るとは思えない。

横浜駅根岸線の広い道路に出た。長者町《ちょうじゃまち》一丁目の交差点で、彼は車道に向かって手をあげた。これといって急ぐ様子はなく、タクシーを停めると、ゆっくりとした動作で乗りこんだ。左手で腹をかばうような仕草を見せる。

昨夜、彼の右手首を手刀で打ち、コンクリートブロックを粉砕する勢いで、がら空きになった腹に正拳突きを見舞っている。あの痛みが尾を引いているようだった。

反射的に駆けだしていた。同じく長者町一丁目の交差点にやって来ると、歩行者用の信号は赤だったにもかかわらず、車道に飛び出した。

両手を広げて、走行中のタクシーを堰《せ》き止めた。タイヤのスキッド音が鳴り、タクシーは紗由梨の身体に衝突する寸前でストップする。風圧がスーツジャケットや髪をなびかせる。

赤いチョッキを着た初老の運転手が歯を剝いた。運転席の窓を開ける。

「バカ野郎！　死に――」

運転手の顔に警察手帳を突きつけて怒号を封じた。

「ごめんなさい。警視庁の者です。緊急を要することなの」

両手を合わせながら、頭を何度も下げた。なだめつつも有無を言わせなかった。ドアを開けて後部座席に滑りこむ。

無理やり堰き止められ、その後ろは軽い渋滞が発生していた。タクシーはアクセルを踏んで、急発進をする。

「ど、どこに行こうってんですか」

「前を走るタクシーを追ってほしいの」

「はあ？　ホントかよ……ど、どのタクシーだい」

すでに前には乗用車やトラック、それに複数のタクシーが走っていた。前のめりになって夜間双眼鏡を覗いた。城石を乗せたタクシーを探す。

約百五十メートル先にいるのを発見した。車体にラインの入った派手な外見だったため、見つけるのに苦労はしなかった。かなり無茶をしてタクシーを停車させただけに、城石との距離はさほど離れてはいない。

タクシー会社の名前と車両番号を告げ、一定の距離を取って走るように伝えた。運転手はしょげた声で返事をした。やっかいな客を乗せちまったと言いたげだ。

城石を乗せたタクシーは、車橋交差点を左折し、首都高速神奈川3号線の下を走った。四台分の距離を開けてから、紗由梨は後を追わせる。

ポケットのなかの携帯端末が震えた。夜間双眼鏡で城石を追いながら通話ボタンにタッチする。

〈今、どこにいる〉

急《せ》いた調子で尋ねられた。井出からだ。無言のままでいると、彼が先に答えた。

〈横浜か〉

「……はい」

〈先走りすぎだ。まさか、あの男のケツを追いまわしてるんじゃないだろうな〉

「その……まさかです」

〈なんだと〉

井出は絶句したようだった。

彼にはすでにメールを送付していた。マスクの男の正体について。加賀町警察署の城石春臣。井出が推測したとおり、優秀な同業者であり、栄グループに牙を剝くだけの動機を抱えた人物であったのを。新木場の術科センターで、城石の存在を知ると、その足で横浜市の加賀町警察署へと向かい、人相を直接確かめたことも。

さらに新しい情報として、城石が同じく市内のバーで、ブルゾン姿に着替え、大型拳銃を所持しながらタクシーで移動している事実を伝えた。

井出はため息をついた。

〈それでだ。城石という男。例のマスク野郎にまちがいなさそうなんだな〉

「はい」

〈この大バカ野郎！〉

鼓膜が破れそうな怒声が返ってきた。運転手までが肩をびくりと動かす。

〈面割りが済んだのなら、すぐに尾《つ》けるのを止めて、東京へ引き返すんだ。マスク野郎の正体を暴いた捜査力を褒めたいところだが、お前は救いがたいバカだ。単独でまたやつの庭をうろつくとは。みすみす自殺行為をしてどうするつもりだ。やつは、お前なんかより一枚も二枚も上手《うわて》だぞ。返り討ちに遭うのは時間の問題だ。お前までやつに影響されて、ヤケになったんじゃないだろうな。あの世で井之上朝子になんて詫びるつもりだ〉

井出からマシンガンのようにまくしたてられた。昨夜こそ、彼は川崎から生還した彼女を優しく労ってくれたが、さすがに今夜は怒りを爆発させた。大目玉を喰らうのは予想済みではあったが、これほど激しく怒鳴られるのは初めてだ。

彼はなおも早口で続けた。

〈それと、当分は家に戻るな。宿はおれが手配しておいた。城石に自宅の住所もすでに知られている可能性が高い。井之上朝子の〝遺産〟の存在に栄グループも感づくだろう。特捜隊のなかには、未だに情報を売ってる裏切り者も潜んでいるかもしれない。ただでさえ、お前を取り巻く状況は最悪だというのに……お前ときたら、呆れてもの

も言えん〉

「申し訳ありません」

〈謝る暇があるんだったら、今すぐ運転手に引き返すように言え。尾行などしなくとも、城石の目的地はわかってる〉

「私……ですよね」

〈そのとおりだ。自殺志願者に成り果てたんじゃなさそうだな。じっとしてても、昨夜の御礼参りに、都内にやって来るだろう。さしあたって、お前の自宅や職場をうろつくはずだ。こっちのフィールドに引きずりこんで、拳銃不法所持で現行犯逮捕《ゲンタイ》だ〉

井出の言うとおりだった。

みすみす愚挙を犯しているという自覚はある。すでに二度も命拾いをしている。一度目は朝子の警護のとき、二度目は川崎の立体駐車場のときだ。

前を行くタクシーは、中華街の側《そば》を通り過ぎた。つまり、城石は自分の職場近くに舞い戻ったことになるが、タクシーが停まる様子はなかった。さらに海側に向かっている。首都高速に乗る様子もない。

夜間双眼鏡で、後部座席にいる城石を確かめた。彼の後ろ姿が確認できた。山下《やました》公園やランドマークタワー、巨大観覧車などの風光明媚《ふうこうめいび》なベイエリアの夜景が目に飛びこむ。タクシーは本牧《ほんもく》ふ頭へと進んでいる。

彼女は無言のままでいた。井出に問いつめられる。

〈引き返すように言ったか。運転手に〉

「まだです」

今度は井出が黙る番だった。彼もまた移動中のようだった。車のエンジン音が聞こえた。しばらくしてから、一転して慎重な声で尋ねてきた。

〈なにを考えている〉

「私も、彼の逮捕がベターだと考えています。ただし、彼は警官に対しても撃ってくるでしょう。流血は避けられません。それにやつを捕えたとしても、あの男はおそらく我々に口を開くこともないでしょう」

〈血など出させるものか。あの野郎が大砲じみたリボルバーを持っていることも、もれなく伝えるつもりだ。完全黙秘《カンモク》でもなんでもやればいい。やつは栄グループと同じく敵でしかない。いっそ恋人の後を追ってくれりゃいいとさえ思ってる。あのマグナム弾で、自分の頭を吹き飛ばしてくれればいい。あんな狂犬をシャバにのさばらせておくわけにはいかないんだ〉

「待ってください」

〈なにをだ〉

紗由梨は唇をなめた。口のなかがカラカラに乾く。

「あの、怒らないで聞いていただけますか？」

〈……猛烈に嫌な予感がするな。自信はないが、ひとまず言ってみろ〉

「じつは、私はその城石春臣と手を組めないかと、今日はずっと考えていました」

井出はうなった。急な腹痛でも起こしたように。

〈なんてこった……怒ったりはしない。ただし、運転手に早く引き返すように言ってくれ。そのアイディアを引っこめて〉

「聞いてください。彼は、むやみに暴力を振るうだけの愚か者ではありません。もしかすると、我々よりも優れたアンテナを持っているかもしれません。思い出してください。あの男は、井之上朝子を匿ったホテルに現れました。彼は有力な情報提供者《エス》を持っているはずです」

井出は話を遮ったりはしなかった。ただ深々とため息をついた。

〈言葉は無力だ。いくら大声でわめいたところで、お前は止まりゃしないだろう。その頑固さに、今まで何度泣かされてきたか。今回はもうどしゃ降りと言うしかない〉

「すみません」

〈どうしても接触する気か？〉

「今の私たちと彼とはよく似ています。単独で動いているのは、自分の職場を疑っているからかもしれません。秘密裡《り》に動いていた婚約者を、栄グループに殺害されています」

〈おれたちとやつは、少しも似ちゃいない。似ていてたまるか。警察《カイシャ》を疑ったとしても、おれたちは刑事だ。城石は一線を越えてしまった外道だぞ。裏社会に精通しているどころか、体よく極道たちに利用されてるだけかもしれん。お前はやつを高く評価しすぎだ〉

「そうかもしれません。ですが――」

〈ああ、クソ。ぐだぐだ理屈並べてもラチが明かねえ。こうなったら実力行使に出るまでだ。おれも行く。それまでは手を出すな。いいな〉

「ありがとうございます」

〈そのかわり誓ってくれ。おれが行くまで、やつには決して手を出さない。感づかれたら、話し合おうとなんて考えずに、通報してでも逃げろ。いいな〉

「了解しました。ちなみに……今はどちらに」

〈板橋《いたばし》だ。国道254号線を都心に向かって走ってる。北池袋《きたいけぶくろ》から首都高に乗る。横浜港までは一時間とかからない。四十五分で向かう〉

「事故にだけは気をつけてください」

〈他人の心配をしている暇があるか。まったく……『万陀無《マンダム》』の超辛ラーメンを覚えてるか？　それを全部きれいに平らげろ。そうすりゃ、今回の件は水に流してやる〉

「それは……無茶ですよ」

〈なにが無茶なもんか。この状況のほうがよほど激辛だ〉

井出は鼻で笑った。

『万陀無』は文京区《ぶんきょう》にあるラーメン屋だ。富坂庁舎から徒歩圏内にある。分厚いチャーシューと、山盛りの野菜が売りのミソラーメンが自慢で、体力自慢の警察官たちにも人気があった。辛みそを効かせたラーメンも名物で、五段階に辛さが選べる。彼の言う〝超辛〟は、もっとも辛い部類に入る。

大酒呑みの紗由梨だったが、あまりに辛すぎる食物は苦手だった。反対に酒が受けつけられない井出は、甘党でありながらも、トウガラシやニンニク、胡椒《コショウ》を使った激辛料理を好んで食べた。スープが地獄の池のごとくまっ赤に染まる超辛ラーメンも好物だ。スープをひと口だけ飲ませてもらったが、あまりの辛さに悶絶《もんぜつ》したものだった。

「あの……刑事さん」

運転手が口を挟んできた。夜間双眼鏡に目をやった。約二百メートル先で、城石を乗せたタクシーが停車していた。ハザードランプを点灯させている。

オレンジ色の車内灯がともっている。精算を済ませて、降車しようとする城石の姿が目に入った。場所は本牧ふ頭のC突堤の入口だ。日本最大級のコンテナターミナルとあって、風景が急に寂しくなる。山積みになったコンテナと、似たような形をした四角い巨大倉庫。広大なコンクリートの広場には、無数のシャーシが縦に並んでいる。同じ横浜港といっても、観光地の色が強いみなとみらいや山下町と比べ、いかにも無骨で散文的な空気を醸成させている。地味なブルゾン姿の城石とマッチしている。

急いで指示を出した。

「左折してください」

運転手はハンドルを切った。

すぐに鉤形《かぎがた》の一本道が現れる。さらに左折させた。B突堤入口の交差点で左に曲がり、一周する形で錦町《にしきちょう》交差点へと戻る。城石が降りたC突堤入口からは、約四百メートルの距離がある。城石を乗せていたタクシーはもういない。

彼は本牧ふ頭の手前の道を歩いていた。

井出が緊張した声で訊いた。

〈大丈夫か〉

「問題ありません。今のところは」

〈繰り返すが、接触しようとはするな。距離を開けるんだ。城石に気づかれたと思ったら、車を盗んででも現場から離脱しろ。わかったな〉

返事をして電話を切った。

思わず携帯端末に向かって頭を下げた。井出には面倒ばかりかけている。彼は城石を、一線を越えてしまった外道だと罵ったが、車を盗んででも離脱しろという彼の言葉も、公僕の立場から完全に逸脱していた。彼は首都高を使い、百五十キロのスピードでやって来るだろう。

「ここで結構です」

運転手に声をかけた。

彼は肩の力を抜いて、安堵のため息をついた。飾り気のない港湾住宅と大きな物流倉庫の間にある路上だ。五千円札を出した。詫び代として釣りはいらないと答えた。

彼はとくに礼も言わず、紙幣をそそくさとセカンドバッグにしまう。

「なあ、あんた。本当に警察官なのか。おれみたいなタクシー運転手をからかうためにやってるわけじゃないよな。やたら、物騒な会話していたようだしよ」

仕事を終えて緊張が解けたのか、後ろを振り返って、紗由梨の顔や身体をぶしつけに見やった。彼女は微笑んで、スーツジャケットの裾をめくった。ベルトのホルスターには、特殊警棒と手錠が入っている。

「警察手帳ならお見せしたでしょう。あとでよければ、職場にも案内しますけど」

運転手は目を伏せた。

「いえ、けっこうです。ありがとうございました」

紗由梨を下ろすと、すぐにドアを閉じて走り去った。

人気のない歩道から、夜間双眼鏡を覗いた。横浜港シンボルタワーのあるD突堤へと歩く城石の後ろ姿が見えた。

腕時計に目をやる。七時三十分を過ぎたところだった。

11

城石は腕時計に目を落とした。七時三十五分だ。

着けている腕時計は、タイメックスのアイアンマン。もともとは真紀が使っていたものだ。彼女の母親から形見分けとして譲り受けた。

タフで活動的だった彼女が好んだ、リーズナブルで頑丈なスポーツウォッチだ。彼女が南足柄市で殉職したさいも、この腕時計は変わらず動いていたという。城石の手首に合うよう、ベルトだけ替えて使用している。

歩行の速度をあげた。約束の時間は八時だったが、佐竹はもうとっくに到着しているだろう。ヤクザはたいてい約束の時間よりも早くやって来る。

今朝、親分である藪が栄グループに拉致された。血眼になって情報収集に明け暮れたのだろうが、果たしてどんな情報を耳にしただろう。

D突堤は静かだった。昼間こそは港湾関係者が忙しく働き、道路はトラックがひっきりなしに行き交うが、夜間は一転して静まり返る。

D突堤は観光地でもある。高さ約五十メートルの横浜港シンボルタワーや本牧海づり施設があり、休日ともなれば多くの家族連れやカップルでごった返すが、夜の今は観光客の姿もない。

D突堤にある物流会社へと入った。周りはメッシュフェンスに囲まれているが、入口に設けられたスライド式の門扉は開いていた。敷地内に入る。

数棟の巨大な倉庫が建っており、その横には錆びたコンテナやシャーシがいくつも並んでいる。佐竹は同社の大株主だった。

駐車場は野球場のように広く、数十台のトラックが停車できるほどのスペースがある。物流会社の本日の業務は終了しているのか、すでに事務所のライトは消えており、駐車場には数台の乗用車が停まっているのみだ。

やはり佐竹はすでに到着済みだった。駐車場の隅には、彼のジャガーが停まっている。車体のカラーはブラックで、闇夜に溶けこんではいるが、いかにもラグジュアリーカーらしい官能的な形状のボディが独特の存在感を放っている。

直接顔を合わせて話すさいは、ジャガーのなかが最適だった。後部座席は飛行機のファーストクラスのように大きく、リクライニングシートとなっている。レザーカバーのトレイもあり、メモを取るのにも困らない。高級ホテルのラウンジ並みにくつろげる空間となっている。なにより、襲撃から逃れやすい。ガラスはすべて防弾仕様だ。

小走りでジャガーに近寄る。佐竹が持つ情報を一刻も早く耳に入れたかった。異変に気づいたのは、ジャガーとの距離が二十メートルを切ったころだ。

城石は足を止め、ショルダーホルスターからリボルバーを抜き出した。両手でリボルバーを握り、銃口を下に向けながら、一転して慎重な足取りで距離を縮める。目を凝らす。

ジャガーの運転席には、佐竹の秘書の姿があった。かつてはボスと同じく近江一乗会に属していた。肩書こそ秘書ではあったが、事実上の仕事は護衛と運転だ。がたいの大きな男で、キックボクシングのプロライセンスを取得している。城石が近づいても、ヘッドレストに頭を乗せたまま、彼はぴくりとも動こうとしない。

後部座席に人影が見えた。こちらは秘書と違って、頭や肩を動かしている。反射的にリボルバーの銃口を人影に向ける。暗闇のせいで見分けるのに時間がかかったが、人影の正体は佐竹のようだ。

ただし、ふだんの彼とはまったく様子が違った。いつもはジャガーのオーナーにふさわしく、高級スーツを隙なく身に着けていたが、今は刺青の入った裸体をさらけだしている。むごいリンチでも受けたのか、彼の身体はまっ赤に染まっている。頭から胸まで血でずぶ濡れだった。端正なマスクが、腫れとコブで大きく変形している。口には、布きれで猿ぐつわが噛まされてあった。

あたりを見渡した。依然として周囲は、静けさに包まれている。

リボルバーを駐車場やコンテナへ向けながら、ジャガーへと駆け寄った。後部のドアノブに手をかける。ドアが開くと同時に、佐竹のうめき声が耳に届く。彼は後ろに手を回され、両手首をタイラップで縛められていた。

思わず顔をしかめた。佐竹のケガは頭部だけではなかった。和彫りの刺青が入った肉体には、おびただしい数の裂傷や打撲の痕があった。失血と激痛で意識を失っていてもおかしくはない。

ブルゾンのポケットから、スイッチブレイドを取り出した。フィンガーフリップを押して刃を飛び出させる。手首を縛っているタイラップを切断した。

佐竹は自由になった手で、猿ぐつわの布きれをむしり取った。城石を怒鳴る。

「早く逃げろ！　罠だ！」

「そうだな」

改めて運転席の秘書に目をやる。首には紐状《ひもじょう》の痕がくっきりと残っている。すでに絶命していた。

さっそく佐竹に対して尋問を行ったのだろう。今日の午後、彼に忠告したばかりだった。いくら藪が骨のある男といっても、根性のあるなしに限らず、栄グループの暗殺隊は口を割らせる方法をいくつも知っていると。

配下である佐竹は、親分の奪還を目指したが、残念ながら栄グループに先手を打たれたようだ。彼の身体からは血臭だけでなく、肉が焦げる臭いがした。背中はバーナーで炙られたらしく、皮膚組織がむごたらしく焼け爛れていた。関西彫りの鯉の刺青が皮膚ごとベロベロにめくれている。

城石は尋ねた。

「車のキーは?」

「……あるわけねえ。お前の正体は吐いちゃいねえ。だから、早く逃げてくれ」

佐竹は懇願するように吠えた。血液が気管に入ったらしく、激しく咳きこんだ。血がジャガーの車内に飛び散る。

四トントラックが駐車場に入ってきた。逃げ場をふさぐように出入口付近で停車する。ヘッドライトがジャガーや城石を照らした。

佐竹にスイッチブレイドを渡した。血みどろの手に握らせる。

「悪いな。こんな武器《エモノ》しか持っちゃいない」

佐竹は手を懸命に振った。野良犬でも追い払おうとするかのように。

「バカ野郎……拳銃《チャカ》ごときじゃどうにもならねえ。相手はあの〝チーム〟だぞ」

「ほう」

他人事のように答えた。

しかし、頭が急速に熱を持ち、視界が赤く染まっていった。電流を流されたかのように、身体が意志に反して震える。

「だったら、なおのこと逃げるわけにはいかない」

「お前……」

城石は手に唾を吐き、スミス&ウェッソンM29を握り直した。自然と乾いた笑い声が漏れる。リボルバーを構えたが、笑いのおかげで照準がぶれる。吐く息がマスクに当たり、生温かい空気が顔をなでる。

佐竹の顔が硬く強張った。まるで狂人にでも出くわしたときのようなツラだ。

自分の頭がイカレているのはまちがいない。警官としての道を外れ、ヤクザから譲り受けた大型拳銃を振り回している。命の危機よりも、〝チーム〟と対面できる嬉しさが勝った。

〝チーム〟とは、栄グループの腕力を司る暗殺部隊だ。栄グループのトップである高良栄一の直属部隊であり、組織内の裏切り者や反対派を粛清してきた。血に飢えきった殺し屋たちだ。

城石は連中とすでに一戦交えている。井之上朝子の始末に動いた〝チーム〟を、マグナム弾でぶち殺す予定だった。マグナム弾を叩きこまれても、すぐに応戦してきた中国女、それに筋肉を異様に発達させたドーピング男――ブラジル人と思しき元警官。どちらも噂通りのタフなゴキブリどもだった。

連中をまとめているのは、破樹と名乗る日本人だ。おそらく偽名だ。警察庁の照会センターはもちろん、佐竹を通じて中国人ハッカーを雇い、自治体のデータベースを虱潰《しらみつぶ》しに洗ったが、該当する人間は見つからなかった。最近になって、米国の民間軍事会社ブルーストーン・セキュリティー社に、破樹らしき五十代の男が在籍していたことが確認されている。

ブルーストーン・セキュリティー社は、九〇年代に元グリーンベレーの隊員らによって設立された。二〇〇〇年代後半のイラク戦争では民間人に対して無差別に発砲、三十数名の罪なき市民を殺害している。その他にも強姦《ごうかん》や武器の横流し、アフガニスタンでも略奪行為を働くなど、非人道的な行為で世界的な批判を受けた悪名高い傭兵《ようへい》組織として知られている。

同社は徹底した秘密主義を取っており、テロリストの攻撃にさらされないよう、社員に関する情報は重要機密扱いとなっている。おかげで、未だに破樹なる男の経歴は謎に包まれている。

わかっているのは狙撃の名手であり、アフガニスタンや中東で人狩りを行っていたこと、それに真紀をスナイパーライフルで射殺したことだ。破樹が殺したと、はっきり証明できる証拠はない。しかし、その情報だけで充分だった。証拠はいらない。城石が欲しているのは、〝チーム〟全員の命だ。

佐竹が濡れた声でうなった。血で汚れた頬を涙が伝っていく。

「この野郎……おれがなんのために連中の拷問に耐えたと思ってやがんだ。とっとと逃げろと言ったら逃げろ……こんなところで犬死にしてる場合じゃねえだろうが」

「すまんな」

後部ドアを閉めた。

出入口で停まったトラック。その横からふたりの人間が姿を現す。あの高級ホテルで遭遇したときと同じ姿だ。深緑色の戦闘服を着用し、黒い目出し帽をかぶっている。ひとりはあのブラジルの筋肉野郎だ。手にはポンプ式のショットガンを抱えていた。もうひとりは中国女ではなかった。やたらと長身の大男だった。上背だけならブラジル野郎を上回る。肩幅が広く、無駄な肉がついていない。右手にはサブマシンガンがあった。

男たちはそれぞれ銃口を向けながら、隠れようともせずに近づいてきた。城石は長身の男に声をかける。

「貴様が破樹か」

返答はなかった。

ふたりは鋭利な視線を向け、黙って歩み寄ってくるだけだった。返事など期待していない。それで充分だった。口のなかで呟いた――真紀、見ていろ。

トラックの前部に目を向けた。シートにはふたりの人影が確認できた。やつらも〝チーム〟のメンバーだろう。黒い目出し帽を着用している。

全員の息の根を止めなければならない。一刻も早く抹殺しなければ。同じ空気を共有しているかと思うと虫唾《むしず》が走る。それでも、思わず笑みがこぼれる。やつらを粉々に吹き飛ばして。真紀の声が聞こえる。

「わかってる」

男たちとの距離は、まだ百メートル以上はあるだろう。

城石は息を止めた。リボルバーを静かに構え、トリガーを引き絞った。

12

鷹森は身体を震わせた。

四トントラックの助手席に座っていた。思わず流れ弾を恐れて首をすくめる。トラックのフロントガラス越しに、戦闘に入った破樹らとマスクの男の様子が見えた。明るさを確保するため、トラックのヘッドランプで彼らを照らしている。

拳銃にしては重々しい銃声がした。マスクの男のスミス&ウェッソンM29が火を噴く。銃口から一メートル以上のマズルフラッシュが迸《ほとばし》る。44マグナム弾の強烈なパワーを見たような気がした。

再び大型拳銃の銃声がした。まだ有効射程距離外にいる破樹とヨナミネには当たらない。

拳銃で人間を仕留められる距離といえば、銃や弾薬の種類で変わってくるものの、せいぜい最大で二十メートル程度だろう。的であれば、百メートル以上でも命中させるシューターはごろごろいるが、実戦ではそうはいかない。

しかもマスクの男が持っているのは、破壊力こそは最大級の代物ではあったが、命中精度に優れているとは言いがたく、連射するにも時間がかかる。ハンドガンによる狩猟、もしくは発砲の凄《すさ》まじさを楽しむタイプのものだ。戦いには向いていない。

運転席にいる香莉《シャンリー》が鼻で笑った。

「あいつ、痛々しいわね。自分をクリント・イーストウッドと勘違いしているド素人じゃない」

鷹森の喉元まで言葉がこみ上げる。そのド素人の弾をモロに浴びたくせに。井之上朝子を抹殺したさい、香莉は胸部を撃たれている。防弾ベストを着ていなければ、乳房は吹き飛ばされ、胸に大穴を作っていたはずだ。

しかし、言葉を呑みこんだ。香莉に軽口を叩いたばかりに、半殺しにされた男を山ほど見てきた。恐ろしくキレやすく、生ける火薬庫とでもいうべき凶暴な女だ。コントロールできるのは、リーダーの破樹だけだ。

とはいえ、香莉の指摘はあながちまちがいとはいえなかった。マスクの男は愚か者だ。完全に狂っているのかもしれない。あと数分で地獄に落ちるというのに、肩を揺すって笑っている。顔はキャップとマスクによって隠されていたが、虚勢を張っているようにも思えない。

やつは、栄グループ内の暗殺隊が、ただのチンピラヤクザではなく、殺しのプロフェッショナルなのをよく知っているはずだ。ヤクザとつながりがあるのだから、もっと実戦向きの銃火器を入手することもできただろう。そもそも、たった一匹で行動すること自体、理解しがたい愚挙といえた。

破樹とヨナミネが左右へと分かれた。駐車場の隅に停車しているジャガーを挟み撃ちする。リボルバーとは異なる銃声が連続的に響き渡る。

破樹が、ウージーのトリガーを引きながら左へ移動した。ヨナミネも右へ動きながらショットガンを撃つ。一千万円以上はするジャガーのボディが、九ミリパラベラム弾と、パチンコ玉ほどの鹿撃ち用の散弾によって、またたく間に穴だらけとなる。

防弾仕様のガラスにヒビが入り、なかにいる佐竹が身を伏せた。マスクの男はボンネットのうえを転がり、ジャガーの後ろへと隠れる。

香莉は左手の親指の爪を嚙んだ。右手のベレッタが鈍い光を放っている。

「なにもボスが行くことはないのに」

マスクの男は、こちらの読みどおりにやって来た。だが、やつを始末するにあたって、破樹チームは作戦開始前に少しばかり揉めている。

当初は、香莉とヨナミネがアタックをかける予定だった。鷹森と破樹がトラックで出入口を塞ぎ、バックアップに回る。

駐車場は一メートル五十センチほどのメッシュフェンスに囲まれており、そのうえには、先端が尖《とが》った忍び返しがついている。乗り越えるには時間がかかる。もしやつが逃亡を試みて、フェンスに飛びつこうものなら、ヨナミネらによって蜂の巣にされるだろう。唯一の逃げ道は門扉のある出入口のみだったが、こうしてトラックで封じられている。彼が出入口に向かってくれれば、鷹森たちが始末する予定だ。

だが、直前になって破樹が作戦変更を申し出た。彼はマスクの男に強い関心を抱いていた。リーダーとして荒くれ者たちを指揮しているが、誰よりも好戦的な性格でもある。香莉を後ろに下げ、マスク野郎と直接対決すると言い放った。

復讐《ふくしゅう》戦に挑む気マンマンだった香莉は、憤然と抗《あらが》ったものの、破樹は意見を覆さなかった。決定権はボスが握っている。強情な香莉でも逆らえない。おかげで彼女の機嫌は極めて悪かった。

鷹森としても、なるべくなら指揮官である破樹には、後ろに下がっていてもらいたかった。爆発寸前の〝生ける火薬庫〟と、狭い車室に留《とど》まっているのは息苦しい。

銃声は途切れなかった。破樹とヨナミネは、一定の距離を置いて、ジャガーへ発砲し続けた。美しいフォルムの高級セダンは鉄クズと化す。

タイヤはパンクし、ボディは斜めに傾いている。ヘッドライトは砕け、サイドミラーはコードがむき出しになり、ぶらぶらと揺れている。防弾仕様のサイドウィンドウは、大量の銃弾と散弾を叩きこまれて砕け落ちる。

香莉が苛立たしげにハンドルを叩く。

「標的は車じゃないでしょう。ボスもヨナミネも、なぜもっと近づこうとしないの」

「やつはただ者じゃない」

「はあ？」

香莉が上目で睨みつけてくる。まるでチンピラヤクザのような、粘っこい視線だった。それを無視して言う。

「イカレてるんだろうが、まったくの素人じゃない。かなりやる。やつのフォームは完璧だ。反動で姿勢が崩れることもない。腕力もあるし、撃ち慣れてやがる。距離が距離だけに、当たらずに済んでいるものの、マスク野郎はあの拳銃を巧みに使いこなしてやがる。ボスたちもそれに気づいてる」

「このままチンタラやってたら、警察《サツ》が来ちゃう」

彼女はトラックから降りようとする。マスクの男との対決に加わるつもりだ。

鷹森は彼女の左腕を摑んだ。

「バカ、待ちやがれ」

「触るんじゃねえよ」

香莉はベレッタを向けてきた。仲間に銃口を突きつけるなど、言語道断な行為だ。

鷹森は怒鳴る。

「頭を冷やせ、このクソ女《アマ》！　ボスの命令――」

彼女は鷹森を見ていなかった。セイフティレバーをすばやく外すと、ベレッタのトリガーを引いた。何度も。鷹森の顔の横を銃弾が通り過ぎていく。助手席側の窓が砕け、車室のなかは硝煙で包まれる。

「なにしやがる！」

鷹森は叫んだ。

「あの女よ！」

香莉の言葉が理解できなかった。あわてて助手席側のドアを振り向く。

そのときだった。ドアが開かれると同時に、何者かに左腕を摑まれた。強い力で外へと引っ張られ、彼は肩からアスファルトへと叩きつけられた。肩甲骨がひしゃげるほどの衝撃。激痛が脳を突き抜ける。

目の前には、険しい形相をしたスーツ姿の女がいた。右腕を振り上げている。その拳は、女のものとは思えないほどごつい。こいつは。警視庁組対部特捜隊の女刑事だ。思い出したときは手遅れだった。

股間が爆発した。ぐしゃりと潰れる音がしたかと思うと、目の前がまっ赤になる。下腹を中心に、激痛が衝撃波のように全身に広がる。視界が一気に暗闇に包まれ、鷹森は意識を失った。

13

紗由梨は下方に拳を振り下ろした。目出し帽をかぶった中肉中背の男——股間の急所めがけて。

睾丸が潰れる感触が拳を通じて伝わった。尿が戦闘服を通じて拳を濡らす。男は短く悲鳴をあげると、白目を剝いて気を失った。右手のベレッタをすかさず奪う。グリップを握り、セイフティレバーを外す。

助手席側の開いたドアから、目出し帽の人間が顔を覗かせる。視線が合う。朝子をショットガンで撃った女だ。未だに女の顔を確認できてはいない。しかし、あの鋭すぎる目つきで同一人物だと判断できた。

女めがけてベレッタのトリガーを何度も引いた。高級ホテルのときのようなためらいはない。イタリア製の自動拳銃は次々と弾を吐きだす。

女は顔を引っこめた。紗由梨の弾は、助手席のドアの内側に当たるだけだった。

女は右腕のみを突き出し、ベレッタで応射してきた。紗由梨は地面を転がり、トラックの下に潜りこんだ。すんでのところで弾をかわした。女が撃った弾がアスファルトを弾く。

トラックの下で、仰向けの姿勢になった。ベレッタのマガジンを抜いて残弾を確かめ、再びマガジンを差しこむ。

深呼吸をした。むやみに酸素を求める肺をなだめた。硝煙と小便、トラックの排ガスが鼻に届く。

銃声は止まなかった。栄グループの暗殺隊が、城石に大量の銃弾を浴びせている。もはや戦場のような有様だった。

「井出さん、ごめんなさい」

紗由梨は匍匐《ほふく》前進をした。

スーツがアスファルトでこすれ、前腕や腹の皮膚がすり切れた。左手に巻いた包帯がまっ黒に汚れる。気にしてはいられない。動き続けなければならない。本能が告げる。止まったら終わりだと。トラックの下を這いずる。

トラックの後部から這い出た。立ち上がると、荷台の後部ドアにぴったりと身を寄せ、助手席側を覗く。

助手席のドアは開きっぱなしだった。その下には、紗由梨の正拳によって股間を潰された男がひっくり返っている。女の姿は見当たらない。

大量の汗が目に入り、ひりひりと痛みを訴える。袖で汗をぬぐいたかったが、スーツやシャツの袖には細かな砂利がこびりついていた。

女からの攻撃はない。トラック周辺に限っては静かだったが、城石のいるジャガーのほうからは、ショットガンやサブマシンガンの銃声が鳴り響いていた。駐車場は火薬の臭いに満ちている。

城石の後をつけ、D突堤まで来ると、閉園した本牧海づり施設に侵入した。非常階段の前に設けられたスチール製のドアを乗り越え、施設の屋上を陣取り、夜間双眼鏡で彼を監視した。そして城石と同じく、ジャガーの内部で異変が起きているのを察知したのだ。

城石が、栄グループの暗殺隊におびき寄せられたと知ると、ショルダーバッグを斜めにかけ、駐車場へと必死に駆けた。出入口をふさぐようにして停車していたトラックに近づいていた。井出から手を出すなと厳命されていたが、トラックの車室にいる殺し屋に攻撃をしかけざるを得なかった……。

後部ドアに貼りついたまま、カニのように横移動をした。今度は運転席側をそっと覗いてみる。

運転席側のドアもまた開きっぱなしになっている。車室の内部は見えないが、人気が感じられない。ぞくぞくと悪寒が走る。

とっさに前方へと跳んだ。トラックから離れ、地面の上で前転する。箱型荷台のうえから銃声がし、紗由梨がいた位置のアスファルトが弾ける。

紗由梨はすかさずベレッタを荷台の屋根に向けた。目出し帽をかぶった女が、屋根のうえで片膝をついて撃ってきた。紗由梨はトリガーを連続して引いた。同時に女は身を伏せる。

四発の弾丸が箱型荷台の角にあたり、あるいは夜空へと消えていった。ベレッタのスライドが後退し、薬室がむき出しになり、弾切れを告げられる。

ベレッタを捨て、ショルダーバッグに手を突っこんだ。シグP230を取り出す。そのときだった。屋根にいた女が飛んだ。四メートル以上はあるだろう。飛翔した女は奇声を発しながら、地上にいる紗由梨に飛び蹴りを喰らわせてくる。

女の足は、紗由梨の鳩尾を狙っていた。両腕でガードしたものの、強烈な衝撃で弾き飛ばされた。前腕は電流を流されたようにしびれ、胸骨がきしんだ。ボウリングの球を投げつけられたような威力と硬さがあった。

地面に尻もちをつき、後ろに転がる。髪の毛に小石や砂が付着する。後転して距離を取り、片膝をついて、シグを構え直した。女へと狙いを定める。

しかし、女はすでに動いていた。飛び蹴りまで喰らわせてきたが、アスファルト上でたくみに受身を取ると、休むことなく紗由梨との距離をつめる。

女の左脚がムチのようにしなり、ブーツの先端が紗由梨の手に当たった。同時にシグを発砲したが、銃口はそれていた。女の蹴りでシグが手から弾き飛ばされる。シグは回転しながら、アスファルトのうえを滑る。

女は紗由梨を見下ろした。

「ひさしぶりじゃない、おまわりさん」

女は息を弾ませていた。外国人風のなまりがある。相手を嘲るような口調だ。

左手の火傷がうずいた。包帯は黒く汚れ、血や体液で染まっていた。蹴りを受けた右手は痺れるように痛む。

紗由梨の身体が熱くなる。この女こそ、井之上朝子を無慈悲に射殺し、紗由梨に火傷を負わせた。女は直情型の性格のようで、目は怒りに燃えており、ギラギラとした光を放っていた。

「クソむかつくわ。あのマスク野郎といい、あんたといい。ゴキブリみたいに、どこからか湧いて出てくるの」

紗由梨は、女の手や腰にすばやく目をやった。

女もベレッタは持っていない。紗由梨と同じく弾を切らしたらしい。もしくは、拳銃などなくとも制圧できるという、自負の表れかもしれなかった。紗由梨よりも身長は低く、腰回りも細かったが、無駄な肉を一切そぎ落としている。強靱《きょうじん》な肉体の持ち主なのは、すでに高級ホテルのときから知っている。

女は駐車場の外に視線を向けた。

「おまわりのくせに、おひとり様なのね。あのマスク野郎とデキてんの？」

紗由梨は立ち上がって、女の脛を蹴飛ばした。紗由梨の下段蹴りは木製バットをへし折るほどの威力がある。女の目に苦痛の色が浮かぶ。

「あなたたちを捕まえる」

女は背をのけぞらせて笑った。

目出し帽を通じ、くぐもった笑い声が漏れる。女はふいに笑うのを止め、目出し帽を脱いだ。いまいましそうに地面へ放り投げる。

長い黒髪の持ち主だった。三つ編みにした頭髪が背中まで垂れる。ほっそりとした顔立ちの美女だったが、すさんだ目つきと歪めた唇のおかげで、人を容易に近寄らせない凶暴さがにじみでている。ネコ科の肉食獣を思わせた。

「ふざけるな。楽に死ねると思うなよ」

女は腰からナイフを抜いた。

刃渡り十センチ以上はある軍用ナイフだった。刃がブラックコーティングされているため、暗闇のなかでは動きを捉えにくい。

紗由梨は距離を取り、バッグから特殊警棒を摑んだ。女が軍用ナイフで突いてくる。女は刃物を使い慣れていた。チンピラヤクザや不良少年とは違って力みがない。ボクシングのジャブのように腕をしならせる。黒い刃が頰をかすめ、冷たい痛みが走った。傷口から血がしたたり、顎や首筋を濡らす。

「かわいいツラにしてあげる」

女は軍用ナイフを逆手に握っていた。アッパーを放ってくる。刃にシャツと顎を切り裂かれる。出血や裂傷の度合いを確かめている暇は与えてくれない。

女は順手で軍用ナイフを握り直した。次にわき腹を裂こうと腕を振ってきた。金属音がした。紗由梨の特殊警棒とブレードがぶつかり合う。

紗由梨は右の前蹴りを放った。しかし、女はそれを読んでいたように後方へと下がり、前蹴りをかわすと同時に、紗由梨の脛を軍用ナイフで切り裂いた。パンツの生地が切れ、脛に鋭い痛みが走った。右脚を地面につけると痛みが増す。刃は脛骨《けいこつ》に達し

なる。
紗由梨は表情を歪め、特殊警棒を振って最大限に伸ばした。長さは約五十センチに
たらしい。
女は頬を歪めて笑った。そんなもので自分の攻撃はかわせないと言いたげだった。
紗由梨は肩で息をした。脛からあふれた血が、パンプスのなかに入り、足がぬるぬ
ると滑る。下半身は水でもかぶったようにずぶ濡れだった。
女の斬撃をかわせずにいた。重量のある特殊警棒では、女の攻撃には追いつけない。
また、リーチの面では上回るが、かわされたときの隙は大きい。女の言うとおり、か
わいいツラにさせられるだろう。
紗由梨は特殊警棒を上段に構えた。右手を頭上に掲げる。
「朝子さんの仇を討つ」
女は歯を見せた。
「勇ましい。死人のことより、自分の身を心配することだね。ここからお持ち帰りさ
れて、あたしに肉を一枚一枚そぎ落とされるんだから」
「あなたのほうこそ、自分の身を心配したほうがいい。私はあなたを逮捕するつもり
だけど、手元が狂って頭を叩き潰してしまうかもしれない」
「やってみろ、ポリ公」

女は忌々しそうに唾を吐き、地面を蹴って、間合いを一気に縮めてくる。プロボクサーのステップを思わせる驚異的な速さだ。

ただし、女は特殊警棒を警戒していた。視線が頭よりも上に集中している。ナイフを持った女は手に負えない。実力は上だ。紗由梨はすでに認めていた。まともには張り合えない。

よって城石のときと同じ方法を取った。包帯が巻かれた左手には、親指サイズの小さな缶がある。防犯用の催涙スプレーだった。火傷を負った左手にいっしょに巻きつけてある。

スプレーのスイッチを押した。噴射口からオレンジ色の液体が、レーザービームのように飛び、ちょうど前進してくる女の顔面をとらえた。

女はその場で立ち止まった。なにが起きたのか理解できず、袖で液体を拭う。

「あっ!」

女はしかめっ面になり、両目をつむった。背中を丸めて、苦しげに咳きこみ始める。

特殊警棒はいわば陽動作戦だ。相手の目を釘《くぎ》づけにするため、最大限の長さに伸ばし、大上段に振りかぶった。頭を叩き潰してしまうかもしれないと、ハッタリもかまし、特殊警棒の存在を意識させた。一方で、左手の親指は、催涙スプレーのスイッチに触れていたのだ。

「ちくしょう！　ビッチが！」

女はナイフを闇雲に振るった。刃は、光のような速度で動いていたが、持ち主である女の目は奪われている。咳をするたびに、ナイフのスピードが極端に落ちる。

上段から特殊警棒を振った。女の首のつけ根に当たり、特殊警棒を通じて、重たい衝撃が手首まで伝わる。女はうめき声をあげて膝をついた。

女がなおもナイフを突きあげてきた。しかし、黒い刃をはっきりと視認できた。

特殊警棒を横に払った。ブラックブレイドが根元からへし折れ、柄から離れた刃の欠片《かけら》が遠くへ飛んでいく。

女は、顔を涙と液体でぐしゃぐしゃに汚しながら、中国語でなにかをわめいている。特殊警棒で再び首のつけ根を叩いた。重い音とともに、鎖骨が折れる感触を感じた。女は口を大きく開け、身体をくの字に曲げて、地面に倒れた。受身をろくに取らず、顔面をアスファルトに打ちつける。

紗由梨はすかさず腰から手錠を取り出し、女の両手を後ろに回して縛めた。抵抗はない。女は完全に失神していた。

催涙スプレーを噴霧したおかげで、目がひどくチカチカとした。勝手に咳が漏れる。トウガラシの成分が気管を刺激する。

汚い真似をしたとは思ってはいない。もともと不意打ちや騙し討ちは、栄グループの得意とするところだ。

以前ならバカ正直に、格闘術や空手を駆使して対抗していたかもしれない。男性警官より実力があるという自負もあった。それが慢心につながり、朝子をみすみす死なせ、ただの井の中の蛙《かわず》だと思い知った。

股間を潰した男へと駆け寄った。手錠はひとつしかない。戦闘服のポケットを漁ると、フォールディングナイフや、拳銃のマガジン、それに相手を縛める結束バンドが見つかった。女と同じく、後ろ手にし、手首を結束バンドで縛り上げた。

女にしろ、男にしろ、すぐに回復できるケガではない。しかし、栄グループの武を司《つかさど》るだけあって、なにをしでかすかはわからない。身動きを封じる必要があった。

駐車場の隅では、城石と暗殺隊が銃撃戦を展開していた。暗殺隊ふたりが持つショットガンやサブマシンガンにより、城石がバリケードにしている高級車のジャガーは、すでに鉄くずと化している。

あの男には生きてもらわなければならない。いけすかないやつではあるが。

地面に落ちたシグへと寄る。斬られた脛に力が入らず、脚を引きずって歩んだ。

14

ガラス片が降り注いだ。

城石の頬を欠片が切り裂いた。佐竹のジャガーは、四方を防弾ガラスで守られていたはずだが、大量の散弾と九ミリパラベラム弾で砕け散っている。

ブラジル野郎が弾切れを起こせば、すかさず長身の男がサブマシンガンで弾幕を張る。長身の男が弾切れを起こせば、ブラジル野郎がすかさずフォローに回る。間断なく弾が飛んでくる。

城石はスミス&ウェッソンM29のハンマーを起こした。ボンネットの陰に身を潜めながら、ブラジル野郎めがけてトリガーを引き絞った。まばゆい炎が銃口から吹き出る。腕と肩に強烈な反動が返ってくる。

彼はすばやく身を隠した。敵にはヒットしていない。サブマシンガンとショットガンによる二重奏が再び開始される。車の破片が左腕をかすった。ブルゾンの袖と皮膚が削がれた。大型リボルバーの六発をすべて発射した。

シリンダーを横に振りだした。薬莢を地面に捨てると、ポケットからスピードローダーを取り出した。六発分の弾薬を一度に装塡できる円形状の道具だ。新たに弾をリボルバーに補充する。

スピードローダーのおかげで、四秒程度でリロードを済ませられる。しかし、戦闘では致命的な長さになり得る。敵である暗殺隊は、むろん城石の武器の特徴を知っている。発砲した回数も頭に入れているだろう。

シリンダーを嵌め直した。城石は訝る。敵の攻撃に変化はない。勝負をかけてくるとすれば、大型リボルバーの弾が切れる瞬間だと予想していた。

あの連中が、自分を生け捕りにしたがっているのは明白だった。最初から殺す気でいるのなら、こんな悠長な銃撃戦などしないはずだ。手榴弾《しゅりゅうだん》のひとつでも放り投げ、ガソリンのつまったジャガーごと吹き飛ばせばいいのだ。

生きたまま捕え、拷問にかけて、情報を得る。やつらは栄グループの秘密警察である。城石に重傷を負わせて無力化させ、スムーズにこの場から連れ去る。リボルバーの弾切れは、絶好のチャンスのはずだった。

城石はその瞬間を待っていた。弾切れの間に仕かけてくる連中に対し、すばやくリロードを済ませて、マグナム弾で風穴を開ける。城石も無事では済まないだろうが、やつらを地獄に落とすのが最大の目標だ。

しかし、ブラジル野郎と長身の男は、距離を保ったまま発砲を繰り返すのみだった。

「援軍でもいるのか？」

佐竹が大声で訊いた。

後輪のタイヤにもたれているが、タイヤホイールには、彼の血がべっとりと付着している。苦しそうに肩で呼吸をしている。

「そんなものはいない」

「だったら……おれの耳がいかれちまったのか」

「いや」

城石もまた耳にしていた。

出入口を塞ぐ四トントラックのほうから、拳銃の発砲音が轟くのを。サブマシンガンや散弾銃、それに自身が持つ大型リボルバーの銃声のおかげで、ひどい耳鳴りがしている。騒々しい銃撃戦を展開させながらも、出入口のほうから自動拳銃が連射されるのがわかった。

当初は城石を狙ったものと思った。ここには栄グループと城石らしかいない。トラックから城石までは、二百メートルほどはあるだろう。ライフルならともかく、拳銃では完全に射程距離外にある。警察が飛んできたわけでもない。異変が起きたのかもしれないが、戦闘中の城石には判断がつかない。

佐竹が頬を緩めた。

「これじゃラチが明かねえ。ここらで、ケリをつけるしかなさそうだ」

城石は眉をひそめた。彼の手にはスイッチブレイドが一本あるだけだ。佐竹は手を地面につけた。左拳で足を叩き、気合を入れ直している。城石は息を呑んだ。彼の意図を悟る。

「あとは頼んだぞ。やつらを殺せ」

佐竹は鋭利な視線を向けた。城石はうなずいてみせ、リボルバーの撃鉄を起こす。佐竹はすばやく立ちあがった。スイッチブレイドを両手で握り、刃先を長身の男に向け、拳銃を構えるような姿勢を取る。

たちまち発砲音が鳴り響いた。散弾銃とサブマシンガンが、佐竹の上半身を粉々にする。

城石が立った。まっすぐに相手と対峙するアソセレス・スタイルで、大型リボルバーを握る。ターゲットは、約五十メートル先にいるブラジル野郎だ。

トリガーを静かに引き絞った。重量感のある銃声がし、ブラジル野郎の目出し帽に穴が開き、内部で爆発が起きた。額に大穴を開けられたブラジル野郎は、目と口から大量の血を流し、膝をついて前のめりに倒れた。

すかさず長身の男に照準を合わせる。だが、長身の男もまたサブマシンガンの銃口を城石に向けている。

サブマシンガンのマズルフラッシュが目に入った。トリガーを引くと同時に、胸に衝撃を受けた。ブルゾンの生地が弾け、複数の鉛弾が衝突する。

身体のバランスを崩し、左手で地面に手をついた。尻もちをつく。激痛が走る。

防弾ベストのケブラー繊維により、サブマシンガンの弾丸が肉体まで到達することはなかったが、心臓と鳩尾に当たって呼吸ができない。

ジャガーのボンネットが音を立てた。城石は片手で大型リボルバーを向けた。長身の男がボンネットのうえにいた。城石よりも早く、サブマシンガンが火を噴く。

至近距離からの九ミリパラベラム弾が、城石の胃袋を猛烈な勢いで叩いた。長身の男の射撃にブレはなく、一点に集中していた。激痛が胸から腹へと広がり、胃液が口からあふれた。マスクの隙間からボタボタと滴り落ちる。

「ようやく会えたな。マスクマン」

長身の男が見下ろした。

顔は日出し帽で覆われているが、なんの感情もうかがわせない冷やかな目をしていた。

「足掻くのはここまでにしておけ。苦痛が増すだけだ」

脳が身体に指令を送る。

早く拳銃を構えろ。やつをマグナム弾で砕け。真紀もしきりに訴える——早く息の根を止めて。だが、身体は意志に反して動いてくれない。胃液のうえをのたうち回る。

もともと腹部にはダメージを抱えていた。昨日、日室紗由梨の正拳突きを喰らっている。

声を絞り出した。

「尋ねたいことがある」

「話ならあとだ。銃を捨てろ」

大型リボルバーを地面に放った。

アスファルトのうえを滑り、佐竹の身体に触れた。佐竹の頭部は消失し、脊髄やあばら骨が露出している。内臓が地面にあふれている。完全に死体と化している。

「南足柄の山奥で、ふたりの警官が殉職している。殺《や》ったのは貴様だろう」

長身の男は黙っていた。

ボンネットに乗ったまま、サブマシンガンを突きつけ、地面に倒れた城石を見つめている。再び問いただそうとしたとき、男が言葉を発した。

「だとしたら、どうする」

心臓がひときわ大きく鳴った。

火酒を大量に流しこんだような興奮が押し寄せた。歯を嚙みしめて立ち上がる。城石は叫ぶ。

ボンネットに突進した。長身の男の脚に組みつこうとする。一秒でも早く、こいつをこの世から排除する。地獄に叩き落とさなければならない。

男をひきずり倒すため、両足に組みつこうとした。だが、両腕に手応えはない。やつは城石の動きを読んでいた。

長身の男は一歩後退していた。城石のタックルをかわし、回し蹴りを放った。城石の頬にブーツの先端が突き刺さる。首がねじれ、脳を急激に揺さぶられる。視界に火花が散る。奥歯がへし折れ、口内を跳ねまわる。

全身が痺れたように動かない。城石は柔道のエキスパートだ。しかし、受身が取れないまま、アスファルトに倒れた。側頭部を地面に打つ。

意識までは刈り取られなかった。かろうじて残っているものの、視界はぐにゃりと揺れている。

全身に力が入らなかった。大学時代や二十代のころ、空手やキックボクシングの猛者と他流試合をやっている。しかし、これほど強烈な蹴りをもらうのは初めてだ。口のなかが血液でいっぱいになり、たまらず吐きだした。つけているマスクは胃液と血液で濡れそぼっている。

「ブタを二匹始末した件か」

長身の男がボンネットから地上に降り立つ。

ブタは警官の蔑称だ。怒りは燃え盛っていたが、肉体がまるで動かない。

男の左手にはフォールディングナイフがあった。すでに刃を開いている。サブマシンガンはストラップで肩に担ぐ。

「手足の腱を切らせてもらう。あの山奥での件を知りたいのなら、お前をダルマにしてから、たっぷり聞かせてやる。耳をふさぎたくなるまで」

ブルゾンの右袖を摑まれた。振り払おうとしたが、その力は残されていない。

「動かないで！」

右手を切られる寸前だった。聞き覚えのある女の声がした。思わず声を漏らす。

「真紀――」

揺れ動く視界のなかで、がっちりとした体格の女が見えた。半身になって自動拳銃を構えている。

真紀であるはずはなかった。しかし、女の正体に目を見張った。なぜここに。

日室紗由梨だった。長身の男は動きを止め、彼女へと目を向けた。

15

「動かないで！」

紗由梨はシグＰ２３０を構えた。

セーフティは外してある。薬室に弾薬も入っていた。トリガーにかけた指に力をこめるだけだった。ターゲットまでは五メートルもない。

外しようのない距離ではあった。しかし、シグの照門と照星を睨んで、慎重な射撃を試みなければならなかった。撃つとしたら、長身の男の頭を砕かなければならない。他の暗殺部隊のメンバーと同じく、彼は黒い目出し帽をかぶっていた。また、上半身は防弾ベストで護《まも》られている。

トラックで待機していたメンバーふたりを、紗由梨は奇跡的にも生け捕りにした。しかし、この長身の男を無力化させるには、射殺も辞さない覚悟が必要だ。

一撃で倒さなければ、即座に反撃されかねない。下半身も同様だった。急所でもないかぎり、たちまちサブマシンガンで応射されそうだ。

彼女のそばには、メンバーらしき大男が地面に転がっていた。城石の銃弾を浴びて倒れている。顔はやはり黒い目出し帽で隠されているが、紗由梨にとっては因縁の人物だ。あの凶暴な女と同じく。大男は、朝子を襲撃したさいの突撃部隊のひとりだ。

今はぴくりとも動かなかった。うつ伏せの状態になったまま、手足をだらりと伸ばし、アスファルトの地面とキスをしている。

城石らが銃撃戦を繰り広げるなか、女との死闘を制した紗由梨は、這うようにして、闇にまぎれながら暗殺部隊の背後をついた。大男と長身の男が、容赦なくショットガンとサブマシンガンを発砲し続けた。いくら城石が、象をも倒すという巨大リボルバーを持っているとしても、火力の差は圧倒的だ。

土壇場の状況だったが、城石の味方らしき男が立ちあがった。手に持っていたのは小型拳銃のように映ったが、よく見るとただの小さなナイフに過ぎなかった。

何者かはわからないが、おそらく暴力団員だろう。半裸の状態であり、和彫りの刺青が露になっていた。身体中にむごたらしい裂傷と火傷を負っており、全身を血で赤く染めていた。暴力団員は、暗殺部隊の銃口を自分に向けさせるために立ちあがっていた。犠牲になるのを承知のうえで。

城石のマグナム弾の威力はすさまじかった。稲妻のようなマズルフラッシュが銃口から迸ると、大男の顔面を砕いて、後頭部と目出し帽を破壊した。

ニット製の目出し帽は大きな破れ目を作り、貫いた弾丸とともに頭蓋骨や灰色の脳みそが、大量に散らばっていた。砕け散ったスイカを想わせる。城石の憤怒と狂気を、目の当たりにしたような気がした。

狂っているのは、城石だけではない。トラックにいた連中も、命を投げ出した半裸の男も、大男たちも全員がどうかしている。生きることにまるで執着していない。相手の息の根を止めるためなら、自分の死もいとわない。

濃厚な血と火薬の臭いとともに、男たちの前のめりな怒気や、戦闘自身を楽しむ理解しがたい稚気《ちき》が、紗由梨の心を凍《い》てつかせていた。長身の男が少しでも怪しい動きを見せれば、シグに装塡された八発の弾をすべて撃ちこむ気でいる。

メンバーの女との戦いで、紗由梨はほぼ全身に損傷を抱えていた。火傷を負った左手を始めとして、軍用ナイフで斬られた脛が熱い痛みを訴え、パンプスのなかは血でぬめっている。飛び蹴りを受け止めた両腕は未だにずきずきとした。痛みや不快感を忘れて、射撃に集中しなければならない。

長身の男は、左手にフォールディングナイフを持っていた。右手は城石の腕をがっしりと摑んでいる。声をかけるのが一瞬でも遅れていれば、城石の右腕は無事では済まなかっただろう。すでにサブマシンガンの銃撃によって、城石が着ていたブルゾンはボロ切れと化していた。

この男が——自動拳銃を構えながら思う。この男が暗殺部隊のリーダーだろうと。朝子を襲撃したさいに、ホテルのフロントを陣取り、あの凶暴な女や大男らを指揮していた。

「武器を捨てなさい！　早く！」

長身の男は左手を広げた。

フォールディングナイフを離した。アスファルトの地面にナイフが落ちる。カチンとかん高い音がした。次に城石を摑んでいた右手を離す。

城石が動いた。すかさずフォールディングナイフを拾おうとする。紗由梨が叫ぶ。

「あなたもよ。じっとしていて。動けば……撃つ」

「なんで……お前がここにいやがる」

城石がうなった。

威嚇する獣のような低い声だった。しかし、ロレツが怪しかった。長身の男が放ったサブマシンガンの銃弾を、防弾ベストのうえからとはいえ、いくつも受けている。また、銃撃よりもすさまじかったのは、男の回し蹴りだった。柔道のスペシャリストである城石のすばやいタックルをかわし、強烈なつま先蹴りを彼の顔に見舞った。

タフな城石をも倒したキックの威力は、腕に覚えのある紗由梨を戦慄させた。特殊部隊の人間にも匹敵するほどの身体能力だ。この男が驚異的なのは運動神経だけではない。この熾烈《しれつ》な銃撃戦を、ごく当たり前のようにこなす余裕と冷静さが、とりわけ不気味に感じられた。

長身の男はナイフを手放した。しかし、未だにサブマシンガンをストラップで肩から吊《つ》るしていた。油断はできない。

城石が叫んだ。

「なにをぐずぐずしてやがる！　とっとと撃ち殺せ！　でないと、お前が死ぬ！」

目出し帽のために、男の表情や顔の造りはわからないが、銃口を向けられているにもかかわらず、冷静さを失っていないのが目つきでわかった。顔を後ろに向け、背後にいる紗由梨を冷たい眼光で見すえている。

「生きて捕えようなんて考えるな！　今すぐ殺せ！」

城石はなおも吠えていた。

口の周りは、男のキックのせいで、血にぐっしょりと濡れている。破れたブルゾンと、弾丸が喰いこんだ防弾ベストは血で赤く染まっている。

「お前の身を案じて言ってるんだ！　殺《や》れ！」

「うるさい！　黙ってて！」

城石の叫びは心をかき乱した。

昨日の川崎では、鼓膜が破れそうになるほどの強烈な平手打ちを喰らわせてきたくせに。巨大リボルバーの銃口も向けてきた。

なにが〝身を案じて〟だ。長身の男を撃ってやりたいのは山々だった。朝子の仇を取るために。橘真紀や他の警官たちの無念を、銃弾で晴らしてやりたかった。

だが、処刑人に堕ちた城石とは違う。連中にはしかるべき手続きを踏ませ、法廷に引きずり出し、十三階段を上らせなければならない。

遠くから、盛大にエンジン音を鳴り響かせながら、一台の車がやって来るのがわかった。地元神奈川県警のパトカーや警察車両ではなさそうだった。サイレンが聞こえない。おそらく、猛スピードで飛ばしてきた井出の車と思われた。しかし、暗殺部隊の援軍でないとも限らない。

紗由梨は男に命じた。

「マシンガンを地面に置きなさい！　殺されたくなかったら！」

長身の男は従った。黙って右肩からストラップを外した。

左手でストラップを摑み、サブマシンガンを地面に置いた。しかし、まだ武装解除が完了したわけではない。

男の腰のホルスターには、自動拳銃が収まっていた。いつでも摑み出せるように、グリップがむき出しになっている。男の身体能力を考慮すると、西部劇のガンマンのごとく素早く抜き出すものと思われた。

「両手を挙げて。ゆっくりと」

長身の男は指示に黙って従った。両手を天に向かって掲げる。背丈だけでなく、手足もむやみに長かった。

紗由梨はゆっくりと近づいた。シグの銃口は、男の後頭部に向けたままだ。

そのときだった。男の身体がゆらりと動いた。前へと傾いていく。伐採される大木のように、全身を地面に投げ出す。脳がアラームをならした。長身の男は急に意識を失ったのではない。

城石が吠える。

「撃て！」

トリガーを引いた。シグが跳ね上がる。

連続して撃った。弾丸は背中や腰に当たった。長身の男の戦闘服が弾け飛んだ。しかし、本来の標的である頭にはヒットしない。まずい。

彼女は思わずうめいた。長身の男は数発の弾を受けつつ、身体を回転させていた。アスファルトに背中から倒れる。深刻なダメージを与えていない。やつは左手で地面を叩き、受身をきちんと取っていた。地面に倒れたさいに、頭を打ちつけた様子もなかった。抵抗力を奪い切れていない。

紗由梨の背筋が凍りついた。長身の男は顎を引き、彼女を冷たく見すえる。やつの右手には自動拳銃が握られていた。銃口の暗い穴が、紗由梨の顔に向けられている。

長身の男の顔面めがけて、さらにトリガーを引いた。薬莢が弾き出され、乾いた音とともに銃弾が飛んでいく。硝煙で視界が白く濁る。

別の発砲音が連続して鳴った。気づいたときには、紗由梨の手からシグが落ちていた。グリップを握っていたはずの右手の指が千切れている。左の前腕に熱い痛みが駆け抜ける。下顎に痛烈な衝撃が走り、彼女の首がのけぞる。

標的を狙わなければ——シグが手から離れても思う。しかし、紗由梨は夜空を見上げていた。

さらに銃声がした。首を熱い塊に貫かれ、紗由梨は呼吸ができなくなった。

口や鼻が大量の血液によってふさがれた。目は暗闇に慣れていたはずだが、視界が急に暗くなっていった。

16

井出邦利はブレーキペダルを思いきり踏みしめた。

警察車両のセダンが急停止する。アクセルペダルから足を離し、急ブレーキをかけたため、慣性の法則が働き、タイヤが派手なスキッド音をたてた。タイヤはロックされているにもかかわらず、セダンはアスファルトのうえを数メートルも滑る。

すでにシートベルトは外していた。急ブレーキによって、井出は額をハンドルに打ちつけた。拳骨で殴られたような痛みが走った。しかし、それどころではない。

セダンが止まり切らないうちに、運転席のドアを開けて、外へと飛び出した。拳銃らしき発砲音を耳にし、身体を低くかがめて目的地へと駆ける。

紗由梨は横浜市の本牧ふ頭にいるはずだった。復讐の鬼と化した城石を追って。あの男とドンパチをするのではなく、あくまで話し合いをするためだ。

「あのバカが」

自分が向かうまで決して手を出すな――何度も電話で釘を刺したというのに。

本牧ふ頭は広大だ。それでも、井出は迷わずアクセルを踏み続けた。派手な発砲音に導かれて、D突堤へと突き進んだ。大量の汗を掻きながら。なぜ、なぜ、なぜだ。何度も呟いた。

銃声は数種類にわたっていた。現場へ近づくにつれて、全身が震えだした。耳に届いたのは、城石が偏愛するスミス&ウェッソンM29の野太い音だけではない。ショットガンと思しき凄まじい轟音や、サブマシンガンのような連続的な発砲音、それになじみのあるシグP230の乾いた銃声がした。城石と紗由梨は、栄グループの暗殺部隊と出くわしたのだとわかった。広い敷地を有した物流会社。その駐車場のあたりから聞こえていた。

懐からニューナンブM60を取り出した。銃身の短い五発入りのリボルバーだ。ショットガンやサブマシンガン、巨大リボルバーを持った外道たちを相手にするには、いかにも心もとない官給品だ。

当初は、セダンごと駐車場に侵入する気でいた。だが、四トントラックが出入口をふさぐようにして停車していた。

トラックの横を駆ける。そばには戦闘服を着た男女が転がっていた。ひとりは黒い目出し帽をかぶり、股を小便で濡らしたまま、うつ伏せに倒れていた。

　とっさにニューナンブを向けるが、ぴくりとも動かない。意識を失っているうえに、後ろに回された両手は、結束バンドで封じられていた。

　トラックの前方には、戦闘服姿の女がいた。こちらも両手を封じられている。長い黒髪の持ち主だった。目出し帽はかぶっていない。肩のあたりの骨が折れているらしく、大きなへこみが出来ていた。

「日室か……」

　推理は的中した。当たっては欲しくなかったが。肩で息をしながら事態を把握しようとする。ふたりは栄グループの暗殺部隊だ。叩きのめしたのは紗由梨だろう。

「日室」

　井出は彼女の姿を探した。トラックのヘッドライトが照らす方向を見た。

　心臓が大きく鳴った。駐車場の隅には何人かの人間がいた。地面に倒れている者もいる——そのうちのひとりは紗由梨だ。見覚えのあるパンツスーツ姿、ショートにした黒髪、がっちりとした肩幅の体型。生命力の塊のような女。それが大量の血の池のなかに浸りながら、ぐったりとした状態で仰向けに倒れている。

　反射的に駆け寄ろうとした。しかし、かろうじて思いとどまり、トラックの陰に隠れた。歯がガチガチと鳴る。一体、どうなってる。

一刻も早く、紗由梨のもとに近寄りたかった。きっと違う。よく似ているが別人に違いない。彼女はどこかで身を潜めている。今回ははっきりと誓わせている。

――おれが行くまで、やつには決して手を出さない。感づかれたら、話し合おうとなんて考えずに、通報してでも逃げろ。

了解しました。彼女はそう答えた。

再び駐車場の隅に視線を向けた。紗由梨に似た女を見た。涙がこみあげ、鼻水があふれでる。手の甲で目を必死に擦《こす》る。

彼女のそばには、組対部特捜隊《ソトク》の官給品のシグＰ２３０が落ちていた。指と思しき肉片が散らばっている。別人だ、別人であってくれ――必死の願いは打ち砕かれる。

まぎれもなく紗由梨だった。首や顔に弾を喰らったらしく、頸動脈を切断されたのか、彼女の身体はアスファルトにできた大きな血の池に浸っていた。ぴくりとも動かない。出血が続いているのか、最初に目撃したときよりも、血の池が拡大し続けていた。止めてくれ。井出はなおも祈った。

トラックの陰から飛び出そうとした。紗由梨の具合を確かめたい、命を救いたい。しかし、その前に発砲音がし、井出は身体を制止させた。サブマシンガンと思しき連続的な射撃音だ。銃撃は井出に向けられたものではなかった。ニューナンブを握りしめ、トラックの陰から、銃声のするほうを見やった。

「なんてこった」

再び銃撃音がした。

今度はサブマシンガンとは対照的に、腹まで響くような重たい銃声だった。駐車場の隅には、黒塗りの高級外車が停まっていたが、大量の銃弾を浴びて破壊されている。まるで戦場のような有様だ。重たい銃声を響かせたのは、壊れた高級車に隠れている人物だった。紗由梨らが追っていたマスクの男だ。

マスクの男こと城石春臣。今はマスクやキャップで顔を隠してはいない。顔面を赤く血に染めて、鬼のような形相でスミス&ウェッソンM29を発砲している。

頭が万力で締めつけられるように痛んだ。ひどい目まいを覚える。なぜ、お前が生きているのか。どうして倒れているのが紗由梨なのか。涙と鼻水が顔面を濡らす。

紗由梨の言葉を思い出した。

——聞いてください。彼は、むやみに暴力を振るうだけの愚か者ではありません。もしかすると、我々よりも優れたアンテナを持っているかもしれません。

声を絞り出した。

「バカ野郎……」

状況を理解しつつあった。

紗由梨は城石を助けようとしたのだ。相手は栄グループお抱えの暗殺部隊だ。少人数ながら、巧みなチームワークと個々の戦闘能力は、忌々しいほど優れており、所有する銃火器は強力だった。

　今も城石が、大型リボルバーを振りかざせるのは、紗由梨のおかげだ。おとなしく、城石の監視を続けるつもりでいたのかもしれない。ただし、事態は一変してしまった。暗殺部隊が城石を襲撃してきたのだ。

　彼はジャガーのボンネットのそばにいた。仁王立ちになって、巨大リボルバーを撃つ。彼が狙っているのは長身の男だ。

　長身の男は片膝をついていた。味方である大男を盾にして。城石が放つマグナム弾は、長身の男を揺るがすものの、防弾ベストを着用した大男の身体を貫通させるにはいたらなかった。

　大男はすでに息絶えているらしく、銃弾を分厚い胸に受けても、なんの反応も見せなかった。目出し帽の後頭部のあたりが激しく破けていた。盾にしている長身の男は、大男の脳しょうや血を浴びている。

「外道どもが」

　仲間を平然と盾にするとは。胃液が逆流し、思わず嘔吐《おうと》しそうになる。長身の男は大男の腋《わき》の下から右腕を突き出し、サブマシンガンで反撃する。スクラップと化した高級車に弾が当たり、火花を散らす。城石はわずかに身をかがめるだけだった。頬を殴打されたのか、リンゴのように腫れあがらせている。

スクラップと化した高級外車と同じく、城石はボロボロだった。着ているブルゾンは、いくつも銃弾を浴びて、焼け焦げたような穴が開いてボロ布と化している。弾丸を食い止めた防弾ベストのケブラー繊維はほつれていた。これ以上の弾丸を受ければ、防弾ベストごと身体を貫かれるかもしれない。

心臓が激しく鳴る。緊張が身体を強張らせる。不思議なのは、未だに警察が来る様子がないことだった。人気のない夜の港湾施設とはいえ、本牧ふ頭には交番がある。銃声が聞こえないはずはない。

応援を期待しているべきではなかった。傍観している場合か。自身を叱りつけた。

長身の男がサブマシンガンを撃っていた。しかし、弾切れを起こしたらしく、作動音だけが鳴り、発砲が中途半端に停止した。井出はトラックの陰から飛び出した。ニューナンブを長身の男に向けながら、紗由梨のもとへと駆けた。

「銃を捨てろ！」

声がみっともなく裏返った。全力で駆けたために呼吸が乱れた。ニューナンブを構え、長身の男に狙いを定める。

元組対部《ソトク》特捜隊の井出にしても、現場で拳銃を握るのはこれで二度目だった。それも二十代の制服警官時代のころだ。

暗殺部隊のリーダーと思しき長身の男は、死人と化した大男を盾にしながら、視線を井出へと向けた。目出し帽のせいで表情はわからない。

井出の登場に驚く様子はない。長身の男は温度のない目をしていた。激しい銃撃戦を繰り広げながらも、井出が猛スピードでこの現場に到着したのを、すでにしっかりと把握していたようだ。

足が勝手に震えだした。全身が火照っていた。掌が汗でぬめる。この野郎のおかげで、自分や仲間たちの人生を狂わされた。勇気ある証言者や警察官が殺害された。

両手でグリップを握り、片膝をついている長身の男の顔面を狙う。組対部特捜隊《ソトク》のメンバーは、格闘技だけでなく、射撃の成績も優れていた者が選ばれる。なかでも井出の腕は抜きんでていた。

長身の男との間は二十メートルもない。本来の実力を発揮できれば、ニューナンブでも顔面に弾丸を叩きこんでやれる距離だった。とはいえ、今まで撃ってきたのは、あくまで射撃用標的に過ぎない。

遮蔽物のない駐車場に立つ。近くには紗由梨が倒れている。とっとと殺人鬼どもを追い払い、彼女の容体を確かめたかった。一刻も早く病院に連れていかなければ。

長身の男は井出を見やっていたが、サブマシンガンのストラップを外して、アスファルトのうえを遠くに滑らせた。

「他にも拳銃《チャカ》持ってんだろう！　その死体も手放して、とっとと両手を挙げるんだ。銃弾を全部喰らわされたいか！」

睨みつけながら吠えた。

涙がこぼれ落ちそうになるのを堪《こら》えた。神や仏に願った。早く終わらせてくれ。紗由梨が本当に逝ってしまう。祈るような想いで叫ぶ。

「早くだ！」

長身の男が左手を放した。マグナム弾をいくつも浴びた大男が、前のめりに倒れそうになる。

そのときだった。長身の男が再び大男の襟首を摑んだ。大男を引き起こす。

同時に重たい発砲音がし、大男の腹が弾け飛んだ。まるで小型爆弾でも作動したかのように、プロレスラーのような脂肪のない腹の筋肉や内臓が地面に散らばった。一瞬、思考が止まる——すぐに悟る。

「貴様！」

視線を城石に向けた。

やつが巨大リボルバーのトリガーを引いたのだ。長身の男は城石の殺意に気づき、一瞬だけ〝盾〟を手放したものの、再び摑んだのだ。

大男は防弾ベストを着用していたが、いくつものマグナム弾を浴び、もはや銃弾を防ぎきれなくなったのだろう。小腸や大腸がこぼれ落ちている。

視線を長身の男に戻した。息をつまらせる。男は城石のマグナム弾を防ぎつつ、血みどろになりながらサブウェポンを取り出していた。自動拳銃を井出に向けている。

一気に駆けだした。同時に自動拳銃が火を噴いた。銃弾が耳をかすめた。やつは自動拳銃を連射する。金属製の薬莢がアスファルトに落ちる音がする。

マシンガンほどではないにしろ、次々と銃弾が井出の身体を穿《うが》とうと飛んでくる。ニューナンブとは違い、間断なく大量に発射された。

足が遮蔽物を求めて、ジャガーへと向かっていた。その陰には巨大なリボルバーを持っている城石がいる。やつも敵でしかなかった。マグナム弾で木っ端みじんにされるかもしれない。だが、逃げ場はそこしかない。

大破したジャガーの前で身を投げ出した。地面を転がった。アスファルトのうえには砕けたガラスや金属片が落ちていたが、ためらっている場合ではなかった。額や頭頂部にガラスや硬いカケラが突き刺さる。奥歯を嚙みしめながら前転をする。

ジャガーの陰へと逃げこんだ。すぐ横には城石がいた。前輪のあたりでしゃがんでいる。気がつくと、巨大なリボルバーを井出の頭に突きつけていた。

ジャガーの運転席には男がひとりいた。首にくっきりと紐状の痕が残っており、すでに絶命しているようだった。

ジャガーの後輪の近くには、上半身が砕け散った死体が転がっていた。あまりの惨状に肌が粟立つ。

城石の身体もいかにも痛々しかった。防弾ベストの胸部や腹部には、銃弾がいくつも食いこんでいる。着ているブルゾンはボロボロだ。

だが、殺気や闘争心は旺盛だ。彼が、いきなり割りこんだ井出を歓迎するわけもない。憤怒の表情で井出を凝視している。血で染まった顔面は地獄の鬼を思わせた。濃厚な気配にたじろぎそうになる。

ただし、激怒しているのは井出も同じだ。地面を転がったせいで、頭にガラス片が突き刺さり、鋭い痛みが走っていたが、無意識にニューナンブを城石の鼻先に突きつけていた。

「貴様のせいで」

互いに拳銃を向け合う。

ニューナンブを持つ手が震えた。ガラス片で傷ついた頭から出血し、生温かい液体が顔を濡らした。視界もふさがれつつある。一方のスミス&ウェッソンのM29は、微動だにしない。撃鉄はすでに起きている。

城石は紗由梨のほうに一瞬だけ目をやった。すぐに視線を井出に戻す。

「あの女の上司だな。部下も部下なら、上司も上司だ。お前らの頭の悪さには吐気がする」

視界がまっ赤に染まった。腹の底が熱くなる。トリガーを引きかける。

「貴様が……貴様がこうして生きているのは誰のおかげだと思ってる」

「邪魔する者は誰であろうと殺す。あの女は死んで当然だ」

城石は言い放った。

井出は口を動かした。思うように言葉が出ない。憤怒に声が殺される。紗由梨の言葉を思い出す——彼は、むやみに暴力を振るうだけの愚か者ではありません。

頭から漏れた血が口に入る。生臭い血の味を嚙みしめながら、彼女に言い返してやりたかった。栄グループの殺し屋どもと変わらぬクレイジーな畜生じゃないかと。

城石の姿がふいに消えた。息がつまる。危うくトリガーを引きかける。

彼は地面を蹴ってジャンプしていた。ジャガーのボンネットに乗り、長身の男がいるほうへと駆ける。

「なにを——」

その場で立ちあがり、長身の男のほうを見やった。やつは、盾として酷使していた大男を捨て、駐車場の出入口へと走っていた。

出入口を防ぐ四トントラックに到達している。城石と井出が睨みあっている間、隙を見逃さずに移動していた。その素早さに目を見張る。

ボンネットに身体を預け、ニューナンブを構えたが、すでに射程距離内にはいない。城石は大型リボルバーを持ち、長身の男の後を追っている。銃弾を恐れる様子もなく、腕を振って疾走していた。

同じく追走しようとしたが、血が左目に入った。眼球が痛みを訴える。

「待て！」

長身の男は、自動拳銃のマガジンの交換を済ませていたらしく、右手でトリガーを引き続けた。自動拳銃の種類は特定できなかったが、ダブルカラム式のマガジンが入っているものと思われた。一度に十数発の弾薬を装塡できる。次々に弾を吐きだし、弾幕を張っては城石や井出を寄せつけない。

城石は一台のコンパクトカーの陰に滑りこんだ。駐車場の隅にあったジャガーから約三十メートル進んだところで、足止めを余儀なくされる。

長身の男は自動拳銃を発砲しつつ、失神した仲間を左肩で担いだ。担ぎ上げられたのは、両手を結束バンドで縛められた黒髪の女だ。いくら女とはいえ、筋肉の塊のような人間を軽々と持ち上げる。長身の男の身体能力にひるむ。

射撃にしても、むやみに弾幕を張るだけではない。城石が無防備に姿をさらせば、いつでも身体のどこかに命中させるだけの精度を誇っていた。コンパクトカーのサイドウィンドウが砕け散り、隠れていた城石の頭にガラス片が降り注いだ。

長身の男が運転席のドアを開け、仲間の女をトラックのキャブへと担ぎ入れた。助手席側でも動きがあった。

襲撃者の一味だ。後ろ手に結束バンドをかけられ、失神していた目出し帽の男——開けっ放しだった助手席側のドアから、キャブへと乗りこむのが見える。内股になりながら、頼りない足取りでステップを踏み、芋虫のようにキャブへと這いずる。紗由梨が身体を張って捕えた連中が逃げ出そうとしている。

「ふざけるな」

あわててジャガーの陰から飛び出した。倒れた大男へと駆け寄った。内臓や脳みそを周囲に散らかし、蜂の巣となったグロテスクな死体が転がっている。

その横にはポンプ式のショットガンが落ちていた。弾薬が入っているかどうかはわからない。とはいえ、はっきりしているのは、怪物じみた相手にニューナンブでは、太刀打《たちう》ちできそうにないという事実だった。

ショットガンを拾って、先台をスライドさせると、空薬莢が薬室から飛び出した。長身の男に狙いを定めてトリガーを引いた。拳銃とは異なる轟音が響いた。強い反動で肩の骨が外れそうになった。右肩に衝撃が走る。

散弾はトラックのキャブに当たり、シートの革が弾け飛んだ。なかのウレタンが飛散する。襲撃犯の女の衣服の一部が千切れるのも見える。どこかには当たったらしい。

肝心の長身の男は地面に伏せていた。先台をスライドさせて、薬莢を排出させる。

しかし、その間に長身の男はキャブに乗りこむと、運転席のドアを閉じた。やつはハンドルを握り、アクセルを踏んだ。四トントラックがバックし始め、駐車場を出ようとしている。

止める術《すべ》がなかった。ショットガンは一発しか入っていない。排莢を行ったが、空薬莢が飛び出すだけで、薬室に新たな弾薬が装塡される様子はない。

「停まれ！」

ニューナンブを取り出して構えた。はるか遠くにいる長身の男に銃口を向ける。

四トントラックがバックし続けて駐車場を出た。撃鉄を起こし、慎重に狙いを定めて運転席を撃つ。

だが、運転席のドアに新たな穴ができるだけだった。トラックとの距離は、五十メートル以上はある。拳銃で当てるには、あまりに離れている。

二発目を撃とうとしたときだった。コンパクトカーに隠れていた城石が、猛然とトラックへと駆けた。巨大リボルバーを持ったまま全力疾走をする。井出はトリガーから指を放した。城石に当たる可能性がある。

「待て！」

殺し屋どもと城石。両方に怒鳴る。止まるはずがないとわかっていながら、叫ばずにはいられなかった。

トラックはすでに公道に出て、方向転換を始めた。城石は走り去ろうとする四トントラックのリアバンパーに乗っかり、箱型荷台の後部ドアのハンドルにしがみつく。四トントラックがエンジンを鳴らし、白煙を巻き上がらせながら駐車場を離れていく。城石をへばりつかせたまま。

井出は走ろうとした。すぐに立ち止まる。もはや、やつらには追いつけない。その事実を受け入れがたく、全身が勝手に震えだす。

四トントラックの姿が見えなくなった。我に返る。城石や殺し屋たちが消えたとしても、駐車場には硝煙と血の臭いは色濃く残っていた。

後方を振り返った。駐車場の隅にはジャガーの残骸と死体が。井出の近くには、肉体を損壊させた大男の射殺体が転がっていた。死体や血液に羽虫や蛾《が》が集まっている。それに紗由梨。地面に横たわっている彼女の身体にも、同様に虫がたかっていた。

脚から力が抜け、膝から崩れ落ちた。アスファルトを這いながら叫び声をあげる。

紗由梨の側まで這う。

彼女は血の池に浸っていた。見覚えのあるパンツスーツや黒髪が血で濡れそぼっている。

「日室!」

名前を連呼した。反応はない。

下顎に弾丸を受けた痕があり、引き締まった唇が変形し、下の歯が消失している。血の池のなかに、白い欠片や肉片が散らばっていた。

首にも弾痕があり、頸動脈を貫かれていた。おびただしい出血は、この傷によるものと思われたが、もはや体内の血が出尽くしたのか、血は流れ出てはいない。

彼女の血にまみれつつ、震える手で赤く染まった頬をなでた。血液も身体もすでに冷たく、強靱な意志を感じさせる目に力はなく、瞳孔を開いたまま夜空を見上げていた。赤く染まった頬に、涙が流れた痕がある。

彼女の左手首を摑んだ。嗚咽《おえつ》がこみあげる。左手も銃弾を浴び、指がなくなっている。一縷《いちる》の希望を抱き、脈を探ってはみたが、生命を感じさせる反応はどこにもなかった。

17

鷹森はタオルを嚙みしめていた。

下腹が人生最悪の痛みに襲われている。なにかを嚙んでいなければ歯がへし折れてしまう。

一刻も早く病院に行きたかった。あのクソ女め、あのクソ刑事め。ボスに撃ち殺されたようだが、それでも呪わずにはいられない。地獄まで追いかけて、改めて銃弾をぶちこんでやりたい。

損傷を負った睾丸はひとつかふたつか。判断などつかない。結束バンドは何とかはずしたものの、強烈な拷問に遭っているかのようだ。内臓を潰されたようなおぞましい感覚に襲われている。

意識を取り戻したとき、股間のあまりの痛みに再び失神しそうになった。かろうじて正気を保ち、生存本能に従って、どうにかキャブへと乗りこんだ。グローブボックスのなかに入っていた鎮痛剤の錠剤を、いくつも口に放って呑みこんだ。

自然に涙やヨダレがあふれてきたが、生理現象まではどうしようもない。漏らした小便のアンモニア臭も鼻に届いている。シートに落ちていたガラス拭き用のタオルを噛んで耐えしのいでいる。ボスの破樹の前で、みっともなく叫ぶのだけは避けたかった。意地が鷹森を支えている。

睾丸の表面を形作る白膜が裂けている場合、早急な医療処置をとらなければならない。場合によっては睾丸を摘出する。

そればかりか、睾丸には多くの血管が通っており、潰れた後には、適切な止血措置を行わなければ死に至る場合もあった。ふだんは干し柿のような形の陰嚢《いんのう》が、今では出血のせいか、熱を持って腫れているのがわかった。

「ボス！　お願い！　戻って！」

香莉が絶叫した。

こっちは黙って耐え忍んでいるというのに、激情に任せて怒鳴り散らしている。黙らせたかったが、股間の激痛と戦うだけで精いっぱいだ。

「あの野郎！　殺してやる！　親兄弟も仲間も、八つ裂きにしてやる！」

彼女もまたひどい有様だった。

首のつけ根が異様な形にへこんでいる。鈍器のようなもので殴られたのか、鎖骨をへし折られたのが一目でわかった。顔は血で染まり、オレンジ色の液体も付着している。鷹森同様にしてやられたようだった。

あの女刑事から催涙スプレーをかけられ、鎖骨を叩きつけられて気を失ったらしい。ボスにトラックのキャブへと担ぎこまれたが、そのさいにショットガンの散弾を浴びたようだ。戦闘服の胸や襟が千切れている。露出した防弾ベストに粒状の散弾が無数に食いこんでいる。顔にももらったらしい。左手で顔を押さえているが、指の間から血があふれている。

さんざんデカい口を叩いておきながら。いい薬だと思わなくもない。しかし、鷹森自身も奇襲に遭い、口も利けないほどのダメージを負っている。ショットガンの持ち主だったヨナミネは、例のマスクマンが放ったマグナム弾で砕かれた。まさかの撤退へと追いこまれた。

機動隊に包囲されたのならともかく、たかだかふたりの私服刑事と、巨大リボルバーを振り回す馬の骨にやられるとは。予想外の事態だ。香莉が喚《わめ》くのも無理はない。ハンドルを握る破樹にしても、戦闘服は破れ、何発もの銃弾を防弾ベストに受けている。

鷹森が意識を回復したさい、股間の激痛と血まみれの破樹の姿に目を見開かされた。彼自身は重度のケガを負ったわけではなく、ヨナミネの血と体液が付着したものだとわかったが、これほど苦戦を強いられる破樹の姿を目撃したのも初めてだった。

「ボス！　私に殺《や》らせて！」

香莉が破樹の脚にすがった。

「治療に専念しろ」

彼は目出し帽を取って放った。

鷹森の足元に落ちた。ヨナミネの血をたっぷり吸った目出し帽が、べちゃっと音を立てる。

破樹のグレーの頭髪が、バケツで水をかぶったかのように濡れていた。大量の汗で皮膚が蒸れ、風邪でも引いたみたいに頬を紅潮させている。

「ボス！」

香莉が叫んだ。

破樹の左手が動いた。右手でハンドルを操作しながら、空手の貫手《ぬきて》で香莉の鎖骨を突いた。喚いていた香莉が一転して静かになる。目覚まし時計のやかましいアラームが、ようやく停止したようだった。

折られた箇所を打たれ、彼女はシートのうえでうずくまる。苦痛で口が利けなくなったようだ。股間にまで響くような雑音が消えた。ボスに心のなかで感謝する。

D突堤を出て、交差点を右折する。四トントラックのタイヤが派手にスキッド音を立てる。

交差点には交番があった。なかで夜勤に励んでいた警官ふたりは、すでに破樹たちによって息の根を止められており、遺体はトイレに押しこめられてある。

「鷹森」

破樹がグロックの銃身を摑み、鷹森にグリップを向けて渡そうとした。

周囲の警戒に当たれということか。その意味を摑みかねたが、右手を伸ばしてグロックを受け取る。今の鷹森にはその動きすらきつい。タオルをさらに嚙む。

グロックは軽かった。弾薬が尽きかけている。内股になって股間の激痛に耐えながら、再びグローブボックスを開けた。なかには薬以外に、自動拳銃やサブマシンガンのマガジンが入っている。

破樹が言った。

「まだ戦いは終わっていない」

「……わかっています」

タオルを吐きだして答えた。

「いや、わかっていない」

破樹は小さく笑い、助手席側のサイドミラーに目をやる。鷹森は前屈《まえかが》みになって、サイドミラーを確認した。思わずうめく。

「……マジか」

箱型荷台の後ろに人影が見えた。

男がリアバンパーに立って、トラックにへばりついていた。左手には巨大リボルバーがある。宿敵のマスクマンだった。顔を覆っていたマスクはない。キャップもない。軍用犬のようなツラをした背の高い三十代くらいの二枚目だ。箱型荷台の後ろに貼りつき、金具に足をかけては、イモリのようによじ登ろうとしていた。四トントラックは八十キロのスピードで走っている。にもかかわらず、まったく意に介さずにしがみついている。

「クソ野郎が。なんなんだ……あの野郎」

鎮痛剤が効いてきたのか、マスクの男の登場のせいか、わずかに股間の痛みが緩和される。マガジンリリースを押して、弾の少ないマガジンから、新しいものへとチェンジする。ダブルカラム式で十七発の弾が入る。薬室にも一発ある。

弾数ならば、やつの持っているスミス&ウェッソンM29などとは比べものにならない。かえってやつを殺す絶好のチャンスだ。図に乗ったクソ野郎め。死に至るほどの苦痛を分け与えてやる。

もともと窓は開け放っていた。キャブのなかは血や体液、それに催涙スプレーの液体の臭いが充満していた。窓を開けていなければ、キャブのなかにいる人間の鼻や目をやられてしまう。

「くたばれ！」

窓から腕と顔を出し、トラックの後方に銃口を向けた。その瞬間、熱線が頬を通過する。

重たい発砲音が鼓膜を震わせ、同時にサイドミラーが派手に砕け散った。ミラーの破片が飛び、後頭部や肩に突き刺さる。鋭い痛みが走る。

あわてて窓から顔をひっこめ、浅い呼吸を繰り返した。弾丸は鷹森の頬をかすめ、皮膚を斬り裂いていた。火傷のような熱い痛みが走った。口内も血だらけだったが、頬までもが生温かい血にまみれる。

男は箱型荷台をよじ登り、大型リボルバーで発砲してきた。まるでロッククライマーのように、わずかな突起物である金具に手足をかけながら、大口径のマグナム弾を発射してきたのだ。

大砲じみた巨大リボルバーを発砲すれば、反動によって自分がトラックから弾き飛ばされかねない。不安定きわまる姿勢にもかかわらず、狙いはかなり正確だった。撃ち慣れているだけでなく、人間離れした握力と腕力の持ち主でもある。

あの男は箱型荷台の天井を登ろうとしていた。スタントマンでもあるまいに、キャブまで這っては、屋根から鷹森らを撃つ気でいるらしい。鎮痛剤で緩和されていたはずの痛みがぶり返してくる。息をするたび、下腹部に激痛が走る。

砕けたサイドミラーの破片で後頭部が傷ついたようだ。うなじのあたりも血で濡れている。満身創痍だ。痛みのない箇所を探すほうが難しい。

ハンドルを握る破樹が、横目で鷹森を見やった。実力を値踏みするような冷やかな目だ。潰れた睾丸とマグナム弾のせいで発狂しそうになるが、ボスの視線が正気を保たせてくれた。破樹に失望されるくらいなら、くたばったほうがマシだ。グロックを握り直す。

運転手の破樹に向かって叫んだ。

「ブレーキを！」

破樹がブレーキペダルを踏み、四トントラックが急ブレーキをかけた。

タイヤがロックして、耳障りな音を立てた。慣性の法則が働き、前方へと見えない力が働く。左手でアシストグリップを握り、身体を支えながら窓から顔を出した。

あの男は未だに箱型荷台にかろうじてしがみついていたが、急ブレーキによって、大きく身体のバランスを崩した。箱型荷台の角にエテ公みたいにしがみついては、背中を無防備にさらけだしている。

不意打ちのような急ブレーキに遭遇しても、まだトラックに貼りついていた。鷹森は窓からグロックを突きだす。

「くたばれ！」

何度もトリガーを引いた。

弾が飛び出すたびに股間に震動が伝わる。撃つたびに悲鳴が勝手に漏れる。男を仕留めないかぎり、この最悪の激痛からも逃れられない。

四発目で男の背中が弾けた。やつが着ているブルゾンの生地に穴が空く。ただし、やつが防弾ベストを着用しているのはわかっていた。しっかり息の根を止めるためには、頭に当てなければならない。

やつの頭部や延髄を狙ってトリガーを引き続けたが、グロックを持つ手が震えて照準が狂う。金属製の箱型荷台に弾が当たって火花が散った。

八発目の弾丸が男にヒットした。肩のあたりだ。やつの身体が弾丸の衝撃によって揺らいだ。両手が箱型荷台から離れる。

男は空中をさまよった。箱型荷台から地面までは約三メートル近くある。頭から落下していく。

しかし、男は猫のように空中で身体をひねると、大の字の姿勢になってアスファルトに背中から落ちた。両手で硬い地面を叩き、巧みに受身を取って衝撃を分散させる。頭を打たないように顎を引いてさえいた。ゴキブリのようにしぶとい。

「死ね！」

さらにトリガーを引いた。

股間の激痛で視界が涙でにじんでいたが、連射したことにより、拳銃からは硝煙が立ちこめた。右手は火薬のカスで黒く汚れている。まともに目を開けられない。アスファルトが弾けるのみで、男に銃弾を喰らわせられなかった。

鷹森は目を見張った。男は動きこそ鈍かったが、痛がる様子を見せずにうつ伏せに転がった。寝そべった状態で、懐から大型リボルバーを抜き出し、その銃口をトラックに向ける。

「シャブでもやってんのかよ……」

鷹森はうめいた。

男は暗い目をしていた。無表情のままトラックを見つめる。トラックは男を置き去りにして再び走った。拳銃の射程距離外まで遠ざかる。男も発砲する様子はなかった。力尽きたように地面に突っ伏す。

鷹森は、男の攻撃がないのを確かめてから、窓から顔と腕を引っこめた。握りしめたグロックのグリップから指が離れようとしない。左手で指を剝がした。

豪雨にさらされたように頭と顔はぐっしょり濡れている。タオルを握って拭き取った。後頭部に違和感を覚えた。割れたサイドミラーの破片が突き刺さったままだった。タオルは血液でまっ赤に染まる。

「申し訳ありません。野郎はまだ生きてます」

鷹森はうなった。

破樹は運転席側のサイドミラーに目を走らせていた。箱型荷台から落ちた男の姿を確認している。

「充分だ」

「引き返して轢《ひ》き殺したほうが」

破樹は首を横に振った。

その理由がわかった。発砲音による耳鳴りで聴覚が怪しくなっていたが、複数の警察車両と救急車のサイレンが耳に届いた。戦場からほど近い本牧ふ頭交番にいる警官を皆殺しにしてはいたが、あれだけ派手な戦闘を繰り広げれば、警察の耳に入らないはずがない。

「やつの正体もおおむねわかった。焦る必要はない。獲物は分け合わなければ」

破樹は、キャブのまん中で失神している香莉の尻を叩いた。

「こいつも殺させてくれと懇願していただろう」

「そうでした」

香莉の鼻や頬に細かな穴が開いている。目のあたりの出血もひどい。未使用のタオルを取り出し、止血のために顔に巻いてやる。

キャブに乗る全員が血にまみれ、痛烈に殴打され、銃弾を浴びていた。これほど、みっともなくやられたのはいつ以来だろう。少なくとも日本では一度もない。

「燃えてきたな」

トラックは本牧を離れた。

赤色灯が暗黒の空をまっ赤に染め、サイレンは鷹森らがいた駐車場へと移動しつつあった。

「はい」

返事はしたものの、体力も気力も尽きようとしていた。

鷹森の睾丸を潰したバカ女は、残念ながらすでにくたばってしまった。

こうなったら苦痛の礼は、あの男にするしかなさそうだった。鎮痛剤の箱に手を伸ばし、さらにいくつかの錠剤を口に放って噛み砕いた。

18

井出は事務机に目を落としていた。

事務机を挟んで、誰かがしきりに吠えていたが、何者なのかを思い出せなかった。話しかける内容も耳に入ってこない。そもそもここはどこだったか。取調室のようだ。

「井出君」

しかし、どうしてこんなところに自分がいるのかがわからない。どこの署の取調室だったのか。自分はなんの事件を扱っていたのか……。

「井出君！」

事務机が激しく音を立てた。目の前の男が掌を思いきり振り下ろした。衝撃で鼓膜が震え、反射的にびくりと身体が動く。我に返った。

「失礼しました。大丈夫です」

あたりを見渡した。なんということはない。殺風景な小部屋と事務机。マジックミラーが嵌めこまれた壁と、鉄格子つきの小さな窓に囲まれている。警視庁本部の取調室だった。

目の前にいるのは元上司だった。明石三千夫。井出が練馬署に飛ばされる前は、組対部特捜隊の副隊長の地位にあった。現在は明石が組対部特捜隊を取り仕切っている。明石はといえば警察官というより、銀行の支店長のような見た目で頼りなく見える。しかし、家族の反対を押し切って、栄グループの暗躍と勢力拡大を憂慮し、連中との対決を選んだ熱血漢だ。

久しぶりに見る明石の姿はひどかった。グレーだった頭髪は白く変色し、側頭部には十円玉ほどの禿げが出来ていた。休みなく激務に追われているらしく、紫色のような顔色をしている。部下の死にショックを受けたのか、目は落ち窪み、こげ茶色の隈が浮かんでいる。胃の具合が悪いのか、口角には赤い裂傷が見られた。

もっとも、今の井出に他人の身を心配している余裕はなかった。明石の状態と大して変わらない。紗由梨が死んだ夜から三日が経過していたが、まともにメシが喉を通らなかった。無理やり胃につめこんでも吐いてしまう。マジックミラーのついている部屋で、長時間にわたって事情聴取を受けるため、ちょくちょく鏡に映る自分の顔が目に入った。

鏡には、死人みたいに土気色をした顔が映った。ふだんは脂でギラギラと光る前頭部をマメに洗顔ペーパーで拭っていたものだが、当分は頭のテカリを心配する必要はなさそうだった。

額にはシワがいくつも刻まれ、顔から脂っ気がすっかり抜けていた。白髪の少なかった頭髪は、以前の明石のようにグレーに変わっている。定年退職間近の初老の警官のようだ。

脳みそまで老けこんだのか、魂が身体から抜け落ちるような瞬間に襲われていた。こうして事情聴取を受けているさいに、自分がなにをしているのか、どこにいるのか、自分が何者なのかさえ忘れてしまうときがある。

東京警察病院のカウンセラーからは、心的外傷後ストレス障害《PTSD》の可能性が高いと言われた。素直に認めるしかなかった。あの本牧での夜は、人生で最悪の時間だった。凶弾に斃《たお》れた紗由梨を抱えながら、大声で叫び続けたために声帯に傷がつき、三日経った今も声がしゃがれていた。

井出も病院へと搬送された。ガラス片によって頭から流血し、声帯が傷ついたせいで口からも血を吐いている。

ショットガンを持っていたうえに、紗由梨を搬送しようとする救急隊員に同乗させろと迫ったせいで、駆けつけた警官から危うく銃を突きつけられるところだった。

警察手帳を提示するのも忘れるほど混乱していた。大量の警官によって地面に押しつぶされ、アームロックをかけられ、後ろ手に手錠を嚙まされたうえで、パトカーによって横浜市内の病院へと担ぎこまれた。

　誤解は解けたものの、それ以来紗由梨とは会えてはいない。彼女が搬送されたのは別の病院であり、すぐに死亡が確認されると、司法解剖へと回された。ジャガーに乗車していた男ふたりや、栄グループの殺し屋ひとりとともに。

　司法解剖が行われた横浜市立大学医学部に駆けつけたかったが、勝手な行動は許されず、最初は神奈川県警に、次は警視庁によって軟禁状態に置かれ、何度も何度も何度も質問を浴びた。

　あの大型リボルバーを持った野郎は何者だ。なぜ、あんたら警視庁の人間があの場にいた。組対部特捜隊《ソトク》から外されたあんたはなにをやっていた。栄グループの殺し屋たちのツラは見たのか。死んだ女刑事となにを企んでいた。

　無数の質問をぶつけられた。繰り返し、繰り返し。担ぎこまれた病院で。神奈川県警本部の取調室で。そのときから魂が抜け落ちる瞬間が訪れるようになった。

　当初はなんの真似だと、県警の捜査員を怒らせたが、芝居の類でないとわかると、同情されるようになった。部下や同僚を失った悲しみを、県警の人間たちもよく知っている。県警の幹部らも班長も、目の前にいる明石と同様に疲れ切っていた。

　明石は不安げに見つめる。

「ここはどこかわかるな」

「警視庁本部《ほんちょう》です」

「おれがわかるか」

明石は大真面目《おおまじめ》だった。無理もなかった。急に口が利けなくなる瞬間がある。

「明石副隊長です」

「そのとおりだ。君は神奈川《カナガワ》県警から解放され、ようやくホームタウンに帰ってきた」

「わかっています」

明石は顔を近づけた。

「それなら答えてくれ。君らふたりは、我々に隠れてなにをやっていたんだ」

すでに神奈川県警から数十回も尋ねられた質問だった。空っぽのはずの胃袋が重たく感じられた。

犯罪者の気持ちが、少しは理解できたような気がした。数日にわたって拘禁され、逃げ場のない小部屋で、何度も尋問を繰り返される。根負けしてあることないことすべてぶちまけたくなる。肌で思い知った。

「すべて話したとおりです。ホームタウンだからといって、とくに隠し持っている情報があるわけではありません」

神奈川県警でもそうしたように、ただ淡々と語ってみせた。さんざん挑発や同情で揺さぶりをかけてきたが、感情が乱れることはなかった。自分でも驚くほどだ。感情なるものが死に絶えてしまったかのようだった。

明石は壁のマジックミラーを指さした。

「あっちには誰もいやしない。おれとお前のふたりっきりだ。一対一《サシ》で話してんだよ。なんならミラーのない部屋に変えようか」

「けっこうです。どこでも変わりません」

神奈川県警の事情聴取に反抗的だったわけではない。たいていの質問には応じている。明石に対しても同じだ。

紗由梨とふたりでこそこそなにをやっていた。どこまで情報《ネタ》をつかんでいる。神奈川県警も警視庁も同じ質問を繰り返していた。

「日室は必死に仲間を探していました。彼女のケータイの履歴にあったとおり、電話で何度か相談されました。情報提供者の井之上朝子が射殺されて以来、彼女は自分が所属する組対部特捜隊《ソトク》を信頼していなかったんです。情報を栄グループに漏らした裏切り者がいると固く信じていた。デスクワークに従事する傍ら、単独で空いた時間に捜査を続けていた。とくにあのマスクの男……井之上朝子の暗殺現場に現れた男の正体に迫ろうとしていました」

「君はなんと答えた」

井出は返答した。何十回と繰り返した言葉だ。

「仲間を疑うような真似は辞めて、現在の上司であるあなたに相談するよう説得しました。連中相手に単独で捜査するなど、殺されに行くようなものだと……あなたに報告していればと、今は深く後悔を――」

椅子が倒れる音がした。明石は立ち上がると、ワイシャツの胸倉を摑んできた。襟のボタンが弾け飛ぶ。

「邦《クニ》……とぼけるのもたいがいにしろや。てめえまでおれたちを疑ってんのか？」

明石の目は血走っていた。強制的に身体を持ちあげられる。見た目こそ銀行員のようだが、彼も井出と同じく、警察人生の多くを暴力団との戦いに捧《ささ》げてきた戦士だ。組織犯罪対策四課時代の上司であり、時を同じくしてこの組対部特捜隊へと組みこまれた。将棋のおもしろさを教えてくれた師匠でもあった。紗由梨は明石率いる新しい組対部特捜隊を信じず、単独で捜査した挙句に壮絶な死を遂げた。明石にとっては悲嘆とともに屈辱をも嚙みしめなければならない。

紗由梨を死なせたのは明石のせいではない。彼女を死に追いやったのは自分だ。組対部特捜隊に裏切り者がいると、彼女に吹きこんだのは井出であり、結果的に暴走をそそのかしたのはやはり彼自身だった。

明石の目は涙ぐんでいた。身体をガタガタと震わせている。

「どうなんだ！」

どうなんだもクソもない。井出も同じく組対部特捜隊《ソトク》を疑っていた。警察組織の内部には悪党どもの毒が、特捜隊の奥深くにまで及んでいると。警視庁だけではない。神奈川県警も信用していなかった。その他の県警にしても同じだった。栄グループの犬が潜んでいてもおかしくはない。だからこそ、マスクの男こと、城石春臣も単独行動に出たのだろう。

　井出自身もそうなりかけた。栄グループを皆殺しにできるのなら、もはや警察組織さえも敵に回してもかまわないと。そのたびに、紗由梨の声が聞こえたものだった。

――いつまでもひとりでやらないでください。信頼できると思ったら、迷わずに協力を呼びかけて。

　紗由梨のアドバイスは、自分がかつて組対部特捜隊《ソトク》を去るさい、彼女に助言したものだった。ためらうなと。

「邦！」

　明石に身体を揺さぶられた。彼は口角炎による裂傷で、口の端から血を滴らせていた。ワイシャツやネクタイが血で汚れる。

　明石の腕を振り払うと、彼を突き飛ばした。やはり明石は疲れ切っていた。渾身の力で井出の胸倉を摑んできたものの、井出に胸を突かれると、よろよろと後退し、取調室の壁に背中をぶつけた。息をつまらせる。

井出は事務椅子を抱えあげた。明石が目を丸くする。

マジックミラーに近寄り、事務椅子の脚を思いきり叩きつけた。派手に割れる音がし、砕けたガラス片が散らばった。

取調室の横には、面通しなどに使われる小部屋がある。マジックミラーが消失し、隣の小部屋を覗くことができた。明石が言ったとおり、小部屋には誰もいない。一対一《サシ》という言葉に嘘はなかった。

「疑ってますよ。だが、あなたは信じよう」

何事かと刑事たちが取調室に駆けつけてきた。ドアがけたたましく開かれ、同僚たちから驚愕の視線をいくつも浴びる。

「井出さん！」「気でも狂ったのか！」「バカな真似は止めろ！」

事務椅子を持った井出に、刑事たちが組みつこうと前進する。

「なにもない！」

明石は刑事たちに向かって叫んだ。出て行くように手を振った。刑事たちが目を白黒させる。彼は再び吠える。

「なにもありゃしねえ！」

なにもないわけがなかった。明石は口と衣服を血で汚し、井出のワイシャツのボタンは弾け飛び、下着と胸をさらけだしていた。さらに、事務椅子の脚でもって、高価なマジックミラーを粉々に打ち砕いた。隣の小部屋と取調室の床には、鋭利なガラス片が散らばっている。

　明石はハンカチで顔の血を拭った。

「ちょっと……なんだ。逮捕術の練習がしたくなっただけだ。なあ、そうだろう」

「そうです。私が犯人役で」

　井出は事務椅子をそっと床に置いた。刑事たちは顔を見合わせた。明石は彼らに命じる。

「突っ立ってねえで、ホウキとちり取り持ってこい！　ミラー壊したのはおれだ。あとでおれのほうから総務課に謝って、始末書でもなんでも書く。早くしろ」

　若手刑事らが床に散ったガラスの欠片を片づけると、そそくさと出て行った。

　再び取調室はふたりきりになった。明石と机を挟んで座る。彼の口の端はパックリと裂け、血の塊ができている。痛みが伝わってくる。食事を摂るさいは、口に運ぶものすべてを小さくカットする必要がありそうだ。

　明石は、マジックミラーのなくなった窓に目をやった。床に散らばったガラス片は消え去ったものの、まだ窓枠には破片が残っている。

「無茶しやがるな」

「日室は……もっと無茶をやっていました。井之上朝子の警護のさいに、危うく死にかけたというのに、単独であのマスク野郎とぶつかっています。あいつを追跡した挙句、栄グループの殺し屋どもとの対決を余儀なくされました。本牧ふ頭の現場では、銃器で武装したプロと戦っています」

「マスク野郎の正体を割り出していたのか」

「城石春臣。神奈川県警加賀町署の刑事《デカ》です」

「やっぱり……同業者か」

「ご存じでしたか」

　明石は首を横に振った。

「さっき知ったばっかだ。つきあいのある県警の知人から教えてもらった。神奈川県警《カナガワ》は蜂の巣を突いたような騒ぎになってる。本牧ふ頭に設置されている防犯カメラを確かめてみりゃ、なんとてめえんところの警官だったんだからな。官製のピストルなんかじゃなく、大砲みたいなリボルバー持って暴れてやがった」

「半年前、南足柄市にある栄グループ絡みの工場で、捜査員二名が狙撃ライフルで射殺されてます。城石は、その殺害された女性捜査員の元同僚で婚約者でした」

　井出は態度を改め、まっすぐに見つめて答えた。

「そういうことか。神奈川県警《カナガワ》の捜査員が、新木場の術科センターなんかで訊きこみをしていた。こっちにも情報をよこせとさんざん言ったが、あちらさんは頭に血が昇ってやがった。なにしろ、身内の刑事が暴れていたうえに、警視庁の人間があっちの縄張りをちょろちょろしてたんだ。井之上朝子殺害の件と合わせて、上層部が合同捜査本部を立ち上げようと打診しているが、どうもうまく進んじゃいないらしい。いがみあってる場合じゃねえが、神奈川県警《カナガワ》としてみれば、捜査すればするほど、自分のところからもっとボロが出るんじゃないかと、戦々恐々としているらしい。もっとも、警視庁も他人事じゃねえけどな」

本牧ふ頭での銃撃戦で、すでに山手署《やまて》に大規模な捜査本部が設けられている。命を失った警官は紗由梨だけではない。現場近くの本牧ふ頭交番では、夜勤に入っていた二名の制服警官が、栄グループの殺し屋によって殺害されている。

その銃撃戦の原因となったのが、身内の者とわかったせいか、神奈川県警は確かに大きな混乱に陥っている様子だった。

紗由梨を失ったショックで、まともに事情聴取に応じられなかったが、振り返ってみると取調官たちは脂汗を滲ませ、そしてくたびれきっていた。

紗由梨は本牧ふ頭を訪れる前に、新木場の警視庁術科センターを訪れていた。資料室にこもって柔道の会報誌を漁っており、彼女はマスクの男の正体に気づいたのだ。そこで柔道を教えている教養課の甘木に、城石についてあれこれ尋ねている。井出はその事実を打ち明けた。

「神奈川《カナガワ》県警を笑えねえ」

明石にとっては衝撃だったようだ。彼はため息をついた。

「あいつは……まだ三十だったな」

「はい」

「刑事《デカ》の世界じゃ、まだハナタレ小僧じゃねえか。ハナタレ娘とでも言うべきか。それなのに、あの凶暴な連中を相手に、ひとりで戦ったのか。恐かっただろうによ」

明石は目頭を押さえた。

「三千夫さん」

「ここらでケツを割る気でいた。拝島さんやお前は飛ばされちまうし、日室があんなことになって心がへし折れた。身体もガタついている。胃がよくねえのか、一緒に住んでる孫からは、『おじいちゃん、お口臭い』なんて嫌がられる始末だ」

明石は、思い出したようにポケットからマウススプレーを取りだした。口のなかに霧状の液体を吹きかける。ミントの匂いがかすかに鼻に届く。

「異動願いを出すつもりだった。もう踏ん張るだけのスタミナも気力も尽きてたな。日室の行動を把握してなかったから、あいつの苦しみにまるで気づいてやれなかった。そんな話を聞かされたんじゃ、辞めるに辞められねえ」

「……すみません」

「わけのわからねえことだらけだったが、ようやくおれのポンコツ頭でも理解できた。城石春臣対栄グループの殺し屋。それに日室が乗っかったわけか」

うなずいてみせた。今度は明石が情報を教えてくれた。事件後の三日間は情報を遮断された状態にあった。激しい質問責めに遭うばかりで。

本牧ふ頭の駐車場に残されていた遺体は四つ。ジャガーの側で銃弾を大量に浴び、上半身を破壊されていたのは、佐竹浩二郎なる中年男だった。暴力団の元幹部であり、過去に京都の近江一乗会に所属していた。

佐竹は実業家の顔をしていたが、未だに藪に忠誠を誓う隠れ極道だったらしい。死亡した関代の遺志を継ぎ、藪とともに栄グループを潰すため、マスクの男こと城石と定期的に連絡を取っていたようだ。

佐竹の親分である藪一成は、八ヶ岳の別荘にこもっていたところを、栄グループの殺し屋たちによって、身柄をさらわれている。栄グループのこれまでの残虐な手口を考慮すれば、藪が生存している可能性は少なく、連中は藪から佐竹の情報を聞きだしたものと思われた。

ショットガンとサブマシンガンによって、穴だらけにされたジャガーのなかには、佐竹の運転手が乗っていた。高級車と同じく穴だらけと化していたが、直接的な死因は絞殺だったという。佐竹の遺体にも激しい拷問を加えられた痕跡があった。栄グループは藪に続いて佐竹を拉致し、城石をおびき寄せる予定だったらしい。

明石に指を指された。

「いわば城石は袋のネズミと化していた。しかし、そこで日室やお前が現れて、やつはまんまと逃げおおせたわけだ」

井出は城石を思い出した。

彼は鬼と化していた。あの現場では拳銃を突きつけあった。撃たれずには済んだが、一歩間違えていれば、井出もマグナム弾を叩きこまれただろう。

「あいつは逃げたんじゃありません。追いかけたんです」

「そうらしいな。神奈川《カナガワ》県警が鑑識官を総動員して、本牧一帯を調べたが、城石の野郎、トラックにしがみつきながらドンパチしたらしい。あの駐車場以外でも、でっかい口径の弾丸が路上で見つかってる。大量の九ミリ弾とともにな。トラックのサイドミラーの破片や、ブレーキ痕もあった。場外乱闘の痕跡があちこちに残されている」

「それで城石は」

「行方をくらませている。神奈川《カナガワ》県警が血眼で追っているが、警視庁《うち》も、身柄《ガラ》を押さえようと動き出している。野郎を放っておくわけにはいかねえ。繁華街だろうとオフィス街だろうと、お構いなしにドンパチしかねない」

殺し屋どもを乗せた四トントラックは、A突堤のタイヤ店の駐車場に停車した。トラックのキャブのシートに、燃料の軽油をかけて火をつけ、丁寧に証拠隠滅を図ったうえで、迎えにきたミニバンに乗りこみ、本牧から去っている。

神奈川県警は殺し屋どもを乗せたミニバンを追跡中だが、都内に入ったところでミニバンごと手品のごとく消えている。関東圏内には、連中のアジトがいくつもある。とくに東京と神奈川には、未だ把握しきれないほどの拠点があった。

――邪魔する者は誰であろうと殺す。あの女は死んで当然だ。

本牧ふ頭の現場で、城石は井出に言ったものだった。

思い出すだけで頭が沸騰する。紗由梨が助けに現れなければ、城石は確実に殺されていたはずだ。にもかかわらず、あの男は命の恩人さえも侮辱したのだ。城石など殺されてしまえばいい。放っておいても、栄グループに殺されるのは時間の問題だ。

紗由梨は栄グループを倒すために、城石と共闘する気でいた。それはやはり無謀な試みでしかなかった。残念ながら、彼女の思いは届かなかった。

城石は、マグナム弾で人をバラバラに砕くことしか考えていない。じっさい、栄グループの大男の頭を吹き飛ばしている。リーダー格の男は、絶命した大男を盾にしていたが、城石は死人に容赦なく銃弾を浴びせていた。人間を辞めた悪鬼どもの戦いに、吐気を覚えたものだった。

井出は尋ねた。

「あの大男は？」

本牧ふ頭の現場には、佐竹と運転手、それに大男と紗由梨の遺体が残されていた。

明石は首を振る。

「未だにわかっていない。ホテル襲撃時から疑っちゃいたが、外国人のようだ。指紋《モン》から割り出せない。インターポール《ICPO》を通じて、身元の照会に励んでる」

井出は思わず目をつむった。キリキリと腹痛に襲われる。

この三日間、ずっとあの戦場を思い返していた。もっとアクセルを踏んでいれば。あとほんの五分だけ早く現場に到着していれば。紗由梨を死なせずに済んだかもしれなかった。現場には紗由梨が拘束した殺し屋ふたりが転がっていた。やつらのツラをカメラで撮っていれば。

せめて、ためらわずにニューナンブのトリガーを引き、リーダー格の男の頭を打ち抜いていれば、悪党どもの逃亡を許すことはなかった。あの戦場で生き残れたというのに、失ったものは多く、得られたものは少なかった。この三日で数万回も現場を思い出し、何度も時間を遡れないものかと考え、夢であってほしいと願った。

明石が訊いた。

「日室は、川崎でも城石とぶつかっていると言ったな。どういうことだ」

「あいつは井之上朝子から、ある遺産を託されていました。殺し屋に狙われる前に」

「〝ある遺産〟ときやがったか。急にもったいぶった言い方しやがって」

明石は渋い顔つきになった。

「なんなんだ、それは。日室亡き今、お前に尋ねるしかない。おれに黙っていたくらいだ。さぞや重要な逸品なんだろう」

「おそらくは。井之上朝子はそれを渡すために、我々のもとを訪れたものと」

「その重要な遺産だが、どうやったら教えてくれる」

「それは――」

「どうして栄グループが、井之上朝子の居所を知ったのか。おれのなかでも、ずっと燻《くすぶ》っているのさ」

井出は頭を深く下げた。明石の度量の広さに感謝するしかなかった。

いくら紗由梨が、井之上朝子の無念を晴らすために殺し屋たちと対決し、なおかつ城石の正体を暴くために奔走したとはいえ、チームの足並みを乱したスタンドプレーに他ならない。組対部特捜隊《ソトク》の仲間を疑い、もはや部外者となった井出にアドバイスを仰ぎ、そして殺し屋たちに敗れ去った。上司である明石を始めとして、仲間たちに対する裏切りだ。彼の顔に泥を塗ったにも等しい。

明石が立ち上がった。マジックミラーのなくなった窓に目をやり、隣の小部屋に人気がないのを改めて確かめる。

「ただし、読みが外れていたら辞表を出せ。無実の仲間を疑った罪は軽くない。警視庁《うち》に置いておくわけにはいかねえからな」

「わかっています」

目頭が熱くなった。腹に力をこめてこらえる。涙なら本牧ふ頭で流しつくした。

井出と紗由梨は、栄グループによる井之上朝子の殺害を、警視庁内部の情報漏れと考えていた。朝子は組織犯罪対策部のなかでも極秘の存在であり、情報提供を申し出てきた彼女の安全を確保するため、隠れ家となるホテルを知る組対部《ソトク》特捜隊のメンバーは限定されていた。

朝子の宿泊先を知るのは、当時の隊長だった拝島と副隊長の明石、それに係長で現場指揮官の井出と、紗由梨たち警護担当だった。誰もが井之上朝子の存在を重要視していた。情報管理は徹底されており、うっかり漏えいさせる愚か者はいない。栄グループに売り渡すという邪《よこしま》な考えを抱かない限り。

井之上朝子が殺害されたさい、のちに設けられた捜査本部や、人事一課の監察係から事情聴取を受けている。おそらく、身辺調査も行われていたはずだ。漏えいの原因は不明のままで終わり、貴重な情報提供者をみすみす失ったとのことで、隊長の拝島と係長の井出が責任を取る形で左遷となった。

果たして仲間を疑り続けるべきか。単独で動いた紗由梨は命を落とした。このままでは、井之上朝子の遺産も栄グループに奪われかねない。かといって、特捜隊がシロとは言い切れない。

井出は深呼吸をしてから言った。

「今度はこちらから仕かけます」

19

鷹森は立ち続けた。

破樹からは、車のシートに座るか、椅子に腰かけてもいいと言われている。しかし、プライドが許さず玄関で、ひとり立番を行っていた。

昼間の気温は三十度をゆうに超えており、磯臭《いそくさ》い海風が吹きつけてくる。じっと立っているだけで汗がしたたり落ちる。

彼がいるのは木更津《きさらづ》市の中心地だ。中心地だった、というべきだろう。すぐ近くに税務署があるものの、歩行者はほとんど見かけない。通過する車もまばらだ。商店街があったようだが、営業している店はほとんどなく、シャッター通りと化しており、死んだようにひっそりとしていた。

中心地には旅館やホテルがいくつかある。裏手にはボウリング場もあるが、そのすべては潰れて廃墟《はいきょ》と化している。海にも近いこともあり、赤錆で汚れた建物が乱立していた。

鷹森のいる『木更津ウインドホテル』も、営業を止めてから十年以上も経っている。駐車場のアスファルトは割れ、立派な日本庭園だったと思しき敷地は雑草だらけであり、曲がりくねった松の木が公道まで伸びている。値の張る鯉が数十匹も泳いでいたという池の水は黒く変色していた。

昭和のころは繁盛したらしいが、今では中心街の寂びれを象徴しているかのようだった。ホテルだった建物の窓には、すべて板がうちつけられている。建物内部からは銃声がするものの、とくにそれに気づく者はいない。

ホテルだった建物は、栄グループの関連企業が所有しており、今は射撃場や訓練場、監禁部屋などに使用されている。大浴場も設けられているが、もっぱら死体処理場として使われていた。港は目と鼻の先だ。バラした死体は東京湾に放りこめる。

木更津は栄グループの支配地域といえた。管轄の上総署の署長は、栄グループによって管理されている。署長と親戚関係にある国会議員に、同グループの関連企業と幹部たちが多額の献金を行い、たらふくパーティ券を買っている。

署長自身はお堅い性格ではあり、栄グループの暗躍を憂慮しているが、どうすることもできない。田舎にはさまざまなしがらみがあるものだ。千葉県警内でなにか動きがあれば、署長自らが情報を与えてくれている。

警察の心配はいらず、ホテルの周囲は人気がない。それでも立番をしているのは、ときおり廃墟マニアや地元の悪ガキが、なにも知らずにやって来るときがあるからだ。

元機動隊員の鷹森にとって、黙って立ち続けるのは苦でもなかった。何時間でも集中力を切らさず、彫像のごとくじっとしていられる。コンディションが整っていれば。

「クソッ」

股間を掻いた。包帯で幾重にも包まれた陰嚢が蒸れ、激しい痒みを訴えていた。あの女刑事の拳によって睾丸を潰された。大田《おおた》区にある栄グループ配下の病院に担ぎこまれた。破壊されたのはひとつであり、男性機能を失わずに済んだが、麻酔の効きが悪く、手術中はひどい痛みに襲われていた。女性看護師に陰嚢の消毒をしてもらうさい、陰毛を剃られた股間を見せるのも屈辱的だった。

日常生活が送れる程度に回復したが、完全復活にはまだ時間がかかる。走るのはまだ難しい。バイクや自転車にもまたがれない。格闘訓練などもってのほかだ。身体を満足に動かせないことに焦りを感じていた。鍛えていないと不安に陥る。

本牧ふ頭での戦闘から十日が経過した。あの戦いを振り返るたびに、怒りで顔面が火照る。常勝を誇る破樹チームが初めて敗北を喫したのだ。

鷹森は敷地の出入口に目を走らせた。

手が反射的にスーツジャケットの内側に伸びた。ショルダーホルスターに収まったグロックのグリップに触れる。

ホワイトの高級ミニバンが、『木更津ウインドホテル』に入ってきた。ナンバーを確かめ、栄グループの人間の車だとわかり、グロックから手を放した。掌が汗でぐっしょりと濡れている。

高級ミニバンが古びた建物の玄関前で停まった。ワイシャツ姿の中年男が降りた。元公安刑事である伊方方正だ。カマキリを思わせる大きなレンズのメガネと、華奢《きゃしゃ》な印象を与えるなで肩が特徴的だ。鷹森と同じ元警官とは思えない。眉まで覆う長めの頭髪と相まって、学者のように映る。破樹チームのなかでは、もっぱら情報収集や兵站《へいたん》を担当している。

伊方は、ミニバンから降りると鷹森を冷えた目で睨んだ。無様な戦いをしやがって。顔にそう書いてある。破樹チームの仕事を邪魔していたのが近江一乗会の藪であるのを暴き、本牧ふ頭に大型リボルバーを持ったマスクマンを呼び寄せる作戦を、破樹とともに立案している。

徒手格闘や銃器の扱いなど、フィジカルな能力では鷹森らよりも劣るが、警視庁の優秀な公安刑事だっただけに、政治団体や任侠《にんきょう》右翼とチャンネルを持ち、独特の情報網を持っている。どんなバカでも入れる三流大学の柔道部で暴れ回っていた鷹森とは異なり、一流の国立大学を出ている伊方とは、同じ警官といえども進んだ道が違い過ぎたためか、どうにも馬が合わなかった。

続いて降りたのは、栄グループの首領である高良栄一だった。鷹森は慌てて頭を下げる。まさか首領自らのお出ましとは。

「ご苦労さまです！」

高良は笑顔でうなずいた。

ジャワ更紗《さらさ》で作られた上等なバティックシャツを着用しており、ティアドロップ型のサングラスをかけている。日焼けした身体と端正な顔立ちのため、マフィアの首領というより、ライフセーバーやサーファーのように映る。

超暴力派の組織のトップとは思えない陽性な雰囲気を漂わせていた。年齢は四十半ばになるが、身体を鍛えているために十は若く見える。

「この猛暑のなかで立哨《りっしょう》か。ご苦労さん」

「いえ……」

「こっちのほうはいいのか」

高良は自分の股間に触れた。

「問題ありません」

「潰れたのがひとつでよかった。不幸中の幸いだ」

高良は親しげに鷹森の肩を叩いた。きれいに揃った白い歯を覗かせた。

鷹森の胃袋がキリキリと痛み出した。高良の背後では、伊方がにやにやと笑っていた——女ごときに金玉を潰された間抜け。無言でコケにしてきたが、伊方の侮りを気にしている場合ではない。高良は、その人懐っこい笑顔で他人を油断させ、背後からブスリと刺してくるようなタイプだ。

高良は建物を親指で差した。

「破樹《たいしょう》はなかに？」

「はい」

高良は鼻歌交じりになかへと入った。彼は玄関ホールに入ったところで振り向く。

「鷹森、君も来てくれ。緊急ミーティングを開く」

「ですが、ここの見張りがいなくなっちまいます。どこぞの悪ガキが侵入するかもしれません」

「そんな心配はいらんよ」

高級ミニバンの運転席のドアが閉まる音がした。

黒いポロシャツを着た筋肉質の三十男が降り立った。浅黒い肌の東南アジア系の人物で、ひと目で元軍人か元警官とわかった。鋼鉄製のワイヤーみたいに引き締まった腕と分厚い胸板の持ち主だった。鋭利な目つきをしている。

「噂のダーティハリーがやって来て、ここに侵入を果たしたとしよう。警官《サツ》の銃器対策部隊でも特殊急襲部隊でもいい。誰でも歓迎だ。なかには破樹もいれば、君もいる。それに武器弾薬は豊富に置いてあるからな。米軍の特殊部隊ともわたりあえるさ」

高良は笑いながら建物の奥へと入った。強がりやハッタリなどではないのは承知している。

彼自身も冷酷なキラーだ。東龍会に籍を置いていた時代は、タイの地元マフィアとトラブルになり、四名のタイ人をドスで刺し殺している。ベトナムやカンボジアでも自ら先頭に立って、裏社会の住人を屈服させてきた。

傭兵だった破樹が、栄グループに加わったのも、彼の下で働けば、中東やアフリカの戦場並みに、血が騒ぐ戦いにありつけるからだった。

鷹森は観念して、高良とともに建物内に入った。

三田を謀殺したときを思い出した。相模東光開発の常務だった男だ。彼の右腕だった堤本拓也に裏切られた。堤本は近江一乗会に情報を売っていた。高良と破樹は、三田を許すフリをしながらも、彼を粛清している。

鷹森はあたりを見回した。廃墟ホテルの敷地には、高級ミニバンと、東南アジア系の護衛しかいなかった。外の通りも相変わらず静まり返っている。

破樹チームは大きな失態を犯した。謎のマスクマンとつながる近江一乗会の佐竹を捕えた。その佐竹をエサにし、本牧ふ頭までマスクマンを誘い出したが、惨憺《さんたん》たる結果で終わっている。

問題はこれがただの敗北ではなかったことだ。ひとりひとりが一騎当千の強者《つわもの》である破樹チームが、たかだか二匹の刑事と、一匹の英雄気取りに返り討ちにされた。これは、栄グループ全体のメンツに関わる大問題だった。

この十日間に出会った栄グループの構成員は、三下から幹部まで、それまでは破樹チームを死神のように恐れ、目もまともに合わせられなかったくせに、露骨に侮りと嫌悪の視線を向けてきた。偉そうにガンをつけるやつまで。

一昨日は、破樹たちの失態を責め、立哨をしていた鷹森を見ては、クスクスと笑いやがった——あれが女にキンタマを潰された野郎だ。

鷹森は腹をくくった。粛清でも制裁でもなんでもいい。これ以上、恥辱にまみれた日々を送るくらいなら死んだほうがマシだ。中央の階段を上り、二階へと向かう。銃声が大きくなる。

この廃墟ホテルの二階には、もともと宴会場やカラオケスナックがあったが、大規模な改築が施され、現在は射撃室と道場になっている。

射撃室の天井と床はコンクリートで塗り固められ、壁はウレタンの防音材で覆われている。三階にはジムが設けられ、ダンベルや業務用のスポーツマシンが設置された。

栄グループ内のメンバーに暴力のテクニックを叩きこむための合宿所として、しばしば使われる。

外側こそ廃墟にしか見えず、敷地や庭園はあえて荒れ放題にしていたが、最新の拳銃からショットガン、アサルトライフルを備える武器庫もあり、腕ずくでのし上がろうという野望を持ったチンピラや荒くれ者をここで鍛え上げては、勢力拡大のための戦士として羽ばたかせている。時代遅れの廃墟と化したホテルは、マフィア組織の訓練所に生まれ変わった。

出入口を仕切るスチール製の分厚いドアを開けると、硝煙の臭いがつんと鼻をつき、換気装置を稼動させているが、視界はうっすらと白煙で濁っている。

室内には破樹と香莉がいた。長時間にわたって射撃を行ったらしく、コンクリートの床には大量の薬莢が転がっている。ふたつの射座のテーブルには、弾薬が装塡されたマガジンが何本も積まれ、香莉は愛用のベレッタを、破樹はグロックをそれぞれテーブルに置いていた。

射座から約二十メートル離れた位置に、ワイヤーで吊るされた紙製のマンターゲットがある。ふたつのマンターゲットの頭と胸は、何発もの銃弾に貫かれて穴だらけだ。

破樹と香莉はボスが射撃室に入ると同時に、最敬礼をして出迎えた。

破樹は無事だった。ケガひとつ負っていない。しかし、香莉のほうは無惨だった。

上半身のほとんどを、ミイラ男のように包帯でぐるぐるに巻き、女刑事に叩き折られた右鎖骨をギプスで固定している。

医者から全治三か月と診断され、静養するように言われているにもかかわらず、病院から出た翌日には、左手一本で拳銃をぶっ放している。

戦闘には骨折や欠損はつきものだ。しかし、香莉は左の眼球を摘出しなければならなくなった。中年刑事が撃った散弾がトラックのキャブにぶつかり、跳弾となって彼女の左目を襲った。角膜や水晶体を突き破り、網膜や視神経を傷つけていた。

十日前の戦闘で、退却時には怒りと激痛で取り乱した香莉だったが、病院で眼球摘出手術を受けると、すっかり冷静さを取り戻した。退院した翌日には、片目での射撃を習得するため、眼帯をつけた姿で射撃室にこもり、ベレッタを撃ち続けている。もともと、利き手ではない左手でも射撃はできる。今では片手で、マンターゲットの心臓と頭をなんなく撃ち抜いていた。

「ご苦労様です」

破樹が挨拶をした。

隣の香莉は無表情のまま頭を下げていた。顔色が悪い。彼女も、自分が粛清の対象になるのを、すでに覚悟しているようだった。ボスが直々にやって来るとは、つまりそういう意味だ。

どかす。

「はい」

高良は地面に落ちた空薬莢を革靴で突いた。破樹らに向かって手を振り、射座から

「おれにもやらせろ。つまらん会合ばかりで、しばらく握ってない」

「承知しました」

高良は射座の前に立ち、テーブルの下に設けられたスイッチを押した。マンターゲットを吊るしていたワイヤーが射座まで近づき、慣れた手つきで新しいものに替える。

破樹は執事のように恭しく頭を下げ、壁際に置かれたロッカーへと歩んだ。

ロッカーには弾薬や銃火器が収まっていたが、そのひとつは高良専用だ。破樹はそのロッカーを開けた。トレイに高良愛用の拳銃二丁と弾薬を載せ、彼のいる射座まで運んだ。

「ありがとう」

高良は鼻歌を歌いながら、マガジンに弾薬を次々に装塡させた。瞬く間に弾薬をつめ終え、それぞれの拳銃にマガジンを差しこんだ。イヤープロテクターを着用する。

彼の愛銃のひとつは、イスラエル製のデザートイーグルだった。ハンドキャノンと呼ばれる超大型拳銃で、五十口径のマグナム弾をぶっ放す。その威力は、マスクマン

が使っているスミス&ウェッソンM29をも超える。

ただし、日本人の手で扱うにはサイズが大きすぎ、重量は銃単体で二キロを超える。鷹森や香莉にとっては論外な代物だった。携帯に不便なのはもちろん、射撃時の反動もまた大きく、使いこなすには相当の腕力と、つねに正しいフォームで撃てるほどの熟練度が求められた。

高良は両手で握ってトリガーを引いた。フォームは文句なしだ。両足をしっかり広げつつ、わずかに顔を前に突きだして、自動拳銃のリアサイトを睨む。

腹に響くような重い発砲音がし、高良はマンターゲットを貫いた。威力のあるマグナム弾は、胸の部分に大きな穴を開けた。彼はさらに連射する。

ふたつのマガジンにこめた弾薬を消費し、マンターゲットに穴を開けた。ほとんどを胸の中央と顔面に命中させていた。穴と穴がつながり、コーヒー缶ぐらいの大穴が胸と頭にできた。

次に高良が手にしたのは、同じく愛銃のワルサーPPKだ。ドイツ製で三十二口径の小型自動拳銃だ。彼はそれを右手で握り、半身になって発砲する。超大型のデザートイーグルとは対照的で、警察用拳銃に開発されたものを、さらに私服警官向けに小型化したものだ。携帯に便利であるため、世界中の刑事や女性警官たちに重用された。

手のでかい高良が握ると、まるで陸上競技で使われるスターターピストルのように見える。しかし、乾いた発砲音とともに軽快に弾を吐き出し、マンターゲットの右わき腹に向け、集中的に弾を命中させる。肝臓がある位置だ。右わき腹に蜂の巣みたいな穴が開く。

胸の鼓動が速くなるのを感じながら、マンターゲットに発砲する高良の背中を見つめ続けた。香莉もまた警戒しているのか、ひとつだけの目を鋭くさせながら、高良の動向を注視している。ただ破樹だけが普段どおりに、落ち着いた様子で見守っている。

高良が放った弾丸は、デザートイーグルのときとは違い、何発かはマンターゲットから逸《そ》れた位置に当たった。片手での射撃とあって、堂に入った姿勢ではあったが、反動でわずかに狙いが狂ったようだ。

高良は愛銃での射撃を楽しむと、射座のテーブルに銃を置いた。射座から離れて、壁際のベンチにどっかりと腰を下ろし、天井を見上げて嘆く。

「久しぶりで腕がなまった」

高良は、スラックスからハンカチを取り出した。手を拭いながら香莉に言う。

「それにしても大変だったな。痛むか」

「問題ありません。右手は使えませんが、期待に応えてみせます」

「頼もしい言葉だが、それを証明できるか？」

「ええ」

香莉は射座へ大股で歩むと、テーブルに置いていた自分のベレッタを摑んだ。

ベレッタにはマガジンが装塡されていなかった。スライドを後退させたまま、薬室を剝き出しにしている。弾薬が確実にないことを示すためであり、事故をふせぐための基本ルールだ。

射撃をするには、まずベレッタにマガジンを装塡しなければならない。その操作には両の手が必要だったが、香莉はベレッタを左手で持つと、しゃがんでベレッタを膝の裏で挟んだ。

彼女は、テーブルに置いていたマガジンを手に取り、膝の裏で固定したベレッタに装塡した。膝の裏と左手で巧みにスライドさせる。両手での操作よりも時間はかかるものの、十秒とかからずにベレッタの薬室に弾を送りこんだ。片手での銃の操作を完全にモノにしている。

彼女は立ちあがると、高良が使っていた射座の前に移動し、マンターゲットに向かって、左腕をまっすぐに伸ばした。トリガーを何度も引き、発砲を繰り返した。

香莉は連射したが、マンターゲットに穴は開かなかった。ワイヤーに吊るされた紙製の標的は静止したままだ。

「ふむ」

高良は感心したように顎をなでた。

香莉が放った弾丸は的を外したのではなかった。デザートイーグルによって開けられた大穴に弾を潜らせたのだ。マガジンに装塡された十五発の弾を。

彼女は振り返り、高良に向かって一礼した。

高良がうなずいてみせると、彼女は隣の射座に移り、しゃがんで再びベレッタを膝の裏で挟んだ。発砲によって銃身は熱を持っているはずで、戦闘服を着用しているとはいえ、膝の裏は皮膚を焼くような熱さに襲われているはずだ。

それでも彼女は表情を変えず、ベレッタからマガジンを抜いた。薬室が剝き出しになったベレッタとともにテーブルへと置く。性格は最悪だったが、やはり腕と根性は一流のままだ。たとえ鎖骨を折られて、右腕が使えなくなったとしても、そこいらの腕自慢など足技だけで蹴り殺せるだろう。

高良が鷹森を見やった。今度は彼の番だった。鷹森は小さくうなずくと、テーブルに置いていたグロックを摑んだ。十七発入りのマガジンを装塡し、射座へと向かう。高良によって破かれたマンターゲットを狙い、両腕でグロックをまっすぐに突き出す。なるべくなら、まだ射撃は控えたかった。発砲による反動が、縫合されて間もない陰囊にまで伝わるからだ。だが、ノーとは言えない。香莉に負けたくもない。

リアサイトを睨んで、トリガーを慎重に引き絞った。発砲音とともにスライドが高速で後退し、薬莢を排出させる。撃った反動が腕や腹を伝い、陰囊まで伝わる。敏感な急所にずきりと痛みが走る。

弾丸はマンターゲットの喉に命中した。奥歯を噛みしめ、痛みに耐えながらトリガーを静かに引いた。

グロックの九ミリパラベラム弾を、マンターゲットの喉に集中させた。

的に当てるのは、たいして難しくはない。破樹チームのメンバーであれば、誰でも自在に狙ったところへ命中させられる。十日前の地獄に比べれば、金玉が痛むくらい屁でもない。マンターゲットをマスクマンに見立てて撃った。

十七発の銃弾をすべて首に叩きこんだ。マンターゲットの首がずたずたに破れ、頭部と胴体が切り離されたような形になった。マスクマンの首を狩る。強い意志を高良たちに示す。

撃ち終えて振り返ると、高良たちの視線が鷹森の股間に集中していた。股間に目を落とすと、スラックスに血がにじんでいた。顔が熱くなる。

破樹が高良に問いかける。

「いかがですか」

「うん」

高良はポケットから携帯端末を取りだした。液晶画面にタッチして電話をかけた。

電話相手に告げる。

「中止にする。そう。攻撃はなしだ」

背筋が冷たくなり、思わず香莉と目を合わせた。

彼女の瞳にも戦慄の色が浮かんでいる。やはり高良は破樹らを粛清する気でいたのだ。射撃の結果次第では、処刑するつもりでいたらしい。栄グループの殺人部隊は、なにも破樹チームだけではない。イスラム過激派の元メンバーや、クメール・ルージュの生き残りなどがチームを組み、栄グループのために暴力を振るっている。

電話の相手はその手の連中だろう。この廃墟ホテル付近で待機させ、鷹森らの腕や戦意次第では、制裁を加えるつもりだったのだ。なんとか命拾いをしたようだった。

高良は手を叩いた。

「例のマスクマンの件だが、引き続き頼む。退治してくれ」

「仰せのままに」

破樹は微笑を浮かべた。粛清されるかもしれないというのに、まったく恐れる様子を見せなかった。

20

井出は寝室のベッドに倒れこんだ。

自宅は東新宿《ひがししんじゅく》の賃貸マンションにあった。地下鉄の駅からも近く、家賃はだいぶ値が張るものの、下戸で博打もやらず、仕事に打ちこみ続けたため、貯金だけは人並み以上あった。

自宅を四日空けていた。紗由梨から本牧に呼び出され、栄グループとの戦闘に陥ってからは、神奈川県警と警視庁の事情聴取が待っていた。

神奈川で三日拘束され、警視庁では日をまたいで尋問が続いた。終電はとっくになくなり、監察係員が運転する車で自宅まで送ってもらったが、家にたどり着いたときは歩行するのも億劫《おっくう》だった。ベッドに倒れこんでからは、指一本動かすのにも気力を振り絞らなければならない。

住人不在だった部屋は、夏の熱気によって、サウナのような暑さに包まれていたが、エアコンのスイッチもいれずに寝室へと向かっていた。あちこちには脱ぎっぱなしの衣服や下着が散乱している。

キッチンもひどい有様だった。流し台には、コンビニ弁当の容器や汚れた皿が山積みのままになっている。部屋にこもった熱のせいで著しく腐敗が進んだらしく、生ゴミの臭いが寝室にまで充満していた。しかし、もはや暑さも臭気もどうでもよく感じられた。本牧での戦い以来、井出の時は止まっている。

人事一課監察係による事情聴取も厳しかった。いくら元部下の危機を救うためとはいえ、神奈川県警に連絡一本入れずに縄張りへと踏みこんでは、官給品のニューナンブをぶっ放した。昔のようにガチガチではないものの、警察官の拳銃使用に関しては、やはり厳しい取扱い規範が存在する。

井出はニューナンブだけではなく、殺し屋のショットガンを奪い取って発砲している。本牧ふ頭での凄惨なバトルを証言できるのは井出のみとあって、監察係からは神奈川県警同様にしつこく問いただされた。

なぜ、応援を呼ばなかったのか。通報していれば重装備の機動隊なりが現場に向かい、すみやかに栄グループの殺し屋たちを捕えることができただろうし、日室紗由梨も命を落とさずに済んだかもしれない——事情聴取を行った監察官は、井出らの単独行動を批判した。黙るしかなかった。

監察係の長時間にわたる事情聴取を終えたが、警視庁本部には練馬署の署長と刑事課長が、深夜にもかかわらず顔を揃えていた。井出の身を心配していたからではない。彼に怒りをぶつけるために待ち構えていたのだ。

今の上司たちから、顔をまっ赤にしてどやしつけられた——お前のような左遷野郎を引き取ったというのに、恩を仇で返すような真似をしやがって。

さっさと辞表を書けと凄まれた。言われるまでもなかった。この四日間、自分の選択を呪い、時間を遡ることができたらと、何万回も願ってきた。今も願っている。

身体は疲労しきっていたが、ほとんど眠れてはいない。うとうととするなかで、紗由梨が問いかけてくる。

――井出さん、どうして、もっと早く来てくれなかったんですか。

シーツが涙で濡れる。お前のほうこそ、どうして待てなかった。せっかく、おれだけは信頼してくれたのに。命がけで秘密を共有したのに、どうしてお前だけ逝ってしまう。おぼろげに漂う紗由梨に向かって尋ねたが、彼女は責めるような目で井出を見るだけで答えてはくれない……。

ふと、外がわずかに明るくなっているのに気づいた。腕時計に目を落とした。うとうとしているうちに、二時間ほど時間が経過していた。午前四時を回っている。サウナのような温度の部屋で、スーツを着たまま横たわっていた。ひさびさの自宅で身体を休めたが、体内に溜まった疲労はしつこく居座っている。

失禁でもやらかしたように、シーツがぐしょぐしょに濡れている。いい歳こいておねしょかと焦りを覚えたが、暑さによる大量の汗によるものだとわかった。

喉が激しく渇きを訴えていた。夏にもかかわらず、唇がかさかさに乾いている。身体から水分が失われていた。脱衣所に入って服を脱ぐ。

トランクスを脱ごうとしたさいに、脚が思うように上がらず、足首にひっかけて無様に転倒した。肩と背中をしたたかに打ちつける。痣になりそうな痛みにうめき、再び目に熱いものがこみあげたが、身体が干からびているせいか、もう涙はほとんど出なかった。

シャワーを浴びながら、口を開けて水分補給をした。ぬるい水に打たれつつ、タイルの壁に額をごつごつと打ちつけた。いっそ頭蓋骨がぶっ壊れるほどの勢いで、頭を叩きつけたいという衝動に駆られた。

涙や鼻水で汚れた顔を洗い、尽きかけた気力を奮い立たせる。まだ、なにも決着《ケリ》はついていないのだと、頭を打ちながら念仏みたいに唱え続ける。

元上司である明石にも、共闘を呼びかけたばかりだった。やつらを死体に変えるまで、あるいは十三階段を上らせるまで、お前はこの世にいなければならない。頭をクラッシュさせたいという衝動を押さえ、生きて戦う義務があるのだと、自身を説き伏せる必要があった。

紗由梨にこの世を去られたことで、婚約者に先立たれた城石の心が多少は理解できたような気がする。

自分も大暴れしたかった。スミス&ウェッソンM29とはいわないまでも、やつらを穴だらけにできるショットガンやサブマシンガン、連中を轢き潰せるような装甲車や、大砲をぶっ放せる戦車が喉から手がでるほどほしい。連中を葬り去るには、もはや刑事という身分も法律も関係はない。手錠も裁判も必要はない。どんな手段を使ってでも、息の根を止めてやりたい。シャワーの温度を下げて、冷水をたっぷり浴びた。そうでもしなければイカレた衝動は消えてくれない。

凍死しかねないほど身体を冷やし、蛇口の栓に手をかけたところで、物音を耳にした。玄関のほうからだった。シャワーを止めて、浴室を忍び足で出る。

脱衣所でバスタオルを巻いてリビングを出た。すぐに玄関には向かわなかった。まずは部屋の電気をすべて落とす。部屋は暗闇に包まれ、テレビやエアコンのランプの灯りだけを頼りにして、ブラインドが下ろされた窓へとゆっくり近づく。

井出の部屋は六階にあった。ブラインドをゆっくり指で押し下げて外を確かめてみた。周囲は、高層マンションやホテルといったビルが立ち並んでいる。もうじき夜明けとあって、外は部屋のなかよりも明るくなり始めていた。闇が薄まってダークブルーに染まっている。

マンションの前を走る道路を見下ろした。マンションから百メートルほど離れた位置の路肩に、一台のミニバンがぽつりと停車している。

ミニバンの色はシルバーで、サイドウィンドウはカーテンで覆われていた。運転手の姿は見当たらない。ナンバープレートまでは読み取れなかった。警視庁の監察係か神奈川県警か。いずれにしろ警察車両の臭いがした。

ひさびさに井出を自宅へ帰してくれたが、かといって自由放免となったわけではない。紗由梨とともに、職場に内緒でこそこそ動いた男を、放っておくはずがなかった。また、それは栄グループにしても同じだ。井出の存在を放置しておくはずはない。

警察車両らしきミニバンは静かだった。かりに井出の部屋に何者かが近づいてくれば、なんらかのアクションがあってもおかしくはない。マンションの正面玄関は、オートロックになっており、外部の人間が出入りするには、出入口のドアや錠前になんらかの細工を施さなければならなかった。

しかし、もはや気のせいなどと言ってはいられない。ミニバンの反応を確かめてから、窓を離れて下着を着用し、ジャージズボンを穿《は》いた。キッチンの水切りカゴにあった文化包丁を握った。官給品のニューナンブは取り上げられていた。物音がした玄関へと近寄る。

玄関はとくに異変はなかった。ドアに細工された様子はなく、ドアガードもしっかりかけられたままだ。ためらうことなく歩を進める。

「うん？」

小さく呟いた。

玄関ドアの郵便受けに、小さな紙切れが入っていた。サンダルを履いて、紙切れを拾い上げる。

紙切れにはボールペンで文字が記されてあった。〝屋上〟とだけ。ドアスコープで外を確認して、深呼吸をひとつしてからドアガードを外し、一気に扉を開け放つ。

玄関の前は内廊下型の通路だ。通路は静まり返っていた。人気はない。

文化包丁を太腿の裏に隠しながら、エレベーターホールへと向かい、ボタンを押した。エレベーターのかご箱が降りてきた。なかには誰もいない。

エレベーターに乗って最上階まで昇ってから、屋上へと続くコンクリート製の階段をのぼった。屋上用のスチール製のドアがある。いつもは施錠されているはずだが、ノブを回すとドアが開いた。

住んで五年以上は経つが、屋上に上がるのは初めてだった。巨大な給水タンクがそびえ立ち、アンテナやエアコンの室外機が設置されている。無骨で無機質な空間だ。

身を潜める場所はいくらでもありそうだが、メモをよこした男はまるで姿を隠そうとはしなかった。屋上のまん中に、城石は立っていた。右手には彼の相棒である大型リボルバーがあり、屋上に入ると同時に、銃口を顔に向けられた。

夜明け前だというのに、外は風もなく、熱気がまとわりついてくる。にもかかわらず、城石は長袖のシャツを着用し、ジーンズを穿いていた。

肌の露出を控えているのは、無数の痣や傷を負っているからだろう。そこいらの刺青などより、よっぽど目立つものと思われる。ベースボールキャップをかぶっていたが、薄闇のなかでも、二枚目のツラが、傷と腫れでジャガイモみたいに変形しているのが確認できた。

唇には赤黒い傷があり、左目は腫れあがっている。両頬には紫色の痣がある。顔と同様に身体も傷んでいるはずだ。こうして立っているだけでも奇跡といえた。

本牧での戦いでは、途中から加わった井出ですら疲労で動けなくなった。城石は逃走する殺し屋どもを追って、連中が乗るトラックにしがみついたが、結果的には振り落とされて、アスファルトのうえに叩きつけられている。

その後は、栄グループと警察の両方から追われている。どこに潜んでいたかはわからないが、もはや国内に安住の地などないはずだ。

城石の常軌を逸した行動力には、もう幾度も度胆を抜かれていた。しかし今では、この男がなにをやらかそうとも驚きはしない。井出のもとへやって来る可能性も考慮していた。メモを見て確信に変わった。

見張りの警官の目をごまかして、マンション内へと侵入を果たした。方法があるとすれば、マンションの裏側に設置された雨樋《あまど》いぐらいしか思いつかなかった。逃走するトラックにも迷いなくしがみつくような、人間離れした腕力の持ち主だ。シャツもジーンズも土埃で汚れている。衣服の汚れも、建物をよじのぼったときについたものと思われた。

城石が先に口を開いた。

「貴様らはなにを摑んでる」

その口調はロレツがあやしかった。

目立つのは傷だけではなかった。肌が四日前のときより、さらにまっ黒に日焼けしていた。戦闘で傷を負っただけでなく、この猛暑のなかを逃げ続けたのだろう。ドヤ街にでも潜伏したのか、ホームレスの集まる公園にでもいたのか、汗と垢《あか》が混ざったような、すっぱい腐敗臭が漂う。

「お前こそ、どうやって侵入した」

城石は答えなかった。大型リボルバーの撃鉄を起こす。シリンダーが回転する。

井出は唾を吐いた。

「拳銃《チャカ》を突きつければ、誰でも口を開くとでも思ったのか？　城石部長刑事」

井出は城石のほうに歩んだ。文化包丁の刃を向けながら。城石の人差し指はトリガーにかかっている。

「頭を吹き飛ばされたいのか」

「そうしてくれ。発砲音で警官がすっ飛んでくるだろうが、お前だったら逃げ切れるかもな」

井出は前進しながら続けた。

「紗由梨もお前には屈しなかった。おれも同じさ。なにひとつ、お前にはやらん」

大砲のような拳銃を突きつけられているというのに、睾丸が縮むようなことはなかった。とくに筋肉も強張らない。マグナム弾で頭蓋骨と脳みそをまき散らす自分の姿が脳裏をよぎる。なにも感じはしなかった。むしろ、破壊されるのを望んでいるのかもしれない。

「どうした。こっちは刺す気マンマンだぞ」

城石の冷えた瞳が感情を帯びた。憐れむような目つきだ。

「惚《ほ》れていたのか」

井出の頭が急速に熱くなる。

脚に力をこめた。両手で文化包丁を握り、城石の腹めがけて突進する。

城石は撃たなかった。横に飛んで刃をかわした。コンクリートの床を転がり、エアコンの室外機に背中を打ちつけた。井出は城石の顔に文化包丁を振り下ろす。

「お前のせいで！」

文化包丁は城石の顔まで届かなかった。

城石は大型リボルバーの銃身でふせいだ。金属音が鳴って刃が欠ける。本気で切りつけるつもりだった。手加減もしていない。警官であるのを忘れる。

「お前が！」

井出は、城石の喉めがけて突いた。彼は上体を傾けて文化包丁の刃をかわした。刃先が室外機に当たる。

城石の左手が動き、右手首を摑まれた。拳銃のグリップを手の甲に叩きつけられる。痺れるような痛みが骨の芯まで走り、意思に反して文化包丁が手から滑り落ちた。

「なぜお前が生きている！」

井出は反撃した。

城石の顎に膝蹴りを見舞う。膝頭が割れそうなほど、強烈な一撃だった。

城石の頭がぐらついた。盛大に口のなかを切ったらしく、大量の血を吐きだした。彼の目が虚ろになる。

井出は左手を伸ばし、大型リボルバーを摑んだ。シリンダーを押さえ、奪い取ろうとした。全力で大型リボルバーを引っ張ったが、城石はなかなか放そうとしない。

踏みつけるようにして腹に蹴りを入れると、城石の腕の力が緩んだ。大型リボルバーを奪い、撃鉄を下ろして、給水タンクのほうへと放り投げた。大型リボルバーは、給水タンクの下へと滑っていく。

文化包丁を拾おうとしたが、城石がしゃがんだまま殴りかかってきた。下腹に拳を喰らった。砲丸をぶつけられたような重たい激痛に、無意識に身体が折れ曲がった。涙があふれ、脚がふらつく。

城石は続いてタックルを仕かけてきた。柔道でいう双手刈《もろてがり》だ。低い姿勢で突進してくると、両膝を抱えられ、下半身を肩で押された。重心を崩され、後方に倒される。コンクリートの地面に背中を叩きつけられる。

井出は痛みをこらえて右手を振った。両足にしがみつく城石に、鉄拳を喰らわせた。こめかみを殴りつける。

城石は側頭部に傷を抱えていた。井出の拳によって出血し、コンクリートの床に血しぶきが飛んだ。城石の顔はデスマッチを経たプロレスラーのようにまっ赤に染まる。さすがに柔道の達人であるだけに、双手刈は正確で、いとも簡単に井出は倒された。井出は柔道三段だが、双手刈ひとつでレベルの違いを思い知らされる。

あの本牧での戦いでも、城石の動きは敏捷《びんしょう》なネコ科の肉食獣を思わせた。刑事というよりも、敵の弾丸を避けて応戦する様は兵士のようだった。

本来の彼ならば、双手刈ひとつでこのケンカを制するだろう。まともに井出に受身を取らせず、コンクリートの床に後頭部を叩きつけて失神させることができたはずだ。

しかし、今の城石は明らかにスタミナが尽きている。川崎の駐車場で、紗由梨の正拳突きを腹部に喰らい、本牧では殺し屋どもの銃弾をいくつも浴びている。また、暴走トラックから振り落とされてもいる。本来なら、病院のベッドで寝ていてもおかしくはない。

井出の股間を殴りつけようとしたが、そのスピードは遅かった。両腕で股間を守る。それでも城石は岩のような拳の持ち主であり、ガードのうえから震動が伝わり、股間に激痛が走った。睾丸がせり上がるような感覚に襲われ、勝手にうめき声をあげる。痛みに耐えながら、井出も拳で対抗した。城石の側頭部を殴りつける。城石の血で拳が濡れる。

パンチの応酬となった。城石が上になって拳を振り下ろしてきた。城石の血液が滴り落ちて、視界がまっ赤に染まった。きつい体臭と血液の生臭さが鼻をつく。

城石のほうが有利な姿勢にあったが、拳の速度はやはりのろかった。彼が一発振り下ろす間に、井出は三発のパンチを城石の頭部や顔面に叩きつける。威力も城石を上回った。怒りをこめて城石を殴打する――この男が死ぬべきだったのに、なぜ紗由梨がこの世を去らなければならないのか。

城石の拳が止まった。目に血が入ったらしい。顔を苦痛に歪め、両目を固くつむっている。井出は足裏で突き放すように、城石の胸を蹴飛ばした。城石は背中から地面を滑った。激しく咳をする。

城石は立ち上がろうとしたが、脚に力が入らないのか、膝から崩れ落ちる。井出は起き上がると、彼のまっ赤に染まった顔に前蹴りを叩きこんだ。城石は目を泳がせたまま仰向けに倒れる。

井出は文化包丁を拾い上げた。城石の身体にまたがり、逆手で文化包丁を握り直すと、心臓に狙いをつける。城石は肩で息をしていたが、鼻も口も血でふさがれ、呼吸すらまともにできていない。咳を止められないでいる。

あとは文化包丁を振り下ろすだけだった。城石は急所を守るほどの体力も失っている。紗由梨を侮辱したこの男を葬れるチャンスだった。井出自身も、このイカレた男に命を脅かされずに済むのだ。文化包丁を振り上げる。

城石は目をかすかに開けた。

「どうした……殺《や》らないのか」

心臓を突く気でいた。心は殺意で満たされている。未だに彼がこの世にいるのが受け入れがたい。息の根を止めたかった。しかし、なぜか腕が動いてくれない。

「惚れた女の仇も取れないのか。タマなしめ」

城石の減らず口は止まらなかった。絶体絶命のピンチにもかかわらず、本牧での戦いと同じく、まるで怖れを感じている様子は見られない。

「お前には言われたくねえ。女をみすみす死なせて、仇も取れずに逃げ回ってるドブネズミだろうが」

城石の表情が変わった。無表情だったツラを歪ませ、犬歯を剥き出しにした。右フックを下から繰り出し、井出の頬を殴りつけた。不利な姿勢からのパンチだったが、頬骨が折れそうなほどの痛烈な一撃だった。

文化包丁の柄を、城石の鳩尾に叩きこんだ。彼は苦しげにうめき、胃液を吐きだした。痛めつけはしたが、刺すのは止めた。

紗由梨の過去の声が脳裏をよぎった。

――彼は、むやみに暴力を振るうだけの愚か者ではありません。もしかすると、我々よりも優れたアンテナを持っているかもしれません。

これでいいんだろう、日室。井出は心のなかで呟いた。

文化包丁を捨てて、城石の胸倉を摑んだ。

「お前を殺す。だが、あの殺し屋どもや裏切り者どものケツを蹴飛ばしてからだ」

城石の目の焦点が合う。彼は初めて驚いたような表情を見せた。

21

井出はハンドルを握っていた。暑さと痛みに耐えながら。

サイドウィンドウは手動式だった。暑さに耐えきれず、レバーを回して窓を開けた。早朝だというのに、朝の爽やかさはなく、粘っこい湿気をともなった熱風が舞いこんでくる。それでも窓を半分ほど開けっ放しにした。エアコンの効きが悪く、派手な風音を鳴らすだけで、車内はちっとも涼しくならないからだ。

運転しているのは、一九九〇年代に作られた古いトヨタのマークⅡだ。走行距離が二十万キロも超えたマニュアル車で、オートマチックに慣れきっていた井出は、何度かクラッチを踏み損ねてエンストを起こしている。

頰に視線を感じて、助手席にいる城石を見やった。彼はシートを倒して背もたれに身体を預けている。死んだように動かなかったため、てっきり眠っているものと思ったが、目を薄く開け、井出の動向をチェックしていた。

彼は夏用のジャケットを着用していたが、右手はしっかり懐に入れていた。懐には、もはやトレードマークとなった大型リボルバーのスミス&ウェッソンM29がある。助手席で身体を休ませていたが、かりに井出が不審な動きをすれば、ためらいなくリボルバーをぶっ放す気でいる。

それがただの示威ではないのは、うんざりするほど思い知らされている。手負いの獣のような殺気が、熱気とともに車内に充満している。

刺さるような視線が鬱陶しかった。自宅に招き入れて風呂に入らせ、メシや医療用具まで提供したというのに、この狂犬野郎は井出を撃つ気マンマンだった。ちなみに夏用ジャケットも含めて、すべて井出のものだった。にもかかわらず、恩を仇で返すような真似しかしない。

もっとも、信頼していないのは井出とて同じだ。スーツの内ポケットには果物ナイフを、運転席のドアポケットには新聞紙で刃を包んだ文化包丁を入れている――日ごろの備えがなっていなかったと頭を抱える。

せめて紗由梨のように、自費で催涙スプレーのひとつでも購入していればよかった。そうすればマンションの屋上で取っ組み合いなどせず、無駄なダメージを負わずに城石を屈服させられたかもしれない。

身体中が悲鳴をあげていた。ただでさえ体力が尽きていたというのに、屋上でのファイトでずきずきと疼《うず》いた。双手刈で背中をコンクリの地面に叩きつけられ、大型リボルバーのグリップで右手の甲を叩かれた。骨が折れているかどうかはわからないが、おかげで赤紫色に腫れあがった。そのため、ハンドルはもっぱら左手で操っていた。また、城石のパンチをたっぷり浴びたため、ツラを二枚目に変えられている。頬骨と下顎骨をしたたかに叩かれ、口を動かすだけで痛みが走った。ガードした前腕には、いくつもの痣ができている。

言葉を交わすだけで顔に痛みが走るため、無駄口は叩けず、城石とは筆談を交えてコミュニケーションを取った。

天を睨みながら、心のなかで呟いた。

――日室、これでよかったのか？

城石の暗い目を見るたびに、文化包丁の刃を深々と突き刺し、彼の息の根を止めるべきだったのではと心が揺らぐ。

城石がうめいた。激痛に苛《さいな》まれているはずだ。本牧での戦闘から離脱した後は、この男も同じだった。おそらく井出とは、段違いの苦痛に襲われているのは、マスターからオンボロマークⅡを譲ってもらったのだという。その後、静岡や山梨のドライブインや道の駅、そして東京青梅《おうめ》の牛丼店の駐車場などを転々とし、車上生活をしながら逃走を続けていた。

警察と栄グループの両方から追われているにもかかわらず、城石は東新宿までやって来ると、井出のマンションに隣接しているビルの非常口から侵入した。

隣のビルの屋上に出ると、スポーツ用のターザンロープを使い、井出のマンションへと移動した。犯罪者から学んだのか、施錠されているはずの屋上のドアをピッキングで開け、井出を屋上へと誘い出したのだった。

城石の超人的な体力や戦闘意欲には驚かされっぱなしだが、警察の監視下に置かれた刑事のもとに忍びこむなど、相変わらず想定を超える行動をする。

もともと、城石は神奈川県警自慢のタフガイだった。しかし、それだけでは片づけられない。悪魔に魂を売り払ったかのような人間離れした行動力を発揮している。逃亡中はろくに睡眠すら取れていないはずだった。おまけに激闘に次ぐ激闘で、体力はとうに底をついている。

昇りだした夏の太陽が、腫れや傷をジリジリと炙った。全身が熱で疼く。罵りを口にしたかったが、顎や頬が痛むので心のなかで怒鳴るしかない。今のところ安全運転に徹しているが、目的地にたどりつく前に堪忍袋の緒が切れ、文化包丁で隣の男に襲いかかっても不思議ではない。

城石の瞳には、憎悪と憤怒が入り混じった危うい煌めきが見られた。しかし、他人のことをどうこう言える立場ではない。紗由梨を失った今では、井出もまた似たような目をしているに違いないからだ。

城石が再びうめいた。猛獣のうめきにも似ていたが、ときおり声を裏返らせる。発情期を迎えた猫の鳴き声のようでもあり、哀しみや切なさをともなっていた。

「うるせえんだよ」

ポケットに入れていた鎮痛剤のパッケージを投げつけた。薬局で売っている市販のものだ。

顎骨に痛みが走るのがわかっていても、怒鳴らずにはいられなかった。城石の胸にパッケージが当たり、助手席のシートに落ちる。しかし、彼は手を伸ばそうとはしない。

「意地張りやりがって」

鎮痛剤を呑むようにさんざん命じたが、思考が鈍るという理由で服用を頑《かたく》なに断っている。城石の驚異的な行動力の背景には、覚せい剤などのドラッグがあるのではないかと睨んでいたが、彼はそれらに頼ってはいなかった。

まるで射殺された恋人の痛みを分かちあうかのように、この男は苦痛をまぎらわそうとはしなかった。マンションの屋上で井出とさんざんどつき合いをしてからも、彼はその姿勢を変えようとはしない。

メシにしても同じだった。城石が口にしたのは、封の切られていないレトルトの白米やカレーなどだった。メシを振る舞われたにもかかわらず、ドラッグや毒が入っていないかを入念に確かめた。

無礼で身勝手でクレイジーな人殺しだ。警視庁なり神奈川県警なりに、彼の身柄を差しだすべきだったかもしれない。紗由梨の遺した言葉に突き動かされて自宅に匿い、城石と行動をともにしているが、未だにこの選択肢が正しかったのか迷っている。

自宅では、互いに傷つけあった身体を手当し、腹に食物を入れると、屋上にあがってロープをよじ登った。ロープはビルのアンテナの支柱に結びつけられてあった。

隣とのビルの高低差は三メートルほどしかなく、ロープは太く結われた麻製のターザンロープで摑みやすかった。そのため、登りきるのは容易ではあった。体力が底をついている井出でも乗り越えられた。

ただし、ビルとビルの間は約八十センチの隙間があり、手を滑らせれば確実に転落死が待ち受けていただけに、金玉が縮む思いをしながら隣のビルへと移った。

ビルの非常口から約二百メートル離れた位置に、オンボロマークⅡが路上駐車されていた。警察の監視の目を潜り抜け、狂犬野郎とドライブをする道を選んでしまった。

井出は紗由梨の遺言に賭けた。どちらの警察組織にも、栄グループに飼われている犬が潜んでいる。現在の栄グループがもっとも首を欲している城石を、警察組織に渡せば、この男が留置場で口を封じられるのは、火を見るより明らかだった。井之上朝子の二の舞となるだろう。

「まだなのか」

城石は肩で息をしていた。苛立った様子で尋ねてくる。

「もう着く」

国道20号線を西に走り続けて府中市へ。ボートレース場や競馬場が見えてくる。

車内のデジタル時計は午前六時前を表示していた。まだ通勤ラッシュ前とあって、スムーズに進めたのは不幸中の幸いだった。井出にしろ、この殺気に包まれた車をいつまでも運転していたくはない。

やがて公道沿いに〝カーショップ・Ｚモービル〟の黄色い看板が見えてくる。同店の広めの駐車場に入った。まだ営業時間ではなかったが、フロントウィンドウに値段が表示された大型セダンやＳＵＶが展示されている。

目的地に到着すると、城石が倒していた助手席を元に戻した。弱々しいうめきをぴたりと止め、獲物を狙う猛禽《もうきん》類のように同店を睨んだ。

「井之上が遺したお宝はここか」

駐車スペースにマークⅡ《エス》を停めた。

「おれの大切な情報提供者がいる。間違っても拳銃《チャカ》なんぞ抜き出すんじゃないぞ」

城石からは返事はなかった。

彼は懐に手を突っこんだまま車から降りた。集中するあまり、井出の言葉が耳に届かないのか、まるっきりシカトしているのかはわからない。どちらにしろ、井出の言いつけを守る気はさらさらなさそうだった。

ため息をついた。やはり警察組織に引き渡すべきだったかと思い返しながら車を降りる。

カーショップのシャッターを叩いた。井出も注意を払っていた。異変を感じたら即座に果物ナイフを抜き出す気でいる。

城石と同じく、井出もまた栄グループの標的となっているに違いなかった。連中に狙われれば、少なくともこの日本に安息の地はない。それは警官という身分であっても変わらないのを、井之上朝子や紗由梨、それに城石の恋人が教えてくれた。栄グループは警察の家族さえも平気でマトにかける。

同店の工場長である用賀との連絡も、今回は慎重にならざるを得なかった。携帯端末でのやり取りは禁じ、電子メールやSNSに頼ったりもしなかった。利用履歴が残るような連絡方法は取っていない。

本牧で暴れた後、彼の携帯端末は神奈川県警に証拠品として没収されている。警視庁との奪い合いが展開されているらしいが、いずれにしても、履歴は洗いざらい調べられ、それに基づいて尋問もされている。

警察が収集した情報は、栄グループにも流れている可能性がある。井出の人脈はすべて連中にも知られ、用賀を始めとした情報提供者まで巻きこむ恐れがあった。ドライブの途中で、国道20号線沿いにあるコンビニに立ち寄り、公衆電話を使って用賀に連絡を取った。彼に預けたコンパクトカーのカーナビのパスワードは、すでに解読済みだという。

シャッターが音を立てて開き、ブルドッグみたいな顔の用賀が姿を現した。

「うわっ」

ツナギ姿の用賀は、井出らを見るなり、身体を大きくのけぞらせた。

無理もなかった。ふたりとも顔面はお岩さんのような有様だった。城石はすばやく工場内に目を走らせ、不審者がいないかを確かめた。

工場のなかには、相変わらずスクラップと化したセダンや軽自動車、自動車の部品の山があった。タイヤが天井ぎりぎりまで積まれている。

オイルと合成ゴムの臭いが充満していた。鉄クズやタイヤの山に混じって、井之上朝子の遺産であるコンパクトカーがぽつんと置かれてあった。

「……ともかく入ってくれ」

井出らを工場内に招き入れると、用賀はすばやくシャッターを下ろした。工場内にはAMラジオが流れていた。アナウンサーがニュースを読み上げている。

「我がままばかり言ってすまない」

井出は頭を下げた。

用賀は悲しみの表情を見せつつ、リモコンでラジオの音量を落とした。

「止めてくれ、水臭《くせ》え……とにかく嬢ちゃんのことは残念だった。言葉もねえ」

用賀は井出らの顔を見つめた。ふたりのハンサムぶりに改めて驚いている。

「湯を沸かしてあるんだが……のんきに茶を振る舞っている場合じゃなさそうだ」

「すぐに行かなきゃならない。今のおれたちはとびきりの厄ネタだよ。ここにもどんな災難が降りかかるか、わかったもんじゃない」

「そうみてえだな」

用賀は城石を見やった。

城石は工場内をうろついていた。重そうに脚をひきずるようにして、懐に手をやりながら、スクラップや自動車の陰に不審者がいないかを確かめている。

用賀は口を曲げ、嫌悪と憐憫《れんびん》が混ざったような視線を城石に向けた。彼の紹介はしていないが、何者なのかはもはや説明不要らしい。用賀も独自の情報網を持っている。

井出は用賀の肩に触れた。

「もし、おれの身になにか起きたときや危険を感じたときは、組対部特捜隊《ソトク》の明石副隊長に相談してくれ。身の安全はもちろんだが――」

城石が割って入る。

彼はコンパクトカーのドアを開けていた。イグニッションの鍵穴のあたりを調べている。「キーはどこだ」

井出は怒鳴った。

「うるせえ！　ちょっと黙ってろ！」

用賀は肩をすくめた。

「いや……やっこさんの言うとおりだぜ。湿っぽい話は後でゆっくり拝聴する。とにかく預かりものの話をしよう。時間がねえんだろう」

「お前にも栄グループの殺し屋が来るかもしれないんだ」

用賀は鼻で笑った。顎でコンパクトカーを指す。

「んなもん、あれを預かったときから腹くってる」

「用賀……」

「一度、覚せい剤《シャブ》で死にかけた身だ。あんたが手を差し伸べてくれなきゃ、ブリーフ一丁の格好で通り魔事件でも起こしてたかもな。こんぐらいの恩返しをしたかった」

「もしもだ。かりに連中に囲まれるようなときは……知ってることを全部打ち明けろ。おれをかばうことはない」

「そうならねえよう、とっとと栄のクソタレどもを吊るしてくれよな。あくまで覚悟ができてるってだけで、なにも自殺願望があるわけじゃねえ。あんただって同じだろう。おれのことより、自分の安全に徹してくれ」

根負けしたように息を吐いた。

「もっともだ、工場長」

「早くキーをよこせ」

城石がドアを叩いた。

「へいへい。なんともせっかちなお客さんだ」

用賀はツナギのポケットから、車のキーを取り出した。それを井出に渡す。

用賀とともにコンパクトカーへと向かう。城石は井出からキーを奪い取った。

彼はキーを挿して、コンパクトカーのエンジンをかけた。電気系統も動きだし、カーナビが起動し始めた。画面に府中市を中心とした地図が表示される。

用賀が画面を指さした。

「ロックはもう解いてある」

城石は運転席に陣取り、液晶画面にタッチした。

「目的地は一か所も登録されていない。ただ履歴が一件あるのみだった」

用賀が手を伸ばした。

履歴の項目をタッチすると、住所が表示されて地図が切り替わった。

東京都町田《まちだ》市の住所だった。商業施設や店舗ではない。玉川《たまがわ》学園近くの瀟洒な住宅街だ。用賀の携帯端末を使い、検索サイトで現地のパノラマ写真を確かめると、やはり該当する住所には二階建ての一軒家が建っている。

撮影された時期は初夏らしく、一軒家の庭では淡いブルーの紫陽花《あじさい》が咲き誇っていた。ガーデニングに凝っているのか、豊かな緑に覆われている。

頬が濡れていた。パノラマ写真を見ているうちに、涙があふれ出した。

城石に問いただされる。

「知っている家か」

「知らん。住所も家も初めて目にする」

嘘ではない。井之上朝子の交友関係は洗った。親戚から飲み友達、高校時代の同級生にいたるまで。捜査線上にこの住所は浮かんでいない。住人もわかっていない。この家がなにを表しているのかはわからない。ただし、井之上朝子はこの情報を守って死に、ただひとりメッセージを託された紗由梨もこの世を去った。彼女たちの姿が脳裏をよぎり、涙がこみあげてきた。

「うれし涙をこぼすにはまだ早い」

城石が鼻を鳴らした。

彼はカーナビをしきりにいじった。用賀の言葉を信用せず、なにか痕跡がないかを確かめていた。涙を拭き取った。

「わかってる」

城石が急に眉をひそめた。彼は叫んだ。

「ラジオだ！」

「なに？」

思わず用賀と顔を見合わせる。城石がラジオを指さす。

「音量を上げろ！」

用賀がリモコンを向けてボリュームを上げる。アナウンサーがニュース原稿を読み上げている。

〈……神奈川県警伊勢佐木署員が駆けつけたところ、店内で床に倒れている男性の遺体が発見されました。遺体には激しく暴行を加えられた痕があり、神奈川県警は殺人事件と見て捜査しています。遺体は同店の店長である豊平幹男《とよひらみきお》さん、七十三歳と見られ、司法解剖を行って死因を調べています〉

ニュースを途中から耳にした。

しかし、なにが起きたのかはわかった。運転席に座る城石が身体を震わせた。

豊平幹男は、本牧で栄グループによって殺害された佐竹の刑務所仲間であり、バー『ファビオラ』の店長だ。城石の復讐に手を貸していた人物であり、逃走車として使っているオンボロマークⅡの所有者でもあった。

城石はハンドルを叩いた。顔は無表情に近かったが、彼の広い背中は泣いているように見えた。

「まずいぞ……」

井出は呟いた。声が震える。

豊平が殺害された。激情に駆られている城石とは対照的に、井出は冷静さを取り戻しつつあった。カーナビのロックを解き、井之上朝子の遺産の正体に近づきつつある。不覚にもベソを掻いたが、豊平が殺害されたと知り、ぴたりと涙が止まった。

「なにがどうしたっていうんだ」

用賀が尋ねてきた。ラジオのニュースが伝えた殺人事件の被害者が、城石の協力者だったのを伝えた。用賀は納得したようにうなずく。

井出は用賀に訊いた。

「お前、ちゃんと武装はしてるんだろうな」

「武装って……刑事《デカ》が言うことかね。おれはもうカタギだぜ。自宅とここの戸締りぐらいはきちんとしてるが、武器に使えるもんなんて、せいぜいここにあるエアーツールと溶接機ぐらいなもんだ」

用賀は大袈裟《おおげさ》に両手を振った。しかし、ニヤリと笑ってみせる。

「……と言いてえところだが、さっきも言ったように、自殺願望があるわけじゃないんでな。してるよ」

用賀はツナギのポケットに手を突っこんだ。なかから無造作に拳銃を取り出した。シグのP239だ。官給用のシグP230と似た小型の自動拳銃で、やはり携帯性に優れており、コンパクトなピストルだ。彼はかつて日中混成の自動車窃盗団の一味として、闇社会にずっぽりと足を踏み入れていた。銃の扱い方も知っているだろう。

「そういうあんたはどうなんだ。小学生と殴り合いをしても、一ラウンドも持ちゃしねえってツラだ」

用賀は、井出のスーツや腰のあたりをじろじろと見やった。苦笑いをするしかなかった。「刑事《デカ》のくせに、拳銃ひとつ持ってない」

果物ナイフを内ポケットから抜き出した。用賀は腹を抱えて笑う。

「それじゃ、まるで頭のイカレた通り魔だ。こいつを持ってけ」

用賀は自分のシグを渡そうとした。グリップを向ける。

「いいのか？」

「あと数丁、この工場にある。もし府中署がガサ入れなんてつまんねえこと考えたときは、前もって連絡くれよな」

「たとえ捕まっても、すぐに釈放《パイ》だ。どんな方法を使ってもな。大事な友人だ」

シグを受け取った。

むろん非合法であり、出所もわからぬ拳銃を入手するなど言語道断な行為ではある。しかし、遠慮をしている暇はない。用賀はさらにポケットから、シグの替えのマガジンを二本取り出して、井出に渡した。

さきほどのラジオニュースでは、殺害された豊平の遺体には、激しい暴行を加えられた痕があったという。殺したのは言うまでもなく、栄グループの連中だろう。彼をあの世に送る前に拷問をし、身を潜めている城石に関する情報を引き出した可能性が高かった。豊平は城石の私的制裁に手を貸している。

そして、ここまで移動に使ってきたのは、彼のオンボロマークⅡだ。彼が狙われたことで、マークⅡは栄グループと警察組織の両方から注目を浴びるだろう。

それゆえ、早急にこの工場から離れなければならなかった。それが命をかけてくれた用賀に対する礼であり、彼を守るための最善策だ。

用賀は城石にも訊いた。

「あんちゃん、あんたは武器《エモノ》持ってるのか？」

城石は懐から黙って、大型リボルバーのスミス&ウェッソンM29を抜いた。用賀は口笛を吹いて言った。

「長いこと生きてきたが、そんな巨根を拝むのは初めてだ。車はおれのを貸すぞ。あのちっこいコンパクトカーに用はとくにないだろう」

「いや、あれで行かせてもらう。平凡な車が一番だ」

井出はコンパクトカーに近づいた。

城石が代わりにコンパクトカーを降り、無言で工場から出て行こうとした。用賀は目を丸くする。

「おいおい、あんたら一緒に行動するんじゃないのか？」

「いろいろあるんでな」

「いろいろか」

用賀は表情を引き締めた。

井出らがなんらかの手を講じる気でいるのに気づいたようだった——それもかなり

危険な方法であることに。用賀が右手を差し出す。

「井出さん、死ぬなよ。あの嬢ちゃんのためにも」

「お互いさまだ」

固い握手を交わした。

用賀がボタンを押してシャッターを上げた。駐車場では、城石がオンボロマークⅡのエンジンをかけていた。マフィア組織と警察組織の両方から狙われている車に乗りこむ――城石自身が決めたことだ。

工場の周囲に不審者がいないかと注意を払いつつ、城石を乗せたマークⅡを見送った。彼はなんの挨拶もせず、井出らのほうを見ようともしなかった。あの男の頭には、殺し屋どもの殺害しかない。豊平の死を知って、ほんの一瞬だけ感情を露にしたが、その後はうめき声さえ上げもしなかった。

井出も工場内にあるコンパクトカーに乗りこんだ。カーナビを操作し、唯一指し示した町田市の住宅街に設定する。助手席に、用賀に借りた携帯端末を置いた。液晶画面には、目的地である一軒家を表示させたままにした。

用賀に別れを告げて、彼も車を走らせた。

22

「お前……生きてんのか！」

明石の歓声が鼓膜を震わせた。

携帯端末から聞こえた声は、針となって耳の奥を突き刺した。思わず目がくらみ、ハンドル操作を誤りそうになる。車線をはみ出さぬよう気をつけた。

「邦《クニ》……栄の殺し屋に身柄《ガラ》をさらわれたのかと、組対部特捜隊《ソトク》のみんなもてんやわんやだったぞ。心配させやがって……」

大目玉を喰らうと覚悟していたが、明石は切なげに声を震わせていた。井出の心に痛みが走る。

明石は鼻をすすりながら笑った。

「ちなみに警務の監察係も大慌てしたらしい。お前のマンションをずっと監視してたってのに、今朝になって訪問してみりゃ、部屋のなかはもぬけの殻だ。屋上には血痕やら、隣のビルにロープで移った痕まであったんで、新宿署の刑事課やら機動捜査隊《キソウ》やらがごちゃごちゃ集まって。そりゃえらい騒ぎだったんだぞ、馬鹿野郎め」

「申し訳ありません」

「知るもんか。所轄や監察係が入り乱れて、お前の部屋を引っ掻き回したんだ。もう噂になってるぞ。いかつい大女が好みなんだってな。棚からその手のAVと、女子プロレスのDVDがわんさか出てきたのを目撃されてる」

苦笑した。性癖を知られるのはおもしろくないが、城石なんぞと組んで、部屋から脱出して以来、そうなるのは織り込み済みではあった。

「仕方ありません。くたくたに疲れていたうえ、同僚らの監視もあったので、すっかり油断していましたから。それに、危ない輩《やから》に拉致されたのも事実です」

〈危ない輩……やっぱり城石のほうか〉

「不覚にも、例のスミス&ウェッソンを突きつけられました」

井出は打ち明けた。

〈拳銃を突きつけられて、従うしかなかった……か〉

明石は皮肉っぽく鼻で笑う。

〈新宿署の鑑識が言うには、お前んところの風呂場はえらく泥だらけだったそうだぞ。野良犬でも拾って洗ってやったのか〉

「ええ、まあ。野良犬というより……飢え切った狼《おおかみ》というかクマというか」

明石はため息をついた。

〈城石春臣……あいつは獣というより、ゾンビじゃないのか。本牧じゃ銃撃戦までやらかして、トラックから振り落とされたってのに、栄の連中にも捕まらず、お前の家までやって来るとは。お前もお前だ。都合よく話をいじくりやがって。拳銃《チャカ》を突きつけられたところで、今のお前が唯々諾々《いいだくだく》と城石に従うとは思えねえ。屋上に血が飛び散っていたらしいが、まるでガキ向けの不良マンガみたいに、野郎と素手喧嘩《ステゴロ》でもしているうちに、妙な絆でも生まれやがったんじゃないのか〉

明石にすっかり見透かされている。彼は叩き上げのマル暴刑事であり、事件の線を読むのがうまい。井出とは長いつき合いだ。部下の性格を熟知していた。

府中市から多摩川を越え、川崎市多摩区のゆるやかな丘を走っていた。会話をしつつも、バックミラーにひんぱんに目をやり、尾行の有無を確かめた。

いかついSUVやトラックが、井出のコンパクトカーの後ろを走るときは、路肩に車を停めて先に行かせている。有事のさいには、躊躇せずにシグを握るつもりでいる。運転席のドアポケットには文化包丁に加えて、シグも収まっている。

明石が尋ねた。

〈野郎とつるんでどこにいて、なにをしようとしている。けっきょく、おれは信頼するに値しねえのか？〉

「いえ」

電話だというのに、思わず首を横に振った。

「三千夫さん……この会話は大丈夫ですか」

〈お前から連絡があって、あわてて庁舎を飛び出した。小石川後楽園《こいしかわこうらくえん》のなかにいる〉

組対部特捜隊が詰めている富坂庁舎から、小石川後楽園までは目と鼻の先だ。明石の声とともに、先ほどからアブラゼミの暑苦しい鳴き声が耳に届いている。

〈とはいえ、いつまでも席を外してはいられない。どうする気だ〉

「作戦を始めてください」

〈なんだと？〉

「城石が現れたおかげで、若干の修正は必要ですが、あの男が現れたことで危険性を分散させることができます」

〈井之上朝子の〝遺産〟を摑んだのか〉

明石の声がくぐもった。危うく叫びそうになるのを、携帯端末を手で覆い、声を押し殺そうとしているのがわかった。

井出は〝遺産〟が町田市の住宅にある可能性が高いと告げた。それに明石が見ぬいたとおり、城石とは番長同士のケンカのごとく、膝蹴りやタックル、殴打の応酬の末にある種の絆が芽生えたのも打ち明けた。友情などというものではなく、ある種の休戦協定に近い。敵の敵は味方という程度の。

井出は、城石とともに乗った車の持ち主が豊平であるのを告げた。そして、その豊平が栄グループらしき連中に暴行されたうえに殺害された事実を。それを知りながら、城石はマークⅡを乗り回している。

井出は元上司と計画を立てた。組対部特捜隊に潜む裏切り者を炙りだすため、内部にガセネタを流すのだ。裏切り者を通じてガセネタは栄グループに伝わるはずだ。

「城石を囮《おとり》に使ってください」

〈あの神奈川の暴走刑事が、おれたちの作戦に従うというのか〉

「従います。あいつの目的は、栄の殺し屋にマグナム弾をぶち込むことですから」

23

鷹森は眉をひそめた。

横にいる香莉《シャンリー》がボリボリと音を立てて鎮痛剤を噛んだ。まるでミントタブレットのように齧り、水を使わずに呑みこんでいた。

なにを食おうが知ったことではないが、用量を無視してしょっちゅう服用しているのが不気味だった。こんな薬物依存症者に背中を預けて戦わなければならないのかと、暗い気持ちになる。

彼女は光を失った左目を、黒いアイパッチで隠していた。左頬に散弾が食いこんだため、あばたのような傷跡が残っている。

香莉の外見は大きく変わったが、性格までもが変化したかのようだった。元来、短気で口やかましい女であり、本牧での銃撃戦ではひどく取り乱してヒステリーを起こしたが、現在は気味が悪くなるほど静かで表情も乏しい――ボリボリという不快な咀《そ》嚼《しゃく》音を立てるぐらいで。

後ろに座っていた破樹は、とくに香莉の過剰服用を止めようとしなかった。このリーダーに香莉に注意を促すようにアドバイスをしたが、軽くあしらわれるのみだった。むしろ、忠告をした鷹森が皮肉を言われる始末だった。

――本人に直接告げたらどうだ。まるで、教師にすがるクラス委員長のようだぞ。

鷹森はなにも言いかえせなかった。

香莉は鎖骨を折っているため、右腕も満足には使えない。しかし、腕一本で戦えるのを証明してみせたのだ。

先日、木更津の廃墟で高良は、破樹らの実力をその目で確かめて引き上げた。ボスを見送るため、香莉や鷹森らは廃墟の玄関まで出た。外では、高良の護衛が控えていた。元軍人か元警官らしき、東南アジア系の屈強な三十男だ。

彼は、包帯だらけの香莉や、歩き方がおかしな鷹森らを見ては歪んだ笑みを見せた。死神と怖れられた破樹チームを嘲笑うのが、栄グループ内の流行《はや》りとなっている。自尊心がひときわ高い香莉がボスに頼みこんだ——この護衛を使って、徒手格闘の腕をお見せしたいのですが。

さすがの高良も目を丸くした。右腕から肩にかけて包帯を巻いている女が、筋骨隆々の男に腕試しを挑んだのだ。鷹森にしても同じだった。数々の侮辱にブチ切れそうになるが、睾丸の損傷で充分に動けず、ただ怒りをやり過ごすしかなかった。

護衛は日本語をほとんど理解できないようだったが、香莉の殺気や人々の緊張を感じ取ったのか、リーダーである破樹に対して身構えた。ムエタイの経験者だという。ファイティングポーズを取り、両脇を締めてガードを固めると、脚をバネのように弾ませて、フットワークを使いだした。

——そっちの男じゃない。こっちの彼女さ。

高良は英語で護衛に伝えた。護衛は眉をひそめて問い返したものだった。

——こんなケガ人……しかも女だ。

——やれよ。

高良が冷やかに告げた。

護衛は納得いかないといった顔をしたが、ボスの命令は絶対だった。香莉と向き合うと、顎を引いて上目遣いになり、前傾姿勢を取った。護衛の構えを見るかぎり、ムエタイだけでなく、総合格闘技も習得しているようだった。キックやパンチだけでなく、アマレス風のタックルも仕かけてきそうな。彼女の目や左腕だけでなく、下半身をも見すえた。

しかし、決着は早かった。香莉が先に動いて、ムチのようなローキックを叩きこむ。竹刀で叩いたような高い音が鳴り、護衛の顔が強張った。香莉は、そこいらのキックボクサーよりも、強烈な蹴りをぶちこめる。

護衛はお返しとばかりに、左のミドルキックを放ってきた。包帯が巻かれた右肩を狙う。ボスの護衛を務めるだけあり、閃光《せんこう》のような速さの蹴りだった。相手の弱点を攻めるのは、格闘技における定石だ。おまけに、こんなケガ人の女相手に手間取っては沽券《こけん》にかかわる。護衛の顔にそう書いてあった。

護衛の左脛が、香莉の右肩に当たった瞬間、ゴキンという金属的な音が鳴った。香莉のローキックとはまったく異なる音だ。ミドルキックを放った護衛のほうが、苦痛に顔を歪ませ、尻餅をついてダウンを喫した。香莉は汗を噴きださせて苦痛に耐えていたが、してやったりと微笑んだ。

あとで知ることとなるが、香莉はプラスチック製のギプスのうえに、文鎮のような硬い金属プレートを仕こんでいた。また、護衛が早期決着を図って、右肩付近を狙ってくるのを読んでいた。手加減なしのミドルキックは、香莉の肩に強い衝撃を与えたが、護衛の脛骨にもヒビが入った。

あとは一方的だった。香莉は地面を蹴って、護衛の目に土を浴びせて視覚を奪うと、がら空きになったボディをサッカーボールのように蹴飛ばした。胃液を吐きだして、亀のように丸まった護衛を、香莉は冷たい顔をしながらつま先で蹴り、あるいは延髄や後頭部といった急所を踏みつけた。護衛との腕試しは約二分で決着がついた。

破樹チームの実力を改めて見せつけ、侮辱する連中に一泡吹かせた。同じチームのメンバーとして、スカッとする出来事ではあったが、同時に香莉には恐ろしさを再認識させられた。今までは鷹森と対等だと思っていたが、むしろ本牧の戦いで大ケガを負って以来、自分よりも格上の存在になったような気がした。あの警視庁の日室紗由梨に叩き伏せられてから、香莉のなかに潜む凶暴性がさらに膨れ上がったように思えてならない。

携帯端末が震える音がした。後部座席にいる伊方が電話に出た。

「もしもし」

伊方は元警視庁の公安刑事だ。警視庁内部には脅しとカネを巧みに使って、多くの協力者のネットワークを築いている。電話の相手は警視庁関係者だろう。朝から電話が鳴りっぱなしだ。

彼は電話を終えると、メンバーらに伝えた。

「マンションの住人である井出邦利ですが、やつをさらったのは――」

「城石春臣だろう」

破樹が遮って答えた。伊方はうなずく。

ひっそりとため息をついた。香莉の戦闘能力にも舌を巻いたが、同様にあのマグナム野郎の生命力にも驚かされている。

破樹に蹴られ、サブマシンガンの銃弾を喰らい、猛スピードで走るトラックから落下し、アスファルトに身体を叩きつけられている。肉体はボロボロのはずだった。トラックから落ちた城石を、鷹森は戻って轢き殺すことを破樹に提案した。警察の手が迫っていたとはいえ、やはりトドメを刺しておくべきだったと思う。

本牧での死闘の後、栄グループの前に立ちはだかるマスクマンの正体は、神奈川県警の現役刑事だと判明した。県警のなかに潜りこんでいる犬から情報を割り出した。現役刑事が、大型リボルバーを手にして私刑を行っている。神奈川県警はもとより、今は警視庁も城石の身柄確保のために動いている。

鷹森たちを乗せたSUVは、東新宿のコインパーキングに停まっていた。二百メートル先には、女性刑事の元上司が暮らしている部屋があった。神奈川県警の所轄署に籍を置く城石と、警視庁組対部特捜隊の刑事らが組んで、一体なにをするつもりだったのか。そして、井出と城石はどこに身を潜めているのか。鷹森らは内通者からの連絡を待っていた。

再び携帯端末が震えた。

鷹森は思わずポケットに触れた。自分のものではなく、伊方のでもない。

後部座席の破樹だった。彼は液晶画面を見やった。わずかに目を細めて電話に出る。

「破樹だ」

車内にいる全員が聞き耳を立てた。

相手は内通者と思われた。警視庁組対部に潜んでいるスパイだ。相手の声は聞こえなかったが、破樹の口から〝城石〟〝マークⅡ〟〝国道20号線〟という言葉が聞こえてくる。鎮痛剤をラムネ菓子みたいにボリボリ嚙んでいた香莉も、口の動きを止めて耳を澄ましている。

手早く電話を終えると、破樹は車内にいる手下たちに告げた。

「諸君、聞いてのとおりだ。豊平の古いマークⅡが、国道20号線をひたすら西に走っているとの目撃情報が入った。警視庁の隊長のもとに。運転しているのは城石だろう」

「豊平の……」

思わず鷹森は呟いた。

豊平幹男は昨日、鷹森らが殺した。佐竹の仲間であったことが判明し、自分のバーを城石のアジトとして提供していた。

豊平は七十過ぎの老人で、かつては佐竹の組織に在籍していた元極道だった。ちょいとばかり小突いて脅し上げれば、すぐに情報を吐くものと甘く見た。

しかし意外にも、この老人は鷹森らを手こずらせた。営業を終えたのを見計らってバーを急襲したが、鷹森らを見るなり、豊平はためらいなく果物ナイフで手首や腹をざくざくと突き刺したのだ。おかげで、銃器や刃物を振りかざすよりも、救急箱を抱えて彼の自殺をふせがなければならなくなった。止血作業に追われたが、豊平は自傷行為を止めず、果物ナイフを取り上げられると、舌を噛み切ろうとした。

本牧での死闘の後、ケガを負った城石が逃げこんだのは、豊平のバーに間違いなかった。店のバックヤードのゴミ袋には、城石が着用していたブルゾンや、銃弾や散弾が食いこんだ防弾ベストがあった。どちらも戦いによってボロボロになり、大量の血がこびりついていた。

自殺まで企むような男を吐かせるのは難しい。両手足の爪に絨毯《じゅうたん》用の太い針を突き刺し、キッチンで水責めを行い、トーチバーナーで顔を炙った。しかし、最後まで口を割ろうとはしない。唇を黒焦げにされながらも、不敵な笑みさえ浮かべてみせた。強力なスタンガンによる電気ショックで泡を吹いて失神した。

得られた情報はといえば、城石が豊平の自家用車を使って逃走したぐらいだ。意識が混濁した豊平が、うわ言のように車と呟いたからだった。それ以上の情報が豊平の口から得られないと判断すると、香莉がナイフでトドメを刺した。

神奈川県内では、栄グループに刃向う者はほとんどいない。県警の極秘情報すら筒抜けとなっている。だが、関代や佐竹といい、豊平といい、未だに抵抗しているのは、折れるのを知らない厄介な人間ばかりだ。その最たる者が城石だった。

香莉に肩を殴られた。相手が城石と知り、目をギラギラと輝かせた。

「グズグズするな。早く行けよ」

肩甲骨まで痛みが響く。彼女は本気で殴りつけてくる。

「痛《いて》えだろうが。ヤク中のクソ女が。おれに命令するんじゃねえ」

香莉が冷えた顔で睨んできた。破樹が大儀そうに止めに入る。

「よせ」

破樹は窓に目を向け、顎に手をやった。しばし考えこむように、黙りこくっていたが、改めて鷹森に命令を下した。

「行こうか。ただし、猪突猛進じゃ芸がない」

24

城石は西へと走った。

国道20号線で調布から八王子《はちおうじ》へ。国道411号線に入り、あきる野《の》から青梅を走り抜ける。

青梅までは、ラーメンチェーン店や紳士服販売店、ガソリンスタンドといった郊外型の店舗が、ぎっしり並んでいたが、徐々に東京都内とは思えぬ山深い風景に包まれる。店舗のほとんどが姿を消し、視界は夏の濃い緑に覆われ、道は曲がりくねりだした。奥多摩の険しい崖道が続いている。ハンドル操作を誤れば、崖下の川に落下するか、岩壁に激突するかのどちらかだ。

バックミラーをしきりに確認した。平日のためか、車の数は少ない。砂利《じゃり》を載せたダンプカーや、配達業者のトラックが行き交っている。夏の週末は、奥多摩湖や温泉へレジャーに繰り出す一般車両が格段に増える。

車の数がまばらなおかげで、いかついSUVが後をつけてくるのが確認できた。ダンプカーの後ろに隠れているが、フロントグリルにつけたごつい鹿避《よ》けが目立つ。

青梅市のコンビニの駐車場に寄り道し、一度はSUVを先に行かせた。だが、SUVもどこかの駐車場に停車していたらしく、いつの間にか城石のマークⅡの後ろについていた。交通量が少なくて何よりだった。戦闘で一般人をなるべく巻きこみたくはない——それくらいの良心はまだ残っている。

ギアをトップに入れてスピードを上げた。エンジンがうなりをあげる。しばらく法定速度を守っていたが、ここで百キロ近い速度で、曲がりくねった山道を駆け抜ける。

後方のダンプカーから遠ざかった。

バックミラーに目を走らせた。SUVがたまりかねたように前のダンプカーを追い抜くのが見える。城石を見失うまいと、SUVも速度を上げる。

深呼吸をした。じんわりと腹のあたりが熱くなる。栄グループの連中を少しでも抹殺できるかと思うと、興奮剤でもキメたかのように気分が昂揚する。ケガによる痛みが消え失せる。自然と微笑みがこぼれる。

一刻も早く、真紀を惨殺した連中を地獄に落とさなければならない。顔を半分失った彼女が訴えてくる。あいつらをいつまで、この世にのさばらせておくの。

「わかっている」

対向車線まではみ出し、マークⅡを道路のど真ん中で走らせると、ハンドルを右に半回転させた。

右側から強烈な横Gに襲われ、身体が左に傾くのをこらえ、クラッチを切ると同時にサイドブレーキをすばやく引いた。後輪がロックされて、タイヤが派手な音を立てる。白煙が上がり、タイヤが焦げる臭いが鼻に届く。

マークⅡがきれいに百八十度回転した。もともとタイヤの溝がすり減っていたため、スピンターンがやりやすかった。ギアをローに入れ直してアクセルを踏んだ。次々にギアを上げていき、スピードを加速させる。

対向車線を走り、ＳＵＶと正面から対峙した。ＳＵＶは避けようとせず、クラクションを派手に鳴らした。しかし、城石はハンドルを切らない。

城石は舌打ちした。ＳＵＶの運転手は、半袖のサファリジャケットを着た中年男だった。二の腕まで和彫りの刺青を入れたヤクザだ。助手席も日の丸入りの戦闘服を着た禿頭の筋者《すじもの》風だ。あの殺し屋どもではない。後部座席にも人がいるようだが、人相までは確認できない。

ヤクザどもの顔がぐんぐん近づく。頑丈な鹿避けまでつけたＳＵＶと、ガタの来ているマークⅡでは勝負にはならない。まともにぶつかれば、ダメージを負うのは城石のほうだ。ＳＵＶのほうもまっすぐに向かってくる——。

運転手の刺青ヤクザが目をひん剝き、衝突寸前でハンドルを慌てて切る。助手席の禿頭のほうは、目をつむってシートにしがみついている。

ガシャンと金属が衝突する音が響いた。城石はクラッチを切って、再びスピンターンをして停まった。フロントガラス越しには、対向車線で横倒しになったＳＵＶが見えた。ガードレールを突き破りはしなかったものの、車輪が乗り上げてひっくり返ったらしい。アスファルトにはタイヤのゴムの跡が黒々と残り、砕けたガラスやプラスチック片が散乱していた。道路の舗装はＳＵＶのボディによって表面が削り取られ、無数のひっかき傷ができていた。外れたバンパーやサイドミラーが転がっている。

SUVは無惨だった。片側の車輪は虚《むな》しく回転している。ボンネットが開き、エンジンルームがむき出しになっていた。大量の液体が浸《し》み出し、倒れたSUVとその周囲を濡らしている。ヤクザどもを一度に殺れる好機だ。城石は車のシガーライターを押した。

SUVの助手席側の割れた窓から、禿頭のヤクザが這い出ようとしていた。頭は血でまっ赤に染まっている。ダメージは大きいらしく、その動きは緩慢で、目の焦点は合っていない。

後部座席の窓からも、迷彩ジャケットにサングラス姿の男が、這い出ようとあがいていた。サングラスの片方のレンズは外れ、頬や額の皮膚がざっくりと裂け、血をボトボトと流していた。そのため、年齢も人相もわからないが、手には自動拳銃らしきものを握っている。

シガーライターが、カチッと音を鳴らした。引き抜くと内部の電熱線はオレンジ色に染まり、充分に熱を持っていた。それを手にしてマークⅡから降りる。ガソリンの臭いがした。

「う、うわ！　こりゃひでえ！」

マークⅡの後ろのほうで声がした。ダンプカーが停車し、Tシャツ姿の運転手が路上に降り立った。

ごま塩頭の初老の男だった。城石の顔を見て息をつまらせる。ベースボールキャップをかぶっているが、城石の顔は、傷と腫れでジャガイモみたいに変形している。

「な、なにがあったんだ……」

熱を持ったシガーライターを、ＳＵＶへと放り投げた。シガーライターが液体まみれの路上に落ちる。

その瞬間、巨大な炎の塊がＳＵＶを包みこんだ。オレンジ色と赤色の火炎が、天をも焦がす勢いで立ち昇り、搭乗者をも呑みこむ。禿頭とサングラスの男は、熱さに反応して身体をくねらせたが、一瞬にして血が蒸発し、全身を焼かれながらＳＵＶのボディにもたれた。

「あ、あんた！　なにを――」

運転手は顎が外れそうなほど口を開けた。作業ズボンのポケットから携帯電話を取り出す。

城石は距離をつめた。運転手のＴシャツを摑んで、大外刈りをかける。手加減はしたが、背中をアスファルトに打ちつけたらしく、身体を震わせてうめき声をあげる。

運転手が持っていた携帯電話を奪い取ると、城石は燃え盛るＳＵＶに注意を払いつつ、マークⅡの運転席に戻った。かりにＳＵＶから脱出した者がいれば、いつでもリボルバーで応戦するつもりでいたが、炎の勢いはすさまじく、溶けたタイヤは黒煙を上げ、ボディを黒焦げにしていた。車内から出てくる者はいない。あの殺し屋どもも現れない。

マークⅡのギアを入れて、さらに西へと向かった。カーブだらけの山道で、SUVだった鉄くずは見えなくなったが、黒煙はいつまでも視界に入った。

25

鷹森は掌を戦闘服に擦りつけた。

エアコンが効いているはずだが、双眼鏡は汗でぬるぬると滑った。中央道を走って城石を追跡し、奥多摩の山道を走るマークⅡを発見した。

だが、リーダーの破樹は襲撃を許さなかった。はやる香莉を抑えて、別働隊に追跡させた。

本体である破樹らが襲わなかったのは、すでに城石に煮え湯を二度も呑まされているからだ。有楽町の高級ホテルでも本牧でも、彼を抹殺できなかった。

豊平が殺害されたのは、城石の耳にも入っているはずだ。それにもかかわらず、豊平の自家用車に未だに乗っている——破樹にはそれが引っかかったらしい。自分を見つけてくれと訴えているようなものだと。

城石側のトラップを警戒し、東京都内にいる栄チームの構成員を先に行かせた。ただのチンピラヤクザではなく、旧東龍会に所属し、古くから高良についてきた歴戦のヒットマンたちだ。破樹チームに欠員が出たため、彼らのなかから選抜し、新たにメンバーにすることさえ考慮されていた。

「む、無茶苦茶だ」

思わず呟いた。ヒットマンたちは一瞬にして、城石によってバーベキューにされた。鷹森らは、三百メートル離れたレストランの駐車場から、戦いの一部始終を目撃していた。あの男らしいイカレた戦法だった。

改めて思う。あの男は女を殺されたときから、もう死人のようなものなのだと。今は怨霊となって、栄グループの人間をせっせと地獄に送るためにさまよっている。現職の刑事だというのに、燃料漏れしたSUVに、なんのためらいもなく火種を投げ入れてみせた。別働隊のメンバーを生きたまま焼き殺し、何食わぬ顔で現場から立ち去っている。

「うちに欲しい男だな」

後ろの破樹がボソッと呟いた。彼の目はSUVから立ち昇る黒煙を見つめていた。

助手席の香莉が振り返って睨みつける。独眼になったためか、眼光がより鋭くなったような気がする。

「いくらボスでも、聞き捨てならない」

「いつでも相手になる。ただし、あの男を消し去ってからだ」

破樹は、彼女の怒気を悠然と受け止めた。

彼は吸いかけのシガーに火をつけた。香ばしいキューバ産の葉巻の煙が漂う。

「それと井出邦利。あのふたりにまずは怒りを叩きつけろ」

香莉は鎮痛剤を口に放った。音を立てて嚙むと、運転手の鷹森に八つ当たりをする。粉になった鎮痛剤を吹きつけながら、鷹森の肩を殴りつけてくる。

「グズグズするな！」

鷹森は肘でパンチをブロックしつつ、スターターボタンを押した。この戦いのケリがついたら、このヤク中の女をぶち殺そうと心に決めながら。

双眼鏡を手放してハンドルを握った。アクセルペダルを蹴りつけるようにして踏む。

城石にむかついているのは、なにも香莉だけではない。あれほど滅茶苦茶な狂犬のくせに、一丁前に自分自身を囮にするなど、策を講じてみせた。

豊平のマークⅡに乗っていたのは、運転手の城石だけだった。そこに警視庁の井出の姿はない。破樹が抱いた懸念どおり、城石にまんまとおびき寄せられた形となる。

鷹森らを乗せたSUVは、巨大なキャンプファイヤーと化した別働隊の車へと近づいた。片側一車線の国道には、ダンプカーやトラックが列をなし、路上は見物人であふれていた。

まもなく警察や消防がやってきて、消火活動や交通整理で通行止めになるだろう。道路には黒々としたタイヤ痕と大量の落下物が散らばっていた。ごうごうと凄まじい音とともに燃えている車両に対してスマホを向け、のんきに撮影に励んでいるやじ馬どもにクラクションを鳴らした。車列を無視して、見物人たちを蹴散らすように走る。

破樹は冷めた目で、やじ馬たちを見つめた。

「内通者は使い物にならないな」

「潮時ですね。至急、新しいのを用意しませんと」

伊方が答えた。

井出は城石に拉致されたとの情報が流れていたが、奥多摩を走るマークⅡには、城石ひとりしか乗っていなかった。どうやら井出は別行動を取っているらしい。彼は、井之上朝子が持ちだしたブツの行方について知っている。特捜隊を外れてからも、後輩隊員の日室紗由梨と行動をともにしていた。

おそらく井出と城石の利害が一致したのだろう。城石は復讐のために悪魔に魂を売った狂犬で、井出もまた後輩刑事の命を奪われ、どちらも栄グループを激しく憎んでいる。

城石は進んで囮役を引き受けたに違いない。破樹チームがあいつに会いたがっているのと同じく、城石もまた破樹チームとの対面を熱望している。

アクセルを踏み直した。城石のマークⅡは、タイヤの溝が減って坊主になっている。いくら運転技術を持っていても、ガタのきたセダンでは満足にスピードを出せるはずはない。鷹森らが追いつくのは時間の問題だ。

左手に奥多摩湖が見えた。丹波川《たばがわ》を堰き止めた人造湖であり、水道専用貯水池としては日本最大級だ。水を貯めるための巨大なコンクリートの堤体が目に入る。連日の猛暑で貯水量はだいぶ減っており、湖の周囲は茶色い山肌が露出している。

カーブだらけの山道で、視界が開けているとは言えなかったが、マークⅡのブレーキランプを捉えた。

「早く、早く、早くしろ」

香莉が歯をガチガチ鳴らしながらうなった。言われるまでもない。対向車線をはみ出しながら峠を攻める。

「全員、シートベルトをしておいてください。野郎がまたターンして突っこんでくるかもしれない」

鷹森はハンドルを握り直した。

あの男が突っこんでくるのを覚悟する。どこかの骨が砕けるかもしれないが、肉親が身元確認できないくらいに、ぐしゃぐしゃに押し潰すのみだ。

しかしマークⅡは、鷹森の気合をいなすように左折した。奥多摩湖の駐車場へと入る。湖にはいくつかの駐車場があったが、城石が入ったのは観光施設だ。

〝おくたま自然館〟なる二階建ての建物だ。奥多摩の文化財の展示や、映像によるダムの仕組みや役割のPRのほか、子供を楽しませる展示物などがあり、土産物《みやげもの》屋やレストランもある。警官時代にどこその女とデートで立ち寄った経験があった。カレーやラーメンと書かれた幟《のぼり》がいくつも立っている。

「お前の予想は当てになるな」

香莉は嫌味を垂れつつシートベルトを外した。SUVの速度を落として、城石が入った駐車場を見やる。

「黙って仕事しろ」

駐車場は七割がた車で埋まっていた。平日といえども、都内から涼味を求めてやって来る行楽客がいるようだ。軽自動車やハッチバック、セダンなどが停まっている。そのなかに城石のマークⅡがある。

SUVも後に続いて駐車場へと進入した。全員がマークⅡの車内を確かめる。

「いないな」

マークⅡが視界に入るなり、双眼鏡を手に取った破樹が呟いた。名狙撃手であって、視力がずば抜けている。

「湖畔の森にでも逃げ込みましたかね」

伊方が訊いた。

伊方は城石と直接剣を交えていない。戦闘に入るというより、狩りにでも参加するような口ぶりだ。頬のひとつでも張って、緊張感を与えてやりたかったが、自分の命と残りひとつになった金玉を死守しつつ、城石をぶち殺すことに専念しようと考え直す。

「いや」

破樹が微笑んで観光施設を顎で指した。

彼の手には双眼鏡はなく、サブマシンガンのウージーがあった。五十発入りのマガジンが装塡されている。

同時に銃声が轟いた。全員が反射的に身を潜めた。建物のほうから、マグナム弾らしき野太い発砲音がした。本牧でさんざん耳にした音だ。さらに二発聞こえた。

観光施設の玄関から、行楽客が悲鳴をあげて飛び出してきた。短パンやビニール製の草履の男女が、頭を抱えて駐車場へと逃げてくる。

「ここで決着《ケリ》をつけよう。邪魔者はすべて排除する」

破樹は目出し帽をかぶった。

26

城石は天井に向けてマグナム弾を発射した。

施設内はそれほど広くはなく、轟音に行楽客は反射的に身体を弾ませたが、なにかのイベントと勘違いしたのか、呆然《ぼうぜん》とした表情で城石を見つめるだけで動かない。

彼は右腕を掲げ、大型リボルバーを見せつけた。一階から天井までは吹き抜けになっており、天井に設置された天窓やオブジェが砕け、破片が一階のホールへと落ちた。

行楽客らは、ようやく危険な乱射魔が現れたのだと悟った。一階で展示物や奥多摩湖を見物していた観客は、サンダルや草履が脱げるのもかまわずに玄関を飛び出した。

城石はリボルバーを螺旋《らせん》階段に向けた。

施設内の中二階には3Dシアターがある。立体映像を観覧していた客は少なくなかったらしく、3Dメガネをかけたまま、何事かと階段を降りて確かめようとする者が何人もいた。なかにはワイシャツ姿の職員らしき姿もある。

城石が銃口を向けて撃鉄を起こすと、客や職員らはさまざまな反応を見せた。ある者は顔のメガネを取っ払ってへたりこみ、ある者は螺旋階段を転げ落ち、またある者はヘビに睨まれた蛙《かえる》のごとく、その場で硬直したまま動けずにいる。リボルバーを振り、早く出て行くよう促す。

事態がまだ呑みこめないのか、なにかのショーと勘違いして、城石を見てのんきに笑っている若いファミリーもいる。

城石は腹に力をこめて呼びかけた。クレイジーな犯罪者であるとわからせるために、激しい身振り手振りを加え、にたにたと笑ってみせる。

「ここはおれが乗っ取った！　全員、おれの家からさっさと出て行け！　それとも一緒に地獄へ落ちるか！　女子供からぶっ殺してやる！」

天井に向けて発砲した。天窓とブルーのオブジェが砕け、破片が再び一階に落ちる。

客や職員が出て行けるように、エレベーターや展示物がある一階の奥へと向かった。

施設内にいる人間らが、螺旋階段を転げ落ちるようにして下り、玄関から出て行った。

悲鳴をあげて出て行く客らを見つめつつ、殺し屋どもを殺る準備を始める。国道でダンプカーの運転手から奪った携帯電話を取り出した。

27

山奥の小さな観光施設は、とんだ闖入者《ちんにゅう》によって修羅場と化した。

大勢の行楽客が、玄関から我も我もと押し寄せ、外の駐車場へと逃げ出してくるが、サブマシンガンのウージーを持った鷹森らを目撃すると、さらに逃げ場を求めてちりぢりに散っていく。客ばかりではなく、調理服やネクタイを着けた職員までもが、ベソを掻いて外に転がり出てくる。

鷹森らは駐車場から施設へと早足で向かっていた。彼は二階建ての施設を見て舌打ちする。湖や野山に逃げこんでくれれば、ライフルもSUVに積んでいる破樹チームが圧倒的に有利だが、さほど広くもない建物内に逃げこまれた。

鷹森は歩行の速度を緩めた。横にいた伊方が咎《とが》めるような目で見る。

「どうした。ビビったのか?」

伊方は逆に歩行のピッチを上げ、先頭を行く破樹をも追い抜いた。

「先陣は任せてください」

「ああ」

破樹はうなずいて認めた。

香莉と思わず目が合った——なに調子こいてんだ、あいつ。彼女とは犬猿の仲だが、この点については同意するしかない。

「どけどけ!」

施設の出入口は混雑していた。伊方がウージーを振って客たちを蹴散らす。

建物内には乱射魔がおり、外には目出し帽をかぶった戦闘服の集団が近寄ってくる。

挟み撃ちにされた客らはパニックに陥っていた。転倒して地面を転がる者、そのうえに折り重なって倒れる者、立ち止まってまごつく者らでごった返している。

「おまわりさん、早く捕まえて！　やばいやつです！」

若い女が、倒れた人々を飛び越えて叫んだ。戦闘服姿の鷹森たちを機動隊と勘違いしているようだった。

「協力しろ」

先頭を行く伊方は、声をかけた若い女を抱き寄せた。若い女は口を大きく開けたまま、身体を硬直させる。

伊方は若い女を盾にし、サブマシンガンの銃口を建物内に向けた。鷹森らは出入口の傍の外壁に身を隠し、伊方の援護に回る。

そのときだった。建物内から重い銃声が轟き、伊方は首を大きく仰《の》け反《ぞ》らせた。目出し帽の布地ごと後頭部が破裂し、血と脳みそがあたりに飛散する。

間髪入れずに、破樹がサブマシンガンを発砲した。客の大半は床にしゃがみ込んだが、ぼやっと突っ立っていた草履履きの若い男や、ステッキを持った老人が、サブマシンガンの弾を受けて転がる。銃声が叫び声をかき消す。

破樹は九ミリパラベラム弾をバラ撒いた。弾丸は閉まりつつあるエレベーターの扉に当たっていた。エレベーターは出入口の正面に設けられてあり、城石はかご箱のなかに身を潜めていたらしい。そこから伊方の頭を撃ったのだ。

射線から逃れようと、客たちは四つん這いになって四散した。ちりぢりになった。なかには建物内に引き返す者もいる。

仰向けに倒れた伊方を見やった。額には赤黒い巨大な穴ができており、血と脳しょうの池が床にできた。

「不様ね」

香莉が呟いた。

彼女は鷹森とともに外壁に隠れていた。鷹森は唇を嚙みしめる。伊方にはたしかに驕《おご》りが見られたが、動きにミスはなかった。弾丸を食い止める防弾ベストを着用したうえ、さらに人間を盾にして防御姿勢を完璧なものにしようとした。

おそるべきは、やはり城石の射撃能力だ。人でごった返す状況を逆手に取り、正確に伊方の頭のみをワンショットで仕留めた。人数でも火力でも上回るから勝てると、無邪気に考えていたら、また本牧の二の舞と化すだろう。

ひとまず出入口から客らが消えた。時間もたっぷりあるとは言い難い。このあたりを管轄する青梅署からこの施設までは、かなり距離があるとはいえ、すでに別働隊のSUVが城石とのチキンレースにしてやられ、生きたまま丸焼きにされてもいる。警官らが目の色を変えて殺到するのは時間の問題だ。

破樹も状況を把握しているらしく、ハンドサインで一斉突入を鷹森らに命じた。

破樹は水平にサブマシンガンを構え、扉が閉まったエレベーターに銃口を向けた。

鷹森と香莉は二階に狙いを定める。行楽客で賑わっていたであろう施設内は、一転してしんと静まりかえる。

一階ホールには、転倒した者や破樹に撃たれた者がうずくまっていた。

「痛い……助けて。殺さんでくれ」

ステッキの老人が懇願した。鷹森は人差し指を立てて、声を出さないように命じる。

破樹や香莉は任務に少しでも支障があれば、人間を藪蚊のごとく簡単に叩き潰す。赤子も老人も例外ではなく、無表情で弾丸を撃ちこむ姿をさんざん目にしてきた。

破樹はエレベーターを直視したまま、ベルトホルスターからサイドウェポンのグロックを抜き、無造作にトリガーを引いた。老人の鼻に穴が開き、目玉がこぼれ落ちる。老人は蛇口のように鼻から出血させて倒れた。鷹森は思わず目を背ける。

額のあたりが妙に熱かった。目出し帽のおかげで汗にまみれているが、あまりにあっけなく頭を吹き飛ばされた伊方や、本牧で頭部を撃たれたヨナミネの姿を思い出す。

一階から二階まで吹き抜けとなっているが、下からは二階の様子は確認できない。エレベーターは、二階まで上昇して扉が開いたものの、城石の姿は見えない。

彼がしゃがんでいるか、床に腹ばいになり、二階で降りている可能性があった。あるいは二階で降りるフリをし、再びエレベーターで中二階や一階まで下るかも……。

上から狙い撃ちをされる前に、鷹森ら三人は一階ホールから散らばった。香莉は一階の出入口を陣取ると、破樹に撃たれた若い男の首根っこを摑んで盾にした。

若い男は肩とわき腹から出血し、死人のような白い顔色でメソメソ泣いていたが、レコード盤なみに大きな顔面をしており、身体も大きかった。城石の射撃に対抗し得るサイズといえた。

鷹森は螺旋階段を這うようにして上って中二階を目指した。ウージーを構えながら。城石の姿が少しでも視界に入れば、ありったけの弾丸をバラ撒く気でいた。

リーダーの破樹はエレベーターの前を陣取った——もっとも城石とぶつかるおそれがある。破樹はエレベーターのボタンを押し、かご箱を一階まで引き寄せる。

鷹森は再び二階を見上げた。やはり下から見上げる位置にいるがゆえに、城石の姿を捉えられない。一階にいる香莉に目で尋ねた。彼女もまた首を横に振るだけだ。

唾を呑みこんだ。城石ならエレベーターのなかに留まり続けていたとしても、なんら不思議ではなかった。あの男は自分の命を屁とも思わない。

施設内のどこかで携帯端末の着信音が鳴った。この緊迫した状況とは正反対の、軽薄なJポップの応援ソングだ。どこからだ。鷹森はあたりを見回す。

香莉がウージーを振って、エレベーターを指した。着信音はエレベーターのかご箱からのようだ。

一階のエレベーターホールを陣取る破樹は泰然としていた。着信音に動揺もせず、ウージーを構えていた。ただし、トリガーに指がかかっている。城石が乗っている可能性が高く、扉が開くと同時に、蜂の巣にするつもりでいる。

目出し帽をかぶっているために表情はわからないが、それでも彼が昂揚しているのを感じ取った。獲物を見つけた肉食獣のごとく、目を爛々《らんらん》と輝かせている。

香莉もまたエレベーターに銃口を向けた。盾にしている若い男を脇にやって身を乗り出す。鷹森も上方をチェックしつつも、エレベーターに目が吸い寄せられる。

エレベーターの電光表示板が、一階に止まったことを示し、ベルの音とともに扉が開いた。だが、破樹と香莉は発砲しなかった。

鷹森は目を見張った。エレベーター内に城石の姿はなかった。隅に隠れている様子もない。かご箱はカラだ。ただ床に携帯端末が置かれてあり、耳障りな着メロを流している。

「上だ！」

破樹が怒鳴ると同時に、鷹森は二階を見上げる。

城石の顔と上半身が映った。ベースボールキャップにジーンズ姿の男が目に入る。もともとは二枚目の刑事だったが、今は腫れや裂傷で顔はジャガイモみたいに歪んでいる。この世に絶望しきった者特有の暗い目をしながらも、ふざけたことに歯を見せて笑っている。

二階の鉄柵の前で膝立ちになり、下方へと大型リボルバーを向けている。狙いは香莉だ。

彼女は、盾にした若い男の陰に隠れようとするが、同時にマグナム弾の轟音が鳴り響いた。わずかにはみ出た右脚を狙われ、香莉の膝から血煙があがる。

「あっ！」

鷹森は立ち上がって、ウージーを撃った。

大量の弾丸が城石を襲い、彼の前にある鉄柵から火花が散った。何発かが胸や腹に命中したはずだが、彼の身体は揺るがない。鷹森の銃撃などないかのように、ただ香莉を見下ろしたまま、大型リボルバーのトリガーを静かに引き絞る。

独特の重い銃声がし、大型リボルバーが跳ね上がった。香莉の目出し帽に穴が開き、彼女は前のめりに倒れる。

「この野郎！」

鷹森はウージーを改めて構え直し、城石の頭部に照準を合わせてトリガーを引いた。

だが、その前に城石は床を後転し、腰をかがめて移動する。サブマシンガンが、瞬く間に五十発を吐き出し、弾切れを生じさせる。新しいマガジンに切り替えながら、螺旋階段を上り、城石の後を追った。

城石も防弾ベストを着用しているらしい。身につけている夏用ジャケットは、鷹森の弾丸によってボロと化したが、出血は見られない。顔と同じく、身体すべてにケガを負っているはずだが、忌々しいほど動きが速い。ゾンビのごとく頭を破壊しないかぎり、あの男は憤怒を燃料に動き続けるだろう。彼は二階にある食堂へと逃げこむ。

鷹森は後を追いながら、一階の香莉に目を走らせた。マグナム弾が顎のあたりに命中し、瀕死の状態にあった。盾にされた若い男は、床を這って出入口から外に脱出している。

香莉は喉を苦しげに押さえて、仰向けに倒れており、破裂した水道管のように血が噴出している。目出し帽と戦闘服が血に濡れそぼった。

城石が放ったマグナム弾は、彼女の顎を砕いたうえに、喉にまで達していた。鎖骨をへし折られ、片目を潰されても闘気を保ち続けた稀代《きだい》の女戦士だが、もはや立ち上がるのは不可能だった。口からも血があふれており、声も出せずにもがいている。

城石の頭はイカレているが、罠を仕かけるだけの狡《ずる》さを未だに持っていた。エレベーターに携帯端末を残し、着メロを流して鷹森たちの目をひきつけてみせた。ほんの一瞬の隙を見逃さず、防御よりも攻撃を優先させた香莉の積極性を狙いすました。

「ちくしょうが……」

硝煙で視界が白く濁る。

五十発入りのマガジンは三本持っており、弾薬にはまだまだ余裕があった。弾幕を張って城石の攻撃を封じる。ウージーの作動音や発砲音を耳にしながら、目の前の現実を受け入れられずにいた。

無敵の破樹チームが、なぜ刑事ひとりにこれだけ手を焼かされるのか。納得がいかない。こんな展開になっていいはずがない。

螺旋階段を上り終えて、城石のいる二階に達した。エレベーターがベルの音を発してドアが開いた。反射的に銃口をエレベーターへと向けたが、かご箱から出てきたのは破樹だった。

「あわてるな」

思わずトリガーを引きそうになる鷹森を、掌を向けて制した。

「落ち着け。お前は腕っぷしが強く、おれという味方もいる。深呼吸してからついてこい」

破樹は冷静な口調で諭してきた。

彼はウージーの照準を睨みながら、食堂へ逃げこんだ城石を追った。鷹森は言われたとおりに大きく息をして、破樹の後ろにつく。

食堂の出入口には暖簾《のれん》がかかっていた。なかの様子がよく見えない。まだ弾切れを起こしてはいないが、新しい五十発入りのマガジンに替える。

城石がすさまじいのは、動く人間相手にためらわずに発砲し、無関係な一般人もいるなか、ヘッドショットを成し遂げることだ。実戦経験を積んだ歴戦の兵士でも、そう鮮やかに狙えるものではない。悪魔と魂を引き換えにして、超絶技巧を手に入れたとしか思えなかった。

城石は食堂の奥の調理場にでも潜み、これまでどおりに距離を置いて撃ってくるものと思われた。城石の射撃能力は、破樹にも匹敵するだろうと、今になって悟る。捨て身の城石にしてみれば、警官隊に包囲網を築かれたほうが好都合かもしれなかった。短時間で勝負をつけようとする鷹森らに対し、じっくりと構えて、ひとりひとり始末する気だ。

警官隊は建物を囲んでいても、簡単には施設内まで突入はしてこない。だが、外からガス弾だのを撃ちこんでは、鷹森らの戦いに割って入ろうとするだろう。城石はまたそのさいに生まれた隙を突いてくる——。

「違うぞ」

破樹は首を横に振った。

まるで鷹森の頭のなかを読み取ったかのように言う。目出し帽をかぶっているが、彼が笑っているのがわかった。

「それは——」

尋ねようとしたが、その前に食堂から人が走る足音がした。同時に破樹が食堂に突入する。鷹森も後に続いてウージーを構える。

思わず息をつまらせた。大きな四人掛け用のテーブルがぐんぐんと迫ってくる。一瞬、なにが起きているのかわからず戸惑うが、破樹がウージーをテーブルに向かって発砲するのを見て、事態を理解した。

城石が、右手でテーブルを盾代わりにし、突進してきたのだった。レストランで使用されているもので、天板は木製とはいえ、脚部は金属でできているため、重さはゆうに二十キロを超えるだろう。それを片手で持ち上げている。破樹の九ミリパラベラム弾が、テーブルの天板に食いこみ、木片を飛び散らす。

「このゾンビ野郎が」

鷹森もトリガーを引いた。フルオートで発射する。

一秒に十発の弾丸を吐きだせるサブマシンガンで、城石の頭を狙った。破樹もまた頭部を破壊しようと狙いを集中させ、木製の天板を貫通させたが、城石は驚異的な腕力でテーブルを高く掲げている。

破樹と鷹森の弾丸は、金属製の脚部の丸ベースに弾き返された。巨大なピザほどの大きさのベースが、城石の頭を守っている。無数の弾丸が城石に襲いかかったが、彼のベースボールキャップを跳ね飛ばすのみだった。

そして城石の左手――大型リボルバーではなく、なぜか片手鍋を摑んでいる。無数の弾丸や木片によって前腕や二の腕が傷つき、ホーロー製の片手鍋は、血でまっ赤に染まっていた。鍋にはなにか入っているのか、中身をこぼすまいとでもいうかのように、水平に持っている。

城石が約二メートルまで距離をつめた。破樹が射撃を止めて、隣にいる鷹森を突き飛ばした。横から強い力で突かれ、両脚のバランスを崩す。

城石が片手鍋を振るい、中身の液体を破樹らに浴びせた。

破樹に突き飛ばされたおかげで、液体は右脚にかかる程度で済んだが、焼けるような痛みが走った。揚げ物の匂いが漂う。

「熱っ！」

「ボス――」

鷹森とは対照的に、破樹は液体を全身に浴びた。フライ用に熱せられた調理油だ。ウージーから手を離し、顔をガードしたものの、頭部を覆う目出し帽から湯気が昇る。

破樹は目出し帽を脱いだ。鷹森は目を見開いた。煮えた油は生地を通して、破樹の肌を焼いていた。

顔全体が爛れており、皮膚が水膨れや腫れを起こしている。右頰や唇などはさらにダメージは深刻で、皮膚全層が傷んでおり、創面が水膨れさえも起きずに青白く変色している。手術でも受けなければ、痕がはっきりと残るレベルの熱傷だ。本来なら、その場でのたうち回りたくなるような激痛のはずだ。

顔だけではなく、戦闘服を通して胸や肩の肌も調理油で焼かれているだろう。顔からは体液がにじみ、表皮が剝がれてピンク色の真皮が見えている。城石と同じくひどいツラだった。しかし、久々に好敵手にめぐり合えたのが嬉しいのか、当の破樹は嬉しそうに笑っていた。

城石は片手鍋を捨て、両腕で半壊したテーブルを抱え直した。それを破樹に投げつける。無数の銃弾で天板が壊れたとはいえ、脚部は重量のある金属製だった。子供一人分の重さはありそうだ。

破樹の右脚がムチのようにしなり、飛来するテーブルを蹴飛ばした。

テーブルを投げた城石は、次のモーションに移っていた。ボロのジャケットの内側に右手を伸ばした。愛用の大型リボルバーを抜こうとする。

破樹は見逃さなかった。左拳による鉄槌《てっつい》を、城石の右手首に振り下ろした。ハンマーで叩いたような硬い音がし、城石は苦痛に顔を歪めた。骨をも砕くような強烈な一撃だ。ショルダーホルスターから、大型リボルバーを抜こうとしたものの、それを取り落としてしまう。

大型リボルバーは撃鉄が起きており、床に落ちた瞬間に暴発した。発砲音と同時に、食堂内にあった観葉植物の植木鉢が砕ける。

破樹は、肩に提げていたサブマシンガン用のストラップを外した。ウージーを倒れている鷹森に放り投げると、前傾姿勢になってファイティングポーズを取った。

「もっと楽しませろ。お前の恋人は歯ごたえがなさすぎた」

城石の目の色が変わった。

瞳に激しい憤怒の炎が宿り、獣じみた咆哮《ほうこう》をあげる。すさまじい叫び声だ。食堂いっぱいに声を響き渡らせながら、破樹に素手で襲いかかった。

28

喉が擦り切れるような痛みを訴える。

しかし、城石は叫ばずにはいられなかった——これほど力いっぱい声を出すのは果たしていつ以来だろうか。真紀が惨殺されたと聞かされたときも、これほど大声を発したりはしなかった。

視界が赤く歪み、破樹誠人の身体も曲がってみえる。煮えた油をまともに浴びたというのに、怯《ひる》む様子を見せなかった。火傷で苦しむところで、ありったけの銃弾を叩きこんでやるつもりでいた。

破樹は顔面の皮膚が壊死するほどの重傷を負った。にもかかわらず、彼は反撃を繰り出してきた。得体の知れない笑みさえ浮かべながら。

彼の左拳はまるで金属のようで、空手家のそれに近かった。右手首を殴打されたが、骨がイカれたらしい。ずきずきと熱を持った痛みが走っている。

両腕は血にまみれていた。サブマシンガンの銃弾がかすり、あるいは肉を削ぎ取られた。持っていた鎮痛剤すべてを呑んで、神経を麻痺《まひ》させていたが、それでも全身が鈍い痛みを訴えてくる。限界はとっくに超えている。

右フックを破樹の顔面に放った。同時に彼は上体をそらしてかわす。ひどい火傷を負っているが、思考も反射神経も衰えてはいない。むしろ、激痛がこの男を覚醒させたのかもしれない。本牧で目にしたときよりもイキイキとしている。

右フックはフェイントだ。大振りで放ち、流れ落ちる血を顔面に浴びせる。肌が醜く爛れた破樹の顔面に、今度は血液が付着する。目にも飛び散り、破樹は目をつむる。

本命は左拳だ。日本拳法の直突きのように、破樹の鎖骨を殴りつけ、戦闘服の襟を摑んだ。こいつを殺させてくれ。死神や悪魔に祈った。真紀に願った。息の根を止めさせてくれ。左手で襟を握りしめると、全身の力を振り絞って大外刈りを放った。

左足を前方に振ると、破樹の足を刈りにいった。大外刈りは、もっとも得意としている技だ。この技のキレが認められ、オリンピック強化選手に選ばれそうにもなった。

襟を摑んだ左手を突き上げ、さらに破樹の顎にアッパーを喰らわせ、踵で破樹の左足のふくらはぎを蹴りつけた。破樹の長身を後ろへと崩す。地獄に落ちろと、強く念じながら。

とっくに体力は尽きている。肉体の損傷も大きい。沈没しかける船のようだ。じっさい、気を緩めた時点で失神しかねないほどの痛みと疲労がのしかかっている。

さらに気合の叫び声をあげた。喉が擦り切れたのか、声の代わりに血が口外へと飛び出た。やはり破樹は容易に倒れてはくれない。

破樹の下半身は重たかった。しっかりと地面に根を張った大木のようだ。破樹は痩身であり、体重は城石よりも軽い。だが、下半身を充分に鍛えた者特有の粘りがあり、名うての柔道家を倒してきた得意技が通じない。

破樹は血を浴びて目を開けられず、そのうえ城石のアッパーを喰らい、脳みそを揺さぶられているはずだ。戦闘服に付着した調理油は、まだ焼けるような熱を持っており、城石の掌をも焦がした。破樹と自分を焼く臭いが鼻をつく。

破樹の油にまみれた右の掌が、城石の顔にべったりと貼りついた。その刹那、左目に激痛が走る。

破樹が親指を左目にねじ入れてくる。左側の視界が赤く閉ざされ、神経を爪で切られる痛みに耐えかね、顎が外れるほど口を大きく開ける。

脳みそにまで直接触れられているような激痛に、意識まで断ち切られそうになる。

世界の半分が赤黒く閉ざされた。しかし、その暗闇のなかに真紀の顔が浮かんだ。

彼女だけではない。関代や佐竹といった極道たち、協力者の豊平や、警視庁の日室紗由梨の姿が見える。栄グループによって殺された者たちだ。

もうすぐそっちに行く。呟いてみせたが、声にはならない。歯肉や顎の骨が悲鳴をあげるまで、歯を食いしばって気絶を防ぐ。奥歯が砕ける音がし、舌の上を破片が転がる。

呼吸をして酸素を肺に取り入れると、再び腕と足に力をこめた。襟を摑む左手で、破樹の身体を思いきり引き寄せると、彼の顎に頭突きを見舞う。

調理油をかぶった破樹の顔は熱い。額を打ちつけると、彼の血や体液とともに、調理油が皮膚についた。頭蓋骨への衝撃よりも、肌を焼く油の熱さにたじろぐ。

目の奥でゴリッという音がし、左目の視神経から全身へと電流が走る。破樹がさらに親指を奥までねじ入れている。機能を失っている左目だが、痛覚はまだ残っていた。あまりの激痛に耐えかね、奥歯に続いて前歯もへし折れる。

身体が次々に崩壊していく。だが、この痛みとつきあうのも最後だと言い聞かせた。じきに苦痛とも永遠に縁が切れる。そう腹をくくると、かろうじて気力が保たれる。

破樹の身体をひきつけて、頭突きを繰り返した。彼の口からも大量の血があふれ、歯の欠片がボロボロとこぼれ落ちた。頭突きを放つたびに、左目の奥が衝撃で痛み、ブチブチと視神経が切れる音がし、左頬にぬるぬるとした感触が伝わる。眼窩《がんか》から眼球が飛び出したようだ。

破樹が目を薄く開いていた。度重なる頭突きを喰らい、目の焦点が合っていない。火傷と打撃ですさまじいツラに変貌していたが、目には恍惚《こうこつ》と快さのような色が見えた。命を賭けあうしか生を見出《みいだ》せない狂戦士だと悟る。

早く息の根を止めなければ。一秒でも早く。この変態に幸福など味わわせてはならない。

足がなにかを踏んづけた。オタマジャクシのような物体だったが、自分のこぼれ落ちた左目だとわかる。

気を取り直して、再び大外刈りをかけた。彼のふくらはぎを踵で叩きつけるようにして刈り、左手を襟から顎へと摑み直す。

一度目は耐えぬいた破樹だが、伐採された大木のごとく、背中から倒れていく。

大外刈りは、後頭部を打ちつけやすい危険な技だ。畳に頭をしたたかにぶつけて失神させた相手は数知れない。学生時代でも警官時代でも、稽古時は強敵以外には使用禁止となった。床が畳であったとしても、もろに喰らった相手は泡を噴く。

固いリノリウムの床のうえで技を放った。力を振り絞って。彼の顎を掴み、むしろ後頭部を打ちつけるようにして叩きつけた。城石自身も倒れこんで、体重を破樹に乗せる。武道精神もへったくれもない。人を破壊するための殺人技だ。

顎を掴んだ左手に、なにかが砕ける手応えを感じた。リノリウムの床にヒビが入る。火傷を負った破樹の顔面が血で染まる。鼻と口から血が一度に噴き出す。両目がこぼれ落ち、眼窩からも血があふれる。城石の大外刈りは、破樹の後頭部を粉砕したらしい。床が脳しょうであふれていく。身体を痙攣させている。

破樹の顔面は、シュールな抽象画のようだった。視神経のついた両目が頬骨まで落ち、肌は重度の火傷で破損しており、整っていた前歯は折れて消失している。ただし、唇を横に広げて笑みを浮かべていた。

城石も笑った。声帯がいかれたらしく、声はまったく出なかったが。笑いながら破樹の口に肘を落とし、前歯を叩き折って笑みを消し去る。折れた歯が唇を突き破り、口の形を歪ませる。ハンマーでも振り下ろされたかのように、ツラを男前に変えてやる。

暗闇を漂う真紀に語りかけた——このとおり地獄に叩き落としてやったぞ。

真紀はなにも答えなかった。もっとも、答えなど期待はしていない。城石もじきに地獄へ落ちる。同じあの世でも、真紀と行く場所は違うだろう。

「死ね！　死にやがれ！」

サブマシンガンの発砲音が轟き、右腕からわき腹まで衝撃が走った。防弾ベストに無数の銃弾が食いこみ、右腕の肉が爆《は》ぜた。熱い痛みにうめく。まだ機能している右目が、破樹の手下の姿を捉えていた。

できるだけ、一匹でも多く狩る。真紀の死後、自らに誓いを立てた。刑事であるのを辞め、人間であることすら辞めた。

真紀が首を横に振った――終わっていないでしょう。

彼女の言うとおりだった。まだ続けなければならない。栄グループはまだ存在しており、首魁である高良栄一は大きな顔をして、のうのうと生きている。

視界が狭かった。まだ右目は潰されていないはずだが、徐々に暗闇が広がっていく。

床に落ちたスミス&ウェッソンのM29に左手を伸ばす。

――なんだって、そんな武器《エモノ》にこだわる。そんなもん、バカでかいだけで戦闘には不向きだ。

以前、佐竹が言ったものだった。関代から渡された。

――殺すだけじゃ飽き足らない。穴を穿つだけじゃ満足できないんだ。木っ端みじんに噴き飛ばさなけりゃ。

サブマシンガンの発砲音が続き、そのたびに身体のどこかに九ミリの弾丸が当たる。

防弾ベストが食い止めているのか、肉体に食い込んでいるのか、もはやどちらかわからない。全身が激痛を訴えていたが、いつの間にか痛みを感じなくなった。発砲音にまじって、サイレンの音までが耳に入る。

「くたばれ、くたばれってんだよ！」

手下がやかましく吠えていた。

思いのほか、警官がやって来るのも早い。相棒の大型リボルバーに手を伸ばした。まだ昼間だというのに、急に日が沈んだように暗くなる。

目をこらした。大型リボルバーには触れられたものの摑めなかった。左手が形をなしていない。指がバラバラに砕け散っており、ホースの水みたいに傷口から血が流れおちている。銃弾をたらふく喰らったためか、右腕はぴくりとも動いてくれない。

破樹と同じく、素手で殺るしかない。拳銃を手にするのは諦めて、手下のほうへと這いずる。手下は床にみっともなく尻餅をつき、へっぴり腰になってトリガーを引いている。

早くこの男も殺さなければ。サブマシンガンの銃口が、城石の顔面を向いている。頭部に弾を喰らうわけにはいかない――。

硝煙が昇る銃口から、火が噴き出すのが見え、城石の意識が途絶えた。

暗闇のなかを漂う真紀らの姿も消えた。

29

鷹森は、マガジンの弾をすべて吐き出した。

自分のサブマシンガンが弾切れを起こすと、破樹のウージーを使って城石を攻撃した。

城石の頭部にいくつもの穴が開いた。弾丸は頭蓋骨を突き破り、頭部の奥深くへと食いこんでいる。絶命しているのは明らかだった。

彼はまさにボロボロだ。右腕は前腕のあたりから消失し、肉は削り取られて骨がむき出しになっている。左手も指が砕け散り、破樹には片目を抉《えぐ》られてもいる。

防弾ベストのケブラー繊維も、あまりの銃弾の多さに耐えきれず、わき腹からも出血している。下半身にいたっては、尻や太腿を中心に二十発以上は被弾しており、黄色い脂肪や大腿骨までが覗いていた。

城石は、血の池に突っ伏したまま動かなかった。サブマシンガンは弾切れを起こしたというのに、それでもトリガーから指が離れてはくれない。左手を使って、ガチガチに硬直した人差し指を引きはがす。

五十発入りのマガジンを替える。最後の一本だ。ボルトを引いて薬室に弾薬を送った。銃口を改めて城石に向ける。

自分の行動は明らかにおかしかった——死人になにを怯えている。憤怒や憎悪は、ここまで人を化物に変えるものなのか。サブマシンガンの銃弾を雨あられと喰らい、破樹に目玉を抉られても、化物は最後の最後まで殺戮を止めなかった。

数十発もの弾丸をぶちこんだが、過剰に撃ったとは思わない。やらなければ、こっちがやられていた。城石は手足をバラバラに砕けさせながらも、殺気を放ちながら這いずってきたのだ。

立ち上がろうとするが、脚に力が入らなかった。一瞬、ひやりとする。流れ弾でも当たって、脊髄や背骨にダメージを受けたのか。しかし、どこにも弾は喰らっていない。腰が抜けるとは、こういうことなのかと悟る。

脚を拳で叩いて活を入れる。下半身に力を集中して、何度か転倒を繰り返しながらも、よろよろと立ちあがった。ただでさえ、床は調理油や血でぬるぬると滑る。

警察や救急車などの緊急車両のサイレンが鳴り響いている。それも二、三台では済まない。大量の車両がこの施設に向かっている。

「ボス……」

倒れたままの破樹に声をかけた。

死んでいる城石が、むくりと起き上がるのではないか。なんとか立ち上がってからも、サブマシンガンの狙いを定めずにはいられない。

ボスの破樹についても同様だった。城石のように蜂の巣にされたわけではないが、彼もまた明確に息絶えていた。

城石との徒手格闘に敗れ、最後は固い床に後頭部を叩きつけられ、頭蓋骨をぐしゃぐしゃに砕かれている。その衝撃は凄まじく、後頭部が床にめり込むと同時に、鼻や口から血を噴き出させ、両目を眼窩から飛び出させていた。

城石のダメ押しといえる肘打ちにより、顔の下半分も原形を留めてはいない。あの男の頭突きによって顎の骨をも粉砕されている。灰色の脳みその欠片が、脳しょうの池にぷかりと浮かんでいる。それでも声をかけずにはいられなかった。

「ボス、警官《ポリ》どもが来ます」

破樹に反応はない。しかし、声をかければ、何事もなく起き上がってきそうな気がした。

城石がいくら手傷を負っても立ち向かってくるゾンビなら、破樹はどれほど壊されても、なに食わぬ顔で再び銃を握る戦闘マシーンだ。ふたりとも冥土へと旅立ったのは理解しているが、なかなかその死を受け入れられない。

「ボス……」

涙がこみ上げてきた。

いくら呼びかけても、破樹も城石も指ひとつ動かさない。呼吸や脈を確かめている暇はなさそうだ。サイレンの音がいよいよ迫ってくる。

　血液でびしょ濡れになった破樹のベルトホルスターを探り、サブマシンガンのマガジンを懐にしまった。彼が使っていたウージーも弾が切れていたため、新しいものに差し替えた。両肩にストラップをかけ、二丁のサブマシンガンを握りしめる。

　破樹のもとで、よく働き、派手に遊んだ。警官なんぞをやりながら、だらだら生きるよりも、よほど充実した人生だった。この人殺しの外道としての生き方を、最後まで貫きとおすつもりでいる。

　化物ふたりの遺体を目に焼きつけて食堂を出た。吹き抜けの通路から、外の駐車場の模様が確認できる。思わず苦笑する。プロテクターやヘルメットで身を固めた武装警官数十人が、雁首《がんくび》そろえて駐車場を埋め尽くしている。ポリカーボネートの盾や、ブルーの護送車などに身を隠していた。

　施設の出入口や一階には、伊方や香莉、それに観光客の死体が転がっている。しかし、建物内からの発砲を恐れているらしく、警官らは一定のラインまでしか近寄れずにいる。

　警官らの装備を見るかぎり、サブマシンガンや狙撃ライフルといった火器を持った銃器対策部隊や特殊急襲部隊《SAT》はまだいない。

連中が手にしているのは、リボルバーの拳銃や、催涙ガス弾を発射するガス筒発射器だ。ひとまず、最寄《もよ》りの部隊がおっとり刀で駆けつけたものと思われる。頭数だけは多いものの、銃火器を持った犯罪者と、まともに対峙できそうな人間はまだいない。生き延びられる希望が湧き、全身に力がみなぎりだす。破樹の死に少なからず動揺したが、駆けつけた木っ端どもとは違うのだと思い返す。自分は警察組織さえも恐怖に突き落とした、栄グループの精鋭なのだと。

両手には、合計百発の弾丸を吐きだせるサブマシンガン二丁がある。予備の弾薬も破樹が残してくれた。警官どもを蹴散らし、警察車両を奪い取ってやる。アサルトライフルまで所有した特殊急襲部隊《SAT》がやって来る前に、行動を起こさなければならない。

サブマシンガンのセレクターを、フルオートにしながら、螺旋階段を駆け下りた。

遠巻きに見つめている警官らが、動く人間を発見して騒ぎ出す。

一階まで降りると、恐怖心を植えつけるため、盾や車に隠れている警官たちに向けて発砲した。化物を狩ったばかりのサブマシンガンで、派手に弾をばら撒く。

警官らはたまげたように地面に伏せ、あるいは頭を抱えてしゃがみ込んだ。

観光客が置き去りにしたセダンや軽自動車に穴が開き、フロントガラスが粉々に砕ける。タイヤがパンクを起こして、車体が斜めに傾く。

弾は遮蔽物に隠れきれなかった警官の脚や肩をかすめ、彼らは叫び声を上げながらへたりこむ。警官隊の後ろにいた救急隊員が逃げ惑う。

鷹森は確信した――行ける。警官は直接的な暴力と対峙する宿命を背負って、毎日厳しい訓練をつんではいる。しかし、近年は過激派に火炎瓶を投げつけられることもない。ヘルメットやゲバ棒を持った学生と殴り合うわけでもない。せいぜい小うるさい市民団体から、揉みくちゃにされる程度だ。サブマシンガンなんぞ持った相手と向き合えるような想定はしていない。

鷹森は合計百発の銃弾を、外の警官隊にバラ撒いて怯ませると、一階を見渡した。出入口の右側には、奥多摩の歴史や民俗を紹介するコーナーがあった。展示物のなかには、郷土芸能の衣装を着せられたマネキンが立っている。

マネキンの後ろで、白いロングスカートを穿いた女が、亀のように丸まって隠れていた。観光客だろう。肥った中年女で、大きな尻がマネキンの衣装からはみ出している。建物内には、逃げ遅れた観光客が何人かいるようだ。

サブマシンガンのマガジンを新しいものに差し替え、中年女へと歩み寄る。静かに近づいたつもりだが、鷹森の身体は血と硝煙の強烈な臭気がするのだろう。中年女は顔を両手で塞ぎながら悲鳴をあげる。

「こ、殺さないで！」

「散歩につきあえ。そうすりゃ殺しはしねえ」

中年女のパーマのかかった頭髪を摑み、強く引っ張り上げた。無理やり立たせる。鷹森よりも体重がありそうで、動きが鈍重そうなおばはんだ。しかし、機動隊の盾よりも面積が広く、遮蔽物として使うには有効といえた。たっぷり脂肪がついているのを見るかぎり、警官の類ではなさそうだ。

鷹森とは対照的に、日焼け止めや化粧水の平和な匂いがする。破樹とともに地獄に落ちる。そう腹をくくっていたはずだが、生存本能は生きたいと願っているらしく、女の匂いを嗅いだおかげで股間が硬くなっていた。

こうなったら足掻きまくって、必ずアジトまで逃れてやる。そして女を抱きまくる。この包囲網を突破すれば、なんとかなるはずだ。こんなブクブク肥えたおばはんではなく、とびきりの高級娼婦《しょうふ》を用意させる。

「ついてこい。トロトロしてると殺す。代わりはいくらでもいるんだからな」

中年女は髪を引っ張られ、子供みたいにめそめそ泣きながらも指示に従う。

中年女の首に左腕を回し、裏手にある非常口へと向かう。スチール製のドアの内鍵を外し、右腕でサブマシンガンを構えながら、ドアを思いきり蹴りつけた。さっきまで腰を抜かし、脚はまるで力が入らなかったというのに。生存の希望が見えたためか、気力が満ちていくのがわかる。

裏手にも、盾とヘルメットをかぶった警官らがおり、出入口をぎっしりと包囲していた。連中は一斉に息を呑んだ。人質の中年女の存在に怯む。

警官らは三メートルほどの距離を空けていたが、半歩ほど下がっては、気を取り直したように、また盾を並べて半歩前に出る。アリの這い出る隙間もないほど整然と盾を並べる。

警官のひとりが吠えた。

「ひ、人質を解放しろ！」

鷹森は、これが答えだと言わんばかりにマシンガンを構えた。

セレクターをセミオートにして、トリガーを何度か引いた。現在用いられているポリカーボネート製の盾は、かつてのジュラルミン製と違って、防弾性能を持っているが、機動隊の隊列をかき乱すには充分だ。最前列にいた武装警官は、至近距離から撃たれ、盾で弾丸を防いだものの、地面のうえにひっくり返る。

警官の数は正面ほどではない。一ダースくらいだ。たとえ鷹森ひとりしかいなくとも、包囲を打ち破るのは難しくなさそうだ。人質の中年女のおかげで、警官たちは防戦一方だ。元警官だっただけに、警察の体質はよく知っている。もし人質に弾を当てたら責任問題に発展する。

「この女の頭を吹き飛ばすぞ！」

さらに警官隊に発砲すると、中年女のこめかみに銃口を押し当てた。

熱を持った銃身を押しつけられ、中年女は大声で痛みを訴える。ジュウっと肉が焼ける音がする。

警官隊の後ろには、建物の裏手に停められた人員輸送用の車両がある。濃紺のハイエースだ。あれを奪い取る。

中年女の絶叫が効き、警官隊の統制に乱れが生じる。さらに警官隊にトリガーを引くと、鷹森の圧力に負け、ほころびが生じだした。

サブマシンガンを撃ちながら、警官隊へと突っこむ。まるで割れた海を往《ゆ》くモーゼのごとく歩む。行く手を遮ろうとする勤勉な警官には、顔面や足を狙って撃つ。盾で防ぎきれなかった警官が、安全靴を弾丸で貫かれ、その場で足を押さえて転げまわる。鷹森は横を通り過ぎて警官隊を突っ切った。隙を見て飛びかかろうと目論《もくろ》む警官もいたが、すかさず人質の頭にサブマシンガンの狙いをつける。

包囲網を突破してからも、警官隊に発砲して蹴散らし、後ずさりしながら、ハイエースへと近づく——貴重な移動手段が手に入る。

そのときだった。ハイエースのスライドドアが開け放たれた。鷹森は後ろを振り返り、サブマシンガンの狙いを定める。

思わず声をつまらせた。黒い穴が目に飛びこんできた。官給品のリボルバーだ。銃口は鷹森の顔面を向いている。

拳銃の持ち主は、他の警官と違い、出動服という軽装だった。帽子すらかぶっていない。左手でアシストグリップを握り、ハイエースのステップに足をかけ、リボルバーを持つ手をまっすぐに伸ばしている。

「てめえは……」

鷹森は声を漏らした。見覚えのあるツラだ。

クルーカットに切りそろえた短髪と、褐色に日焼けした軍人風の中年男。反射的に思い出す。警視庁の組対部特捜隊《ソトク》でトップにいた拝島典明だ。井之上朝子を自分らにまんまと消され、どこかへ左遷されたが……。

脳が警報を鳴らした。中年男と視線が絡んだ。嫌な目つきをしていた。日室紗由梨や城石春臣みたいな、覚悟を決めた人間の目だ——リボルバーの撃鉄も起きている。

人質の陰に隠れようとした。しかし、その前にリボルバーが火を噴く。

拝島は他の警官と違ってためらわなかった。眉間に熱い痛みを感じた瞬間、目の前がまっ白になる。生き延びられるんじゃなかったのかよ……変な期待させやがって。何者かに文句をつけ、そして意識を失った。

30

明石三千夫は、携帯端末を通じて元上司の拝島をねぎらった。

「お疲れ様でした。典《ノリ》さん」

〈これで日室や井之上朝子さんに顔向けできるなどとは考えていないが……〉

電話相手の拝島は、ときおり洟《はな》をすすった。

彼の声は冷静だが、泣いているらしい。自らの手で栄グループの殺し屋たちとの戦いに決着をつけることができ、こみ上げるものがあるようだ。

奥多摩の施設で、あの城石が殺し屋どもと死闘を展開。あの悪魔的な集団を相手に、ひとりで応戦した結果、リーダーと思しき男を格闘の末に殺害した。城石自身もまた大量の銃弾を浴びて死亡した。突入した機動隊員の話によれば、歯をきつく食いしばっていたという。リーダーを殺しても、まだ彼は殺意に燃えていたのかもしれない。

あの男は生きながらにして、阿修羅《あしゅら》道に落ちた憐れな亡霊だ。あの場で生き残り、婚約者の仇を討ったとしても、城石は止まらなかっただろう。たとえ、栄グループすべてを滅ぼしたとしても、永遠に自分を赦《ゆる》すことはなく、栄グループと協力的だった企業や、味方だった者をも狙っていたかもしれない。

〈あとは任せる〉

「はい」

明石は電話にもかかわらず、頭を深々と下げていた。

情報漏れをふせげず、貴重な情報提供者を死なせてしまった。元隊長の拝島にとって、奥多摩の現場に居合わせたのは、運命のように思えただろう。逃走を図ろうとした最後のひとりを、拝島は射殺している。

警察組織をも恐れさせた殺人軍団を、ついに壊滅に追いやった。この結果は大きい。目に熱いものがこみ上げてくる。

同じく組対部特捜隊を追われた井出も、栄グループ壊滅のために身体を張って動いている。殉職した紗由梨も、ずっと内通者をおそれ、単独での戦いを強いられていた。もう部下たちを孤独にさせるわけにはいかない。

殺し屋たちが消えても、それはまだ腕をもぎとっただけに過ぎない。莫大なカネを蓄え、警察組織の機密情報さえも聞き取れるだけの地獄耳を持つ。それに、官僚や政治家の後ろ暗いスキャンダルを見つけるだけの目と、罪もない人間をも無慈悲に殺す邪悪な精神を有している。

連中ほどの財力があれば、これまでのような戦闘狂をたちどころにかき集め、秩序を揺るがすような私兵を再び抱えるだろう。メキシコの麻薬マフィアや、中東を混沌に陥れているテロリストなど、より危険な集団を。自分はまだまだ泣いているときではない。

明石がいるのは、警視庁の富坂庁舎だ。組対部特捜隊の栄グループ対策チームの職場はここにあり、彼は部下らがつめている部屋から離れた小会議室にいる。他人に聞かれたくないときは、庁舎を出るか、この小部屋にこもるようにしている。

明石はそっと息を吐いた。テーブルのうえには、糖の吸収を抑えるというギムネマ茶を入れた水筒があった。毎日、血糖値が高めの明石のために、妻が作って入れてくれる。

ステンレス製の水筒を無造作に掴むと、出入口のドアへと投げつけた。水筒は木製のドアにぶつかり、ごつんと固い音を立てる。ドアには磨りガラスの小窓があったが、その向こう側に人影のようなものが見えた。

明石は声をかけた。

「出て来いよ、ネズミ。正体は割れてる」

ドアがゆっくりと開いた。

入ってきたのは組対部特捜隊の若手刑事だった。野木真輔。新宿歌舞伎町や渋谷宇田川町《だがわちょう》といった激戦区の交番で、大麻やドラッグの所持者や、街で暴れる愚連隊と渡り合った優れた警官だ――もともと、特捜隊は選りすぐりの精鋭ばかりだ。

激務をこなしながら、暇を見ては中国語をマスターし、観光客にも優しく対応するなど、国際都市東京にふさわしい男だった。犯罪者を見抜く目と語学力を買われ、刑事となってからはもっぱら中国人マフィアや外国人系窃盗団を追跡していた。いずれは現場指揮官として活躍するだろうと期待されていた。

明石は手招きした。当の野木は死人みたいに青い顔をしたまま、目を合わせない。右手を太腿の裏で隠しながら、ドアの内鍵をかけると、ゆらゆらと明石へと近づく。彼が内通者なのは疑いようがない。

警務部人事一課に話を持ちかけ、監察係と歩調を合わせながら、部下らに偽情報を流した。井出と城石のふたりが、井之上朝子の秘密を握ったまま、奥多摩方面へ逃走していると。

その時点で内通者と思しき人物は絞りこまれており、野木を容疑者のひとりとして睨んでいた。彼は案の定、偽情報を栄グループに流し、殺し屋どもは城石を追いかけ、奥多摩くんだりまで誘導されることとなった。

彼が庁舎を出て、栄グループの幹部らしき人物に電話をかけていた事実も、すでに監察係は摑んでいる。

野木は、井出や紗由梨と同じく、強面のヤクザや愚連隊に囲まれても、怯まないだけのタフな精神を身に着けていた。そうでなければ、警官殺しも辞さない栄グループとは渡り合えない。彼に注目して、上司だった拝島に特捜隊に加えるよう進言したのは、他ならぬ明石だった。

ぶっきらぼうな口調で問いかけた。

「カネでも摑まされたか。それとも、よっぽど締まりのいい女でも抱かされたか」

野木は右手を露にした。その手には減音器《サプレッサー》付きの自動拳銃が握られていた。もはや刑事というより、立派な暗殺者だ。明石は構わずに続ける。

「それとも人に言えない性癖でも、栄の外道どもに知られたか。クソ小便が三度のメシより好きだったとか、幼女相手にしか勃起しねえとかよ」

「うるさい」

野木は初めて口を開いた。

相変わらず死人みたいな顔色だったが、明石の口汚い挑発が利いたのか、歯を剝いて怒りの表情を見せる。思いつきで口にしただけだが、わりと当たっていたのかもしれない。

しかし、激怒しているのは明石のほうだ。殴り殺したい衝動を抑えるため、左手を思いきり握りしめている。伸びた爪が掌の皮膚を突き破り、血で濡れていた。

明石が抱く怒りは、なにも野木に対してだけではなかった。こんな裏切り者を選抜メンバーに選んだ自分の眼のなさに吐気を覚える。自分がしっかりしていれば、井之上朝子も紗由梨も死なずに済み、井出も飛ばされることはなかった。

明石は肩をすくめた。

「静かにしてやるよ。こっちだって、今さら言い訳なんざ聞きたくもねえ」

「井出はどこをうろついている」

野木が激しい口調で訊いてきた。減音器《サプレッサー》付きの銃口が小刻みに震えている。

「おいおい……この期に及んで、まだ連中のために尻尾を振るのか。重症だな。真性包茎がバレたとか、そんなレベルじゃなさそうだ」

「井出はどこにいやがるんだ！」

野木がトリガーを引いた。

シャンパンの栓を抜いたような低い音が鳴り、わき腹に鈍い痛みが走り、思わず咳が出た。長いこと刑事畑を歩いてきたが、銃弾を浴びるのは初めてだった。紗由梨たちはこんなものを喰らいながら戦ってきたのか。

撃った野木は顔を強張らせた。職場内にいる明石が、防弾ベストを着用しているとは思っていなかったらしい。

スーツとシャツには穴が開いたが、銃弾は肉体にまで達してはいない——それでも飛来した鉛弾は、暴力に慣れた明石ですら、うめきたくなる痛みだった。撃たれたのは腎臓のあたりだ。きっと二、三日は血の小便が出るだろう。

苦痛に耐えながらうなった。

「もちろん、教えてやるよ」

ドアの鍵が外れる音がした。サムターンが回転する。

野木は自動拳銃をドアに向けた。明石は同時に立ちあがると、彼に向かって前蹴りを放った。つま先が野木の股間を打つ。

若いころに比べれば、キレも威力もいまいちではあるが、野木をのたうち回らせるには充分だった。つま先に鉄板が入った安全靴を履いていたためだ。安全靴による蹴りは、野木の陰嚢を潰したようだった。

野木は腰から崩れ落ちた。自動拳銃こそ手放さないが、左手を股間にやり、亀のように丸まる。スーツの股が小便で汚れていた。

野木の右手首を踏みつけた。骨がへし折れる音がし、自動拳銃が暴発した。銃弾が出入口付近へと飛んでいき、ドアから突入しようとする監察係の男たちを怯ませる。

野木の手から自動拳銃が離れるまで踏んだ。野木は目を大きく見開いていた。顔は涙で濡れている。

リボルバーを持った監察係が、野木を取り囲んだ。彼はうずくまったまま声を絞り出す。

「す、好きで裏切ったんじゃねえ……び、病院に連れていってください」

明石は、小便で汚れた床に膝をついて、野木の胸倉を摑んだ。

「日室が受けた苦痛はこんなもんじゃねえぞ。金玉治して欲しけりゃ、お前にはまだ仕事してもらう」

31

井出はコンパクトカーを降りた。

静かにドアを閉めて家を見上げた。検索サイトに掲載されていたパノラマ写真と変わらない。二階建ての一軒家がある。

町田市の玉川学園近くの高級住宅街だ。カフェのような洒落《しゃれ》た家が建っている。南側に大胆と思えるほど大きな窓を取りつけ、できるだけ日光を室内に取り入れるような構造となっていた——夏の昼間である今はブラインドが降りている。

外見からでは新築なのか、リフォームしたのかはわからないが、いずれにしろ平和な香りがした。初夏に撮影されたパノラマ写真と違い、庭は紫陽花ではなく、凌霄花《ノウゼンカズラ》が橙《だいだい》色の大きな花を、花壇にはサルビアが燃えるような赤い花を咲かせている。その他にも、知らない花々が咲き誇っていた。

敷地は刈りこまれた芝生で覆われ、打ち水によってキラキラと輝いている。青臭さと花の香りが漂い、蝶やミツバチが飛び回っていた。血と暴力の世界に足を踏み入れていたからこそ、夏の花々や芝生の煌めきに、しばし目を奪われる。

町田までの道中、城石がまんまと栄グループの攻撃部隊を誘導し、国道でカーチェイスをやったうえ、あの殺し屋たちを軒並み地獄に葬り去ったと聞かされた。涙は出なかった。府中で別れたときから、彼の死は予感していた。

城石は満身創痍のなか、リーダー格の男まで仕留めたという。死んでいった者たちのためにも、せめて自分はケリをつけるまで生き残らなければならない。

夏の太陽が、井出の顔や身体にできた傷を容赦なく炙るものの、紗由梨や城石を思い出すたびに、この焼けるような痛みもこらえることができた。

周囲も建物も静かで、セミの声が鳴り響いていた。急な坂だらけの街であり、真夏の太陽のもとで歩こうとする者もない。たまに汗だくの郵便局員がバイクで走り去るくらいだ。

静寂に包まれた空気と生命力を感じさせる花々のおかげで、思わず緊張が解けそうになるが、右手にシグP230を握りながら、家の玄関に近づき、インターフォンを押した。屋内に鐘の音が鳴ったかと思うと、ややあってから反応があった。

〈はい……どちら様でしょう〉

年かさの女性の声が、スピーカーから聞こえた。

上品な口調だが、不安で声はくぐもっている。当然ではあった。インターフォンにはレンズがついており、住人には顔を見られている。井出は城石のおかげで、顔を傷や腫れで男前にされた。

この家については、とくに調べてはいない。調べる暇もなかったというべきか。世帯主の名は飯森快《いいもりかい》という。明石を通じて照会を頼んだが、この飯森という人物には犯罪歴はなく、これといった情報は登録されていなかった。

井出は周囲に注意を払いながら、インターフォンのレンズに警察手帳を提示した。

「飯森快さんのご自宅ですね。警視庁の井出邦利と申します」

〈……警察〉

女性は小さく呟いた。

「井之上朝子さんはご存じですか」

井出は問いかけたが、女性からの反応はなかった。沈黙が流れる。

やはり、朝子を知っている。右手には、レンズに映らないようにシグＰ２３０を握りしめていた。親指で撃鉄を起こす。

「時間は取らせません。お話をうかがいたいのですが」

〈……車は〉

「はい？」

女性が尋ねてきた。一瞬、戸惑ったものの、それが一種の合言葉だと気づく。

井出はインターフォンに近寄った。危うく鼻をぶつけそうになるくらいに。スピーカーに向かって囁く。

「トヨタのコンパクトカーです。色はシルバー。朝子さんが我々に託した遺産です」

口調に熱がこもった。井出はナンバーも告げる。

「彼女が命を賭して訴えようとした秘密が、こちらにあるのではないですか。朝子さんを始めとして、我々警察官も犠牲者を出しました。どうかお願いです。ご協力を」

思わず声量が大きくなった。懇願せずにはいられなかった。

唾がインターフォンに飛び、レンズを睨みつけていた。額から汗が噴き出しては目に入りこんだ。拭い取りたかったが、両手は警察手帳と自動拳銃でふさがっている。

〈……もう一度、警察手帳を見せ――〉

女性が言い終わらないうちに、レンズに警察手帳をかざした。

玄関ドアの鍵が外される音がした。戸締りは厳重だったらしく、二重のシリンダー錠とドアガードが外された。なかからドアがそろそろと開けられ、女性が顔を覗かせる。井出はシグをホルスターにしまう。

女性は小柄な婦人だった。身長は井出の胸のあたりまでしかない。薄手の白いカーディガンにグレーのフレアースカートという上品な装いだ。優しい顔立ちをしており、柔らかな目の持ち主だ。傷や腫れをこさえ、自動拳銃まで握っている井出とは対照的だった。

井之上朝子と関連する人物と聞き、彼女と似たような刺々《とげとげ》しい性格の女性を思い浮かべていたが、予想とは異なる雰囲気を持っていた。年齢は朝子と同じぐらいのようだ。手の甲や首には、年相応のシワがある。朝子とどういう関係にあるのかは、外見だけではわからない。

彼女は、彼が乗ってきた車に目をやった。井出の言うとおり、シルバーのコンパクトカーだとわかると、玄関ドアを大きく開けて、家のなかに招き入れた。再びドアに鍵をかける。

井出は、それとなく家のなかをチェックした。とくにエアコンを利かせているわけではないようだが、外とは違って、ひんやりとした空気と静寂に包まれている。彼女以外に人気は感じられない。

彼女は忙しく、カーディガンのポケットに手を入れた。取り出したのは、名刺入れほどのサイズの桐《きり》箱だ。井出が問いかける前に、彼女のほうから語りだした。

「朝子さんから預かっていたものです。たとえ、刑事さんがやって来たとしても、あの車を知らない者には渡さないでくれと」

桐箱を受け取った。しかし、中身を確かめるのを忘れ、井出は女性を見つめた。

「あなたは……」

彼女は伏し目がちになって答えた。

「飯森久美香《くみか》と言います。旧姓は道満《みちま》久美香。朝子さんの姉にあたります」

井出が、よほど納得できかねる表情を見せたのか、飯森久美香はあわてて続ける。

「腹違いの姉です。つまり、私は妾《めかけ》の子だったので」

「そう……でしたか」

井出は相槌《あいづち》を打つので精いっぱいだった。

井之上朝子は一人っ子だった。姉と聞かされて動揺したが、戸籍上は他人であると知り、ひとまずうなずいてみせた。

井之上朝子はもともと名家の出だ。実家は、百年の歴史を誇る日本料理屋を営んでいた。バブル崩壊によって、経営者である父親の井之上泰輔《たいすけ》は、億もの負債を抱えて店を潰したが。

泰輔はバブルの波に乗って、一時は株や不動産投資で大儲けした。鎌倉有数の金満家として知られた。地元鎌倉だけではなく、銀座や横浜で派手に遊び回っていた。愛人のひとりやふたりは、いてもおかしくはなかっただろう。

久美香の母親は、横浜関内《かんない》のクラブで働いていたホステスだったという。本妻との仲が冷えていた泰輔は、幼い朝子を連れて、愛人宅にしけこむことも多かった。

彼女と朝子は姉妹として交流し、姉の久美香はその後に泰輔の日本料理屋で、仲居として働いていたが、店の廃業と泰輔の死により、しばらく疎遠な仲となった。朝子と久美香の母親同士は犬猿の関係にあったが、ワンマンな泰輔の死によって表面化し、妹である朝子と会うことまで許されなくなった。久美香は日本料理屋で知り合った板前と結婚し、福岡や大阪に移住した。現在の飯森は、新宿のホテルにある割《かっ》烹《ぽう》を任せられている。

久美香は井出をリビングに招き入れた。家のなかは誰もいなかった。彼女は冷えた麦茶を出してくれ、井出はそれを立て続けに三杯飲んだ。暑さと緊張で発汗し、身体の水分が尽きかけていた。

長話をしている暇はなかった。明石もすでに作戦を展開させているだろう。下手を打てば、〝妹〟の二の舞になりかねず、久美香を危険な目に遭わせてしまうかもしれない。じりじりとした焦りを感じつつも、姉妹の話に耳を傾けざるを得なかった。

井出は、リビングの応接セットに腰かけ、桐箱を開けた。なかには切手並みの大きさのＳＤメモリーカードが入っていた。

久美香もソファに腰かけた。緊張した様子で顔を強張らせながら、桐箱の中身に目をやる。

「朝子さんと最後に会ったのは約一か月前です。品川にある三ツ星レストランで、本来なら数か月も予約しなければ取れないようなお店なのに、あの娘《こ》はいつでも簡単に押さえることができた。どこへ行っても特別扱いで。以前から大企業の取締役になったとは聞いてましたから、私は妹の出世を無邪気に喜んでいました。なにしろ、実家が多額な負債を抱えて、朝子さんはずっとお金に苦労してきましたので。それを預かってほしいと言われたときも、さほど深くは考えませんでした。裏帳簿とか脱税とか、そんな言葉がよぎりましたけど、妹のたっての願いですから、パソコンにはうといので、そのカードにどんなデータが入っているのかは、わかりませんが……」

「その後、朝子さんが亡くなられたことは」

彼女は沈痛な顔でうなずいた。

「そのときに初めてわかりました。あの娘が、すがるような想いで頼ってきたのだと」

すみませんと、彼女は断りを入れ、ちり紙で涙をぬぐった。井出はＳＤメモリーカードに目を落とす。

「あなたは朝子さんのお葬式には」

「参列は……見送りました」

久美香もＳＤメモリーカードを見やった。井出は納得した。久美香と視線を合わせられなくなる。

井之上朝子の葬式は、鎌倉の葬祭ホールで執り行われた。たしかに参列者の大半は、彼女が属していた相模東光開発の社員で、それに生前、朝子が頻繁に利用していたレストランや割烹、エステ、それに取引先の会社経営者が顔を揃えた。

葬祭ホールの駐車場が入りきれなくなるほどで、参列者をチェックしていた捜査員たちは、全員の身元を洗うのに骨を折っている。

井出は、参列者の顔ぶれを記憶していた。栄グループの企業舎弟《フロント》で、朝子殺しの黒幕である相模東光開発の役員たちも、ぬけぬけと涙を流した。

ただし、久美香の顔には見覚えはなく、今日まで存在を知らずにいた。

「朝子さんが殺されたのをニュースで知って……それは私が考えている以上に危険なものではないかと。あの娘が私を頼ったのは、姉妹であるのを知っている人物が、もうほとんどいなくなったからだと思います。お葬式にはもちろん、参列したかったんですけど……あの娘は一人っ子でしたし、父親の商売が左前になってからは、親戚中に借金をしていました。身内を騙した一家として、他の親族からもうとまれていましたから。せめて……姉の私だけでも」

井出はソファから立ち上がり、フローリングの床に正座をした。自然に身体が動いていた。床に額をつけ、久美香に土下座をする。

「申し訳ありません」

「あ、あの、井出さん」

「妹さんを、井之上朝子さんを死なせたのは、私です。彼女は命を賭して、勇気ある告発を行おうとした。しかし、私は致命的なミスを犯してしまった」

身体が震え、目頭が熱くなった。

ここで一緒に泣いている場合ではない。むしろ、一刻も早く退散すべきだった。だが、涙が床に滴り落ちる。

詫びは久美香に対してだけではなかった。単独で動かざるを得なかった紗由梨や、栄グループに立ち向かって散った仲間たち。恥辱を味わいながら、今も戦っている明石や拝島。

朝子の身の安全を確保し、彼女と信頼関係を築いていれば、殺し屋を道連れにした城石の運命もまた変わっていたかもしれない。多くの死者や生者に謝った。

「どうか、頭を上げてください」

久美香がソファから立ち上がった。

同じく床に座ると、ハンカチを手に取り、城石の涙を優しく拭いた。顔中の傷や痣が痛まないように。

彼女は、井出の右手に目を落とした。彼の手の甲は、城石とぶつかり合ったさい、拳銃のグリップを叩きつけられ、赤紫色に腫れ上がっている。

「……妹のために、あなたがどれだけ苦しい戦いを経てきたのか。この姿を見ればわかります。辛《つら》い思いもされてきたでしょう。ただじっと息を潜めていた私とは、比べものにならないくらいに」

「いえ……」

井出はハンカチを受け取って顔をぬぐった。桐箱を内ポケットにしまう。

「こちらは預からせていただきます。朝子さんの思いに報いるためにも」

「井出さん。少し休んでいかれたら？　顔色がよくないわ」

久美香は心配そうに見つめた。井出は首を横に振る。

「早々に立ち去らなければなりません。あなたを守るための捜査員を、派遣するよう要請するつもりです」

「わ、わかりました。主人や息子たちとも話し合います」

彼女は張りつめた表情を見せた。朝子と同じ立場になるのだと理解したのか、彼女から恐怖と昂《たか》ぶりを感じた。

「危険が及ぶ前に、残らず逮捕するつもりでいますが」

井出は笑顔を作ってみせた。

ケガと憔悴にまみれたこのツラでは、説得力は生まれそうになかったが。ちり紙で洟をかむと、自分の蒸れた靴下の悪臭や、身体中に貼った湿布薬の臭いが鼻に届いた。

「ご協力を感謝します」

井出は立ち上がって玄関へと向かった。靴べらを借りて、すばやく革靴を履く。

「どうか、ご無事で」

久美香が頭を深く下げて見送った。

井出は、桐箱が入った内ポケットをポンと叩いてみせてから玄関を出た。飯森宅を出て、コンパクトカーに乗ってエンジンをかける。

そのときだった。車線のない坂道を、シボレーのSUVが正面から向かってきた。猛然とコンパクトカーへと突進してくる。

「来たか――」

シートベルトをする暇はなかった。ギアをパーキングからニュートラルに切り替え、サイドブレーキを解除した。ほぼ同時にSUVが正面から衝突する。

エアバッグが作動し、ボクシンググローブで殴られたような衝撃が顔面に伝わり、ハンドルに身体を圧迫された。スクラップ工場にいるような、金属が派手にひしゃげる音がし、エンジンルームが潰れるのがうっすら見えた。エアバッグの重炭酸ナトリウムの粉で、車内はまっ白に染まり、視界がひどく濁る。

井出は咳きこんだ。とっさにギアをニュートラルに替えたおかげで、車輪のロックが外れ、衝撃を緩和させることができた。激突によって、コンパクトカーは後ろへと下がる。

衝撃で頭を揺さぶられ、口から白い粉を吐いた。コンパクトカーは、まるで紙くずみたいに潰されたが、戦車のようなＳＵＶはフロントグリルがへこみ、ヘッドライトが砕けたのみだ。

井出は脱出しようとしたが、衝突によってフロントドアまでイカレてしまったらしい。ドアレバーを引いたが、びくともしない。

ドア越しに人影が見え、あわてて頭を抱えて身体を伏せた。相手は目出し帽で顔を隠し、おまけに金属バットを握っていた。

バットが振り下ろされ、運転席の窓が砕け散った。ガラス片が井出の身体に降ってくる。顔は目出し帽で隠し、地味な作業服に身を包んでいるが、過剰な筋肉を身にまとった大男だ。手にしている金属バットが、新体操のこん棒ぐらいに映る。

大男は、金属バットで窓枠に残ったガラス片を払い落とすと、丸太のような太い腕を伸ばし、井出に摑みかかろうとする。

井出は助手席側に身体を横たえ、腰からシグＰ２３０を抜くと、迷わずトリガーを引いた。発砲音が車内に響き、シグを握る手がはね上がる。

井出が放った弾丸は、大男の手を粉砕した。中指と人差し指が飛び散り、傷口から血液が噴水のように噴き出す。大男は苦痛のうめきを漏らして倒れこむ。

井出は、割られた運転席の窓から脱出を試みた。大男は砕けた手を押さえながら、路上を転がっている。

窓から上半身が出たところで、複数の男たちに囲まれた。シグで応戦したかったが、今度は金属バットではなく、散弾銃やサブマシンガンだった。

「銃を捨てろ」

男のひとりが威圧的に言った。全員がやはり目出し帽と作業服に身を包んでいる。井出はシグにセイフティをかけてから地面に放った。

サブマシンガンを持った男に、スーツの襟を摑まれ、大破したコンパクトカーから引きずりだされた。男たちに複数の銃口を向けられながら引っ立てられる。

衝突で頭を揺さぶられたためか、足がひどく頼りなかった。男たちに両脇を摑まれて連行される。

衝突音や発砲音に気づき、家々のベランダや窓には、住人たちが立っていた。何事かと外の様子を確かめている。井出はチラリと飯森宅に目をやる。

リビングの窓のブラインドが上っていた。久美香が口を両手で押さえ、顔を凍りつかせて立っていた。井出は軽く首を横に振る——出てくるんじゃないと。

コンパクトカーを潰したSUVの後方には、もう一台の車が停まっていた。ホワイトの高級ミニバンだった。井出を連行した男が、スライドドアを開けると、なかに押しこまれた。

最後列のシートに頭を打ちつけ、目の前に火花が散った。二列目のシートには拳銃とサブマシンガンを持った男が座った。ドアが閉まり終わらないうちに、高級ミニバンが走り出す。

井出はシートにしがみつき、座り直して車内を見回した。サブマシンガンの男に、銃口を突きつけられている。

同じく二列目には、やけに大きな自動拳銃を持った男がいた。イスラエル製のデザートイーグルだ。城石が持っていたリボルバーよりも、さらに口径が大きな軍用拳銃だった。

バックミラーには、キャップとサングラスで顔を隠した運転手の姿が映っていた。ヘッドセットをつけて、前のSUVと連絡を取り合いながら運転している。

井出を襲ったSUVとともに、広めの公道ではなく、曲がりくねった細い坂道を進んだ。派手な衝突に発砲や拉致ともなれば、通報を受けた所轄署は、主要道路に緊急配備を敷く。しかし、二台の車は、抜け穴を突くように細い裏道を走っていた。玉川学園は神奈川県との県境に近い。警視庁の管轄ではない横浜市緑区《みどり》に到達する。

サブマシンガンの男が、井出の身体をまさぐってきた。スーツのポケットに手を突っこみ、携帯端末を奪い取る。

「分解してバッテリーを抜き取れ」

デザートイーグルの男はそう命じると、自分の目出し帽を取り去った。

「貴様は！」

井出は銃を突きつけられているのを忘れ、デザートイーグルの男に拳を放った。

素顔の男は、蠅《はえ》でも払うように手を動かし、井出の拳を弾いた。さらにパンチを放とうとしたが、その前にサブマシンガンの男から強烈な右フックを喰らった。シートに血反吐をまき散らす。

頭のなかまでガンガンと痛むが、井出は素顔になった男を睨みつけた。この目で直接見るのは初めてではあったが、この男の写真や動画なら数万回は目にしている。栄グループの首領である高良栄一だ。地味な作業服を着用しているが、胸ポケットにはティアドロップ型のサングラスをかけている。ふだんから南国暮らしを満喫しているらしく、肌を小麦色に焼き、凶悪犯罪を実行している最中にもかかわらず、陽性な笑みを浮かべている。

「組対部特捜隊《ソトク》の元係長さん。どつき合いならいくらでもしてやる。じっとしていろ」

井出の口内を固い塊がカラカラと転がった。殴られた衝撃で、奥歯が砕けたらしい。床に歯の塊を吐きだし、井出も激痛をこらえて笑ってみせる——笑顔になっているかは不明だが。

「ただの木っ端役人ひとり捕えるのに、大将自らお出ましとはな。ご自慢の殺し屋どもを失くし、今は人手不足で冷汗ダラダラ掻いてるんだろうが」

高良は笑顔のままだった。ただし、目だけは笑っていない。

「冷汗どころか、いい汗を掻かせてもらった。その木っ端役人が無能なおかげで、こちらは厄介な裏切り者を始末できた。そのうえ、あんたは一度だけじゃ済まずに、再びこちらの網にかかってくれた。お前らはおれを愉《たの》しませる獲物に過ぎない」

「その獲物に、お前の手下も何人食い殺された」

高良はシートにもたれかかった。笑顔を消し、蔑むような目つきで井出を見やる。

「やはり、お前は筋金入りの能無しだ。挑発すら満足にできないのか。狩りにしろ、釣りにしろ、多少の危険はつきものだろう。魚の背びれで、手を切ることぐらいはよくある」

「説得力に欠けるぞ。コソ泥のように逃走している今じゃ」

高良はため息をついた。

「逃げちゃいないさ。次の獲物に標的を定めてる。井之上やお前の部下と同じく、次はあの家の住人全員を殺す。いくら警備をつけても、どこに住まわせようとも無駄だ。井之上朝子と同じく、こちらは必ず狩る。お前らの情報はいくらでも耳に入る」

「貴様……」

スーツの内ポケットに手を伸ばした。助手席と隣の男が、銃器のトリガーに指をかける。

井出はゆっくりと桐箱を取り出した。

「貴様らが欲しがっていたものはここにある」

「今さら差し出しても手遅れだ。お前を殺して手に入れ、そいつを隠していた家の住人にも、やはりケジメをつけさせる」

「貴様らには手に入らない」

「なに？」

高良の表情が曇った。

同時にミニバンが急ブレーキをかけた。車内の者はバランスを崩した。目出し帽の男たちは前のめりになり、井出はアシストグリップに摑まった。高良も例外ではなく、前の席に手をかけ、倒れるのをふせぐ。

「どうした！」

高良は声を荒らげたが、前方に目をやって表情を強張らせる。

前を走っていたＳＵＶも、停車を余儀なくされていた。車同士がやっとすれ違えるほどの狭い道だ。

そこには神奈川県警の特型警備車が真横に停まり、高良たちの行く手をふさいでいた。マイクロバスほどの大きさで、角ばった形の特型警備車は対爆・対弾仕様の装甲車だった。車体の側面には銃眼が三つ備わっている。

特型警備車だけではなく、その前には金属製のバリケードが敷かれていた。特型警備車の横には、盾で身を隠しながら、ヘルメットやボディアーマーを着用した武装警官が展開している。

高良は運転手に指示した。

「バックだ」

「それが……」

運転手はギアをバックに入れるが、バックミラーを見つめたまま、アクセルを踏もうとしない。

井出は後方を振り返った。後ろにも小型警備車が二台現れ、高良たちの退路をふさいでいる。前を見ると、高良の顔から余裕が消え、二枚目な顔つきが歪む。

井出は吠えた。

「釣り人気分でいるのは終わりだ。お前らは針を丸呑みした獲物でしかない」

高良は運転席を荒々しく蹴った。

「怯むな！　その拳銃《チャカ》や機関銃《バリバリ》はおもちゃじゃねえだろう！　警官《ポリ》なんざぶち殺せ！」

高良は本性をむき出しにし、これまでとは声色まで変えて怒鳴った。猛犬の咆哮を思わせる。背中に手を伸ばすと、もう一丁の自動拳銃を握った。私服警官が愛用する小型拳銃のワルサーＰＰＫだ。右手にはデザートイーグル。

「刑事《デコスケ》、てめえは人質だ」

サブマシンガンの男が井出の頭に銃口を向けた。

井出は銃口をまっすぐ見すえた。すでに命は捨てるつもりでいる。明石と作戦を練ったときから。

囮となったのは城石だけでなかった。井出自身もエサにして、栄グループに損害を与える。そのため、明石は警視庁監察係だけでなく、神奈川県警とも連携し、作戦を極秘に進めてきた。高良を包囲するにいたったのだ。警備車が拡声器を用いて、武器を捨てて投降しろと高良たちに迫る。

銃声が鳴り響いた。ＳＵＶが窓やドアを開け、目出し帽の男たちが散弾銃やサブマシンガンを発砲した。大盾や警備車に隠れていた警官らが反撃に転じる。

県警の銃器対策部隊であるらしく、彼らの手にはサブマシンガンが握られ、前方のＳＵＶを攻撃した。警備車の銃眼も躊躇なく発砲した。県警もまた栄グループには煮え湯をさんざん飲まされている。

ＳＵＶは防弾仕様と思われたが、圧倒的な火力によってフロントガラスにヒビが入って砕け、サイドミラーやボディの欠片が宙を舞う。最低でも一ダースほどのサブマシンガンが、一斉にSUVに向けて火を噴き、目出し帽の男たちも被弾して倒れこむ。

ミニバンでも助手席の男や運転手が、後方から迫る武装警官たちに発砲した。助手席の男はポンプ式のショットガンを撃ち、そのたびに武装警官が持つチタン製の盾に粒状のへこみができる。武装警官らも盾の銃眼からサブマシンガンを撃ちこんでくる。井出という人質がいるにもかかわらず、容赦なく攻撃を加えてきた。

助手席の男が叫び声をあげて、ショットガンを取り落とした。警官らの銃撃によって右腕の前腕にいくつも穴が開き、血を噴き出させている。

高良は怯まなかった。むしろ、妖しげな微笑みを浮かべ、ミニバンのサンルーフを開けると、そこから上半身を出し、二丁の拳銃で警官らを上方から撃つ。

虚をつかれた武装警官のひとりが、デザートイーグルのマグナム弾を顔に喰らい、背をのけぞらせて倒れる。最強の威力を持つ軍用拳銃を、高良は片手で自在にこなし、盾からはみ出た足や肘を正確に撃つ。凶悪なマフィア集団を形成しただけあり、破樹ら殺し屋と同じ危うさを持ち合わせている。

また、ひとり武装警官が倒れた。ブーツに弾丸が命中したらしく、足から血を噴き出させていた。武装警官らが盾を斜め上方に構え、撃たれた仲間を引きずって、小型警備車へと戻っていく。サブマシンガンを持った武装警官を相手に、高良は自動拳銃で撃退する。

「ひとり残らず殺してやる！　ポリ助どもが！」

高良はさらに撃った。仲間を引きずる警官らにデザートイーグルを発砲する。

拳銃とは思えない重たい音とともに、チタン製の盾はスレッジハンマーで叩かれたような轟音を立て、盾を持つ武装警官がよろめく。

井出は用心深く見つめた。自分に銃口を向けるサブマシンガンの男を。もう、たくさんだった。これ以上、仲間が苦しめられるのは見てはいられない。サブマシンガンの男は、チラチラとボスの戦いぶりに目を奪われている。

サブマシンガンの男が、再び窓に目をやったとき、井出は飛びかかった。サブマシンガンのボディを摑み、射線をそらした。男は我に返って、井出に武器を取られまいと振り払おうとする。手を離せば蜂の巣にされる。

男は屈強だった。ボスとともに行動するだけあり、太い鉄柱を相手にしているかのように頑丈だ。井出は力を振り絞った。男から武器を奪い取ろうと、自身のほうへと引き寄せる。男はトリガーに指をかけ、井出に銃口を向けようとする。その力は強い。

銃口は、徐々に井出の頭へと向けられようとした。再び顔に狙いを定められそうになったとき、井出は口内の血を男に噴きかけた。男の両目が、井出の血と唾で濡れる。

井出は一転して、武器を男のほうに押しやった。引っ張っていた男は、自身の力も加わり、サブマシンガンを胸に抱えながら、シートに背中を痛烈に打ちつけた。男は衝撃でトリガーを引き、サブマシンガンが銃弾を吐きだす。井出はとっさにフロアに身を伏せる。

リアウィンドウにヒビが入り、革製のシートが破れ、なかのウレタンを飛び出させる。血しぶきが井出の顔に飛来した。

サブマシンガンの男は、高良の太腿や膝に誤射していた。作業服のスラックスが破れ、動脈に傷がついたのか、脚が早くも血でズブ濡れとなっている。

高良は、サンルーフから外の警官相手に発砲していたが、誤射によって膝から崩れ落ちた。その顔は出血によって青ざめている。

「ボ、ボス」

誤射した男は、頑健な力の持ち主だったが、弱々しく声をかけた。高良の返事は非情だった。デザートイーグルの重い銃声が轟き、誤射した男は額に穴を開けられ、助手席に灰色の脳みそと血液をまき散らして倒れる。

井出は声をあげて笑った。自分でも気味が悪くなるほどの邪悪な笑い声だ。

「ざまあねえな、大将」

高良は、全身から殺意を漂わせていた。

全身を怒りで震わせている。ようやく、この悪党に屈辱を与えられた。井出は笑わずにはいられない。ずっと、これが見たかった。

高良は井出にデザートイーグルを向けた。しかし、弾切れを起こして薬室がむき出しになっている。

彼は大型拳銃を捨て、左手のワルサーを突きつけた。

「てめえ、死ね」

井出は笑顔で答えた。

「望むところだ」

ワルサーが火を噴くのを見た。熱い衝撃を側頭部に感じ、頭蓋骨が激痛を訴え、すべてが暗黒に包まれた。

エピローグ

「なんだよ。まるで抜け殻だな」

明石に言われ、井出は相槌を打った。

「ええ……まあ」

井出はベッドに寝そべったまま、ぼんやりと天井を見つめた。

カテーテルを尿道に突っこまれているため、ベッドに縛められたまま一日を過ごしている。鎮痛剤を大量に投与されているが、頭蓋骨や歯茎がいつまでも鈍く痛む。城石に殴られた顔も、つねにじんじんと熱く火照る。苦痛には慣れているが、脳の検査だの、点滴だのと忙しい。

暑がりな井出は、自宅や車はエアコンをガンガンに利かせる性質だ。だが、身体を冷やすという理由から、厳しく温度管理がなされている。包帯が幾重にも巻かれた頭部や、ガーゼを貼られた頰の皮膚が蒸れて、激しい痒みを訴えていた。

また、塩味のない病院食にも辟易《へきえき》させられている。ケガだけ黙って治療してくれればいいのに、病院の連中は血圧や肝臓、コレステロール値や尿酸値まで調べ、身体を酷使し続けた井出に説教をした。ケガが癒えたとしても、成人病でガタが来ると。蠅のように鬱陶しかった。

明石はパイプ椅子に座って咳払いをした。

「邦、お前は今や英雄だ。胸を張れ。警察庁長官賞が授与されるって噂だ。お前はそれだけの仕事をした」

「仕事をしたのは、日室紗由梨です。私にはそんな資格なんて」

ため息まじりに答えた。

喋るたびに歯茎や頰が痛むが、会話自体が苦痛だった。気心の知れた明石とさえ、やりとりをするのがかったるかった。

灰になるまで燃え尽きた。そんな自覚はある。高良を戦闘不能に追いこみ、自分はそこでくたばる予定だった。とくに神仏は信じていないが、三途《さんず》の川の向こうで紗由梨に会えるかもしれないと、淡い期待さえ抱いていた。

高良が放った弾丸は、井出の額に斜めから穴を開けたが、頭蓋骨がヘルメットの役割を果たした。弾丸は頭皮の下を潜り、脳にまで入りこまず、耳の後ろで留まった。

高良たちを制圧した県警は、ただちに井出を救急車に乗せ、町田市内の病院へと搬送させた。同じく出血が激しかった高良も、同じ病院に運ばれている。危機的な状況にあったのは、むしろ高良のほうで、緊急手術と輸血が行われるなど、一時は生命が危ぶまれたという。銃撃戦から五日が経った現在も、集中治療室で治療を受けている。

高良には生きて罪を償わせる必要がある。あの男が生存しているのは喜ばしかったが、井出は自分が意識を取り戻し、生きているとわかったときは、激しく落胆したものだった。

井之上朝子が殺され、紗由梨から協力を求められた。城石という狂犬とも衝突し、彼と協定を結んで、ともに栄グループを追いつめた。一生分のエネルギーを費やしたのか、なにを聞いても他人事にしか思えずにいる。

内通者がやはり後輩の野木であり、久美香から受け取ったSDメモリーカードには、警察組織の想像を上回る情報が入っていたことも知った。栄グループの企業舎弟である相模東光開発の裏帳簿から、警察も把握していない企業舎弟の一覧もあった。

また、麻薬取引や違法賭博、産業廃棄物の不法投棄といった裏事業で稼いだブラックマネーを、宗教法人を通じて資金洗浄を行っていたカラクリまでが記載されていた。もはや組対部特捜隊だけの案件では済まず、刑事部はもちろん、他の県警とも連携し、栄グループの全容解明を急いでいる。

明石は携帯端末の液晶画面を見せた。ニュース番組の動画が映し出される。

神奈川県警の機動隊と組対本部が、栄グループの武器庫と思しき横浜の自動車販売会社を家宅捜索していた。井出を救出したときと同じく、大盾を持った武装警官らが、会社員に化けた悪党どもと銃撃戦を展開していた。

現場から遠く離れた位置にいるリポーターは、それでも最前線にでもいるかのように、ヘルメットをかぶって様子を伝えている。明石は途中で液晶画面をタッチして、動画をストップさせた。

「今朝の家宅捜索《ガサ》でも、こんな調子だ。栄のほうは二名死亡、十人が重軽傷を負った。県警はSATまで出張ったが、それでも五名が被弾してケガをしてる。アサルトライフルまで持ちだされたんでな」

「首領はここでおネンネしていても、まだ牙を失っていないというわけですね」

「今日の家宅捜索《ガサ》で、パクられたやつの証言なんだが、高良の奪還計画を練ってる連中がいるらしい。そいつだけじゃない。複数の筋から耳にした話だ。無茶苦茶だが、連中ならやりかねん」

「そうですか」

ぶっきらぼうに返事をすると、明石が眉をひそめた。

「……お前、刑事《デカ》辞める気か」

「わかりません。今は痛みと疲れで、なにも考えられなくて」

明石は前のめりになって、井出に顔を近づけた。

「あれだけの戦いの後だ。気力まで尽きるのは当然だろう。日室の嬢ちゃんや、井之上朝子の仇も討てたんだ。だけどよ、すべてにケリがついたわけじゃねえ。高良の色に染まった残党どもが、まだシャバにはうようよしてる。おれは上に働きかけて、お前を再び組対部特捜隊《ツトク》に戻すように要請している」

「もうおれには……」

明石は立ち上がった。見舞い品の雑誌やエロ本を椅子に置く。

「おれたちは城石と違う。仇討ちで終わりってわけにはいかねえ。高良の生き様に感動して、残党の勧誘に乗っかる悪ガキやチンピラも出てくるだろう。警察手帳《てちょう》持ってるかぎり、ずっと戦わなきゃならねえ運命にある。時間はあるんだ。ゆっくり身体を休めて、そのへん考えてみてくれ」

明石はそれだけ告げると、病室から出て行った。井出とは対照的に、彼は覇気に満ちていた。やはり彼は、根っからの刑事だ。

天井を見上げながら思った。ひるがえって、自分はどうだろうかと。

サブマシンガンの男ともみ合い、トリガーを引かせて暴発を誘った。弾丸は高良の脚を貫き、彼から抵抗力を奪った。かりに、サブマシンガンを奪い取れたとしたら、自分は果たしてどうしただろうと。まずい夕食を摂り、消灯時間を迎えてからも想像した。

すでに何度も考えていたことではあった。サブマシンガンを高良たちに突きつけたところで、連中は抵抗を止めていただろうか。銃器を手放して、ホールドアップしただろうか。

なにより、自分は撃たずにいただろうか。わからなかった。車内にいる全員を殺していたかもしれない。少なくとも、刑事でいるのを忘れていた。城石と同じく。

城石に関しては、明石も井出も共通した思いを抱いていた。婚約者を殺害され、生きながら阿修羅道に落ちた亡霊であると。彼は殺し屋や高良を討ったとしても、満たされることなく、永遠に渇いたまま、血を求めてさまよい続けただろうと。

ふいに涙がこみ上げてきた。あの城石と自分に違いなどなかった。紗由梨らの仇を討ったものの、今の井出もまるで満たされてはいない。胸に大きい穴が開いたようで、いくらベッドに横たわっていても、気力も体力も満ちることなく、胸の穴からこぼれていく。

目を覚ますたびに、紗由梨がこの世にいないという事実に打ちのめされ、病院の窓から身を投げたくなった。今の自分こそ亡霊と化していた。暗い病室のなかで、布団に顔をうずめてすすり泣く。

突如、爆発音が井出の泣き声をかき消した。大病院の建物がグラグラ揺れる。

地震かと思ったが、そうではない。誰かに確かめたかったが、病室には誰もいない。爆発音がしたかと思うと、外でライフルやサブマシンガンと思しき発砲音がし、人々の怒声や叫び声が耳に入った。

外には、ポリカーボネート製のシールドを持った多数の武装警官が、二十四時間体制で警備にあたっているはずだった。

病室のドアが開かれ、ふたりの制服警官が入ってきた。井出の病室の前で、警備にあたっていた若い制服警官だった。

「た、た、大変です。栄グループが」

制服警官は声を震わせた。

「なんだ」

尋ねながら思い出した。高良奪還を狙う残党がいると。それを裏づけるように、携帯無線機から状況を報告する声が聞こえた。手榴弾を正門に投げつけ、アサルトライフルやサブマシンガンを持った連中が裏口から侵入しようとしていると。助けを要請する声が飛び交う。

〈井出さん〉

無数の声がするなか、携帯無線機から紗由梨の声がした。はっきりと聞こえた。

「日室……」

「は？」

制服警官らが不思議そうな顔をした。井出は首を振る。幻聴だとしても、それで充分だった。

カテーテルを抜き、ヒビの入った頭蓋骨に気を使いながら、ベッドから起き上がる。自分もまた刑事なのだと、紗由梨が思い出させてくれた。守るべき人がいる。明石が言うとおり、戦うべき相手も尽きないらしい。

果物ナイフを手に取り、身体を震わせる制服警官を叱咤《しった》する。

「こんなところでボヤッとしてる場合か。連中の狙いは高良だ。集中治療室付近の患者を避難させろ！」

「身体は……大丈夫なのですか？」

サンダルを履いた。

大丈夫ではない。頭はガンガンと痛み、動いてくれるなと全身が訴えかけてくる。

「当たり前だ」

若手警官らの尻を叩き、井出は果物ナイフを片手に病室を出た。

初出誌「月刊 ジェイ・ノベル」
二〇一三年三月号から二〇一七年三月号まで隔号連載、
最終回のみ二〇一七年四月号掲載。

本作品はフィクションです。登場する人物、団体その他は実在のものと一切関係ありません。
（編集部）

実業之日本社文庫　好評既刊

知念実希人
仮面病棟
拳銃で撃たれた女を連れて、ピエロ男が病院に籠城。怒濤のドンデン返しの連続。一気読み必至の医療サスペンス、文庫書き下ろし！（解説・法月綸太郎）
ち1 1

知念実希人
時限病棟
目覚めると、ベッドで点滴を受けていた。なぜこんな場所にいるのか？　ピエロからのミッション、ふたつの死の謎…。『仮面病棟』を凌ぐ衝撃、書き下ろし！
ち1 2

鳴海 章
マリアの骨　浅草機動捜査隊
浅草の夜を荒らす奴に鉄拳を！——機動捜査隊浅草日本堤分駐所のベテラン&新米刑事のコンビが連続殺人犯を追う、瞠目の新警察小説！（解説・吉野 仁）
な2 2

鳴海 章
月下天誅　浅草機動捜査隊
大物フィクサーが斬り殺された！　機動捜査隊浅草分駐所のベテラン&新米刑事が謎の殺人犯を追う、好評シリーズ第2弾！　書き下ろし。
な2 3

鳴海 章
刑事の柩　浅草機動捜査隊
刑事を辞めるのは自分を捨てることだ——命がけで少女の命を守るベテラン刑事・辰見の奮闘！　好評警察シリーズ第3弾、書き下ろし!!
な2 4

鳴海 章
刑事小町　浅草機動捜査隊
「幽霊屋敷」で見つかった死体は自殺、それとも……!?　拳銃マニアのヒロイン刑事・稲田小町が初登場。絶好調の書き下ろしシリーズ第4弾！
な2 5

実業之日本社文庫　好評既刊

実業之日本社文庫　好評既刊

山田風太郎、吉川英治ほか／末國善己編
軍師は死なず
池波正太郎、西村京太郎、松本清張ほか、豪華作家陣による〈傑作歴史小説集〉。黒田官兵衛、竹中半兵衛をはじめ錚々たる軍師が登場！

ん23

司馬遼太郎、松本清張ほか／末國善己編
決戦！ 大坂の陣
大坂の陣400年！ 大坂城を舞台にした傑作歴史・時代小説を結集。安部龍太郎、小松左京、山田風太郎など著名作家陣の超豪華作品集。

ん24

五木寛之・城山三郎ほか／末國善己編
永遠の夏　戦争小説集
戦後七十年特別編集。戦争に生きた者たちの想いが胸を打つ。大岡昇平、小松左京、坂口安吾ほか強力作家陣が描く珠玉の戦争小説集。

ん25

火坂雅志、松本清張ほか／末國善己編
決闘！ 関ヶ原
徳川家康没後400年記念 特別編集。天下分け目の大決戦！ 火坂雅志、松本清張ほか超豪華作家陣が描く傑作歴史・時代小説集。
ん26

池波正太郎・森村誠一 ほか／末國善己編
血闘！ 新選組
江戸・試衛館時代から池田屋騒動など激闘の壬生時代、箱館戦争、生き残った隊士のその後まで「誠」を背負った男たちの生きざま！ 傑作歴史・時代小説集。

ん27

安部龍太郎、隆慶一郎ほか／末國善己編
龍馬の生きざま
京の近江屋で暗殺された坂本龍馬。妻・お龍、姉・乙女、暗殺犯・今井信郎、人斬り以蔵らが見た真実の姿。龍馬の生涯に新たな光を当てた歴史・時代作品集。

ん28

実業之日本社文庫 ふ51

死《し》は望《のぞ》むところ

2017年10月15日　初版第1刷発行

著　者　深町秋《ふかまちあき》生《お》

発行者　岩野裕一
発行所　株式会社実業之日本社
〒153-0044　東京都目黒区大橋 1-5-1
クロスエアタワー 8 階
電話 [編集]03(6809)0473 [販売]03(6809)0495
ホームページ　http://www.j-n.co.jp/
DTP　ラッシュ
印刷所　大日本印刷株式会社
製本所　大日本印刷株式会社

フォーマットデザイン　鈴木正道(Suzuki Design)

ISBN978-4-408-55388-7（第二文芸）